I0885600

Andrea Smith

SEAMOS UN PARA SIEMPRE

wattpad
by Montena

Papel certificado por el Forest Stewardship Council®

MIXTO
Papel | Apoyando la silvicultura responsable
FSC® C117695
FSC
www.fsc.org

Penguin Random House Grupo Editorial

Primera edición: febrero de 2025

© 2025, Andrea Smith
© 2025, Penguin Random House Grupo Editorial, S. A. U.
Travessera de Gràcia, 47-49. 08021 Barcelona
Imágenes de interior: Adobe Stock

Penguin Random House Grupo Editorial apoya la protección de la propiedad intelectual. La propiedad intelectual estimula la creatividad, defiende la diversidad en el ámbito de las ideas y el conocimiento, promueve la libre expresión y favorece una cultura viva. Gracias por comprar una edición autorizada de este libro y por respetar las leyes de propiedad intelectual al no reproducir ni distribuir ninguna parte de esta obra por ningún medio sin permiso. Al hacerlo está respaldando a los autores y permitiendo que PRHGE continúe publicando libros para todos los lectores. De conformidad con lo dispuesto en el artículo 67.3 del Real Decreto Ley 24/2021, de 2 de noviembre, PRHGE se reserva expresamente los derechos de reproducción y de uso de esta obra y de todos sus elementos mediante medios de lectura mecánica y otros medios adecuados a tal fin. Diríjase a CEDRO (Centro Español de Derechos Reprográficos, http://www.cedro.org) si necesita reproducir algún fragmento de esta obra.
En caso de necesidad, contacte con: seguridadproductos@penguinrandomhouse.com

Printed in Spain – Impreso en España

ISBN: 978-84-10396-10-4
Depósito legal: B-21.318-2024

Compuesto en Compaginem Llibres, S. L.
Impreso en Black Print CPI Ibérica, S. L.
Sant Andreu de la Barca (Barcelona)

GT 9 6 1 0 4

Para Irene y Laura,
mis Zubichicas,
disfrutad de cada libro
que caiga en vuestras manos

Uno

Los domingos por la mañana mamá solía despertarme con el olor de las tortitas recién hechas. Era el único día de la semana en el que me dejaba tomar café, y también salíamos a la terraza a disfrutar de nuestro desayuno. Las dos solas, pero en compañía. Porque ninguna persona era mejor que mi madre. Nadie la igualaba.

En aquella época no lo sabía, pero era feliz. Nosotras dos contra el mundo. Planeando nuestro futuro. Juntas para siempre.

Pero la vida a veces tiene otros planes aunque tú no quieras; aunque los odies. Y aprendes a la fuerza que los «para siempre» en realidad no existen.

La vida se llevó a mi madre mucho antes de que fuese su hora. Un cáncer de estadio 4, con metástasis, al que ya no se podía vencer. Pusimos todo nuestro tiempo, dinero y esfuerzo en combatirlo, incluso cuando mamá se negó a recibir tratamiento para disfrutar de sus últimos días juntas.

Pero nada funcionó. Y aunque tuve algunas semanas para despedirme de ella, no estuve preparada cuando el momento llegó. Porque nunca hay suficiente tiempo.

Y ahora estoy sola en el mundo. Sin mamá. Sin la persona que ha sido mi única familia, mi otra mitad, durante mis diecisiete años de vida. Sin saber cómo continuar el camino a partir de aquí... Hasta que ese maldito abogado apareció en casa tras su funeral.

—El juez ha decretado que debes vivir con tu padre a partir de ahora, tu familiar más directo —había dicho ese hombre trajeado—. El señor Scott ha aceptado y se encargará de todo lo relativo a su traslado a partir de este momento, señorita Sco...

—Torres —interrumpí—. Novalee Torres.

Recuerdo que durante unos segundos me miró confuso, pero acabó por asentir y dejarme en paz. Y aunque mi amigo Ethan y yo buscamos las mil y una formas de librarme del terrible castigo de ir a vivir con mi padre, nada hizo cambiar de opinión al abogado. Ni siquiera cuando la madre de Ethan propuso que viviera con ellos y así no cambiar de ambiente.

Y ahora, este domingo en concreto, no sabe a tortitas recién hechas ni a café orgánico de la tiendecita de al lado. Sabe a prisas de aeropuerto. A asientos de plástico con niños llorando. A parejas a punto de embarcar en su luna de miel. A equipaje perdido. A toda tu vida metida en una sola maleta.

Sabe a un adiós. A soledad.

«Creo que tengo pase para soltar un poco de dramatismo, ¿no?».

—¿Está ocupado este sitio?

Me vuelvo para mirar al chico que tengo en frente. Me sonríe con amabilidad bajo su barba de dos días. Tiene el pelo revuelto y la camisa mal abrochada. Casi podría apostar mi paga mensual a que es un universitario que vuelve a casa después de un fin de semana de juerga.

Sacudo la cabeza con una sonrisa suave.

—Adelante —añado.

Posa la mochila de tela a sus pies y se deja caer sobre el asiento con un suave gemido. Me vuelvo casi por curiosidad hacia él y lo descubro mirándome. Su sonrisa se amplía y siento la mía tirar de mis labios, pero no logra aparecer del todo.

Después de que mamá se fuera, a mi sonrisa siempre le cuesta dar señales de vida.

—Me llamo Joe, ¿y tú?

Estoy a punto de abrir la boca para responder cuando delante de nosotros una mujer abre su revista. Hace años que no compro prensa. De hecho, siempre me reía de mamá cuando ella lo hacía, porque ahora todas las noticias interesantes aparecen en redes. Sin embargo, algo llama mi atención. El titular de la portada.

BRAXTON SCOTT, ¿OBLIGADO A EJERCER LA PATERNIDAD?

¿Qué narices…? El corazón me da un vuelco, y a mi lado el tal Joe continúa con el brazo extendido. Casi sin saber cómo reaccionar y con los ojos fijos en el titular de la revista, respondo:

—Un placer.

Tantea un poco y me doy cuenta de que pretende que le dé la mano, pero, cuando alzo la mía, él baja la suya.

—¿Y cómo te llamas, preciosa?

Se ha inclinado más sobre mí, pero tengo los ojos clavados en la revista de la mujer de en frente.

—Yo… Tengo que irme. Perdón.

Y me levanto casi corriendo, tomando mi bolso marrón del suelo.

Contra todos mis principios, me dirijo al primer puesto que encuentro y compro un ejemplar de la misma revista, aunque en realidad hay varias con un titular muy parecido.

¿ES CIERTO QUE BRAX TIENE UNA HIJA?

¿CONOCEREMOS POR FIN A LA FAMOSA HIJA
DE BRAXTON SCOTT?

MATEO SCOTT SE NIEGA A DAR DECLARACIONES:
¿TIENE UNA HERMANA?

REVISTA ESTRELLA DA LA NOTICIA: NOVALEE ES EL NOMBRE
DE LA HIJA SECRETA DE BRAXTON SCOTT

Creo que voy a vomitar.

Hace apenas unos meses mi vida era de lo más normal. Una adolescente más cursando su último año del instituto. Planes de futuro y una universidad a la que optar. ¡Mi mayor sueño era terminar el instituto y viajar! Y ahora estoy aquí, perdida en este aeropuerto de Nuevo México, a punto de dejar atrás toda mi vida para irme a vivir con mi padre; o como ha sido llamado hasta ahora, «el idiota innombrable».

Braxton Scott ha ignorado mi presencia durante mis últimos diecisiete años de existencia. Una orden judicial es lo único que nos unía hasta ahora, además del ADN. Le hacía pagarme la pensión necesaria para pagar la comida, una colegiatura bastante importante y ahorros de cara a mi universidad. Pero lo gastamos todo para curar el cáncer de mamá. Aunque ella no quería, cuando estuvo tan enferma que apenas podía hablar, yo acepté darlo todo. Quería salvarla a toda costa. Nada más me importaba. Y aunque no se salvó, tampoco me arrepiento. Saber que podía ayudarla y no haberlo hecho hubiese sido peor. Dárselo todo a ella, que me dio la vida y la alegría, no era ningún sacrificio.

—Perdona.

Me aparto cuando una chica me da un codazo para pasar delante de mí en la cola, y vuelvo a mirar la noticia que tengo delante.

BRAXTON SCOTT, ¿OBLIGADO A EJERCER LA PATERNIDAD?
EL FAMOSO ACTOR DE HOLLYWOOD, BRAXTON SCOTT, POR FIN HA CONCEDIDO ENTREVISTAS SOBRE SU HIJA ILEGÍTIMA.

El «ilegítima» me chirría. No me sorprendería ver sangre.

Hace años Braxton saltó a la fama con la famosa serie La vida es así, *seguida de películas como* Los mares del olvido *y* Amor a distancia. *En ese tiempo quizá no fue tan sonado, pero varios medios se hicieron eco de la noticia de su supuesta infidelidad a Ashley Smith (actriz de* Juntos en el paraíso *y* Juntos por la eternidad*), quien fue su mujer hasta hace diez años.*

Braxton ya tiene un hijo, Mateo Scott, de veinte años, a quien llama «su reflejo más brillante». Con todo el amor que siempre ha parecido profesar por su hijo, ¿quién hubiese dicho que podría tener otro niño ilegítimo? En concreto…, una niña.

Hemos investigado esta noticia y les traemos una exclusiva mundial: esa niña se llama Novalee y está a punto de mudarse a vivir con su padre debido a circunstancias familiares.

No puedo leer más. ¿Circunstancias familiares?

Han descrito a mi madre como si fuese una mera fan que tuvo un revolcón con un actor famoso y rompió su matrimonio. Ahora mismo quizá yo sea la única en saber que fue mucho más que eso, ya que él jamás se molestó en desmentirlo.

Pero también puede que en estos momentos sea la persona que más odie a Braxton Scott en el mundo entero.

Por su culpa, los titulares hablan de mi madre como lo hacen.

Por su culpa, debo dejar atrás todos mis sueños y amistades e irme a un lugar desconocido.

Por su culpa..., existo.

Braxton Scott, te odio para siempre. Y eso nunca cambiará.

Igual que tú decidiste que era mejor pagarme una pensión que conocerme, yo pienso que es mejor sobrevivir bajo tu techo mientras lo diga la ley que hablarte. Me convertiré en tu peor pesadilla y haré que desees que yo nunca hubiese nacido.

Braxton Scott. Te odio.

Cierro la revista de golpe y la lanzo contra un asiento de plástico a mi lado. Después me cruzo de brazos y soy incapaz de relajarme en todo el tiempo de espera a mi vuelo. Ni siquiera cuando subo y me percato de que mi billete es de primera clase soy capaz de respirar en paz.

Los lujos importan poco cuando toda tu vida se ha desmoronado y no puedes compartirlos con quien amas.

Tampoco me relajo en el momento en el que la azafata me sirve cacahuetes, y mucho menos cuando anuncian que estamos a punto de aterrizar.

Pero, en especial, no me relajo al ver todos los flashes de las cámaras de reporteros esperando mi llegada al aeropuerto de Los Ángeles.

¿Por qué sé que me esperan a mí?

Por los gritos.

—¡Novalee!

—¡Novalee Scott!

—Señorita Scott, ¡mire aquí!

Me siento cegada al instante por la cámara. ¿Qué mierda está pasando?

Pero llegan más flashes.

Más preguntas.

No entiendo nada.

—¿Es usted Novalee Scott?

Un hombre enorme llega a mi lado y me atrae hacia su brazo. ¿Quién me toca? ¿Por qué me toca? Otro más, ataviado con un traje, llega a nuestro lado.

—Señorita Scott, ¿qué siente al reencontrarse con su padre?

—Novalee, ¿cómo se siente al vivir la vida de una princesa por sorpresa?

Me vuelvo hacia la periodista a mi lado, con un teléfono apuntando directamente a mi cara. Creo que es el peor ejemplo que pudo haber sacado. De mis labios sale lo único que en realidad pienso:

—Preferiría estar muerta.

No me hacen ni caso.

—¡Novalee! ¿Qué ha querido decir con eso?

El brazo en mis hombros tira con fuerza y me aparta de las cámaras, los flashes y las voces. Me llevan hasta un rincón lejos de las demás personas, prácticamente me arrastran. Me magullan la piel y me rompen la camiseta que visto.

Sonará exagerado, pero quiero llorar.

Quiero correr al abrazo de mi madre, pero… eso es imposible.

A mi lado llega una chica de unos veintipocos. Su sonrisa dulce parece calmar por un momento la guerra a mi alrededor, y la escucho decir:

—Señorita Scott, bienvenida. Me llamo Fleur y seré su asistente.

—Torres —respondo casi por inercia—. Soy Novalee Torres.

El apellido de mi madre, algo que nunca lograrán arrebatarme. Si ese señor fue incapaz de criarme, ¿quién se cree que es para que use su apellido?

Pero lejos de parecer ofendida, la chica amplía su sonrisa. Me toma de la mano y siento calidez. Esto es nuevo. Después de tanta tristeza, sienta bien notar esta sensación.

—Está bien, Novalee. Me ha contratado su padre, seré su asistente estos días.

¿Padre? Debe referirse a Braxton. Me siento como en un maldito sueño.

—Llámame Nova —le pido.

Al fondo sigo escuchando gritos y flashes. Esto es una maldita locura.

Fleur parece comprenderlo porque estrecha mi mano con fuerza y me atrae hacia ella. Casi chocamos, pero no importa. Su sonrisa es fría, pero soy capaz de imitarla, y eso me reconforta un poco.

—De acuerdo, Nova. Esto será duro, pero lograremos llegar al coche y de ahí a casa. ¿Estás lista?

Dudo unos segundos. Parece decidida, segura..., y yo no lo estoy en absoluto.

—¿Y mi padre? —susurro por fin.

—¿El señor Scott? —repite con confusión.

Sí, quizá debiera llamarle así. Al fin y al cabo, es un completo extraño.

Y como si necesitara un recordatorio, ella añade:

—No ha podido venir, pero pronto lo conocerá.

Mi padre no me quiere. Siempre lo he sabido. Pero el nivel de «ni siquiera vengo a buscarte al aeropuerto tras la muerte de tu madre» es demasiado cruel para mí.

Odio a ese hombre. Ojalá se hubiese muerto él y no ella.

Fleur pasa un brazo por mis hombros y es el primer contacto humano que siento en lo que parecen años.

—¿Estás lista? —pregunta.

Y asiento, aunque sé que es mentira. Tira de mí hacia fuera de la habitación en la que estamos encerradas; hacia los flashes, las cámaras, las preguntas indiscretas…; hacia la vida, que mata y engulle cada racimo de felicidad que pueda quedarte.

No tenía ni idea de la importancia del anonimato… hasta este preciso momento.

Dos

—¿Eres consciente del problema en el que nos has metido?

Parpadeo repetidas veces, un gesto que el hombre que tengo delante interpreta a la perfección: No, no lo soy. Ilumíname.

Por alguna razón, ahí sí que me lee la mente.

—Tu foto sale en portada en la principal revista rosa del país —exclama, sacudiendo ante mí el trozo de papel.

Trato de leer el titular, pero no lo logro del todo. Creo que pone *Novalee Scott prefiere morirse antes que vivir con su padre*. Sin embargo, el hombre lo aparta de mí demasiado rápido.

—No solo eso, también te has convertido en *trending topic* en internet —exclama, y mira la pantalla de su teléfono con expresión de pavor—. ¡Esto es horrible!

Ojalá pudiera sentir empatía, pero en estos momentos lo cierto es que la única emoción que me llena es la de la incomprensión. Él parece muy agitado, pero yo estoy totalmente atónita.

Después de que Fleur me sacase del aeropuerto y nos metiese a mí y a mis maletas en un gran coche negro, iniciamos un camino de más de una hora hasta mi nueva casa. Estuvo hablando por teléfono casi todo el tiempo y pude percatarme de que daba explicaciones sobre mi llegada (es posible que a este hombre, que parece ser quien chillaba desde el otro lado) y hablaba sobre conceder entrevistas.

No pensaba hacer nada de esto. ¿Se han vuelto locos todos?

Finalmente, el hombre suspira, guarda el teléfono y me dice:

—¿Tienes idea del dinero por el que habríamos podido vender la exclusiva?

Ah… Así que ahí estaba el problema. Dinero, ¿cómo no? Probablemente lo único que le interesa a mi padre.

—Ni idea, la verdad.

—Niñata insoportable…

Decido ignorar el refunfuño de ese hombre que ni siquiera ha tenido la decencia de presentarse. Estoy plantada en medio de un despacho en la planta baja de la increíble mansión donde me han metido, y aunque los techos son más altos que los de mi antigua casa, siento que me asfixian. Quiero correr.

—¿Y mi padre? —pregunto.

—El señor Scott está ocupado.

No puedo evitar suspirar. ¿Qué puede ser tan sumamente importante como para ni siquiera dignarse a venir y presentarse? Yo también podría estar ocupada ahora mismo: por ejemplo, asistiendo a las clases de último año en el instituto al que siempre he ido, con mis amigos, con Ethan, preparándome para mi vida, y no aquí, enjaulada cerca de él.

—¿Algún problema? —pregunta el hombre al notar mi resoplido.

Muchos. Sin embargo, solo logro responder:

—Entonces ¿puedo irme ya?

Me mira con detenimiento. Puedo ver el cansancio en sus ojos. Finalmente suspira y asiente.

—Está bien, le diré a Fleur que te enseñe tu habitación.

—Gracias, em…

No sé cómo se llama. Ni siquiera me lo ha dicho antes de empezar a reñirme por dejar que decenas de extraños me sacaran fotos de improvisto al bajarme del avión. Pero ¿cómo iba yo a saberlo?

—Llámame Daniel —responde por fin.

Asiento. Sus hombros han bajado y parece un poco más relajado. Quizá incluso pueda caerme bien, tiene una expresión amable y…

—De todos modos, esto solo nos deja una solución —continúa Daniel, interrumpiendo mi hilo de pensamientos—. Te pondremos un guardaespaldas para que te acompañe a donde tengas que ir.

Y… nope, nope, definitivamente NO me va a caer bien.

—Tienes que estar de coña —replico.

—Señorita Scott —¿cómo que «señorita»?—, creo que no es consciente de la que…

—Torres —le interrumpo, aunque me ignora—. Es Novalee Torres.

—Ahí fuera hay un gran número de paparazis esperando lograr la mejor foto y exclusiva.

—Y la sacarían gratis, ¿verdad?

—Ese no es el mayor problema. ¿Acaso no comprende lo peligroso que puede ser? ¿La de dementes que hay por el mundo? No podemos saber los peligros que podría suponer ir sola por la calle ahora que todos han visto su cara.

Un escalofrío me invade. Pero solo debe estar tratando de meterme miedo. No soy nadie importante, solo la hija de alguien que sí lo es. Si hasta ahora he podido permanecer en el anonimato, tan difícil no debería ser continuar así, ¿verdad?

Y un guardaespaldas suena a cero intimidad, a alguien pegado a ti siempre.

—Podré sola. No necesito un guardaespaldas.

Daniel alza las cejas y no puedo evitar darme cuenta de su expresión divertida. No me toma en serio. Soy una desconocida, la hija adolescente e ilegítima de su jefe, ¿por qué lo haría? Al fin, lo hace notar cuando replica:

—No es discutible.

—Pero…

—Vamos —interrumpe Fleur, acercándose a mí y tomándome del brazo—, ¿y si te enseño tu habitación? Debes de estar cansada.

Quiero protestar, pero en realidad tiene razón. Apenas he dormido en las últimas semanas y todo me pesa, incluida esta conversación. Quizá si estuviese un poco más descansada podría lidiar mejor con esta nueva vida y sus cambios.

—De acuerdo —suspiro mientras me dejo arrastrar por Fleur.

Daniel hace un leve asentimiento de cabeza y prefiero ignorar su expresión de victoria mientras sigo a esta chica que parece mucho más agradable fuera del despacho. Atravesamos un largo pasillo lleno de puertas iguales y subimos una escalera más antes de llegar a la habitación. Este lugar es enorme y estoy bastante segura de perderme si no presto atención. ¿Para qué quieren tanto espacio los famosos si apenas viven tres personas en esta casa? O eso que yo sepa.

—Aquí es.

Fleur abre una de las puertas y deja que yo pase primero. Es un dormitorio grande y en parte bastante estándar. Me recuerda a una habitación de hotel. Tiene las paredes blancas, una cama grande en el centro, mesitas y armario a juego y un ventanal que va del techo al suelo. La decoración es sencilla, minimalista y moderna, y se aleja demasiado de mi vieja habitación.

No están las marcas anuales de cada centímetro que yo crecía al año. Tampoco la torre de libros, tanto los viejos que leí de pequeña como los nuevos. Mamá siempre se desesperaba conmigo porque los marcaba con bolígrafo y llenaba de *pósits* en las partes que más me gustaban, así que no podía venderlos.

Tampoco está el agujero en la pared que hice cuando me enfadé por perder aquel partido de tenis y que Ethan se riera de mí. Después me estuvo pidiendo disculpas durante un mes, incluso llegó a arrastrarse en el césped, frente al instituto, para rogar mi perdón. Y eso que ya había vuelto a hablarle.

Las fotos de mamá tampoco están; ni las mías. Ni mis pósteres de artistas famosos, las luces led de colores o el espejo lleno de entradas de cine de películas a las que he asistido.

Porque nada de esto es mi hogar.

Me fijo en que mis maletas están a un lado. No sé quién ni cuándo las han traído, aunque supongo que no debería quejarme puesto que me olvidé de ellas nada más salir del coche que me trajo a esta casa.

—¿Cuántas habitaciones hay? —pregunto cuando me sitúo en el centro.

—Doce.

—¿Y baños?

—Sin contar aseos, siete.

No puedo evitar resoplar.

—Es una puta locura. Esta gente desperdicia la hostia de espacio.

Fleur abre la boca con horror y, durante unos segundos, sopeso si ha sido por mis palabras fuertes o por lo que hay implícito en la frase. Me quedo con esto último cuando, tras cambiar la expresión, contesta:

—Es común en este tipo de casas tener tantos baños y habitaciones.

Asiento despacio, aunque me sigue pareciendo una locura. ¿Será que los trabajadores descansan aquí?

—¿Tú también vives aquí? —pregunto sin poder contenerme.

—Entre semana sí. De hecho, mi habitación está al final del pasillo, por si me necesitas. Y la de en frente es la de Mateo.

Un escalofrío me recorre.

Mateo Scott.

Mi hermano mayor.

Me resulta extraño pensarlo, porque jamás me he relacionado con él. Se supone que compartimos sangre, pero somos dos completos extraños. He seguido su vida gracias a la prensa y he de decir que hasta cierto punto he estado interesada. Es gracioso, porque a pesar de ser biológicamente medio hermanos pero no conocernos, soy consciente de que nos parecemos bastante.

Ambos tenemos el mismo pelo castaño claro que tiene nuestro padre y la misma nariz cubierta de pecas. De hecho, en alguna ocasión llegué a fijarme en su sonrisa, y estoy bastante segura de que es igual. Sin embargo, sus ojos son como los de su madre, Ashley Smith, y los míos..., igual de verdes que los de mi padre. Incluso la forma es la misma. Y no sabes cuánto odio eso.

Detesto ser su viva imagen.

—Braxton ha dicho que puedes decorarlo como quieras.

Me vuelvo hacia Fleur sin poder ocultar la sorpresa.

—¿Mi padre ha dicho eso?

Me suena extraño decir esas palabras.

Mi padre.

Porque en general significan algo. Mencionan a una persona importante en tu vida. Para mí solo hacen referencia a un completo desconocido, y últimamente duelen más que nunca.

—Eso es. Cualquier cosa que quieras puedes pedirla. Ha encargado una tarjeta de crédito para ti que... Ay, espera un segundo.

Comienza a rebuscar algo en su bolso mientras echo un nuevo vistazo a la habitación. ¿Quizá le importe lo suficiente para dejarme tener mi lugar aquí? A mi gusto. Para mí.

Quizá le importe suficiente para hacerme sentir en casa.

Sin embargo, Fleur termina por sacar una tarjeta de crédito de su bolso y la extiende hacia mí.

—Para ti. No tiene bloqueo de dinero, puedes comprar lo que quieras con ella.

—¿No tiene bloqueo? —repito con torpeza.

Debo estar flipando.

—Sí, quiere decir que no hay límite.

Sé lo que significa, pero no me ha entendido. Sacudo la cabeza y no tomo la tarjeta que ella sigue acercando hacia mí. Cuando se da cuenta de que no estoy pensando en tomarla, la deja a un lado sobre la cama.

—¿Dónde está él? —pregunto por fin.

Fleur parece repentinamente incómoda y se pasa una mano por los mechones de cabello castaño corto. Tiene las facciones finas y le queda muy bien ese peinado.

No hace falta que diga su nombre para saber a quién me refiero.

—Braxton tiene una película, estas semanas está un poco liado.

Semanas, no días.

—¿Y podré verlo esta noche?

Me siento como una idiota. Es mi padre. Vale que no lo he visto en persona en toda mi vida pero, si debo vivir con él, ¿lo lógico no sería hacerlo ahora?

Sin embargo, la respuesta me queda muy clara cuando Fleur evita mi mirada, se encoge de hombros y luego finge una sonrisa.

—Ahora es complicado, ¡pero seguro que logramos encontrar un hueco!

Genial.

No solo he sido obligada a vivir con un extraño, sino que él tampoco me quiere aquí. No hay que ser muy lista para darse cuenta.

—Pues vale —respondo.

Aunque mi contestación no es elocuente, es suficiente para que Fleur se dé cuenta de que en estos momentos estoy dolida. Y eso también me jode.

Hace el amago de tomarme la mano, pero, cuando la aparto, ella también se retrae. Da un paso hacia atrás, hacia la puerta, y susurra:

—Entonces, si te parece bien, dejaré que te instales.

—Vale —susurro.

Noto las lágrimas en los ojos, picando como han hecho hasta ahora durante los últimos días.

—La cena se servirá a las seis en el comedor, Mateo seguramente estará.

—Vale.

Mi voz es un poco más suave, más baja.

—Si no deseas ir, podemos traértela a la habitación.

—Vale —apenas susurro.

—Cualquier cosa que necesites, Nova… —Guarda silencio, mirándome. Traga saliva mientras noto los ojos acuosos y ella cada vez se ve más difuminada—. Llámame, ¿está bien?

Asiento, finalmente incapaz de hablar. Fleur desaparece de la habitación y yo miro en derredor. Esta vez me parece más fría, más vacía; igual que mi nueva vida. Ya no hay brazos que puedan abrazarme.

No hay brazos que QUIERAN abrazarme.

Aquí no hay nadie a quien le importe, y eso es lo que realmente me hace sentir sola y triste.

Me tiro en la cama y comienzo a llorar. Extraño mi casa, extraño mi vida, extraño mi casa. Pero sobre todo… extraño a mi madre.

Y nada me la traerá de vuelta.

Tres

Duermo casi todo el día y toda la noche. No bajo a cenar y tampoco salgo para nada de la habitación. En realidad, ¿para qué lo haría? Ya no queda nadie que me quiera por aquí.

Al día siguiente, tras tanto tiempo descansando, me despierto con los primeros rayos de sol. Mucho lujo, pero en esta maldita casa no saben de la existencia de cortinas opacas. Me he puesto para dormir el pijama de fresas que mamá me regaló por mi diecisiete cumpleaños, hace casi un año. Me queda algo pequeño y tiene un roto a la altura del estómago, pero me recuerda a ella. También el hecho de que, según el juez, solo debo vivir con Braxton Scott hasta que cumpla los dieciocho.

Una vez los tenga podré ser libre e irme de aquí. Eso si no me echan a patadas, porque está claro que este hombre no me quiere en su casa. ¿Qué padre es incapaz de acercarse a conocer a su hija? Uno que solo lo es sobre el papel.

—Vamos, Novalee —digo a mi reflejo del espejo de cuerpo completo de la habitación—. Aguanta unos cuantos meses.

Entonces tomo aire y salgo de la habitación. Probablemente darse un baño y cambiarse de ropa fuese lo más adecuado, pero según mi teléfono móvil no son ni las siete de la mañana.

He tratado de ponerme en contacto con Ethan, pero mi tarjeta SIM no funciona. Estaba a nombre de mamá. No puedo conectarme a internet ni llamar y, puesto que aún no sé la clave wifi, no me queda otra que salir a investigar y preguntar a alguien.

Necesito con urgencia hablar con Ethan. Conectar con la realidad, con mi realidad.

La casa se encuentra en completo silencio y me siento como una intrusa. Los pasillos apenas están alumbrados por la luz del día y no se oye nada. No es hasta que llego a la planta baja que empiezo a notar presencia humana.

Mientras me acerco a una sala voy dándome cuenta de que lo que oigo es un teléfono móvil, pero todo se queda en silencio cuando entro a lo que parece el comedor, que es una sala decorada con esmero. Paredes lujosas, lámpara grande y colgante, mesa de roble oscuro… y solo un comensal ante un festín de café, pastelitos y huevos revueltos.

El chico, que no pasará los veinte años, deja el teléfono a un lado y lo bloquea. Cuando sus ojos se posan en mí, siento un escalofrío. He visto ese rostro miles de veces, pero nunca en persona. Reconocería ese cabello castaño claro, el mismo que tengo yo, en cualquier lado.

Es Mateo Scott, mi medio hermano.

Noto sus ojos sobre mí a medida que me acerco. ¿Sabrá él quién soy yo? ¿Alguien le habrá explicado que venía? De pronto me imagino a Braxton Scott poniendo una mano sobre el hombro de su hijo y confesando en voz grave: «Mateo, tienes una hermanastra. Su madre ha muerto y ahora vivirá con nosotros».

Saco esa idea rápidamente de mi cabeza. Si ni siquiera se ha dignado a conocerme en persona todavía, dudo mucho que Braxton haya hablado de mí.

Finalmente llego a una silla a unos cinco metros de él y carraspeo. Poso una mano en el respaldo antes de susurrar un tímido «hola».

Él me observa hasta el punto de resultarme incómodo. Un hombre aparece por una puerta con un vaso de agua. Cuando me ve casi se le cae, pero lo deja al lado de Mateo. Después se retira con rapidez.

Y de pronto mi hermano susurra:

—Novalee Scott.

—Es Torres.

La corrección me sale sola, pero él me ignora.

De acuerdo, entonces sí sabe quién soy.

—El nuevo juguetito de papá —completa.

—No soy un juguete.

Al instante me siento idiota, en especial cuando las comisuras de sus labios se elevan en una sonrisa. Tengo un mal presentimiento. Y de repente estoy congelada en el sitio.

—¿Sabes quién soy? —pregunta.

—Mateo Scott.

Su nombre se escapa de mis labios como si fuese la primera vez que lo digo, cuando en realidad llevo años cotilleando sus redes sociales. En mi cabeza este encuentro ha ocurrido muchísimas veces, pero en ningún momento iba tan mal todo como ahora.

Él sonríe un poco más, pero lo hace con maldad.

—Has hecho los deberes.

La sangre me hierve en las venas y soy incapaz de contenerme antes de espetarle:

—Sería idiota si como mínimo no googleara la cara de mi hermano, ¿no crees?

Puedo ver cómo se le tambalea la sonrisa y es algo extraño porque tiene la misma que yo, a pesar de que se trata de un completo desconocido. De verdad que una parte de mí esperaba que me identificase como familia, quizá alguien con quien crear una alianza en este extraño lugar, pero no ha sido así. Ahora debo afrontar las consecuencias de mis palabras. Y vienen rápido, casi como una bofetada.

—Medio hermano —me corrige—. Y más bien eres idiota por atreverte a venir a esta casa después de ser la culpable de destrozar a mi familia, ¿no crees?

Frunzo el ceño para ocultar las lágrimas que quieren asomar tras mis pestañas. Todavía no me he recuperado del todo de la pérdida de mamá y del cambio de vida. ¿Algún día lo haré? Me temo que la respuesta es un no.

—Dios, eres más idiota de lo que dicen en internet —resoplo con un gesto exagerado con el que trato de ocultar cómo me ha herido. Pero funciona.

Mateo frunce el ceño alterado y replica:

—Dice quien ha venido a aprovecharse de la fama y el dinero de nuestra familia.

Me río sin ganas, aún con los ojos al borde de las lágrimas.

—Me importa una mierda vuestra estúpida fama o el dinero. Estoy aquí porque un juez me ha obligado. Pero tranquilo, no será por mucho tiempo. Me iré en cuanto cumpla los dieciocho.

—Estoy deseando verlo.

Me mira con tanto rencor y tanta socarronería que no puedo evitar insultarlo.

—Imbécil.

Conozco bastante de él por lo que he leído en internet. Mateo tiene amigos, un grupo de famosos con los que asiste a la universidad. Estudia empresariales y vive con su padre, aunque ve a su madre en vacaciones. Sin embargo, esa información no me prepara para ver cómo se pone de pie al momento y echa la silla hacia atrás tan rápido que logra que esta se caiga.

—Cállate, Novalee —sisea, y en realidad siento un escalofrío—. No tienes ningún derecho a insultarme.

Sus ojos van de arriba abajo por mi piel, examinándome. El hombre vuelve a entrar con una bandeja cargada con un café y pastas, pero Mateo no le presta atención. Se aleja del sitio y llega hacia mí.

Me contengo para mantenerme impasible, aunque en realidad quiero salir corriendo. No le daré esa satisfacción porque miedo no es lo que siento, es rechazo. Este chico… es mi hermano.

—Mientras vivas aquí —susurra cerca de mí—, no quiero que me hables.

Sostengo su mirada, pero no le contesto. Bastante me cuesta ocultar que sus palabras no duelen.

—Compartiremos sangre, pero tú y yo no somos iguales —añade.

Mantengo mi mirada lo más gélida posible. Intento con todas mis fuerzas que parezca que de verdad no me importa.

Quizá porque en el fondo, muy en el fondo, esperaba encontrar a un aliado en Mateo Scott. No un hermano, sabía que eso era complicado, pero… sí algo parecido a un amigo.

Sin embargo, esto ha servido para algo bueno: recordarme lo sola que estoy aquí.

Él simplemente me lanza una larga mirada antes de abandonar el comedor. Espero por lo menos un minuto más hasta derrumbarme. Me agarro a una silla y siento que mi garganta se cierra, pero me niego a dejar que los sentimientos me venzan.

Si sobreviví a la partida de mi madre, podré con esto.

Ella hubiese querido que lo superara.

Fleur llama a la puerta de mi nueva habitación un par de horas después. Tras el encontronazo con mi medio hermano, he vuelto a este pequeño lugar seguro dentro de la inmensa casa. Me he escondido bajo las sábanas como cuando era pequeña y, aunque no funcionan igual que las de mi casa, me dan un poco de paz.

Trae consigo un sándwich, la clave del wifi y también una caja con un teléfono móvil.

—No lo quiero —le digo, refiriéndome al teléfono.

Lo cierto es que las tripas me rugen de hambre por no haber desayunado y no tardo en tomar el sándwich.

Pero ella niega con la cabeza y me obliga a tomar la caja.

—Son órdenes de Daniel. Tienes guardados ya todos los teléfonos de contacto que necesitas. Es importante que podamos localizarte.

Quiero volver a quejarme, porque yo ya tengo mi propio teléfono en el que están las fotos con mamá, con Ethan, con mis amigos… Pero tampoco quiero pelear. Solo asiento y Fleur deja el teléfono nuevo sobre el elegante escritorio de la habitación.

Comienzo a mordisquear el sándwich, sentada en una esquina de mi cama mientras ella me mira. Debo tener una pinta espantosa, todavía en pijama, sin peinar y con los ojos marcados por las lágrimas y las ojeras de no dormir.

Sin embargo, Fleur mantiene una sonrisa fresca, que en parte me da hasta envidia, y se sienta a mi lado. No parece mucho mayor que yo.

—Esta tarde conocerás a Oliver —me dice.

Frunzo el ceño sin hablar porque tengo la boca llena de comida. ¿Otro trabajador? ¿Un psicólogo, quizá? ¿O un tío lejano del que nunca he escuchado hablar?

—Él va a ser tu guardaespaldas —explica tras un corto silencio. Por lo visto no han desistido en la idea—. Y mañana irá contigo al instituto.

Genial, además de ir a un nuevo instituto con el curso ya comenzado y un escándalo detrás de mí, también tendré un señor grande y trajeado (o, al menos, así me imagino a los guardaespaldas) persiguiéndome todo el tiempo. Lo mejor para hacer amigos.

Sin embargo, lo que sale de mis labios cuando por fin trago el trozo de sándwich es:

—¿Voy a ir a un instituto?

—Claro que sí, ¿o no quieres terminar tus estudios?

En realidad, había pensado en que quizá tomase clases privadas, como algunos famosos. O mi otra opción: retomarlo en unos meses, cuando regrese a casa con los padres de Ethan tras cumplir dieciocho.

No veo el momento de que ese día llegue y poder irme de aquí. Toda esta extraña situación me abruma.

—Sí, claro —murmuro—. Por supuesto.

Y continúo comiendo porque no sé qué más decir.

—Es el mismo al que ha ido Mateo —prosigue Fleur, como si eso pudiera aliviarme—. No te preocupes, muchísimos hijos de famosos van a esta academia, así que estás segura allí.

—Si estoy segura, ¿por qué irá el guardaespaldas conmigo?

—Toda protección es poca después del revuelo que se ha montado.

Resisto poner los ojos en blanco. No he hecho nada más que responder a un grupo de periodistas que me pillaron por sorpresa. Estoy bastante segura de que en un par de semanas otro famoso será protagonista de un nuevo escándalo y se olvidarán de mí.

—Además, son órdenes de tu padre —agrega Fleur.

Eso hace que me olvide de que tengo comida en la boca.

—¿Braxton ha contratado un guardaespaldas? ¿Para mí?

Me atraganto con el pan y me tomo unos segundos para masticarlo y pasarlo antes de resoplar.

—Increíble. En casi dieciocho años no ha tenido interés en conocerme, pero ya me pone a alguien que me vigile incluso para ir a clase.

—Oliver no va a vigilarte. Va a protegerte.

Fleur posa una mano sobre mi pierna para darme apoyo y, aunque parezca increíble, lo consigue. Me doy cuenta de que llevo más de veinticuatro horas lejos de mi casa, de la gente que forma mi lugar de confort, y sin el contacto directo de otro humano. Quizá por eso su mano en mi pierna me calma.

—Tengo que ir a recoger tu uniforme y hacer unos recados, pero si quieres podemos hacer algo cuando regrese. Ver una película, bajar a la piscina...

—¿Puedo acompañarte a por el uniforme?

Sueno esperanzada. Creo que una parte de mí necesita desesperadamente salir de esta casa. Sin embargo, la sonrisa de Fleur decae y ya sé su respuesta antes de que me la diga.

—Todavía no es prudente. Hay mucho revuelo por la noticia y quién sabe qué pasaría si alguien te reconoce en un sitio público.

—Entonces, ¿estoy aquí encerrada como una prisionera?

Hago un gesto feo con la boca, porque en esta cárcel tengo comida, piscina, un teléfono e internet. Pero, por muy maravillosa que sea la celda, no deja de ser eso: una celda.

—Por lo menos unos días —admite Fleur—, y hasta que Oliver esté contigo.

—Supongo que tendré que aceptarlo —refunfuño.

Vuelvo a comer el sándwich. Ella solo está haciendo su trabajo, no quiero molestarla más de la cuenta. Al fin y al cabo, el causante de todo esto es mi padre. Prefiero continuar alimentando mi odio para redirigirlo hacia su persona.

Fleur se pone de pie y se alisa la falda. Parece un poco nerviosa.

—De acuerdo. Entonces, si no necesitas nada más…

Está esperando a que diga algo.

—Estoy bien, no te preocupes por mí —le aseguro, con el último trozo de sándwich en la mano—. Me quedaré aquí comiendo y aprendiendo a usar mi nuevo teléfono.

Eso parece tranquilizarla, porque me lanza una última mirada evaluadora y finalmente se despide con la mano antes de salir de la habitación.

Termino la comida y tomo el teléfono que me ha traído. Si funciona, eso quiere decir que puedo hacer llamadas con él. Y hay una persona con la que me muero de ganas de hablar.

Tras una larga ducha y un buen lavado de dientes, me siento como una nueva persona. Después de eso llamo a Ethan. De primeras no lo coge y recuerdo que él nunca contesta las llamadas de desconocidos, pero tras enviarle un mensaje avisándole de que soy yo y que este es mi nuevo número, lo hace.

Nos pasamos más de una hora hablando. Me escucha con paciencia mientras me quejo de mi nuevo hogar.

—Pero no solo mi hermano es un idiota. Braxton Scott ni siquiera se ha dignado a conocerme todavía en persona. ¿Te lo puedes creer? Vale que yo tampoco tengo muchas ganas de verlo, pero es lo mínimo que debería hacer.

—Nova, no mientas —me regaña la voz de mi amigo desde el otro lado de la línea—. A mí, no. Sabes que en realidad te mueres de ganas de conocerlo por fin.

—Eso no es… —comienzo a protestar, pero tiene razón. Así que suspiro y admito la derrota—. Tienes razón, pero solo por curiosidad.

—De pequeña siempre te imaginabas cómo sería el día que por fin lo vieras en persona.

Sí, y para nada incluía la muerte de mi madre.

—Era una niña y todavía no le guardaba rencor por no haber querido saber nada de mí. Es distinto.

—Está bien. Puedes odiarle y querer conocerlo al mismo tiempo. Al fin y al cabo, es tu padre.

—¿Sabes? Creo que necesito cambiar de tema. Dime, ¿cómo van las cosas por ahí?

—Te fuiste ayer. No han cambiado demasiado.

Aun así, Ethan comienza a hablarme de cómo a su padre se le quemó un guiso esta mañana, del vecino loco que ha adoptado un gato nuevo y miles de anécdotas más que consiguen transportarme, al menos durante unos minutos, a casa.

Cuando tiene que colgar, me veo de nuevo sola en la habitación. No sé a qué hora regresará Fleur, pero decido salir a investigar. Si voy a verme obligada a pasar aquí los siguientes meses, debería ir familiarizándome con las estancias.

Voy directa a la planta de abajo. Al pasar cerca del comedor donde me encontré con Mateo, él ya no está, pero huele delicioso. Me asomo a la cocina y me encuentro a un hombre preparando la comida. Imagino que esta gente tiene su propio chef personal. Me ofrece algo de comer, pero niego con la cabeza.

Continúo investigando la planta baja, aunque solo me encuentro con otra persona más que está limpiando. Hay una biblioteca y otro despacho algo más pequeño. En la planta de abajo tiene una sala de juegos y también una de cine. Incluso las butacas son reclinables. Me entretengo un rato averiguando cómo funciona y acabo por poner una película que se ha estrenado hace poco donde (¡cómo no!) aparece Braxton Scott.

No es mal actor. En realidad, he visto algunas de las pelis en las que ha participado, pero sin que mamá se enterase. Como dijo Ethan, al fin y al cabo es mi padre y siempre he sentido algo de curiosidad por él, pero sabía que eso a ella le dolía.

Cuando la película termina, subo a la cocina. El chef ha terminado la comida y me sirve, pero estoy sola. Fleur todavía no ha vuelto y en esta casa no parece haber nadie más.

Me animo a salir al jardín trasero para curiosear. Ni siquiera hay gente en la piscina. Desanimada, regreso a la habitación con la idea de echarme una siesta. Apenas he descansado esta noche y, además, si duermo, el tiempo quizá pase más rápido. Tal vez cuando me despierte ya sea mañana y quede un día menos para irme de aquí.

Sin embargo, cuando llego al pasillo donde está mi habitación, me quedo completamente quieta.

—Mierda —mascullo.

¿Cuál de esas puertas es la mía? Son todas iguales. Las miro indecisa mientras descarto cuáles estoy segura de que no son mi habitación. Al final me decido por una y la abro, pero no tardo en descubrir que me he equivocado de cuarto. Y no me doy cuenta solo porque la decoración sea diferente. Lo hago porque en medio de la habitación hay un chico. Un chico medio desnudo. Está de espaldas y puedo ver perfectamente sus músculos trabajados y unos hombros anchos. Lleva solo una toalla atada a la cintura, como si acabara de salir de la ducha. De hecho, el pelo oscuro se le pega a la cabeza porque está mojado.

Quiero darme la vuelta y salir corriendo de allí, pero mis pies no se mueven. Además, al escuchar el ruido, el chico comienza a girarse. Segundos más tarde, unos ojos azules sorprendidos se clavan sobre los míos y…

Jo-der.

Es guapísimo.

Me riño a mí misma por mirar así, sin disimulo alguno, a un completo desconocido, mientras una sonrisa traviesa comienza a filtrarse en sus labios haciéndolo parecer más guapo todavía. Eleva las cejas con picardía, claramente notando cómo lo observo.

Estoy a punto de reaccionar y salir de ahí cuando pasa lo último que haría esta situación todavía más incómoda: se le cae la toalla.

Oliver

La chica se lleva las manos al rostro, se gira y me da la espalda, aunque llego a ver cómo abre la boca con sorpresa y sus ojos bajan durante unos segundos. Sacudo la cabeza con una pequeña sonrisa en los labios antes de agacharme, tomar la toalla y volver a atármela alrededor de la cintura.

—¿Buscabas algo, preciosa?

No sé por qué la he llamado preciosa. Iba a decir su nombre, pero, al darme cuenta de que no lo sé, me ha salido eso. Tampoco es una mentira. Aunque solo la he podido ver unos segundos, es una chica guapa. Pero eso no es lo importante.

—Lo siento —susurra mientras se vuelve despacio, todavía con las manos cubriendo el rostro—. Me he equivocado de habitación.

—Eso parece.

Ladeo la cabeza y ella hace el amago de mirar a través de los dedos. Contengo la sonrisa de nuevo cuando se da cuenta de que vuelvo a tener la toalla y finalmente puedo volver a ver su rostro. Parece de mi edad, quizá algo menos. De pronto me percato de que la conozco de algo y enseguida encajan todas las piezas. Ya sé por qué no la había visto antes en esta casa. También ayuda que su cara haya aparecido en todas las revistas sensacionalistas de la ciudad. He visto su foto incluso en las redes sociales.

Novalee Scott. La chica por la que me han llamado. La chica a la que debo proteger. Que sigue quieta en la puerta de mi habitación, observándome con los ojos muy abiertos, y que me ha visto hasta el carnet de identidad.

—¿Y bien? —presiono conteniendo la risa—. ¿Necesitas algo más?

Ella sacude la cabeza y aprieta los labios carnosos hasta formar una fina línea. Puedo apreciar el rubor cubriendo sus mejillas y finalmente soy incapaz de aguantar la sonrisa. Se filtra entre mis labios mientras continúo mirándola y ladeo el rostro. Eso hace que se ponga todavía más roja.

—No. Ya me voy. Adiós.

Se da la vuelta, sacudiendo su cabello a la espalda con fuerza, y sale de la habitación. Deja la puerta abierta y la sigo, dándome cuenta de que entra en el cuarto que hay justo al lado. Una vez solo, mis hombros se sacuden y dejo salir por completo la risa.

Joder. Menuda forma de conocernos más… especial. Me pregunto si sabe que seré su guardaespaldas, aunque no lo parece.

Termino de vestirme y deshago mi equipaje. No es que esté emocionado de haber aceptado este trabajo, pero es una oportunidad. Una que no se presenta todos los días, y sé que debo aceptarla. Solo será un año de sacrificio, lo que dure el curso escolar, y después podré irme.

Llaman a mi puerta alrededor de una hora después y bajo la pantalla del ordenador portátil.

—Adelante.

Fleur entra tímida y sonriente. Ella me cae bien. Probablemente sea la única persona en esta casa que me caiga bien.

—Hola, Oliver. Venía a ver si te habías instalado.

—Como puedes ver, ya he guardado todas mis cosas.

Señalo el armario y la maleta vacía a su lado. Tampoco tenía mucho que traer conmigo y ella lo sabe.

—El señor Scott quiere verte. Está en su despacho.

—Querrá discutir conmigo los detalles del acuerdo —suspiro, lanzándola una mirada de reojo mientras me recuesto en la silla del escritorio.

Fleur se encoge de hombros y examino su reacción. Parece calmada y estoy bastante seguro de que ella sabe todo al respecto.

—Estarás bien. Nova es una chica simpática.

—Lo sé. Ya nos hemos conocido.

En este momento los ojos de Fleur se abren con sorpresa.

—Ah, ¿sí? ¿Cuándo? Acabo de estar con ella y no me ha dicho nada.

Imaginaba que no le habría dicho nada y no seré yo quien lo haga. Eludo el tema y me incorporo. Camino hacia la puerta y se aparta cuando llego a su lado.

—Veamos qué quiere contarme el señor Scott.

No puedo evitar decir su nombre con un tono agrio y ella lo nota, porque frunce el ceño.

—Más cuidado, Oliver. Recuerda que ahora es tu jefe.

—Cómo olvidarlo. Prácticamente lo ha sido toda mi vida. Igual que el tuyo.

Fleur no contesta. Sabe que nadie en esta familia es de mi agrado, pero en especial Braxton Scott. Todo el mundo lo adora porque es un actor famoso, casi nunca se ha metido en polémicas y todos sus papeles han sido de hombre gracioso y amable. Tiene al mundo engañado.

No hace falta que nadie me guíe por esta casa. La conozco tan bien como conocía la mía. Llego a la puerta del despacho y la golpeo dos veces antes de escuchar la voz de Braxton desde dentro.

Al abrir lo veo dejar unos papeles sobre la mesa y caminar directo hacia mí con una de esas sonrisas que ha enamorado tantas veces a los espectadores.

—Oliver, qué alegría volver a verte.

Me trago toda mi rabia y dejo que este hombre me envuelva en un corto abrazo y dé un par de palmaditas en mi espalda. Cuando se aleja, me toma de los hombros y me observa complacido. Soy un poco más alto que él, pero aun así una parte de mí, de pronto, se siente más pequeña. Odio sentirme así.

—Mírate, cuánto has cambiado estos últimos años. Te pareces muchísimo a tu padre.

Trago saliva y hago mi mejor esfuerzo en sonreír.

—Sí, me lo dicen mucho.

Aprieta mi hombro con un gesto que se supone debe ser de cariño, pero solo hace que se me revuelva el estómago. Después señala su escritorio y me indica que nos acerquemos. Tomo asiento delante de él, como si estuviera en la oficina del director.

—Te he pedido venir porque es importante que firmes el contrato de confidencialidad. Al vivir aquí, verás muchas cosas que no debes contar.

—Lo sé. Firmé uno hace tiempo.

Cuando era un niño.

—Así es, pero las cosas han cambiado. Ahora tú eres el guardaespaldas.

Braxton me lanza otra de esas sonrisas y me pasa los papeles que ha estado mirando. Leo las palabras «contrato de confidencialidad» en negrita en la parte superior del documento.

—Tómate tu tiempo para leerlo, y si tienes cualquier duda házmelo saber.

Agarro un bolígrafo de la mesa y voy directo a la última página para firmar. Él siempre utiliza el mismo contrato estándar para sus trabajadores y sé que no voy a renunciar a este trabajo por nada de lo que ponga en él.

Cuando vuelvo a mirarlo tiene las cejas alzadas.

—¿No vas a leerlo?

—Me fío de ti —miento, porque no es así—. Aunque tengo una pregunta.

—Dispara.

Ah. Mala elección de palabras.

—¿Por qué yo?

—Creo que ya sabes la respuesta.

Sí, pero necesito escuchársela decir a él.

Carraspea y se deja caer sobre la silla mientras une las manos delante de su regazo.

—Necesitábamos un guardaespaldas joven, alguien que pudiera infiltrarse con Novalee en cualquier lugar sin levantar sospechas, pero ya sabes lo difícil que es conseguir a alguien con esas características y que sea de fiar. Tu padre fue el mejor guardaespaldas que he tenido, y también sé que te enseñó todo lo que sabía. Además, tú prácticamente te has criado en esta casa. En cierto modo, eres como un hijo para mí.

Sus mentiras se clavan dentro de mis entrañas, pero ignoro el dolor. Dudo mucho que sepa lo que es ser un padre de verdad. Ni siquiera lo ha sido con sus propios hijos, aunque me ha sorprendido el interés que ha puesto en proteger a Novalee.

—¿Por eso el trato también incluye el instituto? —prosigo. Necesito tenerlo todo claro.

—Sé que no pudiste terminarlo porque te quedaste cuidando de tu padre. Fue un sacrificio muy grande, Oliver. El director ha prometido mantener en secreto tu verdadera identidad. Mientras estés en el centro escolar, serás solo un estudiante más. Pero nunca debes quitarle el ojo de encima a Novalee. Después, cuando termine el curso escolar, podrás aplicar a la universidad que desees.

Lo sé. Entre el dinero que voy a recibir por este trabajo y el poder añadir a mi currículum que he asistido a un prestigioso instituto, tendré un poco más fácil entrar en la universidad. Al menos servirá para cubrir el parón de dos años que hice en mis estudios cuando tuve que cuidar de mi padre moribundo.

Regresar al instituto con diecinueve años no es el mayor sueño del mundo, pero sé lo importante que es terminar los estudios y las puertas que me puede abrir. Quiero conseguir la clase de vida que mi padre siempre deseó para mí.

Mi anterior trabajo es mejor que ni lo nombre en las solicitudes.

—De acuerdo, trato hecho.

Extiendo la mano hacia Braxton Scott y él la aprieta con fuerza. Cuando me suelta y me dispongo a salir de allí, le escucho decir:

—Estás tomando la decisión correcta. Creo que esto es lo que tu padre hubiese querido.

Me chirrían los dientes al escucharle hablar de él. No tiene ningún derecho. Pero es verdad. Aunque me enseñó defensa personal desde pequeño, y gracias a él puedo actuar como guardaespaldas, siempre quiso que tuviera otra carrera. Este trabajo puede ser muy peligroso, y él lo sabía bien.

—No me he olvidado de tu padre, Oliver —añade Braxton, pero no contesto y salgo de su despacho.

Yo tampoco lo he hecho.

Cómo olvidar que mi padre está muerto si fue todo culpa de Braxton Scott.

Cuatro

Oh, Dios mío. He visto a un chico desnudo. Corrección: he visto a mi guardaespaldas desnudo.

Dejando de lado el hecho de que jamás imaginé que diría esas palabras…

—Pero dime, ¿cómo os conocisteis? —presiona Fleur mientras toma un puñado de palomitas—. ¿Y qué te ha parecido?

Estamos en la sala de cine y una película se proyecta de fondo. Después de que me contara que mi guardaespaldas ya estaba aquí instalado, en la habitación que hay pegada a la mía, y que él le ha dicho que ya nos hemos conocido, no me ha hecho falta sumar más que dos y dos para darme cuenta de quién se trata.

Mierda. ¿Por qué me tienen que pasar estas cosas?

—Pues es…

Intento pensar una buena respuesta, pero a mi mente solo viene la imagen de él. Desnudo.

—¿Joven? —finalizo.

Fleur se echa a reír y se atraganta con una palomita. La doy unos golpecitos en la espalda para ayudarla. En este rato juntas se ha relajado y es bastante más cercana y simpática conmigo, pero no nos conocemos lo suficiente para que me sienta cómoda contándole lo que ha pasado. Y cómo es que he visto a ese chico desnudo. Creo que jamás podré sacármelo de la cabeza.

—Esa es la idea, así podrá pasar desapercibido en el instituto, como un alumno más —me explica con tranquilidad—. Creo que os llevaréis muy bien, Oliver es un buen chico.

Frunzo el ceño.

—¿Lo conoces?

—Antes de jubilarse, mi madre trabajaba aquí de cocinera y pasaba muchas horas en la casa. El padre de Oliver también, y como somos de la misma edad pasábamos tiempo juntos.

Aquí parece que todos conocen a Braxton mejor que yo, aunque no sé por qué me sorprende. Era de esperar, si nunca le he conocido en persona. Ni siquiera sé cuándo podré hacerlo. Acabo de llegar a una casa completamente desconocida, y la única persona que en teoría debería recibirme, no lo hace.

He vivido casi dieciocho años de mi vida sin su presencia. Podré aguantar unos pocos meses más a su sombra.

—Aun así, no estoy muy segura de que me siga agradando la idea de tener un guardaespaldas siguiéndome en el instituto. ¡Incluso duerme en la habitación de al lado!

—Es una pena, preciosa. —Escucho una voz detrás de nosotras—. Lástima que no puedas hacer nada al respecto.

Un escalofrío me recorre la espalda mientras me giro. El mismo chico de antes me observa inclinado sobre mi butaca, solo que ahora está vestido. A mi lado, Fleur no parece tensa y creo que le sonríe.

—¿Qué tal, Oliver? Hablábamos de ti.

—Eso me pareció —admite, mirándola unos segundos antes de volver a clavar sus ojos azules en mí—. Su padre me ha pedido que la busque. Hoy van a tener una cena familiar.

El estómago se me revuelve de una forma mucho más desagradable que el escalofrío. ¿Cena familiar? Eso debe incluirnos a Mateo, a mí y a Braxton. Finalmente voy a conocerlo.

Me levanto, sintiendo su mirada sobre mí y cómo me hormiguea el cuerpo. Al pasar a su lado le rozo el brazo y se me pone la piel de gallina. Tardo un par de segundos en percatarme de que ellos no se mueven.

—¿No venís? —pregunto.

—Dije cena familiar, preciosa. Vosotros no os juntáis con la plebe.

—¡Oliver! —Escucho que le riñe Fleur, pero prefiero ignorar su comentario.

Aunque no puedo quejarme, no me siento integrada en este mundo del que me obligan a formar parte. Aun así, los próximos meses los voy a tener que pasar cerca de este chico, por lo que hago un pequeño esfuerzo en corregirlo.

—Es Nova.

—¿Perdón?

Eleva las cejas y ladea la cara al igual que hizo cuando me quedé petrificada en su habitación. No me gusta la forma en que me mira ni el hecho de que lo encuentre increíblemente atractivo.

Vuelvo a esforzarme por sonar cordial en beneficio de los próximos meses juntos.

—Me llamo Novalee, no preciosa —explico, aunque ni siquiera tendría que hacerlo.

Me mantiene la mirada sin contestar, y por alguna razón yo tampoco soy capaz de apartarla. Finalmente se encoge de hombros y se sienta en la butaca que he dejado libre, ignorándome por completo.

—Dame unas palomitas, hasta mañana no empieza mi trabajo oficial —le pide a Fleur.

Pero yo me quedo allí, sin moverme. ¿En serio acaba de pasar de mí? No solo me parece una acción grosera por su parte, también me hace sentir una punzada de dolor. ¿Tan poco valgo como para que me trate así?

Me quedo quieta mirándolo, hasta que se vuelve hacia mí de nuevo y dice:

—¿Necesitas algo más?

La misma pregunta que me hizo en su habitación. Al final, la rabia empieza a burbujear en mi sangre. Algo bastante malo, ya que mis emociones en los últimos tiempos no están en su mejor momento como para dejarlas explotar.

—Vete a la mierda —siseo con los puños apretados, conteniéndome.

Acto seguido me doy la vuelta y me alejo de la sala de cine mientras escucho cómo Fleur vuelve a reñirlo.

Algo me dice que mis días en esta casa no van a ser precisamente tranquilos.

Me tomo unos minutos para calmarme antes de pasar al comedor. Puedo oler a comida desde donde estoy y mi estómago gruñe con hambre.

Esta va a ser la primera vez que vea a mi padre en persona, algo que nunca imaginé que sucedería y mentiría si dijera que no estoy nerviosa. Me sudan las palmas de las manos.

Pero no me puedo quedar escondida para siempre tras las paredes. Además, en realidad tengo ganas de conocerlo. Admitirlo me cuesta y me duele a partes iguales. Ojalá no tuviera estos sentimientos, pero el caso es que los tengo.

—¿Vas a la cena? —La voz de Daniel, el asistente personal de mi padre, me sobresalta.

No lo he visto desde ayer y, aunque apenas han sido unas horas, me da la sensación de que he vivido muchísimo más desde mi llegada aquí. Daniel ha salido del comedor y me observa con desaprobación. Debe tener unos treinta años, pero el traje que viste le hace parecer más mayor, en especial su actitud de tener prisa a todas horas.

—Sí, pero… me he perdido.

Alza las cejas y debe saber tan bien como yo que es mentira, porque el comedor está justo ahí al lado. Sin embargo, no hace ningún comentario al respecto. Suspira y me apremia:

—Vamos, te están esperando.

Tomo aire y comienzo a avanzar, dejándole atrás. Poco antes de llegar y mientras mis pasos se vuelven más lentos, escucho una voz.

—… muy bien de ese casting y podría ser interesante para tu futuro que probaras a hacer una audición.

Mateo está sentado a la mesa, con un plato vacío delante y asintiendo con la cabeza. Al percatarse de mi presencia se vuelve para mirarme, pero mis ojos ya están puestos en otra persona, en el hombre con el que hablaba. En Braxton Scott.

Es igual que en las fotos. No muy alto, con arrugas de expresión en el rostro y la barba rasurada a la perfección. El pelo es castaño claro y algo largo, y lo tiene atado en una coleta baja, aunque un mechón se escapa detrás de la oreja. Y sus ojos, esos que son exactamente iguales a los míos, están mirándome sin apartar la vista.

De pronto se pone de pie y el sonido de la silla al desplazarse por el suelo chirría en el aire. Yo me quedo completamente quieta, inmóvil. No puedo dejar de mirarlo mientras en mis oídos escucho el latir de mi corazón.

Él solo dice una palabra:

—Novalee.

Trago saliva. ¿Qué se supone que debo hacer ahora? ¿Darle la mano? ¿Acerarme a él? ¿Tal vez abrazarlo? ¿Qué narices es lo que espera él?

Pero entonces Braxton Scott vuelve a sentarse en su silla y señala con la mano hacia el otro sitio donde está colocada la cubertería de la cena.

De acuerdo: ni abrazo ni apretón de manos.

Tomo aire y me siento en el lugar indicado. Mateo tose y veo que tiene una sonrisa de suficiencia en la cara. Prefiero ignorarlo. Mi corazón me duele ya bastante porque nada está siendo como esperaba.

En serio, ¿ni siquiera un apretón de manos?

Braxton se aclara la garganta y vuelve a hablar, esta vez con una frase completa.

—Me alegra conocerte por fin, Novalee.

—Sí, no lo dudo. —No puedo evitar que el sarcasmo se filtre por mi voz.

Estoy sentada frente a Mateo, que tose de nuevo para camuflar la risa. ¿Todo esto le parece divertido? Porque a mí, nada de nada.

Nuestro padre está a la derecha y si ha notado el sarcasmo en mi voz, ha preferido ignorarlo.

—Bueno y… ¿cómo estás?

—Hambrienta —respondo escuetamente.

Aunque en realidad, de pronto, ya no tengo ganas de comer. El estómago se me ha cerrado.

—Quería decirte que siento mucho tu pérdida. Tu madre era una gran mujer.

Frunzo el ceño, no porque piense que lo que dice no es cierto (mi madre era la mejor; fuerte, trabajadora, quizá un poco gritona, pero siempre con una sonrisa amable para todo el mundo), sino porque parece un discurso totalmente ensayado. Casi puedo imaginarme a Daniel soltándole unas cuantas frases para que diga en este momento.

No contesto y Braxton se aclara la garganta. El cocinero entra entonces en el comedor con una perola y todos guardamos silencio mientras observamos cómo la pone en el centro de la mesa, como si fuese la atracción más espectacular del mundo. Nos sirve una sopa espesa en la que veo flotar un par de gambas. Aunque huele bien, no tengo muy claro si me va a gustar. Jamás he probado algo así, y tantas cosas nuevas comienzan a abrumarme.

Mateo no tarda en hundir la cuchara y yo le imito mientras el cocinero se va tras servirnos y el silencio vuelve a reinar en el ambiente. No puedo decir que me guste, pero tampoco que esté malo. Supongo que es un sabor al que hay que acostumbrarse, como a todo.

—Entonces… ¿cenáis juntos todas las noches?

—No, solo cuando hay acontecimientos especiales —replica Mateo mientras sopla la cuchara de sopa cerca de su boca.

No es lo que dice, sino el tono que usa; como si yo fuese un mono de feria.

—Lo que Mateo quiere decir —interrumpe Braxton— es que cenamos juntos pocas veces, pero hoy es un día especial.

Está sentado con la espalda erguida, en tensión. No como cuando entré en el comedor, que se inclinaba hacia su hijo en un gesto íntimo, que, desde luego, no ha tenido conmigo. ¿Por qué lo debería tener si no soy nadie para él, no soy más que una molestia?

Miro mi sopa y la revuelvo. Una gamba aparece dentro de la cuchara cuando la saco del plato.

—¿Te gusta esta comida? —le pregunto a Braxton.

Una parte de mí quiere saber más cosas de él, pero las verdaderas, no las que lees en foros de internet que no tienen base creíble.

—No está mal —responde él.

—¿Y cuál es tu favorita?

Mateo suelta una risa ahogada, pero los dos lo ignoramos. Los ojos de Braxton vuelven a clavarse en mí y se toma unos segundos antes de contestar.

—Las hamburguesas con queso.

Ostras. Seguro que a los foros de internet les gustaría saber eso.

Me llevo otra cucharada de sopa a la boca, ahora quema menos. Braxton hace lo mismo y me doy cuenta de que ambos tomamos el cubierto con la mano izquierda. Ya sabía que los dos éramos zurdos incluso antes de este momento, pero es extraño estar a su lado y percatarse de nuestras similitudes.

Sin embargo, me doy cuenta tarde de que me ha pillado mirándole y, como no me apetece disimular, solo comento:

—También eres zurdo.

Él asiente y Mateo hace un ruido feo mientras sigue comiendo. Él es diestro. Decido seguir tratando de mantener una conversación. Los silencios son incómodos y me inquietan.

—Me han dicho que mañana empezaré un instituto nuevo. ¿Es cosa tuya o del juez?

Braxton se atraganta con la cucharada de sopa y toma un sorbo de la copa de vino. Estoy esperando a que me confirme que ha sido el juez cuando en su lugar responde:

—Mateo estudió allí y el director es amigo mío. He pensado que sería un buen lugar para que termines los estudios.

No sé qué me sorprende más, que haya sido cosa suya o que sepa incluso en qué nivel estoy. Pensaba que Daniel o alguna otra persona se habría ocupado de mi matriculación.

—¿Y el tema del guardaespaldas? ¿También es cosa tuya que venga al instituto?

Braxton abre la boca para contestar, pero Mateo se adelanta interrumpiéndolo.

—¿Qué estás, haciéndole una entrevista? —se burla—. Porque te advierto que cobra por ellas, aunque claro…, le pagarías con el mismo dinero que nos quitas.

Quiero tomar la hogaza de pan que tengo delante y lanzársela a la cara. De verdad que quiero hacerlo. No tengo dudas de que mi hermano es idiota, probablemente un niño rico malcriado. Pero no le voy a dar la satisfacción de ser él quien me saque de mis casillas porque eso es justo lo que está pretendiendo.

Braxton vuelve a aclararse la garganta para mantener orden.

—Sé que las circunstancias no han sido las mejores, pero me alegra poder conocerte por fin, Novalee.

El cambio de tema es como una bofetada en la cara. Él tampoco quiere que le siga haciendo preguntas. ¿Tan raro es querer saber cosas sobre el hombre con el que compartes ADN y te están obligando a vivir? ¿O sobre las circunstancias que rodearán tu vida a partir de ahora?

Aprieto la cuchara con fuerza mientras siento el enfado fluir por mis venas, y no puedo evitar sisear:

—Lo dudo.

—¿Perdona? —replica Braxton.

En verdad parece no haberme escuchado, pero me da igual. El enfado se convierte en rabia y es imparable. El veneno acumulado sale por mi boca.

—Has tenido diecisiete años para conocerme y no lo has hecho. Llevo más de veinticuatro horas en esta casa y no ha sido hasta esta cena que por fin has aparecido. No hay que ser muy inteligente para darse cuenta de que te importo una mierda.

Mateo se ríe y se atraganta con la sopa, pero Braxton frunce el ceño. No solo eso, las comisuras de su boca decaen y parece… ¿triste? Sin embargo, todo lo que dice es:

—Novalee, aquí no hablamos así.

—No me riñas. Tú no eres…

Iba a contestar con un «tú no eres mi padre», pero biológicamente hablando sería una mentira y las palabras se pierden en mi boca. Sin embargo, tanto Braxton como Mateo son capaces de interpretar a la perfección lo que he estado a punto de decir.

Braxton guarda silencio. Sus ojos están clavados en los míos y permanece serio. Sin embargo, Mateo sí habla, y lo hace riéndose, como si mis palabras le pareciesen graciosísimas:

—Tiene razón, en realidad. ¿Cómo sabemos que eres su padre de verdad? Deberías hacerte una prueba de paternidad. Para estar seguros.

—Mateo…

Braxton susurra su nombre en un tono serio que se asemeja a una advertencia y su hijo calla. Pero yo no lo hago.

—Tranquilo. Esa prueba ya está hecha desde hace tiempo. ¿Verdad que sí, Braxton?

Sé que él la pidió porque encontré el sobre con los resultados en un cajón junto a mi acta de nacimiento y los papeles de los abogados cuando tenía doce años. Nunca se lo dije a mamá para no hacerla sufrir, pero tenía tantas preguntas…

Me levanto estrepitosamente de la silla sin poder contenerme más.

—Novalee, siéntate por favor.

—Gracias, pero no tengo hambre.

—Novalee… —repite mi nombre y se me revuelve el estómago, porque lo ha hecho tal y como lo hacía mi madre cuando se cansaba de lidiar conmigo.

Los recuerdos pueden ser armas poderosas, y pensar en ella mientras vivo esta situación tan extraña hace que las lágrimas piquen de pronto detrás de mis ojos. Pero no voy a llorar delante de estos dos desconocidos. Nunca lo haré.

—Me voy a mi habitación, ¿o además de hacerme vivir aquí también vas a obligarme a tener que mantener conversaciones incómodas contigo y con tu hijo?

Mateo alza las cejas sin perder su sonrisa. Desde luego, todo esto le divierte mucho, pero es el único al que lo hace. Braxton aprieta los labios y parece perturbado.

Quizá porque en realidad ha sido el juez quien nos ha obligado a los dos a vivir juntos, pero me da igual. Él es el adulto en esta situación, la persona que ha decidido mantener las distancias todo este tiempo, y pienso utilizar eso para defenderme y justificar este repentino berrinche.

—¿Te está resultando incómoda la conversación?

Tócate los co-jo-nes. ¿A él no?

Me cruzo de brazos y lo miro con desdén.

—Desde que he llegado soy yo quien ha hecho todas las preguntas, porque *spoiler*: no nos hemos visto nunca y no nos conocemos. En cambio, tú no me has preguntado nada, solo has soltado unas cuantas frases de manual que parecían ensayadas.

—¿Y eso te molesta?

—No —miento—. Pero está claro que no estás interesado en mí o de lo contrario habrías querido saber algo de mi vida.

Mantenemos un duelo de miradas; la mía, rabiosa y la de Braxton…, ¿cansada? Esa actitud me enfada todavía más, hasta que al final suspira y dice:

—Está bien. Puedes irte.

Pongo los ojos en blanco, porque tampoco estaba esperando su permiso. Aun así, salgo del comedor después de sus palabras.

¿Quién se cree que es? Solo somos familia porque la biología así lo determina y las leyes nos han obligado a vivir juntos. Pero será por poco tiempo. Yo misma nos ahorraré el sufrimiento a los dos.

Doblo la esquina del comedor con paso decidido hasta que me percato de que hay alguien más allí. Oliver está apoyado en la pared, con los ojos clavados en la pantalla de su teléfono. Me pregunto si habrá estado escuchando.

Me quedo quieta unos segundos, pero él no hace el más mínimo amago de alzar la mirada, como si no me hubiese visto. Supongo que para él tampoco soy nadie, al menos hasta mañana, cuando empiece su horario de trabajo. Así que reanudo el paso hasta llegar a mi habitación para encerrarme en ella.

Cuando me dejo caer en la cama comienzo a llorar.

Echo de menos mi casa.

Echo de menos mi antigua vida.

Echo de menos a mis amigos.

Echo de menos a mi madre.

Cinco

Nunca pensé que diría esto, pero… Ha llegado mi primer día de clases en un instituto nuevo.

Tras estudiar desde los once años en el mismo lugar, siempre pensé que me graduaría allí y después pasaría a la universidad. Mamá y yo incluso habíamos hecho un plan, por eso en verano estuve trabajando en una heladería local.

Sin embargo, los planes se desmontan en el momento en el que menos imaginas, y ahora cambio mi traje de vendedora de helados por un uniforme de un colegio privado, con una falda a cuadros azules y blusa blanca. Incluso los zapatos que me han comprado brillan más que mi futuro.

Solo Fleur me espera abajo para el desayuno. Me hace tomar una buena taza de leche con cereales y se asegura de que memorice su número de teléfono por si tengo cualquier problema.

Me encuentro con Mateo mientras regreso a la habitación a lavarme los dientes y a tomar la mochila. Ya está listo para ir a la universidad.

—Ho… —comienzo a decir a mitad de las escaleras, pero él pasa de largo sin apenas girar el rostro.

Como si no existiera.

—Buenos días a ti también, hermanita —susurro para mis adentros, y termino de llegar a mi habitación para prepararme.

Una vez llego a la salida hay un coche esperando. Un señor mayor, alto, vestido de traje, está a su lado. Él es justo lo que esperaría de un guardaespaldas, y no Oliver, que se encuentra apoyado contra un coche rojo con la carrocería desgastada y viste una chaqueta de cuero sobre el uniforme escolar. Su mochila está apoyada en el suelo, ensuciándose.

Fleur llega deprisa junto a mí.

—¡Genial! Ya estás lista —exclama con una sonrisa que refleja tranquilidad—. Jared te llevará al instituto y allí te reunirás con Oliver.

—¿No se supone que él es mi guardaespaldas? —pregunto sin saber a quién mirar, aunque no me importaría evitarme un viaje a su lado.

—Sí, pero en el coche no corres ningún peligro y es preferible que nadie se entere de la identidad de Oliver. Durante el primer día, por lo menos, es mejor que no lleguéis juntos. En el instituto será solo un compañero más, pero siempre estará pendiente de ti.

—Siempre vigilándote, preciosa —añade él, y cuando lo miro veo que me guiña un ojo.

Trato con todas mis fuerzas de ignorarlo y asiento mientras me acerco al coche de Jared. Ella me toma del brazo antes de que entre en el vehículo.

—Recuerda, Nova. Allí estarás segura, pero si pasa cualquier cosa sabes mi teléfono y Oliver estará cerca. No salgas del recinto nunca y… procura pasarlo bien.

—Por dios, Fleur —se queja Oliver mientras entra en el coche—. Que es un instituto, no un parque de atracciones.

Las dos decidimos ignorarlo y ella cierra la puerta tras de mí. Me pongo el cinturón y segundos después el coche arranca.

Vida nueva.

Instituto nuevo.

Me estiro el dobladillo de la falda, más sedoso que cualquiera de los que he usado hasta ahora.

Ojalá estuviese en casa con mamá y Ethan.

Oliver nos adelanta por la carretera y estoy segura de que llega antes que yo al instituto. Cuando trato de bajarme del coche, el chófer se adelanta y me abre la puerta. Después me sigue hacia el imponente edificio de dos plantas, perfectamente cuidado y con jardines impolutos, que hay ante nosotros.

Siento los ojos de la gente clavados en la puerta y cuando me vuelvo hacia atrás juraría ver un par de personas con cámaras de fotos en la entrada. El hombre no me sigue al interior, solo se despide con un asentimiento, pero ya hay otro adulto esperándome.

No puedo dejar de sentir los ojos de todos en el pasillo a medida que avanzo hacia el despacho del director. Soy como un animal en un circo. Ni siquiera disimulan cuando me miran de reojo.

—Estamos encantados de tenerla aquí, señorita Scott —dice el director una vez estoy en su despacho. Oliver se encuentra sentado en una silla—. Somos conscientes de su situación y la trataremos con el mayor respeto posible. Nadie sabrá del señor King y la verdadera razón por la que está aquí.

Oliver suelta un suave resoplido parecido a la risa, pero me aclaro la garganta y corrijo lo único que me importa:

—Es Torres. —El director me observa sin comprender—. Mi apellido, el que uso y por el que quiero que me llamen, es Torres, no Scott.

Tarda unos segundos en comprenderme, pero se limita a asentir. Sé que no me va a tomar en serio porque ¿quién va a ir en contra de Braxton Scott? ¿Qué hay más poderoso que llamarme como él? Saber que sigo unida a mi madre.

Cuando me giro hacia Oliver, él se mantiene solemne mientras me mira. Trago saliva y regreso los ojos al director. Estar al lado de este chico va a ser… extraño.

—Está bien. ¿Y si os llevo a vuestra clase?

Los dos asentimos y nos ponemos de pie. Lo seguimos fuera del despacho y Oliver aguanta la puerta para que yo pase. Lo miro de reojo. Es alto, más que Braxton al menos. El uniforme le queda genial, no como a mí, y sé solo con una rápida ojeada que encajará aquí. No como yo. Este no es mi lugar.

—Gracias —musito.

Dice una respuesta que no logro comprender. Después seguimos al director por los pasillos hasta llegar a una de las aulas con las puertas cerradas. Hace llamar al profesor y cuando este abre la puerta, nos señala y murmura. El hombre asiente y nos hace un gesto con la mano para que lo sigamos mientras entra en la clase.

F.

Ya no hay vuelta atrás.

Observo casi en shock cómo se acerca a la pizarra. Siento unas manos en mis hombros, las del director, animándome a seguirlo. Incluso Oliver ha dado unos pasos hacia el interior, pero se ha quedado quieto nada más percatarse de que yo no me he movido. Porque seguir a este nuevo profesor dentro del aula es un paso muy grande.

De acuerdo. Lo sé. Soy idiota. He pasado por el entierro de mi madre. El vuelo cruzando el país. Conocer la casa nueva. Gente nueva. Vida nueva. Y soy incapaz de entrar a un aula nueva. Pero es que de pronto mis oídos se han taponado con un pitido estridente, mis dedos se han entumecido y soy incapaz de seguir al profesor.

Simplemente, esto es demasiado.

No puedo más.

Quiero volver a casa.

Quiero volver con mamá.

Con Ethan.

Necesito mi zona de seguridad.

Necesito…

—Ven.

La voz de Oliver me saca del estado de shock en el que acabo de entrar. Todavía estamos en el pasillo y, aunque la puerta está abierta, los demás estudiantes no nos ven. Regresa junto a mí, me toma de la mano y me acerca a él, casi al lado de la puerta.

Si doy dos pasos estoy dentro.

Si doy dos pasos, estaré dejando mi pasado atrás.

No quiero.

Creo que tiemblo.

—Estarás bien.

Oliver toma mi otra mano. Su voz ha sonado un poco lejana y creo que el director se ha acercado a nosotros.

Me concentro en respirar y en tragar saliva. El mundo, despacio, vuelve a su ritmo. Oliver aprieta más mi mano y bajo el rostro hacia ellas, hacia mí.

—Novalee, escúchame. Es solo una clase.

Parpadeo. Sí, me habla a mí. Ha dicho mi nombre.

—Puedes hacerlo, ¿vale?

Estamos en el pasillo, en medio del instituto. El director está a mi lado.

—Sacude la cabeza si crees que puedes con ello.

Su voz es grave, pero mantiene el tono. Al alzar los ojos veo los suyos, como profundos lagos que me sostienen. Por alguna razón me siento segura en ellos y asiento.

—Sacúdela de nuevo si crees que no puedes.

Puedo con esto. Estoy segura.

Así que no solo esta vez no asiento, también aprieto los nudillos y me muerdo los labios.

La mirada de Oliver baja hacia ellos tan solo unos segundos, probablemente los justos para estudiar mi lenguaje corporal. Él es guardaespaldas, sabe de esto, ¿no?

—Está bien —susurra—. Ahora voy a soltarte.

El corazón me da un vuelco. No estoy lista.

—No —susurro.

—Serán solo unos segundos —me asegura mientras mis dedos se deslizan de los suyos—. Lo prometo.

—Está bien.

Sus dedos se deslizan de los míos y una parte de mí ve como entra dentro del aula. Ahora estoy sola. Podría irme corriendo y huir. Ojalá todo fuese tan fácil. Tanto Oliver como el profesor se vuelven hacia mí y me hacen señas. Debo entrar.

Aprieto los puños, los dientes y comienzo a moverme. No tardo mucho en sentir lo mismo que al bajarme del coche. Ojos sobre mí. Todos ellos. Me miran como si fuese una nueva pieza de exposición. El profesor nos presenta.

—Oliver King y Novalee Scott se unen a nosotros y espero que les deis una cálida bienvenida a nuestro centro.

Oh, mierda. Ha dicho Scott.

—Hola, Oliver —dicen a coro los alumnos—. Hola, Novalee.

Alzo el rostro, sorprendida por tal coordinación, pero enseguida me arrepiento. La clase es como otra cualquiera de instituto, solo que con alumnos vestidos en el mismo tono de azul y el cabello mucho mejor estilizado. Mi coletero alto se siente idiota al lado de las trenzas perfectamente peinadas de la chica que está frente a mí o de los bucles definidos de su compañera.

Si te fijas bien, ni siquiera sus uniformes son iguales. Algunos usan chaquetas como Oliver, pero son de cuero real o tienen algún tipo de detalle que las hace diferentes. Unas chicas llevan tacones y otras, bastante maquillaje. En mi anterior instituto no lo hubiesen permitido.

—Podéis tomar asiento —dice el profesor.

A diferencia de ese instituto, aquí todos guardan silencio mientras Oliver y yo nos dirigimos a los únicos pupitres libres.

No me ha mentido cuando dijo que solo serían unos segundos sin tomarme la mano. Nuestras mesas están unidas y al poco de tomar lugar sus dedos se rozan con los míos. Siento que trata de entrelazarlos, pero yo misma los aparto.

¿Qué pensarán los demás?

Y me maldigo por estar así, ya que me encuentro demasiado nerviosa por lo que está sucediendo.

La primera chica rubia que he visto hace el gesto de sacudirse el pelo sobre el hombro y nos mira. Corrección, mira a Oliver. Detrás de ella hay un chico también rubio, pero sus ojos curiosean en mi dirección.

—Iniciamos sesión y empezamos a leer texto —interviene conciliador el profesor—. Vamos, no perdamos tiempo si de verdad tenéis intención de aprobar este curso.

Los observo, confundida. Toman la tablet frente a ellos y comienzan a teclear en la pantalla. En mi antiguo instituto todo era a mano. Al volverme me encuentro a Oliver captando enseguida lo que hay que hacer, pero yo necesito ayuda del profesor.

—Tranquila, Novalee —me dice—. Todavía no te habrán pasado la contraseña.

Pero yo me siento como un bicho raro. Todos me miran. El profesor me ayuda a entrar en mi correo y conseguir las contraseñas. Por lo visto Oliver ya sabía todo esto y lo organizó antes del primer día de clases.

Después del desastroso comienzo, la hora continúa en completo silencio para mí, menos por las interrupciones de mis compañeros al profesor. Siento que el tiempo pasa demasiado lento. Quiero ir a casa a acurrucarme bajo las sábanas, pero a las de mi mamá; y ya no existen.

Comparto todas las clases con Oliver, que sigue sentado a mi lado sin decir nada, antes de que llegue la hora del almuerzo. Me pregunto si lo han organizado todo para que siempre estemos juntos. Probablemente sí.

He tardado en meter mis cosas en la mochila y después he pasado por el baño. Por supuesto que no le he dicho que me esperase. ¿Se supone que debes decirle eso a un guardaespaldas?

Pero cuando llego al comedor estoy sola. He atravesado las puertas de madera con seguridad hasta que todos los ojos (sin exagerar) de la gente han caído sobre mí.

Se ha hecho el silencio durante varios segundos, los justos para encontrar a Oliver sentado a la mesa de la rubia de pelo perfecto y maquillaje impecable.

Al momento vuelve el ruido en forma de susurros y me acerco a la barra. Cojo platos casi sin mirar y desbloqueo el móvil para pagar. Un buen truco, porque según me dijo Fleur ahí está mi tarjeta. No debo perderlo.

Lo peor llega cuando me alejo de la fila de la comida, justo después de que un chico me empuje. ¿Qué debo hacer ahora? Oliver parece haberse adaptado muy bien. Me fijo en él y me doy cuenta de que me lanza miradas indiscretas. Supongo que es típico de guardaespaldas. ¿Y yo? ¿Qué voy a…?

—¿Novalee?

Me vuelvo hacia la reconocida mención de mi nombre. A pocos metros de mí hay una chica, sentada a una esquina de una de las mesas de plástico del comedor. Está sola, aunque es increíblemente guapa. Su cabello oscuro enmarca sus impresionantes rasgos, con pestañas largas y curvas, y rizos marcados que adornan el rostro.

—Hola —respondo con suavidad.

Ella sonríe.

—Me llamo Lucy —se presenta.

Dejo la bandeja a su lado y tomo asiento.

—Novalee —digo, aunque a buen seguro ya lo sepa—, pero prefiero Nova.

—Sé quién eres —añade, aunque no parece tener segundas intenciones—. Tú y ese chico sois los únicos nuevos este año.

Me vuelvo en la dirección que siguen sus ojos, donde Oliver está sonriendo hacia la chica rubia de clase. Cuando lo hago, no pasa ni medio segundo antes de que se gire hacia mí y sus ojos se encuentren con los míos. Me digo que es porque realmente su trabajo es protegerme y no puede quitarme los ojos de encima. Y ya está.

Me vuelvo hacia mi nueva amiga (o, al menos, espero que lo sea) y fuerzo una sonrisa:

—Supongo que en este instituto no hay mucha gente que empiece a mitad de curso y con un escándalo a su espalda.

No sé por qué, pero siento la necesidad de quitarle peso al hecho de que Oliver y yo hemos comenzado a la vez. Supongo que no es muy discreto para tratarse de mi guardaespaldas. Lucy se atraganta con la comida, pero sonríe cuando me mira. Se aclara la garganta y explica:

—Mi padre es director de cine y trabajó con el tuyo hace tiempo, por eso sé quién eres.

Me extraña que no tenga que ver con la prensa rosa, ya que por lo que Fleur me ha comentado aparezco en muchas revistas. Pero tampoco me dejan leerlas, así que quizá no sea para tanto, y no he querido entrar en redes.

En su lugar pregunto:

—¿Braxton le habló de mí?

—No, en realidad lo vio en la prensa… —Ni siquiera puedo expresar mi decepción con un gesto, porque ya me lo imaginaba—. Perdón, ¿pero has llamado Braxton a tu padre?

Arrugo la nariz y hundo el tenedor en mis patatas fritas. Escapar de las preguntas y de sus ojos inquisidores no es tan fácil. Al final suspiro y digo:

—Bueno, no me ha criado, así que solo es mi padre en sentido biológico.

Lucy guarda silencio mientras me mira con sus increíbles ojos oscuros. Finalmente asiente:

—Entiendo.

No sé si es real, pero decido creerla, porque hablar de Braxton me agota aunque sean solo unos pocos segundos.

Después de eso me pregunta por las clases de la mañana e iniciamos una conversación de lo más normal, sobre estudiar y maestros pesados, que nada tiene que ver con mi padre famoso y el cambio de vida.

Tras el almuerzo tengo otra vez que asistir con Oliver, pero él ya se encuentra sentado al fondo de la clase cuando entro. Nunca me ha gustado estar allí, sobre todo porque mi vista no es la mejor desde lejos. Así que me acerco a uno de los lugares de la primera fila y pongo mi mejor sonrisa antes de preguntar:

—Hola, ¿está ocupado este sitio?

El chico que hay en el otro lado lleva una chaqueta del equipo de fútbol del instituto y el pelo lleno de gomina repeinado hacia atrás. Sus ojos claros bajan de mi rostro al resto de mi cuerpo, examinándome. Me encuentro un poco incómoda mientras regresan de nuevo hacia arriba, porque, aunque haya sido solo por unos segundos, no me ha gustado la reacción. Quizá me he equivocado al tratar de cambiar de sitio.

—Soy Theo —responde por fin, y mueve la silla que hay a su lado hacia atrás—. Adelante, toma asiento.

No puedo evitar lanzar una mirada rápida a Oliver. No nos quita ojo de encima. Su trabajo, supongo. Aun así, siento un cosquilleo que me sube por la columna vertebral.

—Nova —respondo con una leve sonrisa.

Dejo la mochila a un lado en el suelo y saco el material para la clase, sintiendo los ojos de Theo sobre mí.

Espero a que el profesor entre en el aula mientras lanzo miradas rápidas hacia la puerta. No me gusta cómo este chico me mira, en especial cuando añade:

—Eres la hija de Braxton Scott.

F.

—Sí.

—Tu padre mola.

—Ah.

No sé qué más decir, así que me limito a bajar los ojos sobre el cuaderno.

Por favor, profesor, ven ya.

—Vi su nueva peli, es la leche.

—Eso creo.

—¿A ti te gusta?

Por primera vez me vuelvo hacia él. Me está observando con una sonrisa en los labios. Me doy cuenta de que es un chico guapo. Todavía no le ha crecido la barba, pero tiene rasgos dulces y suaves que enamoran, y un brillo travieso en la mirada del que me podría haber pasado horas hablando con mi madre.

—No he visto ninguna película suya —miento, porque es lo más rápido para evitar el tema.

Theo parece sorprendido de verdad.

—¿En serio?

—Totalmente en serio —le aseguro.

Sigue observándome como si fuese un increíble jeroglífico, hasta que se da por vencido y comenta:

—Supongo que será raro ver a tu padre en la pantalla.

No contesto y me vuelvo, justo a tiempo de ver a Oliver hablando con Allison, la chica rubia de la primera hora de clase. Mejor, supongo. Así no me presta tanta atención. Tener a tu guardaespaldas hasta en medio de una clase es bastante… extraño.

Espero que esto dure poco tiempo.

Seis

El primer día de clase se termina y me siento mentalmente agotada. Todo es nuevo: la gente, los profesores, el centro escolar, las materias... Además de tener que lidiar de manera constante con preguntas sobre mi padre.

«¿Es cierto que está filmando una nueva película?». «¿Podrías conseguirme un autógrafo? Puedo pagarte». «Te ha tocado la lotería con tu padre, ¿eh?». Sí, claro. En especial por lo bien que nos llevamos. «Braxton da unas fiestas alucinantes, ¿te ha dicho ya cuándo será la siguiente? ¿Podrías conseguirnos entradas?». Ni siquiera me habéis dicho como os llamáis.

Pero la peor frase, la que se lleva el galardón dorado a la más inapropiada de todas, viene de la que puedo empezar a considerar la amiguita de Oliver. Allison.

Están sentados en las gradas, viendo entrenar al equipo de fútbol después de las clases. Me quedo cerca durante varios minutos mirándole sin saber qué demonios debería hacer: ¿lo voy a buscar para irnos a casa o lo ignoro?

Sin embargo, el conductor que me trajo por la mañana aún no ha llegado y me encuentro sola. Allison se da cuenta de mi presencia enseguida y me lanza varias miradas. No es hasta que Oliver también se vuelve hacia mí que decido acercarme. Al fin y al cabo, ¿no somos todos compañeros? Además, tampoco quiero quedar como una acosadora.

Camino hacia ellos con la mochila al hombro y alisándome la falda con nerviosismo. Allison se está riendo cuando llego a su lado. Carraspeo y abro la boca para hablar, pero entonces me doy cuenta de que no sé qué palabras usar. «¿Nos vamos o tengo que esperar al conductor?» podría exponer su situación como guardaespaldas que se supone debemos mantener en secreto.

Oliver se vuelve hacia mí al notar mi presencia, seguido de la chica. Ladea la cabeza, expectante, y me siento como una idiota, porque yo también me he acercado. Finalmente pregunta:

—¿Quieres algo, Novalee?

Por lo menos no me está llamando «preciosa».

Estoy a punto de abrir la boca para contestar algo, lo que sea, cuando Allison se me adelanta.

—Así que tú eres la hija extramatrimonial de Braxton —dice mirándome, con los ojos azules entrecerrados y cargados de soberbia—. Mi hermana iba a clase con Mateo, ¿sabes? Son muy amigos.

Si su hermana y mi medio hermano son amigos, entonces es probable que me odie tanto como él. Me siento impotente, porque en realidad no he hecho nada para merecérmelo.

Permanezco en silencio. Ahora mismo me arrepiento de haberme acercado. Quiero dar la vuelta e irme corriendo. ¿Dónde está la Novalee fuerte, la de siempre, la que no deja que nadie la pisotee? Supongo que se quedó en casa, con mamá.

Al final es Oliver quien replica:

—Allison, eso ha sido bastante desagradable.

La chica se vuelve hacia él con un puchero fingido.

—¿La estás defendiendo? Si no la conoces.

Pienso que va a darle la razón, pero Oliver sencillamente se encoge de hombros y replica:

—Bueno, a ti te conozco de un solo día.

Después de eso se pone de pie, se aleja de ella y agarra la mochila, que se cuelga al hombro antes de volverse hacia mí y decir:

—¿Nos vamos, Novalee?

Allison lo mira incrédula.

—¿Te vas con ella?

—Somos amigos —replica con tranquilidad—. Si no me crees, pregúntale a tu hermana.

Después de eso apenas se despide antes de alejarse hacia el aparcamiento. Lo sigo en silencio, pero sin dejar de dar vueltas a la conversación que acaba de suceder.

—Si le pregunta a su hermana —comienzo a decir—, ¿no se enterará de que en realidad eres mi guardaespaldas y no mi amigo?

—Mateo no le dirá la verdad. Sabe que no puede.

—¿Te fías de él?

—Es buena persona, aunque le puedan los celos.

¿Celos?

—Lo conoces desde hace mucho —afirmo. No es ninguna pregunta.

—Digamos que durante un tiempo lo llamé «amigo».

No dice nada más, y tampoco lo presiono. Según tengo entendido, él y Fleur han pasado mucho tiempo de pequeños en esa casa.

Llegamos hasta su coche, que desbloquea a pocos metros, y se dirige hacia la puerta del copiloto; la abre, me tiende la mano y dice:

—Dame la mochila, la dejaré atrás.

Me siento y niego mientras la dejo a mis pies.

—No hace falta.

Él no insiste y cierra la puerta antes de rodear el vehículo. ¿Se supone que esto es lo que hacen los guardaespaldas?

Enciende el motor del coche e inicia el camino fuera del instituto. Apenas llevamos un minuto de silencio antes de que lo interrumpa diciendo:

—Aunque por las mañanas vengas en otro coche, tienes que regresar conmigo cuando acaben las clases.

—De acuerdo.

—Me interesa apuntarme al equipo de fútbol, así que tendrás que esperar un poco más los días de entrenamiento.

Hago un mohín con la boca al darme cuenta de que eso significa quedarme dos horas más en el centro escolar tres días por semana. Aunque la perspectiva de regresar a la casa tampoco es que sea muy alentadora.

Oliver se vuelve hacia mí y se da cuenta de mi expresión.

—¿Es un problema para su alteza tener que esperar?

Arrugo la nariz y me contengo de mandarlo a la mierda. En su lugar, replico:

—Tengo un nombre, te lo recuerdo.

Oliver se ríe y eso, por alguna razón, me pone más nerviosa. Me aferro al cinturón de seguridad y me vuelvo de nuevo hacia él antes de sisear:

—Por cierto, no hacía falta que me defendieras. Puedo librar mis propias batallas sola.

—Se suele decir gracias, preciosa.

Aunque si eso fuese real, le habría replicado algo más mordaz a Allison en lugar de quedarme callada.

—Además, solo hacía mi trabajo.

Por supuesto, contaba con ello. Es la persona que mi padre ha asignado para cuidarme para no tener que hacerlo él. Como lleva haciendo toda su vida, mejor gastar dólares que le sobran antes que tener que lidiar con mi presencia.

—Tranquilo, solo tendrás que hacerlo unos meses más —refunfuño, y me gano una nueva mirada de su parte—. En cuanto tenga dieciocho, pienso largarme de esta casa.

—¿Por qué? —pregunta.

Frunzo el ceño como si no fuese obvio.

—Solo estoy aquí porque el juez me ha obligado, y Braxton solo me acepta porque el juez le ha obligado. Cuando cumpla dieciocho, volveré a casa.

—¿Sola? ¿Sin dinero?

Siento un puñal en el corazón cuando no oculta la burla en su voz. ¿Por qué el dinero siempre tiene que ser una razón de peso? Me entristece que en realidad tenga razón.

—Me quedaré en casa de un amigo. Su madre me quiere y me ha asegurado que siempre seré bienvenida en ella.

Oliver sacude la cabeza despacio.

—En ese caso, buena suerte. Aunque seas una idiota.

Me vuelvo hacia él tan rápido que siento un latigazo en el cuello.

—¡Oye! Yo no te he insultado.

—Y yo a ti tampoco —replica—. Solo he dicho lo obvio: eres idiota. Tienes la oportunidad de estudiar en uno de los mejores colegios del país, uno que te abriría las puertas a casi cualquier universidad y resolver tu futuro en cuestión de... ¿meses? Ni siquiera tendrías que estar un año entero aquí.

Guardo silencio entendiendo a donde quiere llegar, pero me niego a darle la razón.

—No soy una idiota.

—Entonces eres una privilegiada, porque yo sí pienso aguantar el tiempo que haga falta en este trabajo con tal de asegurarme un mejor futuro. Todos tenemos la capacidad de elegir, pero no todo el mundo goza de las mismas oportunidades para hacerlo. Para algunos escoger un camino u otro puede suponer quedarnos sin futuro.

Oliver acaba de confirmar lo que ya sospechaba: no le gusta tener que hacerse cargo mí. Pero eso no me duele, lo esperaba. En cambio, me sorprende la tenacidad con la que afirma que es mejor pasar estos meses así, con tal de tener un mejor mañana.

—Si yo fuese tú, aprovecharía lo bueno que puede darte esta mierda de situación —afirma—. Me quedaría hasta terminar los estudios, no solo hasta los dieciocho. Este instituto puede abrirte las puertas a varias universidades importantes.

—Me da igual. No quiero nada de ellos.

—Ya veo, eres orgullosa. Lamento decirte que el orgullo no te llevará muy lejos, preciosa. Es mejor ser inteligente y aprovechar las oportunidades.

No hablamos en lo que queda de viaje. Cuando llegamos me bajo del coche, agarro la mochila al hombro y corro directa a la habitación.

Sin embargo, la charla con Oliver me deja pensativa, y mentiría si lo negara.

Tiene razón: este instituto es de los mejores del país. Y siempre he soñado con ir a la universidad y vivir mi propia aventura. El curso ya ha comenzado y una vez cumpla los dieciocho solo tendría que aguantar unos pocos meses más. ¿Qué es eso comparado con toda una vida?

Tal vez Oliver tenga razón.

Sin embargo, ojalá no resultase tan difícil aguantar en esta casa.

Soy incapaz de dormirme. No importa que haya descansado muy poco en los últimos días, que haya madrugado para el primer día de clases y este me dejase agotada. Mis ojos no se cierran y no puedo evitarlo. Mientras todo está a oscuras y el reloj del teléfono marca pasada la una de la madrugada, decido salir de la cama.

Cuando era pequeña, mamá me daba leche caliente en las noches de desvelo. Nunca me gustó demasiado. Aun así, siento un poco de hambre y lo que me apetece es chocolate caliente. No sé si en esta casa tienen, pero, puestos a no dormir, por lo menos investigaré.

Llego a la cocina de puntillas y sin perderme, lo cual es todo un logro. Pongo la linterna del teléfono para iluminar. Saco la leche de la nevera y tomo una silla para subirme de puntillas y buscar en los armarios más altos.

Estoy en ello cuando la luz se enciende e ilumina por completo toda la estancia. Parpadeo hasta que mis ojos se acostumbran y al mismo tiempo que distingo a Braxton en la entrada, lo escucho decir:

—¿Qué haces aquí?

—Me has asustado —respondo casi a la defensiva.

Braxton continúa mirándome y yo me aclaro la garganta mientras siento el calor en las mejillas.

—Buscaba el chocolate —explico.

Enseguida me doy cuenta de que no está en el armario. Él se acerca a mí y llega justo a tiempo de ayudarme a bajar. Me toma de la mano y, cuando nuestros dedos se rozan, me percato de que esta es la primera vez que lo toco.

—El chocolate en polvo está al lado del microondas —me explica, y cuando me suelta me pica la mano. La rozo con disimulo contra la tela del pantalón del pijama—. Siempre me lo dejan por si me desvelo y bajo a prepararme uno.

Lo sigo con la mirada mientras toma el bote que yo no he visto antes y lo acerca a mí. Agarra dos tazas de otro armario y me hace un gesto para que le pase la leche.

—¿También te gusta el chocolate caliente? —pregunto sintiéndome como una idiota mientras veo como vierte una buena cantidad de leche en un cazo.

Me muerdo el labio y él asiente. Enciende la vitrocerámica y esperamos a que la leche comience a hervir. Braxton añade dos cucharadas grandes en cada taza.

—¿Acaso existe alguna persona a la que no le guste el chocolate?

«A mi madre», quiero contestar, pero me lo guardo. Creo que estoy demasiado sorprendida por el hecho de que él está aquí. En la cocina. Conmigo. Hablando. Preparándome un chocolate caliente.

—¿Qué tal el primer día de instituto?

—Bien —miento.

Braxton me mira de reojo, como si esperara que dijera algo más. No lo hago.

—¿Se han portado bien contigo los compañeros y profesores? —insiste.

¿Acaso le importa?

—Sí —vuelvo a mentir, esta vez a medias.

Algunos, como Lucy han sido amables.

Pienso en contarle que creo que he hecho una amiga, una chica cuyo padre trabajó con él en el pasado, pero me quedo en silencio. ¿De qué serviría? Mi madre me hubiese hecho preguntas sobre Lucy, la hubiese invitado a casa y preparado una pijamada. Dudo mucho que a Braxton le interese. Solo hace esto por cortesía.

La leche comienza a hervir y comenta:

—Parece que esto ya está.

La vuelca en las tazas con cacao y lo remueve antes de pasarme la mía. Caminamos hacia el comedor y nos sentamos en las sillas, en silencio. Esto es incómodo.

—¿Qué tal la habitación? —continúa Braxton—. ¿Te gusta?

—Es... grande —admito.

Tomo un sorbo de la bebida. La ha calentado lo justo para poder tomarla sin quemarme. Y el chocolate es realmente dulce. Me encanta.

—Ya sabes que si tienes cualquier problema... Fleur está aquí para ayudarte.

Aprieto los labios y asiento. A ella le pagan por estar conmigo. Algunos compañeros en clase se han acercado porque saben quién es mi padre. ¿Va a ser acaso esta mi vida a partir de ahora?

No, porque me iré en cuanto cumpla los dieciocho.

Pero nada más pensarlo, las palabras de Oliver resuenan en mi cabeza. La idea de aguantar aquí hasta que termine el curso y así conseguir una vida mejor. Quizá no sea tan descabellada. ¿Podría hacerlo?

—¿Qué tal con Mateo? —pregunta de la nada Braxton, sacándome de mis pensamientos—. ¿Habéis hecho algún plan juntos?

Casi casi me río en su cara. ¿Con mi hermanastro? ¿El que no puede ni verme y me odia? Claro, lo saludo todos los días y nos vamos de fiesta juntos.

—No hemos vuelto a coincidir —resumo, lo que tampoco es una mentira.

Braxton arruga la nariz en un gesto que reconozco, ya que yo también lo hago cuando algo me molesta. No me gusta verme reflejada en él.

—¿Seguro? —insiste.

Acabo por fruncir el ceño.

—Bueno, llevo aquí unos días y no nos hemos visto. Supongo que cada uno tiene su vida.

No pretendo defenderlo, pero en cierto sentido entiendo cómo debe sentirse. Y si no me quiere a su lado, mucho menos me apetece la idea de que mi padre biológico y ausente le presione para hacerme compañía. Eso es, de hecho, incluso peor.

Bebo mi chocolate caliente y él hace lo mismo. Tenerle aquí, cerca, es raro. Es lo que siempre he querido, pero, de alguna forma, tampoco lo es. Quizá porque mis sueños estaban llenos de emociones felices y de abrazos reconciliadores, pero la realidad no funciona de esta forma.

No puedes obligar a nadie a quererte.

Cuando termino mi taza, con la lengua todavía caliente, me levanto de la silla y escucho como chirría detrás de mí.

—Me voy a dormir.

Comienzo a alejarme del comedor con los ojos de Braxton puestos en mí. Estoy a punto de salir cuando algo me frena. Me vuelvo, miro sobre el hombro y lo veo allí, parado en la silla, mirándome. Así, me animo a preguntar:

—¿Por qué no quisiste saber nada de mí durante diecisiete años? Ni una carta, ni una llamada…, nada.

No responde. Su expresión es de completa sorpresa. Baja la taza a la mesa y medita, pero al abrir la boca no salen palabras.

Suspiro, porque ya me lo imaginaba. No puede decirme nada que no duela. «Porque no te quería» es demasiado inhumano hasta para él. Así que prosigo:

—Cuando cumpla dieciocho y el juez no te obligue a hacerte cargo de mí, ¿me echarás a la calle?

No queda demasiado tiempo para que suceda.

Esta vez carraspea y contesta:

—Nunca haría eso. Esta es tu casa siempre que quieras, Novalee.

¿Seguro? Entonces ¿por qué nunca ha querido conocerme hasta ahora? Soy incapaz de sentir este lugar como mi hogar. Por eso replico:

—No. Esta nunca va a ser mi casa.

Salgo del comedor, sintiendo el estómago revuelto y un puñal retorciéndose en mi pecho.

Siete

Por mucho que me gustase decir que las cosas han mejorado a partir de mi pequeña charla con Braxton durante la madrugada, no ha sido así. Apenas he vuelto a coincidir con él porque está terminando el rodaje de su última película.

Mateo trata de ignorarme siempre que se encuentra conmigo en la casa. Y Oliver… Oliver es un puto grano en el culo. De hecho, no, es peor que eso, porque no puedo deshacerme de él. En clase me ignora y se pasa el tiempo pegado a Allison, pero nunca me pierde de vista y siempre insiste en llevarme a casa. No sé qué mentira le habrá contado a Allison, pero nadie sabe que es mi guardaespaldas. Los rumores, de hecho, son mucho peores.

—¿Te acuestas con Oliver King?

Casi escupo mis espaguetis hacia Lucy, que me mira con su expresión cargada de inocencia, pero la curiosidad brillando tras las pestañas. Esta primera semana de clase nos hemos ido acercando cada vez más y creo que, si no fuera por el bagaje emocional de los últimos días y la coraza que me han hecho crear, podría considerarla mi amiga.

No solo no puedes obligar a alguien a quererte. Tampoco puedes obligarte a ti mismo a hacerlo; por mucho que lo intentes. La confianza y el amor… se ganan. A menos que sea un perrito.

Frunzo el ceño y replico:

—¿Por qué narices dices eso?

Las mejillas de Lucy se encienden, como si estuviese avergonzada de su pregunta, y replica casi con suavidad:

—Os he visto juntos muchas veces y además te vas con él en coche.

—¿Y por eso asumes que me acuesto con él?

Lucy parece bastante perturbada y me arrepiento de mi respuesta tan seca, pero entonces responde:

—En realidad es un rumor que he escuchado…

—¿De quién?

—De… —Mira hacia el comedor y al final suspira—. De todos. Todo el mundo lo dice.

Abro la boca de par en par.

—¿Todos?

Se me cae el alma a los pies y Lucy parece aún más alarmada.

—Estoy segura de que Allison se lo inventó. Se ha encaprichado con Oliver desde el primer día que llegó y sabe que os lleváis bien.

—Genial. Pues solo somos amigos.

Repito la mentira que me han obligado a aprender en casa. La razón por la que se supone que Oliver y yo pasamos tiempo juntos. Pero no estoy enfadada con Lucy, sino con la vida, con Braxton, con todo lo que me ha llevado a este momento. En casa todo era más fácil.

Lucy abre mucho la boca.

—Oh, ya veo, perdona —murmura deprisa, y baja los ojos a su ensalada—. No quería meterme donde no me llaman, yo…

Deja la frase en el aire, pero sacudo la cabeza y cruzo la mesa con la mano hasta tomar la suya y apretarla.

—No pasa nada —susurro, sintiéndome mal porque en realidad la he mentido. A la única persona que es mi amiga aquí—. Pero puedo prometerte que no hay nada entre Oliver y yo.

«Más allá de lo que supone una relación con él como guardaespaldas».

Hundo el tenedor en mi pasta de nuevo, pero, apenas me lo llevo a la boca, alguien más se sienta a mi lado. Reconozco a Theo casi al momento. Su bandeja está sin tocar y tiene un plato de espaguetis que triplica el mío.

Nunca se ha sentado a comer con nosotras. Solo se queda unos segundos para hablarnos y estoy segura de que es lo que va a hacer en estos momentos.

—Hola, Novalee —me dice con una sonrisa.

Su codo roza el mío y me vuelvo hacia él.

—Hola, Theo.

—¿Cómo lo llevas?

Miro a Lucy, que sonríe para su cuello. Sé que este chico le gusta. Siempre se pone colorada cuando lo ve.

—Bien, supongo —respondo por fin.

—El próximo viernes daré mi fiesta de cumpleaños. Cumplo dieciocho.

—Vaya, felicidades.

Todos en nuestro curso cumplimos o hemos cumplido dieciocho este año.

—Me preguntaba si querías venir —añade. Pestañeo varias veces y no respondo, así que él mira a Lucy que finalmente ha levantado los ojos de su ensalada y le observa boquiabierta, y luego a mí—. Si queréis venir las dos, por supuesto.

—¿Este viernes?

—El que viene —me corrige—. La temática es «Piratas», así que podéis disfrazaros. No es obligatorio, pero todo el mundo vendrá así.

Sus ojos bajan por mi cuello hasta el escote de mi camisa, pero enseguida vuelve a alzarlos.

—Gracias, Theo. Me lo pensaré.

—Genial —replica, tomándose mi respuesta como afirmativa—. Allí os veré, chicas.

—No hemos dicho que sí.

—Pero sé que no quieres decepcionarme.

Me guiña un ojo y agarra su bandeja sin tocar antes de irse a la mesa donde están los demás compañeros de fútbol. Incluido Oliver, que nos observa de reojo. Sé que es su trabajo mantenerme siempre en su punto de mira, pero me pone nerviosa que lo haga.

—Dios. Es increíble, ¿verdad?

Me vuelvo hacia Lucy, que ha suspirado y mira con aire soñador en la dirección en la que se aleja Theo.

—¿Tú crees? A mí me parece un poco prepotente.

Por decirlo de una forma fina.

—Theo siempre hace unas fiestas espectaculares y sus dieciocho… Tiene que estar por encima de las demás. Todo el mundo quiere ir y es superdifícil que te invite.

—¿Quieres ir?

—Nunca me han invitado.

Vuelve a cubrirle el rubor y tomo una decisión. Ella ha sido mi amiga desde el primer momento en que llegué a este colegio. No es por Lucy, sino por mí. Me siento bien haciendo algo que le haga feliz.

—Venga, vale —asiento—. Si tú vas, yo también voy.

—¿En serio? —No oculta la emoción en su voz.

—Pero hay que pensar un disfraz y siempre se me ha dado fatal.

Ethan era el creativo de los dos. Él acertaría.

—Puedo encargarme de las dos —se anima a decir Lucy, pero enseguida su expresión cambia y baja la mirada a la mesa totalmente cohibida y con las mejillas sonrosadas—. Quiero decir, si tú quieres. Tengo unas cuantas ideas y…

—Me quitarías un gran peso de encima —le aseguro—. Pero me sabe mal que te encargues sola.

—¡Para nada! Adoro disfrazarme. Tengo tres hermanas pequeñas y siempre hacemos fiestas temáticas.

—Entones supongo que tenemos plan.

—¡Lo tenemos!

Pero mi buen humor ante unos posibles planes bastante más divertidos que estar sola en mi habitación un viernes por la noche es interrumpido cuando Oliver se acerca a nuestra mesa. Ni siquiera lo he visto llegar.

—Tengo que hablar contigo —dice.

Sus ojos están posados en mí y noto cómo Lucy carraspea y se hace a un lado. Toma el teléfono y comienza a juguetear con él, simulando ignorarnos.

—¿Qué quieres?

Quizás debería ser más amable, pero tampoco es que se haya mostrado especialmente gentil en estos días desde que nos conocemos. Tal vez por eso me cueste tanto mantener la mentira de que somos amigos.

Oliver alza la comisura del labio derecho en una sonrisa torcida, como si disfrutara de esta incomodidad.

—Hoy saldré tarde del entrenamiento de fútbol —anuncia.

—Como siempre.

—Ve al campo después de clase, o quédate en el instituto —continúa sin inmutarse—. Recuerda no irte sin mí.

Ni siquiera tengo coche. ¿A dónde narices se piensa que voy a largarme? La casa está a veinte minutos conduciendo, no quiero ni imaginarme andando.

—Sí, señor. ¿Desea que haga algo más por usted?

No quiero ni imaginar en lo que estará pensando Lucy. Probablemente para ella acabe de confirmar que, en efecto, nos acostamos.

La sonrisa de Oliver se ensancha y entonces se agacha sobre mí. Coloca un brazo musculoso en el respaldo de mi silla y se acerca tanto que sus labios me rozan la oreja. Siento cómo se me eriza el vello y trato de ignorar el hecho de que puedo percibir su colonia, que me gusta mucho más que su olor.

Entonces susurra:

—Un beso de despedida estaría bien, preciosa.

Me vuelvo con rapidez, un gran error: sus labios están a apenas unos centímetros de los míos. Los mira, pero enseguida regresa la vista. Trago saliva y me esfuerzo en escoger el mejor tono de reproche para replicar:

—Gracias, pero eso no va a suceder. Medio instituto ya se piensa que nos acostamos, no seré yo quien les dé más razones para alimentar el rumor.

De pronto frunce el ceño y se aleja de mí.

—¿En serio? —pregunta, y parece realmente desconcertado—. ¿Quién lo dice?

—Por lo que tengo entendido, todos.

Lamentablemente. Como si ser la hija ilegítima de Braxton Scott no fuese suficiente.

Oliver me observa con detenimiento y empiezo a sentirme inquieta, pero no por incomodidad. Es como si pudiera leerme y eso es… extraño.

—Me encargaré de solucionar ese problema —afirma tras unos segundos.

Trato de ser yo quien lo lea, pero me resulta muchísimo más complicado.

—¿Te molesta? —me atrevo a adivinar.

—¿A mí? No —y parece sincero—, pero a ti sí.

No me molesto en negarlo. Oliver finalmente se aparta de mí y se aleja de nuestra mesa. Allison está esperando por él a la salida del comedor, pero sus ojos están puestos en mí, fulminándome. Aparta la mirada rápido al percatarse de que la he visto y se vuelve hacia Oliver cambiando la expresión a una gran sonrisa.

A mi lado, Lucy baja el teléfono.

—Entonces… ¿solo amigos?

Después del almuerzo y de escuchar todas sus ideas para el disfraz de pirata, salgo un poco más feliz al terminar el día escolar. Me quedo quieta delante del tablón de anuncios, con la mochila al hombro y la mente un poco más lejos. Aunque Oliver me haya llevado a casa los últimos días, siempre he tenido que ir a buscarle al campo de fútbol. Todavía le queda una hora de entrenamiento y no me apetece mucho sentarme en las gradas para esperarlo. Mucho menos si tenemos en cuenta que Allison y sus amigas estarán allí y que me lanzarán miradas indisimuladas que me harán sentir incómoda.

Así que me quedo mirando el tablón de anuncios. Ofrecen clases particulares, apartamentos a compartir para maestros, concurso de talentos musicales y de teatro. En mi antiguo instituto estaba en el grupo de teatro con Ethan, pero esto no es lo mismo. Allí yo era anónima, una chica que se lo pasaba bien con su mejor amigo haciendo tonterías entre bambalinas. Aquí soy la hija de Braxton Scott. Todos los ojos estarían en mí y muy probablemente para criticarme.

Deshecho la idea con rapidez y me dirijo hacia el campo de fútbol. Mi mente ha viajado hacia Ethan y a todos los momentos divertidos y de complicidad que hemos pasado juntos. Aunque seguimos hablando, ya no es como antes. Nada es como antes. Y eso me hace sentirme terriblemente mal. Terriblemente sola.

Para cuando llego al campo tengo una bola de malestar creciendo en el estómago. Los chicos están entrenando, pasándose con fuerza una pelota, y Allison y sus amigas están sentadas al frente mirándolos y riéndose.

No tardan en localizarme y las risas se vuelven más agudas.

—Eh, Novalee, ¿vienes a por un autógrafo? —me dice una de ellas, y Allison es la que más fuerte se ríe.

Ni siquiera sé por qué me tratan tan mal. Yo no les he hecho nada.

—Quizá puedas revender uno de tu padre y así alguien te quiera —dice otra, sin saber lo mucho que quizá ha dado en la diana.

Porque obviamente mi padre no me quiere, y hasta ellas lo saben.

Trato de ignorarlas y miro al campo. Oliver acaba de perder un balón y el entrenador lo riñe. Acaba de llegar, pero es el mejor del equipo. Se rumorea que será quien les haga ganar la liga.

—¿Nos ignoras porque te crees por encima? —señala una chica, y muy a mi pesar me niego a mirarla—. ¿O te sientes especial por follarte a King?

Aprieto los labios y siento la vergüenza subirme por el rostro. Este estúpido rumor de que nos acostamos está llegando demasiado lejos.

«Ignórala, Novalee».

—Dejadla, chicas. —Escucho la voz de Allison por encima de las demás y me vuelvo. Las está mandado callar con un solo movimiento de la mano—. ¿No veis que está sola? Y no está bien burlarse de la gente rara.

Las lágrimas pican en mis ojos y yo trato de ignorarlas. En el campo Oliver acaba de anotar un golazo y todos los ojos se vuelven hacia él. Allison grita. El circo de chicas que la rodean la imita. Los jugadores aplauden. Y yo solo tengo ganas de llorar. Sin que nadie me vea me doy la vuelta, todavía con la mochila colgando al hombro, y me alejo del campo de fútbol.

Cuando mamá murió no quise ir a vivir con Braxton.

Mucho menos deseé cambiarme a este instituto donde nadie me conoce.

Todavía menos tener un guardaespaldas.

Mil veces menos tener que esperar a que termine su partido mientras otras chicas se ríen de mí.

No me gusta compadecerme de mí misma, pero ni me merezco esto ni tengo que soportarlo.

Así, mientras mis pies avanzan hacia el parking, pasan de largo el vehículo de Oliver. Van más allá del aparcamiento y de los límites del instituto. Cruzan la acera y continúan.

Y antes de que me dé cuenta, estoy sumergida en medio de las calles de Los Ángeles, caminando sin rumbo y con la cabeza gacha. Paso de largo una cadena rápida de hamburgueserías donde hay mucha cola. Mamá siempre quiso probarla si algún día veníamos a esta ciudad, pero supongo que sin ella a mi lado no sabrá igual.

Continúo andando sin rumbo y con los ojos clavados en el suelo hasta que llego a un centro comercial al aire libre. Hay varias tiendas de ropa, de comida y hasta un cine. El teléfono comienza a vibrarme en el bolsillo y veo el nombre de Oliver en la pantalla. No lo he guardado yo, pero supongo que cuando Fleur me lo entregó ya lo hizo ella.

Lo ignoro y entro en la primera tienda. Realmente no miro nada, pero me entretengo con la ropa, tratando de sentirme como antes. Sin embargo, sin mamá, sin Ethan, sin mi otra vida… Es casi imposible.

Noto cómo algunas personas me lanzan miradas fugaces. También lo hicieron otras en el camino desde el instituto al centro comercial, pero trato de ignorarlo. Es imposible que me hayan reconocido, ¿verdad? Salí en las fotos de la revista hace más de una semana, cuando me reconocieron en el aeropuerto. Desde entonces he cerrado mis redes sociales y desaparecido de todas partes.

Salgo de una tienda y entro en otra. Noto más ojos sobre mí. Quizá me esté obsesionando. Decido atravesar la pequeña plaza del centro comercial e ir al baño cuando escucho mi nombre.

—¿Novalee?

Me giro y veo a un chico de mi edad. Quizá un poco más mayor. Es rubio y lleva una gorra vaquera y gafas.

—¿Novalee Scott? —añade.

La mención del apellido de Braxton me pone de inmediato en alerta, pero no lo bastante rápido. Porque, mientras proceso lo que sucede, el chico levanta el teléfono y me apunta a la cara. No sale flash, aunque sé que ha sacado una foto. Sin embargo, a un lado de él un hombre que me apunta con su cámara sí usa una luz potente. Al poco rato, hay más cámaras apuntándome.

—Novalee, ¿eres tú?

—¿Dónde está Braxton?

—¿Es cierto que está rodando una nueva película?

—¿Ha roto con su nueva novia?

—¿Eres adoptada o son rumores?

Me agobio. No puedo respirar. El pulso se me acelera. Necesito salir de aquí. Me giro, pero los flashes siguen. La gente grita mi nombre. De la nada hay muchas más personas. ¿Qué está pasando?

—¿Novalee? ¿Puedes concedernos una entrevista?

Cuando parpadeo me doy cuenta de que el chico rubio con la gorra vaquera y las gafas está a mi lado, casi tocándome. Me apunta con la cámara tan cerca que casi me pega con ella.

—Yo… —balbuceo.

Ni siquiera sé qué decir.

—Vamos, Novalee. Di algo. Nos lo debes.

El chico rubio, el mismo que ha dicho esas palabras, me toma de la mano. Trato de apartarme, pero entonces me agarra del brazo y, por mucho que intente librarme, no lo consigo. Es más fuerte que yo.

Los flashes me bombardean y nadie ayuda. Me siento mareada y tengo miedo. Noto el corazón palpitándome en la garganta. ¿Qué está pasando?

—¿Te llevas bien con tu hermano?

—¿Tienes novio?

—Contesta nuestras preguntas, Novalee.

—Apártate de ella, gilipollas.

Reconozco la voz de Oliver al mismo tiempo que la mano que me tomaba de la muñeca desaparece. Pierdo el equilibrio, pero consigo mantenerme en el sitio. Él se deshace del chico rubio y los flashes vuelven a aparecer con fuerza.

Se acerca a mí y coloca las manos sobre mis mejillas, observándome con los ojos brillantes.

—¿Estás bien? —pregunta.

—Yo…

Quiero asentir, pero hay más flashes. Oliver no espera más y tras lanzar una última mirada de escrutinio a mi rostro baja las manos para tomar una de las mías. Su agarre es mucho más tranquilizador, cercano y amable que el del reportero. Tira de mí para alejarme de los paparazis, que siguen sacando fotos y haciendo preguntas.

Se abre paso con su propio cuerpo, sin importarle si ellos se apartan o no. Tira de mí y prácticamente corremos hasta que llegamos a su coche. Tiene los cristales tintados y no me doy cuenta de ese detalle hasta que abre la puerta del copiloto y me hace pasar y la cierra a los pocos segundos.

Todavía hay cámaras rodeándonos cuando se sienta frente al volante y arranca. Sus nudillos están blancos y puedo notar marcada su mandíbula por la tensión. Hace unos cuantos movimientos rápidos, pero consigue sacarnos de allí y dejar el centro comercial y los paparazis a nuestra espalda.

—Joder, ¿tienes idea en el puto lío en el que nos has metido? ¿Cómo cojones se te ocurre irte sola del instituto?

Sin poder contestar, me hundo en el asiento del coche. Tengo ganas de llorar.

—De verdad, Novalee. Piensa un poco las cosas antes de actuar. Podría haberte pasado cualquier cosa. ¿Tanto te costaba esperar un rato más a que terminase el entrenamiento?

Ni siquiera puedo hablar mientras conduce de camino a casa. No termino de ser consciente de lo que acaba de pasar. Siento que ha sido otra persona quien lo ha vivido. Y aunque recuerdo claramente la sensación del chico extraño agarrándome de la muñeca en contra de mi voluntad y el pánico de no poder soltarme, es como si mis recuerdos lo transformaran todo. Le ha pasado a alguien más, no a mí. No puedo procesarlo. No es para nada igual a lo sucedido en el aeropuerto. Ha sido peor. Mucho peor.

—¿Estás bien?

Me vuelvo hacia Oliver, pero sus ojos están clavados en la carretera. En este momento me doy cuenta de que lleva puesto el uniforme del equipo de fútbol del colegio, de que su cabello está húmedo por el sudor y de que todavía tiene los músculos tensos.

—Creo que sí —digo por inercia.

Me lanza una mirada rápida, pero es suficiente para darme cuenta de que ha podido volver a leerme. Sabe que miento.

Aprieta los labios mordiéndose el inferior y me fijo en esa parte de su cuerpo. Después se vuelve hacia el reproductor de música y pone la radio baja, lo que comienza a llenar el ambiente y crear un poco más de distensión.

—¿Cómo me encontraste? —me atrevo por fin a preguntarle.

—Por tu teléfono. Tiene un localizador que puedo rastrear desde el mío.

De primeras siento una punzada de enfado clavarse en el pecho. ¿Cómo es que puede saber dónde me encuentro en todo momento y nadie me ha informado de ello? ¿Es legal?

Sin embargo, decido apartar esa emoción a un lado al darme cuenta de que, si no fuera por el localizador, no habría podido librarme de los paparazis por mi cuenta.

Fue un error salir a caminar sola y, con toda probabilidad, también lo fue mudarme con Braxton.

Ocho

Si las noticias sobre mi llegada al aeropuerto de Los Ángeles fueron sensacionalistas, mi escapada al centro comercial ha sido todavía peor. Internet está lleno de fotos mías. No. Miento.

Está lleno de fotos mías y de Oliver mientras me toma de la mano y aparta a los paparazis para sacarme de allí. Todo ello ataviado con el uniforme del equipo de fútbol del colegio. El encabezado *¿Nuevo* crush *de la hija de Braxton Scott?* es el más suave que encuentro.

Por no mencionar que, desde que todos saben quién soy, he perdido mi nombre. Me limito a ser «la hija de».

Estoy tratando de digerir el salmón con puré de patatas que hay para cenar cuando Mateo aparece a mi lado. A los pocos segundos le traen una copa de vino, un vaso con agua y el plato de la cena. Sin embargo, él ni siquiera da las gracias.

Pienso que me ignorará, como ha hecho los últimos días, que podré comer mi cena tranquila mientras me lamento de lo miserable que se ha vuelto mi vida. Pero el universo tiene unos planes más macabros y el estúpido de mi hermano (perdón, medio hermano) decide hablarme:

—Ya me he enterado de la que has liado esta tarde.

Gruño. Yo también he visto esas fotos. Ahora incluso el centro donde estudio ha sido desvelado. Fleur ha ido a mi habitación a consolarme, pero también me ha comentado los problemas que todo esto conlleva y empiezo a pensar que no puedo con esta presión. He metido la pata hasta el fondo sin saber lo que estaba haciendo.

He perdido mi libertad sin desearlo, como si perder a mamá no hubiese sido suficiente. Cada día que pasa, peor me siento. Y Mateo Scott no hace más que empeorarlo.

—¿Tan obsesionado estás conmigo que sigues todas las noticias que me rodean? —replico, buscando molestarlo—. ¿O es que no tienes vida propia?

Por algún lado tengo que dejar salir mi frustración. Mateo parece un buen saco de boxeo, y además él ha empezado.

Deja el tenedor sobre la mesa y yo hago lo mismo. Se me ha quitado el hambre.

—Has sido tú quien ha empezado metiéndote en nuestras vidas —replica él, mordaz—. ¿Por qué no vuelves al hoyo del que saliste?

—Mi madre murió, por si se te ha olvidado.

—Aunque primero decidió meterse en medio de un matrimonio ajeno.

Quiero lanzarle el cuchillo, entre ojo y ojo. Aunque me conformo con mirarlo con el mismo odio que él me profesa. Con un poco de suerte incluso algo más.

—No te sientas especial por esta repentina vida acomodada —sigue Mateo—. Papá ni siquiera te ha buscado para hablar contigo de lo sucedido, ¿verdad?

Es cierto. Mandó llamar a Oliver, por eso sé que estaba en casa cuando llegué. Sin embargo, yo no lo he vuelto a ver. No lo he hecho desde el chocolate de ayer por la noche. Trato de mantener mi rostro imperturbable, pero sabe que ha dado donde duele, así que sigue hablando:

—A mí me buscó esta mañana. Una trivialidad para una fiesta. ¿Ves las diferencias, adjuntada? Los que importamos… y los que no.

—Si no importo, ¿por qué pones tanto empeño en asegurarte de que me sienta mal? Deberías pasar de mí. Ignorarme.

Me pongo de pie haciendo chirriar la silla tras de mí. No me importa. Mateo enarca una ceja, pero le tiembla el pulso.

—Hasta la más mínima basura importa —replica.

Me inclino sobre la mesa y, con la voz más suave pero rígida que tengo, susurro:

—Ten cuidado, hermanito, no sea que la basura responda.

Después de eso me giro y me voy del comedor.

Aunque descargar parte de mi frustración con él ha servido para desahogarme, me siento aún peor. Solo ha sido un recordatorio de lo sola que estoy en esta casa. De que nadie me quiere aquí. De que incluso mi propia sangre me odia.

—¿Puedo pasar?

Reconozco la voz detrás de mi puerta, pero simplemente me tapo más con las sábanas y decido ignorarlo.

Muy a mi pesar, mi guardaespaldas no se da por vencido y vuelve a llamar.

—¿Novalee?

Quiero ignorarlo, de verdad que quiero, pero no puedo.

Él vuelve a llamar y yo gruño.

—Adelante —digo.

Escucho a Oliver abrir la puerta y luego sus pasos adentrarse en la habitación en penumbra. Me pregunto cómo es posible que reconozca sus pisadas, cuando un mes atrás no lo conocía. El peso de su cuerpo hunde un lado del colchón y al final decido quitarme la sábana de la cara. No voy a sacar nada en claro ocultándome.

Estoy cansada de que el mundo busque una cara de mí que no existe. De que nadie en esta nueva vida sepa realmente quién soy, cómo soy.

—Quería hablar contigo —lo oigo susurrar.

Aprieto las sábanas acolchadas con más fuerza entre mis dedos. Una parte de mí se siente idiota en esta posición; otra solo quiere fundirse con el colchón y desaparecer.

Al final, Oliver carraspea y dice:

—Me he portado como un idiota antes, lo siento mucho.

Suena cerca de mí. Demasiado cerca.

—¿Te ha mandado Fleur?

No lo niega.

—Lo siento de verdad, Novalee.

—Solo hacías tu trabajo —suspiro.

Me aparto las sábanas con una valentía que no sé de dónde saco. Me siento en la cama y observo su silueta. Está de pie a un lado del colchón. Desde esta perspectiva parece mucho más alto de lo que es. Y más fuerte. Las sombras de la habitación a oscuras clavan su perfil y puedo notar los rizos de su cabello.

Oliver solo hacía su trabajo, y yo lo entorpecí. Ahora que el miedo no me envuelve lo veo, pero hay tantas veces que parece que vivo mi vida como un extra, como una tercera persona que lo ve todo mientras las cosas suceden… y me dejo llevar. No es una excusa, pero tampoco sé dominarlo. Todo es tan diferente a cuando estaba con mamá… y no en el buen sentido. Jamás me hubiese imaginado los peligros de huir sola a un centro comercial, sin mi guardaespaldas. Mierda, jamás imaginé tener un guardaespaldas.

Oliver, sin embargo, no parece conforme. Se sienta a un lado del colchón, casi a los pies. Veo cómo se rasca la cabeza y mi corazón da un latido desbocado. ¿Qué le pasa?

Entonces habla:

—No lo entiendes y… tampoco tienes por qué hacerlo. Me juego mucho en este trabajo y no puedo perderlo.

—No te meteré en más problemas —le prometo.

Porque no quiero discutir. No más. Además, en estos momentos hablo en serio.

Oliver niega con la cabeza.

—No lo has hecho. Ha sido culpa mía. Tú no tendrías que estar esperando a que yo terminase de entrenar con el equipo.

—Eres un jugador más. —Me encojo de hombros.

—No —replica totalmente serio—. Soy tu guardaespaldas. Me pagan por eso. Por mantenerte segura y a salvo. A cambio puedo terminar de sacarme el título de bachillerato, pero el contrato no incluye hacerte esperar horas mientras completo mis extraescolares.

Me quedo en silencio sin saber qué contestar. Ser guardaespaldas tampoco parece un trabajo fácil; compaginarlo con la vida estudiantil mucho menos. Las asignaturas son difíciles y tengo que estudiar para mantenerme al día. Pensé que Oliver solo hacía el papel de ir a clase como un actor, no que estuviese sacándose el título de verdad. Esto cambia un poco mi forma de verlo.

—Lo voy a dejar —dice de pronto.

Entiendo que habla del fútbol. Me siento mal porque es por mi culpa.

—No deberías hacerlo. Eres bueno.

—Eso no importa —replica—, tengo que centrarme en lo importante: el trabajo y acabar mis estudios. Soy yo quien ha excedido los límites.

Pero sí importa. Todo lo que hace por mí… es su trabajo. Hasta renunciar a lo que le gusta. De pronto siento un golpe de realidad: esta también es una nueva oportunidad para él. La de terminar sus estudios. La de conseguir hacerlo en un instituto que le abra puertas a muchas universidades.

Me arriesgo a acercarme un poco más a él y gateo sobre la cama, apartando las sábanas a un lado.

—¿Por eso me dijiste que era una idiota por no aprovechar esta oportunidad? ¿Que debería acabar el curso escolar en este instituto?

Me mira a través de sus pestañas. Son largas y rizadas, pero son sus ojos azules los que me dejan sin respiración.

—El contrato que he firmado con tu padre, en lo que a mi educación se refiere, incluye terminar el año escolar, ya sea quedándote tú al cumplir los dieciocho o si decides irte. —Tomo aire y él mira el techo de la habitación—. Pero sigo pensando que serías una idiota si no aprovecharas la oportunidad.

—¿Y por qué me quedaría aquí? Creo que Fleur es la única que me quiere. A nadie le gusta estar en un lugar donde no se encuentra a gusto.

—Te lo dije: unos meses de sufrimiento no son nada en contraposición con una vida buena. Además, es lo mínimo que te debe.

—¿Que me debe?

Oliver se vuelve a girar hacia mí, clavando sus ojos en los míos. Siento que el estómago me da un vuelco.

—Tu padre, el hombre que te ha ignorado toda su vida, como mínimo te debe dejar terminar los estudios. Nunca pienses que eres tú la que te estás aprovechando de él, Novalee Torres.

Un escalofrío me recorre. Es como si me leyese la mente. Entonces replico:

—Te acuerdas de cómo me llamo.

«Cómo me apellido. Mi nombre completo. Torres. No Scott».

—Claro que sí.

Me mantiene la mirada y mi cuerpo hormiguea, allí, en la oscuridad de la habitación.

No puedo enfadarme con Oliver por querer cumplir su trabajo, acabar los estudios e ir a la universidad. Es totalmente lícito. Pienso que quizá, en otra vida, en otro contexto, podríamos haber sido amigos.

Me inclino sobre él hasta acabar colocando una mano sobre su hombro. Oliver no deja de mirarme y siento el calor invadir mis mejillas y mi estómago, porque sus ojos brillan incluso a pesar de la penumbra.

Este chico me ha salvado hace poco de unos paparazis desesperados. Y, aunque solo era por trabajo, a veces cuando lo miro, en momentos como este, siento que también le importo como algo más que su empleo, como una persona de verdad.

—Gracias —susurro—. Aquí todos me llaman por el apellido de mi padre.

—Pero a ti no te gusta —replica.

Lo dice con una sinceridad aplastante. Solo puedo asentir.

—Eres de los pocos que se han fijado —admito.

Bajo la mirada a sus labios. Son jugosos, no muy grandes pero carnosos, y están entreabiertos. De repente me pregunto cómo sería besarlos. Me saco esa imagen rápidamente de la cabeza porque esto no está bien. Él es mayor, casi dos años, y lo han contratado para protegerme. Hay miles de razones que podría mencionar por las que esto no saldría bien…, y ninguna se me ocurre ahora. En especial cuando al alzar de vuelta los ojos a los suyos, los encuentro mirando mis propios labios.

—No eres como imaginaba, Novalee —susurra.

Creo que está más cerca de mí.

Puedo oler su perfume.

Me pican los labios.

Me escuece la piel de ganas de juntarme más a él.

Ojalá fuese tan atrevida como para salir con una respuesta del tipo: «¿es que has pensado en mí tanto como para imaginarte como soy?», o «¿y te gusta lo que ves?». En su lugar solo carraspeo, porque casi me atraganto con mi saliva y el latido abrupto de mi corazón.

Entonces Oliver se aleja de mí. No mucho, pero sí lo suficiente como para romper el encanto del momento. Lo suficiente como para dejarme algo claro: no le intereso en el sentido romántico que me acabo de imaginar. Solo cumple su trabajo. Solo me protege. Mierda. Menos mal que no me ha dado por hacer una locura como…, no sé, besarlo.

Oliver carraspea y yo siento el calor cubrir mis mejillas. Doble mierda.

—Nova —susurra, y al llamarme por mi nombre acortado, casi como un amigo, me obliga a mirarlo—, necesitas saber por qué tu padre me contactó.

—Venga, soy todo oídos —respondo casi como burla.

Pero Oliver no sonríe. En vez de eso toma aire profundamente y susurra:

—Novalee, no lo entiendes… Alguien amenazó con matarte.

Los segundos pasan y todo se queda en silencio. Incluso el tiempo se pausa, sin avanzar. O tal vez sea yo que he entrado en estado de shock.

—¿Perdón? —Mi voz suena rota.

Necesito que lo repita porque estoy bastante segura de haber escuchado mal. ¿Matarme? ¿A mí?

—No sé mucho al respecto, porque…, bueno, en realidad nadie sabe quién o por qué está detrás de ti.

Pum-pum. El corazón me late rápido, cargado de un repentino miedo. Detalles. Necesito más detalles.

—Cuéntame todo lo que sepas —le pido con un hilo de voz, y tengo que carraspear porque siento un nudo en la garganta—. Por favor.

Oliver asiente con los labios apretados, pero continúa.

—Poco antes de que llegaras, mientras tu padre estaba preparándolo todo para recibirte, enviaron un mensaje anónimo. De primeras parecía una carta normal de un fan, aunque la mayoría ya casi no use ese medio. Justo por esa razón Daniel se encarga de leerlas y filtrarlas antes de pasárselas a Braxton. Pero esta era distinta.

Oliver me continúa explicando todo lo que sabe. Alguien envió la carta, tecleada a máquina e impresa en un papel bastante común. Tampoco tenía remitente y fue dejada en un buzón a las afueras donde no hay cámaras. Tenía un mensaje muy sencillo:

Que tu hija se ande con mucho cuidado.

De primeras no se lo tomaron muy en serio, pero esa misma semana también recibieron varias llamadas anónimas que no contestaban, hasta que en una de esas dijo mi nombre y colgó. Siento un escalofrío tan solo de imaginarlo. Rastrearon el teléfono, pero era prepago y se deshicieron de él.

—Siempre está la posibilidad de que fuera una broma, pero tu padre no quiere arriesgarse. Además, quien sea que lo haya hecho, consiguió su número personal de teléfono. Lo que indica que o es bastante bueno, o lo conoce. Pero no solo eso.

—¿Es que hay algo más?

Cuando asiente, el estómago se me revuelve.

—No mucha gente sabía por aquel entonces que vendrías aquí, Novalee. La noticia no se había hecho pública en prensa.

—Entonces ¿significa que es alguien que conozco? Quizá se trate de una broma —digo esperanzada.

Pero él no parece igual de optimista que yo.

—Puede —responde—. Porque la otra opción es peor.

Trago saliva porque su tono ha bajado unas octavas hasta volverse más grave. Cuando por fin continúa, un escalofrío recorre mi cuerpo.

—La otra opción significa que alguien muy peligroso y audaz quiere acabar contigo.

Nueve

Le prometí a Oliver que no diría nada. Técnicamente, yo no debería saber nada. Él fue contratado para protegerme, y Braxton quería que no me contasen todo el tema de la amenaza. Según Oliver, mantenerme en la ignorancia es su forma de cuidarme, de dejar que viva mi vida sin un miedo constante. Pero ¿no hubiese sido mejor contármelo y que así no hiciese ninguna estupidez? Como, no sé..., largarme del instituto para ir caminando sola por Los Ángeles; que, si ya de por sí es peligroso, mucho más sabiendo todo esto.

Pero, aun así... Qué mierda. Alguien me quiere matar. ¿Por qué?

He visto demasiados documentales sobre asesinatos en Netflix y vídeos en TikTok como para no estar asustada. Hay gente con ideas muy malas suelta por el mundo. Y encima ahora soy un objetivo desde que vivo con Braxton y la prensa ha conseguido una foto de mi cara. ¿De qué sirve no tener redes sociales si todo el mundo puede ver tu cara?

Después de mi conversación con Oliver, y a pesar de que las cosas con él se han calmado, apenas he podido dormir durante la noche. El poco tiempo en el que lo he hecho, he tenido pesadillas: alguien me perseguía en la oscuridad; Oliver corría tras de mí; mamá pedía que me protegiera... Me he despertado todavía más angustiada y cansada que al acostarme.

Y para colmo, Mateo no me lo ha puesto fácil durante el desayuno.

—Sigues siendo tendencia en redes —me comenta mientras sorbe con prepotencia su café.

De acuerdo, quizá lo sorbe de forma normal, pero para mí está claro que derrocha arrogancia.

—¿Tienes envidia o qué?

Sé que he dado en su fibra sensible porque le tiembla el ojo derecho.

—Más quisieras, adjuntada.

El insulto tan banal me distrae un poco de la pesadez de las noticias. Porque Mateo no exagera. Todo ha ido a peor tras el encontronazo de ayer con los paparazis. La mayoría han hecho tantas especulaciones sobre mí y Oliver que ya me tildan de rebelde, o incluso aseguran que él es otro millonario del que quiero aprovecharme.

—Solo me preguntaba cómo ibas a afrontar todo este asunto —continúa—. Ni siquiera yo, que llevo toda mi vida aquí, he tenido polémicas tan grandes.

Frunzo el ceño, molesta. Una vez dio una fiesta en un recinto, que la policía tuvo que desalojar. Lo leí en las noticias. Aunque también es cierto que no se comentó mucho más.

—No es para tanto —me defiendo—. Han sacado conclusiones precipitadas y ya está.

Trato de olvidarme del asunto dando un sorbo a mi leche chocolateada, pero Mateo alza las cejas y me observa con incredulidad.

—Les has dado alimento para inventar un romance falso, y encima de ti, que eres el cotilleo del momento —se burla, y acto seguido imita un titular de revista—. La hija de Braxton Scott enamorada de un compañero de clase. Si les dejas, acabarán diciendo hasta que estás embarazada.

Quisiera devolverle una mirada cargada de enfado, pero solo puedo observarlo con completo espanto. Asustada. ¿Lo dice en serio?

Mateo parece darse cuenta de cómo lo miro porque carraspea, toma un sorbo de su café y replica:

—Por supuesto, eso sería ir demasiado lejos. Pero convendría que supieras las repercusiones de tus actos.

Repercusiones como ¿qué? ¿La muerte? Porque alguien anónimo me odia sin razón, visto lo visto. Sin querer pienso si podría ser Mateo. Hasta el momento encabeza mi lista de enemigos, una que no tenía un par de semanas atrás.

—¡Aquí estás!

Me vuelvo bruscamente hacia la voz aguda y cortante que ha roto el silencio e interrumpido nuestra conversación. No tardo en ver a un hombre trajeado caminando hacia nosotros con los brazos cruzados.

—Buenos días, Daniel —saluda Mateo.

—¿Se puede saber cómo has conseguido acaparar a toda la prensa y meternos en este lío en tan poco tiempo, jovencita? —me recrimina.

Voy a responder, pero él aparta la mirada y saca un teléfono móvil de su bolsillo. Comienza a escribir y yo me trago mis palabras. Miro a Mateo, que parece igual de perdido que yo en toda la situación, pero al notar que lo observo se centra en su desayuno y me ignora.

Tras unos segundos más, Daniel aparta el teléfono y se vuelve solo para decir:

—Voy a buscar a Oliver. Debemos tener unas palabras antes de que vayáis al instituto.

Suena a amenaza y se me revuelve el estómago. Todo esto es por mi culpa.

Sale del comedor y a los pocos segundos Mateo carraspea y baja su taza de café. Lo miro, pero él me ignora. Esta vez no es menosprecio. Está incómodo con la situación. Sé que quiere irse, pero de la cocina sale el mismo hombre que siempre nos trae los platos y carga una tortilla perfectamente colocada sobre un plato, con frutos rojos. La deja ante él y Mateo recupera la compostura.

—Gracias, Jake —murmura.

Se la come tan rápido que podría ahogarse, pero Daniel regresa antes de que dé el último bocado y, tras él, está Oliver.

Nuestras miradas coinciden y enseguida me encargo de apartarla.

—Está bien, tenemos que hablar de lo que vais a hacer a partir de ahora —señala Daniel.

Frunzo el ceño mientras mi guardaespaldas se deja caer sobre una silla y Mateo lo mira de reojo.

—Ya no sirve fingir que sois solo amigos, y puesto que la prensa ha decidido señalaros como pareja, creemos que lo más apropiado es seguir este camino.

F.

Hundo la cabeza en mis brazos, pero Daniel continúa hablando:

—Fingiréis ser novios a partir de ahora.

Oliver alza las cejas y replica:

—¿Y crees que alguien se tragará esa mentira?

—Ya lo han hecho —replica impasible Daniel.

—Buena suerte —se burla Mateo mientras se levanta—. La necesitaréis.

Después de eso se va de la habitación casi sin mirarnos, aunque noto que sus ojos se posan en Oliver unos segundos.

—No ha funcionado lo de amigos, y esto es lo que hay. Porque ninguno queremos revelar que en realidad Oliver es tu guardaespaldas, ¿verdad, Novalee?

Me habla directamente a mí y asiento a pesar de la incomodidad. Claro que no deseo que nadie en el colegio lo sepa, pero sé que a él tampoco le dejan muchas más opciones. Terminar con esta extraña y nueva «normalidad» sería desastroso para los dos.

—No, no queremos —respondo tras unos largos segundos. Daniel parece feliz y asiente.

—Genial. Entonces todo resuelto. Ahora Oliver y tú ya podéis ir juntos al instituto y fingir ser una pareja feliz.

Se me atraganta el desayuno.

—Claro que sí… —murmuro.

Daniel parece estar por irse, pero en el último momento se vuelve y clava la mirada en mi guardaespaldas.

—Por cierto, Oliver… Hoy tienes que llevar a Novalee a clases. Necesito al chófer para que acerque al señor Braxton al set.

Parece molesto y, aun así, solamente responde:

—Por supuesto.

Y todo queda resuelto. O, más bien, nosotros quedamos atados.

—¡Daniel! —lo llamo antes de que se vaya.

Él se vuelve sorprendido y me observa, expectante. Me cuesta sacar las palabras mucho más de lo esperado. Vamos, Nova, ¡no es tan difícil!

Finalmente digo:

—Necesito hablar con mi padre.

«Necesito saber quién quiere matarme y por qué nadie me lo ha dicho antes».

—Lo siento, pero está ocupado.

Qué sorpresa.

—Por supuesto… —murmuro.

Sé que tanto Oliver como Daniel me han escuchado, porque intercambian una mirada de preocupación. Me da igual. Me importa una mierda lo que ellos piensen. Desde que mamá murió, últimamente siento que muy poca gente en mi vida piensa en realidad en mí.

Pero eso es mi problema, así que suspiro y Daniel desaparece ante nuestros ojos. A mi lado Oliver carraspea:

—¿Lista para ir a clase, princesa?

—Es Novalee —respondo, usando toda mi fuerza de voluntad para no mirarlo y simular que no está ahí a mi lado, acaparando toda mi atención—. Algún día te acordarás.

—¿Es una apuesta?

Alzo las cejas ante su tono socarrón y le sigo el juego. Bajo la voz y señalo:

—Es un aviso.

Cuando salgo del lugar, estoy bastante segura de que me está mirando el culo.

Hay por lo menos diez personas con sus cámaras preparadas esperando cuando llegamos a la entrada del instituto. El estómago me da un vuelco, pero aprieto los labios y confío en las ventanas tintadas del coche de Oliver.

Me giro para mirarlo. Se mantiene sereno, casi imperturbable, como si no se diese cuenta de las cámaras que nos apuntan y de los paparazis que tratan de descubrir si somos nosotros a quienes buscan.

Una corazonada me dice que así es.

Cuando llegamos al aparcamiento del instituto, la cosa no mejora. Aunque los paparazis se han quedado fuera, varios estudiantes se giran a mirarnos. Ya reconocen el coche de Oliver incluso antes de que se baje.

—Tranquila, todo irá bien —me asegura al notar mi nerviosismo.

No parece el mismo chico que me reñía por mi comportamiento inadecuado hace apenas unas horas.

Sale del coche el primero mientras yo me tomo mi tiempo para reunir coraje y enfrentar el día. Los ojos de nuestros compañeros continúan posados sobre nosotros: algunos con disimulo, otros directamente se han quedado quietos observando a Oliver. Solo unos pocos nos ignoran de verdad, o eso parece.

El corazón me va a mil.

—¿Vamos?

Me vuelvo hacia Oliver, que me tiende una mano mientras con la otra sujeta la puerta. Su sonrisa es cálida y me centro en ella. Quiera o no, me toca confiar en este chico. Literalmente, mi vida está en sus manos.

Asiento y entrelazo mis dedos con los suyos mientras me ayuda a salir. Me suelta apenas unos segundos para tomar la mochila que he dejado a mis pies y, sin mediar palabra, se la cuelga al hombro. Cierra la puerta del coche y me pasa el brazo por encima de los hombros para atraerme hacia él.

—Estás tensa, preciosa —susurra en mi oído mientras avanzamos por el aparcamiento—. Aquí no te pasará nada, nadie te hará daño.

Por alguna razón el peso de su brazo sobre mí y la forma en que me habla consiguen que mi cuerpo se relaje. Me dejo guiar por él y atravesamos el lugar mientras varios ojos curiosos continúan mirándonos.

No se separa de mí mientras avanzamos por los pasillos y llegamos hasta mi taquilla. Solo se aparta para tomar mi mochila del hombro y que así abra mejor la puerta. Aunque me parece un gesto bastante dulce, tengo que recordarme que es parte de la nueva fachada «novio-guardaespaldas». ¿Habrá algún *nickname* para eso? ¿Guardanovio? ¿Novioespaldas?

«Felicidades, Nova. Definitivamente se te está yendo la cabeza».

—¿Te preocupa algo?

Oliver me mira con el ceño fruncido.

«Muchas cosas», pienso. Como, por ejemplo, si lograré ponerme al día con mis compañeros y terminar el instituto; si quizá no me haga falta porque mi padre me eche de casa al cumplir los dieciocho, o me iré por mi propio pie; que Ethan no ha contestado a mis últimos mensajes y lo echo mucho de menos; que no sé cómo podré vivir una vida adulta sin tener a mamá a mi lado para apoyarme y guiar mis pasos.

En su lugar respondo:

—No creo que nadie en el instituto vaya a creerse eso de que estamos enamorados.

Las comisuras de sus labios tiran hacia arriba. Está conteniendo la sonrisa. A mí no me hace gracia.

—Y eso ¿por qué?

—Apenas nos conocemos de unos días —explico—. Nadie se enamora tan rápido.

Oliver suspira y se inclina un poco más sobre mí. Siento que se me pone la carne de gallina. ¿Es posible que me parezca atractivo escuchar a alguien suspirar?

—¿No crees en el poder del amor, Novalee?

Es una pregunta tonta. Sí que me gusta creer en él, pero también soy realista.

—Amor es solo una palabra…

—Hasta que alguien llega para darle sentido —me interrumpe.

No me lo puedo creer. Acaba de citar a Pablo Coelho.

Toma mi barbilla entre sus dedos y me inclina la cabeza con suavidad hacia arriba. Se ha acercado tanto que casi estoy acorralada entre él y los casilleros. De hecho, estamos tan cerca que si me pongo de puntillas podría besarlo. Pero eso no va a pasar.

—Da igual, no tienen por qué creernos —susurra Oliver, y siento que me da un vuelco el corazón—. Si de verdad estuviésemos enamorados, nos importaría muy poco lo que los demás pudieran pensar. Y así es como vamos a actuar.

Me hormiguean los labios. Estamos tan cerca que…

—¡Iros a un hotel! —grita alguien cerca de nosotros.

Oliver suelta mi barbilla de golpe. Me da el tiempo justo a ver cómo pierde la sonrisa, y su expresión pasa de la picardía al enfado mientras se gira para enfrentar a la persona que acaba de hablar.

Es Liam Anderson, un compañero del equipo de fútbol. Junto a él hay dos jugadores más. Pero sus expresiones divertidas vacilan en cuanto Oliver los mira.

—¿Qué acabas de decir? —pregunta.

Liam aprieta los labios y busca apoyo entre sus amigos, pero ninguno dice nada. Oliver avanza un paso más hacia ellos y me doy cuenta de que el chico se aleja.

—Venga, Oli —dice en un tono agudo y ligero mientras sube las manos de forma apaciguadora—. Todos sabemos que os acostáis.

No puedo culparle. Todo el mundo cree ese rumor. Supongo que, si tratamos de buscar el lado positivo, así será más fácil que se crean que estamos saliendo juntos.

Oliver, por otro lado, se mantiene serio.

—Oh, cierto. Un pajarito me contó que ese rumor lleva circulando días por el instituto. Pero no deberías creerte todo lo que dicen.

Liam me mira unos segundos y de nuevo a Oliver.

—Entonces ¿no es cierto?

—Novalee es mi novia, y lo que deje de hacer o no conmigo no es asunto tuyo. —Alza la mirada hacia los otros dos chicos unos segundos—. De hecho, no es asunto de nadie.

—No, claro que… —comienza a decir uno de ellos, pero les interrumpe.

—Espero no volver a escuchar a nadie hablando mal de mi chica, porque de todos los rumores que circulan hay uno que sí es cierto.

«¿Acaba de referirse a mí como "mi chica"?».

Guarda silencio, creando tensión mientras da un paso más cerca de Liam. El chico traga saliva, como si ya supiera lo que va a decir a continuación:

—Es cierto que estuve en la cárcel.

¡¿Qué?! Ese rumor no lo había escuchado.

Estamos en medio del pasillo, así que varios estudiantes más se han concentrado a nuestro alrededor. Han visto y escuchado todo lo que ha pasado.

Puedo decir con seguridad que ya no debo preocuparme más por si alguien no se cree que Oliver y yo estamos saliendo juntos. Él también es un gran actor.

Uno de los chicos coloca una mano en el hombro de Liam en señal de apoyo y se vuelve hacia Oliver enfadado:

—Tío, te estás pasando. Nosotros no nos hemos inventado ningún rumor, solo lo hemos escuchado.

—Pero habéis ayudado a esparcirlo, que es igual de malo.

—No pensábamos que fuese algo malo. Además, somos tus compañeros de equipo. No deberías hablarnos así.

Esto se nos está yendo de las manos. En cualquier momento puede pasar un profesor y no quiero estar envuelta en más problemas. Me acerco a Oliver y lo tomo del brazo. Cuando se vuelve hacia mí, los chicos aprovechan para marcharse y, despacio, los cuchicheos comienzan a nuestro alrededor, rompiendo el silencio.

—Liam y Theo son idiotas —farfulla—. Pero al menos todo se ha aclarado ya: saben que eres mi novia.

Una chica cerca de nosotros suelta una risita que no puede camuflar. Está escuchando nuestra conversación, pero no ha captado el doble sentido de la frase: «en realidad todos se creen que somos novios y el plan funcionará».

—¿No será un problema para ti haber discutido con compañeros del equipo?

Hasta donde yo sé, el fútbol es un deporte que precisa de trabajo y confianza. Oliver se encoge de hombros.

—Ya se les pasará.

Tomo mis libros para la siguiente clase y él me espera con paciencia. Los estudiantes a nuestro alrededor terminan por marcharse y, cuando por fin me siento con suficiente confianza, mientras avanzamos por el pasillo, alzo la voz lo justo para preguntar:

—¿Cómo se te ocurrió mentir y decir que estuviste en la cárcel? Si llega a oídos del director, podrían echarte.

Oliver deja de caminar y, al volverme hacia él, veo que su semblante vuelve a estar serio.

Oh, oh. Mi estómago se retuerce.

—Digamos que fue una mentira a medias —susurra tras unos largos segundos. Parece incómodo.

—Yo no… —Miro a nuestro alrededor, pero no hay nadie—. Perdona, no tienes que decirme nada.

Oliver asiente con la cabeza, agradecido, y dando la conversación por terminada. Sin embargo, no puedo evitar seguir pensando en el asunto y me pregunto por qué parece tan tranquilo con el tema…

Diez

«Lista teatro».

Ese día después de clases observo el cartel donde se anuncia el grupo de teatro de la escuela y el horario. El mismo en el que Oliver practica fútbol. En mi cabeza puedo escuchar la voz de Ethan animándome: «No seas tonta y apúntate, Nova».

En mi antiguo instituto los dos estábamos en el grupo de teatro. Un año fuimos protagonistas y mamá, aunque al principio no le hacía gracia, acabó siendo mi mayor apoyo. Ensayaba mis líneas con ella cada noche, y sé que nunca hubiese llegado a tener ese papel protagónico de no haber sido por ella.

Pero ahora es distinto. Todos saben quién soy. Se fijarán más en mí, en mis fallos…, y hablarán. Casi puedo escucharlos decir: «Es hija de Braxton Scott y ni siquiera saber actuar bien».

Además, mamá no va a estar. Sin su apoyo, a veces me da la sensación de no ser nadie.

—¿Planeas apuntarte?

Me vuelvo hacia Oliver. ¿Cuándo narices ha llegado?

Recompongo mi cara y me vuelvo hacia él.

—Para nada. ¿Nos vamos?

Sin embargo, él sigue mirando el cartel.

—Oye, es el mismo horario que el de fútbol. Así no tienes que esperarme aburrida.

Está más que claro que no lo va a dejar pasar…

—Todo el mundo sabe quién es mi padre —comienzo a decir.

—¿Y?

—Es como si la hija de un cantante se apunta al coro. Todos van a juzgarme, y no quiero.

Finalmente aparta la mirada para fijarla en mí. Noto como trata de leerme, de entender lo que pienso.

—Entonces ¿no te gusta?

La palabra «no» está en la punta de mi lengua. Sin embargo, por alguna extraña razón, no puedo decírsela. No puedo mentirle. Así que busco una evasiva:

—Tengo demasiadas cosas en la cabeza como para apuntarme a una extraescolar más.

—Te dará puntos para la universidad —replica, y debo darle la razón ahí—. Además, no debería importarte lo que digan los demás.

—Gracias, señor Frases Bonitas, pero a algunos sí nos afecta.

—Qué va. Eres más fuerte que eso.

—Me tienes en mucha estima —me burlo, y comienzo a caminar lejos de él, sin volver a mirar el cartel. No tarda en seguirme por el pasillo.

—Para nada. Eres tú quien no parece confiar en sí misma, y es una pena.

Quiero ignorarlo. De verdad que sí. Porque Oliver siempre parece tener una frase profunda (y bonita) para cada momento. Pero no puedo, así que me vuelvo sin dejar de caminar y pregunto:

—A ver, ¿por qué es una pena?

—El mundo siempre te pondrá trabas, así que no deberías ser la primera en cortarte las alas. Además, aunque al principio no fue así, ahora me pareces una chica bastante fuerte. Me has hecho cambiar de opinión, y pocas personas pueden.

—¿En serio?

—Claro. Pensaba que eras una niña buena —lo dice con una sinceridad que parece aplastante. Después sacude la cabeza y se encoge de hombros—. Ser cabezota no es una virtud. La gente inteligente está abierta a ver otros puntos de vista.

—Pues yo al principio pensaba que eras un idiota —replico.

No sé por qué lo digo. Creo que me he puesto nerviosa. Se me ha acelerado el corazón y de pronto hace mucho, pero mucho calor. Oliver se ríe.

—¿Y lo sigues pensando?

Su sonrisa es contagiosa.

—A veces.

En momentos como este parece fácil estar con él. No es un idiota. Es agradable. Es simpático. Me hace sentir cómoda. En momentos como este puedo pensar que, si él no fuera mi guardaespaldas, quizá (y solo quizá) podríamos llegar a ser amigos.

Estoy delante de la puerta del despacho de mi padre. Daniel me ha pedido que suba nada más regresar del instituto. Quiere hablar conmigo, pero no me ha dicho sobre qué. Intuyo que pueda tratarse de ese peliagudo asunto acerca de «alguien amenazó con matarme». Tal vez haya decidido que es mejor que lo sepa, o quizá Oliver haya hablado con él. Si soy sincera, llevo desde entonces dándole vueltas. Jamás antes había sentido ese tipo de miedo.

Golpeo la madera y espero a que desde dentro me indiquen que pase. Encuentro a Braxton sentado al fondo de la habitación, tras su gran escritorio caoba. Va vestido con ropa deportiva, lo cual no pega nada con el ambiente elegante de la estancia. Parece haber estado leyendo unos cuantos papeles y me pregunto si será el guion de alguna película.

Me muerdo la lengua y no pregunto. No siento confianza suficiente con él para hacerlo.

—Daniel me ha dicho que querías hablar conmigo —explico mientras avanzo unos metros hacia él.

Me balanceo de una pierna a otra. Sigo incómoda.

Braxton baja la pantalla de su portátil y me mira.

—Escuché que vas a ir a una fiesta este viernes.

Oh. ¿Me ha llamado por eso?

—Sí, la da un compañero de…

—Oliver irá contigo —me interrumpe antes de que pueda finalizar la frase.

Frunzo el ceño porque no me ha gustado. Mamá siempre respetaba mis turnos de palabra, incluso cuando tenía berrinches y era ella quien llevaba la razón. Me escuchaba y después me rebatía.

Braxton cruza las manos sobre el escritorio y se inclina hacia delante. Baja las pestañas mientras me mira y de repente parece más serio.

—No quiero que te separes de él en ningún momento, Novalee. Ahora que todos los paparazis creen que estáis juntos, no va a levantar ningún tipo de sospecha.

—¿Me lo estás diciendo en serio?

—Por supuesto. Lo que hiciste el otro día, escaparte y salir por la ciudad tú sola…

Guarda silencio, pero sus ojos bajan a mis manos. Tengo los puños apretados por la rabia y la frustración. ¿Solo me ha llamado para sermonearme?

Braxton suspira, ¡como si fuese él quien necesitase paciencia!, y prosigue:

—Entiendo que la situación es completamente nueva para ti, y a veces puede ser un poco frustrante. No estás acostumbrada a este tipo de vida, por eso quería que tu imagen permaneciese en el anonimato, al menos unos meses más.

Aunque entiendo a dónde quiere llegar, me resulta indignante que me hable de esta forma. Los dos sabemos que todo esto es por la amenaza. ¿Por qué no puede decirme las cosas claras? Y como siempre que estoy con él, la rabia interna se apodera de mí. El resentimiento acumulado durante todos estos años, el abandono, y la desilusión que ha sido conocerlo.

—Por eso me pusiste un localizador en el móvil, ¿no?

—Todos tenemos uno, Novalee. Necesitamos que la gente de confianza sepa dónde estamos por si algo ocurre.

—Pues es una mierda.

—No. Es por seguridad.

Seguridad sería aprender a defenderme.

—No voy a estar toda mi vida con un guardaespaldas. Se te olvida que, cuando cumpla los dieciocho, podré irme de esta casa.

—Y a mí me gustaría que no lo hicieras.

Su respuesta me pilla por sorpresa. Cuando habla, parece sincero. Casi puedo creerlo. Hasta que recuerdo que se gana la vida actuando. Es muy bueno. Y las acciones valen más que mil palabras. Él ha tenido años para mover un dedo por mí.

—¿Por qué?

—Quiero conocerte.

¡Ja! Pues lo demuestra bastante mal, llamándome solo para darme sermones. Sé que es mi padre, pero esta dinámica extraña que tenemos (porque ni siquiera puedo llamarla relación) no es de padre e hija.

Me doy la vuelta y comienzo a alejarme de él. No quiero seguir con la conversación. En todo este tiempo ni siquiera se ha dignado a levantarse de la silla. Estoy segura de que Mateo lo ha heredado de él.

Casi he llegado a la puerta cuando le escucho decir mi nombre.

—Novalee.

No me giro.

—¿Qué?

—Mateo también estará en esa fiesta. Si tienes cualquier problema, búscalo.

—Claro, y jugaré con él a la familia feliz —me burlo.

—¿Qué quieres decir con…?

Pero no llego a terminar de escuchar su frase, porque agarro el pomo de la puerta y salgo de allí, dejándole con la palabra en la boca. Camino enfadada por el largo pasillo hasta llegar a la cocina. El chef ya está preparando la cena y me mira cuando paso a su lado, pero enseguida vuelvo a salir de allí.

Braxton no me conoce, y tampoco entiendo por qué finge querer hacerlo. Si fuera cierto, propondría hacer algún plan conmigo: salir a comer, buscar conversación… Pero no.

Me preocupa que, cuando me vaya de aquí, me quedaré sin protección. ¿O es que tengo que rogar por quedarme, todo por una amenaza de la cual yo no tengo la culpa? No he hecho daño a nadie.

Tomo una decisión. Una que es la mejor, estoy segura: necesito aprender a defenderme. Así que guío mis pasos de nuevo por las escaleras hasta llegar al pasillo de las habitaciones, porque sé perfectamente a quién pedirle ayuda.

Cuando llego a mi destino, abro la puerta de su habitación con decisión.

—Oliver, tengo una propuesta para ti.

Pero no llego a decir cuál es. Y es que delante de mí está Oliver. Desnudo. Otra vez.

Corrección, casi desnudo.

Por lo menos esta vez no se le cae la toalla.

Tierra, trágame.

Once

Oliver me observa con una sonrisa traviesa, pero sujeta la toalla que está atada a su cintura con una mano. Tiene el pelo mojado y pequeñas gotas de agua caen sobre sus hombros y resbalan por el pecho y los brazos.

—Deberías empezar a deshacerte de esa manía que tienes de verme desnudo, preciosa.

—Yo...

«Mierda, no recordaba lo bueno que está. ¡Nova, céntrate!».

La sonrisa de Oliver crece a medida que pasan los segundos y la situación se vuelve más y más embarazosa. Se ha dado cuenta de cómo lo estoy mirando. Como si fuese el último trozo de pizza sobre la faz de la Tierra y yo llevase meses sin comer.

—A menos que esa sea tu intención, por supuesto. ¿Mencionaste algo sobre una propuesta?

—Pero no es nada sexual —añado rápidamente. Quizá demasiado rápido.

Suelta una carcajada ronca que rebota en mis oídos y acelera mi corazón. Camina hacia mí, hasta que está tan cerca que puedo oler el champú que ha usado en la ducha.

—Preciosa, me encantaría que fuera una sexual —susurra, y creo que me quedo sin respiración cuando se agacha un poco más—. Si me dejas, no tienes ni idea de todo lo que me gustaría hacerte.

Gotitas de agua escapan de sus mechones y salpican mi frente. Me hormiguea la piel y la siento caliente. Aun así, me las apaño para susurrar:

—No me tomes el pelo.

No voy a caer en su juego.

Oliver mantiene mi mirada durante unos segundos más, todo sin perder su sonrisa traviesa. Puedo notar lo rápido que me palpita el corazón. Finalmente doy un paso a un lado y me aparto de él.

Carraspea antes de continuar la conversación:

—¿Y? ¿Cuál era esa propuesta tan… sugerente?

—Quiero que me entrenes —replico con decisión.

Junta las cejas, confuso.

—¿Entrenarte?

—En defensa personal —aclaro.

Él es guardaespaldas. Está claro que sabe. Sin embargo, sacude la cabeza.

—No es buena idea.

—Al contrario. —Mi voz suena un poco más animada, ya que he olvidado el malentendido anterior; porque creo en lo que digo—. Hay alguien por ahí que quiere matarme, ¿no?

«De acuerdo, quizá he sonado demasiado animada para algo así».

—O también puede ser una amenaza falsa, para molestar a tu padre.

—No voy a quedarme parada para averiguarlo, y tú no estarás siempre ahí para ejercer de guardaespaldas. Creo que lo más lógico es que aprenda a defenderme, ¿no? Al menos unos conceptos básicos.

Vuelve a sostener mi mirada. Parece estar pensándolo.

Suelta la toalla y se lleva la mano a la barbilla. Mis ojos pasan unos segundos (lo prometo, solo unas milésimas de tiempo) por su abdomen y su pecho desnudos.

—¿Y qué gano yo a cambio?

—¿Perdona?

Dios, tengo que dejar de mirarlo. No estoy nada orgullosa de mi actitud.

Oliver vuelve a romper el espacio que nos separa, aproximándose a mí.

—Me pagan para protegerte, preciosa —explica, y ladea la cara—. Y ahora con el plus de fingir que soy tu novio. ¿Sabes cuántas citas voy a tener que rechazar de aquí a que acabe el contrato?

—No será para tanto…

Se lleva una mano al pecho y finge dolor.

—Auch.

Los dos sabemos que tiene razón. Es guapo. Muy guapo. Cualquiera se daría cuenta.

Me paro unos segundos a pensar lo que me ha dicho, pero no me queda dinero en la cuenta tras pagar el tratamiento de mi madre, y en esta casa nada es mío. Al final suspiro y confieso:

—No tengo nada que ofrecerte.

Se cruza de brazos, todavía con aspecto pensativo. Tras unos segundos parece llegar a una decisión.

—Entonces, si te entreno, podría decirse que me debes una.

—¿Te debo una?

—Sí, una por cada clase que te dé. Y me las cobraré cuando yo quiera.

Me recorre un escalofrío. Por lo que dice. Por cómo lo dice. Por la forma en la que me mira.

—Pero nada sexual —digo rápidamente.

Su sonrisa traviesa no tarda en aparecer.

—¿Eso es lo peor que se te ocurre?

Precisamente «peor» no es la palabra que yo usaría para definirlo. Mi mente acaba de viajar a miles de situaciones en las que acabo besándolo. O arrancándole la toalla.

«Menos mal que no puede leer mentes».

No digo nada, así que asiente y toma el trato como aceptado.

—Mañana a la tarde. Quedamos en la piscina climatizada.

Nunca he estado en ella. La casa tiene dos, la exterior en el patio y la climatizada en la primera planta.

—Vale.

—Seré duro contigo, princesa —me avisa—. ¿Crees que podrás soportarlo?

—No soy ninguna princesa.

—De acuerdo —susurra, inclinándose sobre mí—. Me muero de ganas de probarte.

Trago saliva. ¿Eso ha ido con segundas?

Sus labios están bastante cerca de los míos y fantaseo con probarlos. Pero no lo hago. Esto es un trato meramente profesional, circunstancial y de supervivencia.

«¡Novalee Torres! ¡Céntrate!».

Como no me muevo, Oliver tira más de su sonrisa y hace un gesto con la mano hacia la puerta.

—Si me disculpas, voy a cambiarme.

—Sí, claro.

Me alejo torpemente, pero él vuelve a decir mi nombre.

—Y Novalee… Para la próxima sería un detalle que llamaras antes de entrar.

—Lo siento, no volverá a pasar.

—Eso dijiste la última vez.

Idiota…

Cuando salgo de la habitación todavía escucho su risa burlona. Y, por alguna razón, mi corazón continúa bombeando con rapidez.

Lucy está muy emocionada con la fiesta. Demasiado emocionada como para atreverme a cancelar la salida. Incluso sabiendo que hay una amenaza de muerte sobre mi cabeza. Al fin y al cabo, iré con Oliver. Y también sería extraño que alguien quisiera hacerme daño en la casa de un compañero de clase. Según me ha mencionado Lucy, los padres de Theo tienen dinero y habrá bastante seguridad. Pero sigo un poco nerviosa.

Por eso no dudo ni un segundo en dirigirme hacia la piscina para completar mi cita con Oliver. Una no-cita, en realidad. Que solo vamos a… ¿practicar defensa personal? No es que confíe en él, pero sí en que sabe lo que hace. Imagino que por eso lo contrataron.

«¿Quizá también tenga que ver con el rumor de que estuvo en la cárcel?». Decido no pensar en ello. Va a ayudarme, es lo importante. «Aunque luego tú le debas un favor».

De nuevo, eso tampoco es importante en estos momentos. Aprender a defenderme, en cambio, sí lo es.

No parece haber nadie en la piscina cuando llego. Todo está en silencio y las luces principales no están encendidas. Camino más despacio hasta llegar a la zona principal. El olor a cloro se impregna en mi nariz y me marea. Mamá intentó apuntarme a clases de natación, pero siempre que iba más de una semana enfermaba, así que desistió.

Mis zapatillas de deporte apenas hacen ruido en el suelo mientras me acerco. No tardo en notar que hay algo en el agua. Más bien alguien. Y entonces me doy cuenta: es Oliver. Lleva puesto un bañador y parece relajado, pero… está tendido boca abajo. Puedo ver su pelo oscuro, pero tiene las extremidades extendidas y no parece moverse.

¡Madre mía! Me doy cuenta enseguida de lo que esto puede significar. ¡Se está ahogando!

—¡Oliver! —lo llamo.

Pero no me lo pienso dos veces. Corro hasta la piscina y salto tan cerca de él como puedo. No sé nadar y en cuestión de segundos mi ropa se ha empapado y pesa. Pataleo con fuerza para acercarme más a él, pero el agua parece querer engullirme. Creo que le veo moverse, pero siento como si tirasen de mí hacia el fondo de la piscina. Apenas logro dar una brazada y una nueva bocanada de aire antes de hundirme de nuevo.

Claramente, saltar sin saber nadar del todo bien ha sido mala idea. Intento no tragar aire, toso sin dejar de patalear, hasta que siento que alguien me agarra. Oliver me sujeta de la cintura y tira de mí hacia la superficie. Jadeo cuando consigo tomar aire mientras él me lleva hacia el borde. El corazón me bombea muy rápido y soy incapaz de recuperar el ritmo normal de mi respiración. Ni siquiera me preocupo de que estoy sujetándome a él cual koala, rodeándole con las piernas y dejando que me agarre de la cintura.

—Eh, tranquila, estás bien —susurra.

Su voz logra tranquilizarme un poco. Solo un poco.

Después siento sus dedos trazar la línea de mi mejilla y apartar mechones de cabello húmedo de la cara. Es como una suave caricia, y despacio, muy despacio, vuelvo a ir recuperando un ritmo de respiración tranquilo.

—¿Estás bien? —me pregunta tras cerciorarse de que no he tragado agua.

Lo miro a través de mis pestañas empapadas. Tiene el pelo pegado a la frente, y es injusto que incluso así se vea guapo.

Mis piernas continúan rodeando su cintura y puedo notar el punto exacto donde nuestras… anatomías se unen. «Ay, Dios mío, creo que vuelvo a hiperventilar».

—¡Me has asustado, idiota! —consigo gritar.

Y me aparto de él, solo que esta vez consigo agarrarme al borde de la piscina. Oliver me mira divertido. Aun así, se disculpa.

—Perdona, no era mi intención. Saltaste a la piscina antes de que pudiera contestarte.

—¡Creí que estabas ahogándote! —le increpo, todavía con el ceño fruncido—. No podía perder el tiempo.

Su sonrisa crece.

—Y luego se supone que el guardaespaldas soy yo…

Arrugo la nariz y vuelvo el rostro para no mirarlo. Pruebo a patalear para salir del agua, pero no lo consigo. Al haberme tirado con ropa es todavía peor, porque se ha mojado y pesa. Por lo menos dejé el teléfono en la habitación cargando…

Oliver nada para acercarse más a mí y dejo de moverme. Sus ojos inspeccionan mi ropa empapada y me doy cuenta de que se fija unos segundos de más en la blusa empapada que se me ciñe al pecho.

—No has traído bañador —señala.

—Es que no tengo.

—¿Y cómo piensas nadar?

Miro hacia ambos lados, a la piscina.

—¿Tengo que nadar?

—¿Para qué crees que hemos quedado en una piscina?

Touché.

—¿Como punto de encuentro? —pruebo a decir.

Pero esta vez, Oliver no se ríe.

—Quítate la ropa.

—¿Perdona?

—Es como usar biquini, no pasa nada —insiste.

Sacudo la cabeza con ganas.

—No pienso hacer eso. Nadaré con ropa.

—Está mojada y pesa mucho. Te hundirás hasta el fondo.

—No lo haré.

—¿Eres buena nadadora?

«No».

—Me defiendo.

—Novalee, quítate la ropa.

Su tono es autoritario. Me aferro más fuerte al borde, ignorando el cosquilleo en mi intimidad al escucharle decir esas palabras.

—¿Para qué? ¿Qué tiene que ver una piscina con defensa personal?

—La idea es que mejores tu forma física.

—No necesito hacer eso.

O sí. No lo sé, pero no pienso desnudarme.

—El otro día, cuando te tomé de la mano para correr hasta el coche, llegaste jadeando —explica con un tono de paciencia que me hace replantear muchas cosas, como mi actitud defensiva ante esta situación—. Necesitas más resistencia física.

—Pues salgamos a correr.

—Es menos lesivo nadar.

Aprieto los labios obcecada y, por fin, logro ver una sonrisa tirar de sus labios. Me doy cuenta de que quiere reírse, pero está intentando no hacerlo. Tras unos segundos suspira.

—Tranquila, princesa. No tengas miedo, dijimos que esto no sería nada sexual.

Rectifico. Es normal que tenga una actitud defensiva, incluso si no me molesta la idea de acostarme con él.

«¡Novalee Torres! Retira lo que has pensado en este mismo momento».

De nuevo, menos mal que Oliver no puede leerme la mente.

—No quiero —digo con toda la sinceridad del mundo—. No me siento cómoda quedándome en ropa interior contigo, aquí.

La sonrisa vuelve a desaparecer del rostro de Oliver. De pronto parece sumamente sereno y veo cómo asiente.

—¿Estarías mejor si fuese en bañador?

Lo pienso unos segundos. Sé que es una tontería, solo es ropa, casi la misma, pero…

—Puede.

Se acerca de nuevo a mí, pero no me alejo. Esta vez no siento incomodidad al estar a su lado. En realidad, nunca la he sentido. No sé por qué le dije eso.

—¿Prefieres de verdad salir a correr? —pregunta.

—En realidad no me gusta correr —respondo con sinceridad.

Oliver sopesa mis palabras. Vuelve a apartar un mechón mojado de cabello de mi frente, y yo no hago el amago de alejarme. Su contacto me hace cosquillas, pero también carga mi piel de electricidad.

Cuando vuelve a hablar, siento que me quedo perdida en sus ojos.

—Si quieres que esto funcione, necesito que confíes en mí, Novalee.

—¿Para que puedas entrenarme bien?

—Y para que pueda protegerte.

Asiento despacio. Sin embargo, confiar en alguien… me es difícil. Casi imposible. Bajo la mirada y observo el agua moverse entre nosotros.

Ahora mismo no tengo a nadie en quien de verdad pueda hacerlo. Nadie con quien quitar cada capa protectora de mi alma y ser yo misma. Esas personas quedaron en mi antigua vida. Se fueron junto a mamá. Es increíble lo mucho que puedes echar de menos el sentimiento de confianza cuando desaparece.

Oliver me toma de la barbilla y me obliga a mirarle a los ojos.

—Te prometo que nunca te haré daño.

Trago saliva.

—Esa es una promesa muy difícil de cumplir.

Espero que rectifique. Que se ría. Que se burle. Que intente una promesa distinta.

En su lugar, y sin dejar de sostener mi mirada, afirma:

—Lo sé.

Guardamos silencio y, por un momento, parece que el tiempo se detiene. Estamos él y yo, en esta piscina, flotando juntos. Mi corazón late con fuerza y me dice que salte al vacío. Que confíe. ¿Por qué no hacerlo? Porque tengo miedo. Porque me he hecho a la idea de que estoy sola.

—Nova, yo…

Pero no escucho qué va a decirme, porque unos pasos se aproximan hacia nosotros. Apenas logro separarme de Oliver antes de que Fleur aparezca en mi campo de visual, aunque él no se mueve. Y no deja de mirarnos.

—¡Aquí estás! —exclama ella, mirándome—. ¡Llevo buscándote un buen rato!

—Perdona, estaba… ocupada.

—Ya veo…

Sus ojos pasan de mí a Oliver, quien por fin parece reaccionar. Lanza una ojeada rápida a mis manos, asegurándose de que estoy todavía agarrada al borde, y se aleja nadando hacia una de las escaleras para salir de la piscina.

—¿Pasó algo?

—Tienes un mensaje de una compañera de clase. Ha llamado ya varias veces para algo de unos disfraces. Luna, ¿puede ser?

Mierda, ¡Lucy! Me iba a llamar para decidir qué ponernos para la fiesta. Íbamos a hacer videollamada y todo. Me siento la peor amiga del mundo.

Fleur parece notar mi expresión.

—No te preocupes, dijo que volvería a llamar dentro de un rato.

—La llamaré yo ahora mismo —corrijo.

Supongo que la sesión de entrenamiento tendrá que esperar…

Me acerco nadando, sin dejar de agarrar el borde, hacia la misma escalera por la que Oliver ha salido. Ahora mismo está amarrándose una toalla a la cintura. Fleur lo observa unos segundos, pero no tarda en acercarse a mí con otra toalla seca.

—Ven, que estás empapada.

Oliver se seca el cabello, toma un montón de ropa de una esquina y comienza a alejarse.

—¡King! —lo llama ella, y él se gira—. Que no se te olvide pedir las hamburguesas para esta noche.

Oliver asiente, le guiña un ojo y se aleja. Todo sin mirarme. Ni siquiera por una fracción de segundo. Y me sienta mal. Ni siquiera sé por qué, si no somos amigos, ¿no? No somos nada. ¿Quizá tenga algo con Fleur? Bueno, tampoco debería importarme. Incluso si el monstruo de los ojos verdes parece arañar mi intestino.

Él y yo no somos nada.

—A ver, necesito preguntar. ¿Qué narices estabas haciendo en la piscina con Oliver?

Miro a Fleur, que tira de mí con amabilidad hacia la salida. Me siento terriblemente mal. Si es su novio, su ligue, su amigo con derecho a roce…, ¿qué podrá estar pensando? Decido ser sincera. Todo lo sincera que puedo.

—Nada. Le pedí que me diese clases de defensa personal y él pensó que sería buena idea practicar resistencia en la piscina.

—¿Y por qué estás vestida y empapada?

—No me dijo cuál era ese plan, y al llegar lo vi flotando boca abajo. Pensé que se estaba ahogando y salté.

Fleur se ríe a carcajadas. Parece relajada.

—¿Tan divertido es? —pregunto, aunque yo también me estoy riendo.

—Que pensaras que Oliver se estaba ahogando, sí. Es un gran nadador.

—No lo sabía.

Fleur aprieta mis hombros y me acerca a ella con cariño.

—No te preocupes. Cada día lo conocerás un poco más.

Tengo unas preguntas en la punta de la lengua. «¿Y tú cuánto lo conoces? ¿Estáis juntos?».

Ella me mira y parece leer mi expresión.

—Oliver es un gran amigo, lo conozco desde pequeña.

—¿Un amigo?

Deja de caminar y, como me está rodeando los hombros, yo también lo hago. Me hace volverme hacia ella y, aunque está seria, su tono es dulce.

—Sí, solo un amigo, pero, Novalee… No te enamores de él.

—No estoy enamorada de él.

—Mejor.

Y sin dar más explicaciones vuelve a tirar de mí hacia la salida de la piscina.

Creo que estoy todavía más confusa que antes.

Doce

—¿Espero fuera?

Aparto los ojos de la entrada de la casa de Lucy y me vuelvo hacia Oliver.

—¿Es un sitio seguro?

—Eso parece.

Esta mañana tuve serias dudas sobre asistir a la fiesta, también cuando Lucy me insistió de nuevo en disfrazarnos en su casa. El instituto es un lugar seguro. La casa es un lugar seguro. Pero ¿qué hay de los demás sitios?

Últimamente me debato todo el tiempo entre la necesidad de protegerme y lo mucho que el miedo me puede frenar al vivir mi vida.

Tras la tarde de entreno fallida en la piscina, Oliver me dijo que probáramos otro día en el gimnasio que hay en la casa. Allí me hizo correr bastante tiempo en la cinta y después de haber sudado hasta por los pies, me enseñó unos cuantos movimientos para tratar de frenar a un agresor cuerpo a cuerpo. Se suponía que debía haberlos memorizado para la siguiente clase. *Spoiler*: no lo he hecho.

«¡Genial ese instinto de supervivencia, Novalee!».

—¿Estás bien? —pregunta cuando me mantengo callada.

—Dijiste que alguien amenazó con querer matarme —confieso—. Ahora mismo es bastante difícil no pensar en todas las formas en las que alguien podría colarse en la casa y hacerme daño.

—Yo estaré aquí, esperando. —Aprieto los labios y cuando no respondo añade—: O si lo prefieres, puedo entrar contigo.

De pronto me imagino apareciendo con él, mi supuesto novio, en una quedada que he hecho con mi amiga. Lucy pensaría que soy esa clase de chica que cuando tiene pareja se pega a ella como una lapa (algo que, en realidad, no sé, ya que nunca he tenido novio). O lo que es peor: muy probablemente se sienta incómoda.

Así que sacudo la cabeza y pregunto:

—¿No te aburrirás aquí solo, esperando?

—Me pagan por ello —rebate con una sonrisa ladeada—. Además, me he traído material para distraerme.

Hace un gesto con la cabeza a los asientos traseros y veo su mochila del instituto.

—Cuando Lucy y tú estéis, mándame un mensaje —añade—. Le puedes decir que yo me encargo de llevaros.

Asiento, aunque todavía no estoy demasiado convencida. Pero prefiero la idea de ir en un coche con Oliver antes que en un taxi, solas. Además, Braxton me dijo que no me separara de él.

«¿Y desde cuándo hacemos caso a lo que él nos dice, Nova? Ni que le importáramos de verdad…».

Dejo a un lado mis pensamientos y salgo del coche bajo la atenta mirada de Oliver. No escucho el motor apagarse ni siquiera cuando llamo a la puerta. Hay un pequeño jardín delantero y tiene una valla que rodea la casa por detrás. No es igual de despampanante que la de Braxton, más bien se parece a la que tenía con mamá, pero más grande. Y eso me gusta. Parece familiar.

—¡Ya voy!

Escucho a Lucy gritar antes de que abra la puerta. Cuando me ve, me da un abrazo caluroso y se hace a un lado para dejarme pasar.

—¡Te estaba esperando! Tengo todo listo para que nos pongamos manos a la obra con el disfraz.

Asiento y veo que mira detrás de mí antes de cerrar la puerta.

—¿Has venido sola?

—Me ha traído Oliver —explico. Las luces de su coche aún siguen encendidas—. Dice que luego le escribamos, que él nos lleva.

—¡Genial! Me encanta cuando los chicos son caballerosos y hacen de taxistas. Y más si son el novio de mi amiga y yo puedo aprovecharme.

Me guiña un ojo y me da un codazo suave antes de tirar de mí hacia el interior de la casa. Hay cajas en algunas partes del suelo. Puedo ver una llena de peluches en mitad de las escaleras que conducen hacia la parte de arriba mientras las subimos.

—Perdona por el desorden, nos hemos mudado hace poco.

Hay una foto colgada en la pared que lleva a su habitación. En ella Lucy sonríe con una niña de unos cuatro años en brazos. Es igual a ella, pero con el pelo más claro. Otras dos un poco más mayores están a su lado y tras ella una pareja que supongo que son sus padres.

Sin embargo, no escucho a nadie más en la casa.

—¿Estás sola?

—Mis hermanas tenían recital y mi madre las ha llevado.

—¿Y tu padre?

Me arrepiento de la pregunta nada más decirla. Está claro que no debo meterme donde no me llaman, porque Lucy pierde la sonrisa por unos segundos.

—Trabajando —responde, pero enseguida cambia la expresión y hace un gesto con la mano sacudiendo el aire—. Ya sabes, es de esos adictos al trabajo.

Cuando pasamos a su habitación también hay varias cajas, pero en ellas están escritas las palabras *Carnaval* y *Halloween*. La decoración es austera, con un escritorio, un armario y una pequeña cama pegada a la pared. Sobre ella hay disfraces de pirata y muchos complementos esparcidos.

—Vaya, esto es mejor que una tienda —lo admiro.

—Te lo dije. A mis hermanas les encanta jugar a disfrazarnos. Y ahora, ¡vamos! ¡Te convertiremos en una pirata sexy!

Después de casi una hora, no me arrepiento de mi decisión de haber venido a casa de Lucy. Me río mucho con ella mientras nos arreglamos y nos sacamos fotos con la cara maquillada y el disfraz a juego. Llevamos una falda rota, la camisa blanca de cuello barco y un pañuelo en el pelo. El suyo es rosa y el mío rojo.

Estamos sacándonos fotos antes de irnos cuando su teléfono suena y veo la palabra *mamá* en la pantalla.

—Perdona —se disculpa antes de contestar.

Un pequeño tirón me revuelve el estómago. Durante la última hora me he divertido. Me he divertido mucho. Y por un instante, me he olvidado de mamá…

—Que sí, no te preocupes —dice Lucy un poco alejada de mí—. Su novio nos va a llevar y yo os llamaré si necesito cualquier cosa.

Me lanza una pequeña sonrisa de disculpas y yo sacudo la cabeza. No me importa que estén hablando. Ella que puede, que lo haga.

—Vale, mamá. No seas pesada, porfa. De acuerdo, le daré saludos de tu parte. Hasta luego. Un beso.

Cuelga la llamada y me mira. Toma mi bolso de la cama y me lo pasa mientras dice:

—Mi madre te manda un saludo.

Solo puedo formar una pequeña sonrisa, porque de pronto no puedo evitar pensar en ella. En cómo se preocupaba cada vez que salía con Ethan, pero Lucy no parece darse cuenta. También pienso en mi amigo. Al principio de mudarme con Braxton hablábamos más, pero últimamente todas nuestras interacciones han pasado a meros mensajes. Me pregunto si, al alejarme de allí, no solo haya perdido a mamá. Quizá también esté perdiendo todo sobre mi vida anterior.

—¿Lista? —pregunta.

Asiento, regresando a la realidad en la que me encuentro, y escribo a Oliver para avisarle que ya estamos. Salimos de la casa y veo que su coche está aparcado en el mismo lugar donde me dejó. Sé que no ha incumplido su palabra y no se ha movido en toda esta hora.

Está apoyado contra el capó, con el teléfono en la mano y mirando la pantalla.

—¡Hola, Oliver! —le llama Lucy cuando también lo ve—. Muchas gracias por llevarnos.

Alza la mirada y asiente con la cabeza. Después sus ojos pasan a mí y siento el calor correr hasta mis mejillas cuando sus cejas se alzan. Mientras me acerco, los baja despacio por mi cuerpo.

—¿No vas disfrazado? —pregunta mi amiga, ignorando el hecho de que no le está prestando atención.

—Lo tengo en el coche, para cuando lleguemos —explica, todavía sin mirarla.

Ella entra en el lugar del copiloto y, cuando paso a su lado, le escucho susurrar:

—Estás muy guapa, princesa.

Y no sé por qué, pero el corazón se me acelera.

Mateo me ignora cuando nos vemos en la fiesta. No es que me sorprenda, pero no puedo evitar sonreír interiormente al recordar a Braxton diciéndome que lo buscase si tenía algún problema.

—¿Qué tal, pirata?

Me giro para encontrarme a Theo sonriendo.

—¡Felicidades! —saludo.

Él se inclina sobre mí y me da un abrazo. Me pilla un poco por sorpresa, pero también parece algo borracho, así que no me aparto.

—¿Qué te parece mi fiesta?

Su casa se parece a la de Braxton. Hay dos seguratas en la puerta que nos han pedido que nos identifiquemos antes de dejarnos pasar. La música se escuchaba ya desde fuera y se ven las luces del jardín al acercarte.

Hay muchísima gente, todos disfrazados. Casi no nos dejan entrar porque Oliver tenía el disfraz en la mochila. Hay camareros que pasan bandejas con comida y bebida. Puedo decir que en eso no se parece para nada a ninguna de las fiestas de instituto en las que he estado antes.

Eso sí, los adolescentes bailando, hablando y desinhibidos por el alcohol parecen ser iguales con dinero que sin dinero.

—Increíble —contesto sin perder la sonrisa—. Ya me avisaron de que tus fiestas son famosas.

—En efecto.

Parece bastante orgulloso cuando lo dice.

Ahora mismo estamos en la sala de estar. He entrado en busca de un botellín de agua, ya que los camareros solo parecen llevar vino y copas en sus bandejas. Lucy ha bebido bastante y necesita rebajar. La he dejado junto a Oliver en el porche.

—Dime, ¿y mi regalo?

Me vuelvo hacia Theo con sorpresa y un poco avergonzada.

—Lo siento, no traje nada…

Nadie lo hizo, en realidad. Él se encoge de hombros y se tambalea. Sí que está ebrio.

—No pasa nada, siempre puedes arreglarlo con un beso.

Se inclina hacia mí y frunce los labios, pero no gira la cara para la mejilla.

—Muy gracioso —comento con voz suave.

—Vamos, ¿qué hay de malo? Soy bastante bueno besando, y también haciendo otras muchas cosas. Puedes comprobarlo si quieres.

El corazón se me acelera. No está invadiendo mi espacio personal, ni siquiera me ha tocado, pero nunca he tenido que rechazar a alguien. Mucho menos en su casa. En una fiesta. Y estando él borracho.

Gracias a Dios la excusa viene rápido en mi ayuda.

—Theo, tengo novio.

«Al fin y al cabo, no sabe que es mentira».

Frunce el ceño.

—Pero ¿en serio estás saliendo con ese?

—¿Con Oliver? —pruebo a traducir.

Su expresión decae todavía más.

—Deberías dejarle y salir conmigo, ¿sabes? Soy mucho mejor partido.

—Apenas te conozco —respondo con mi mejor tono amable, aunque la situación es extraña.

—Eso lo podemos arreglar enseguida.

Entonces sí que trata de hacer contacto, pero me aparto antes de que su mano se pose en mis hombros. Choco con una chica, pero, nada más verme, sus ojos se abren mucho y se aleja. Estoy bastante segura de que me ha reconocido y no termino de acostumbrarme a esta situación.

—Vamos, Nova. ¡Nuestros padres son amigos!

—Theo…

—Es que no me puedo creer que estés saliendo con ese. ¿Sabes que estuvo en la cárcel? No es un buen tipo.

—Lo siento, pero tengo que irme.

No pienso quedarme más tiempo hablando con él. Me alejo lo más rápido que puedo en la primera dirección que decido. Aparto gente hasta que localizo un camarero que, ¡bingo!, lleva una botella con agua.

La tomo y busco el camino de regreso hacia el porche. Cuando llego localizo a Lucy. Está sentada en una silla, riéndose con las mejillas encendidas. Oliver está apoyado contra la barandilla de madera, hablando con otros chicos del equipo, y a su lado…

Allison.

Trago saliva y termino de caminar hacia ellos. Si técnicamente Oliver trabaja para mí, ¿no podría pedirle que la ignorase?

«Entonces eso te convertiría en mala persona, Nova. Ella no te ha hecho nada».

«Tratarme mal e inventarse el rumor de que me acostaba con Oliver».

«No tienes pruebas reales de ello».

Ignoro mi voz interior y llego hasta mi amiga. Le paso el botellín, que me agradece sin dejar de sonreír.

—Esta fiesta es lo más —susurra.

Asiento despacio. Menos mal que ella no ha visto la interacción con Theo… Hasta que escucho a Allison a nuestro lado.

—Vaya, vaya. La parejita del año.

Finjo ignorarla, pero Oliver alza las cejas sin ocultar la sorpresa.

—No se te da demasiado bien el sarcasmo, Allison —la reprende, pero ella no se da por aludida.

—¿Sabes lo que creo? Que sois amigos, pero solo eso. —Se inclina un poco más sobre Oliver, hasta que apoya la cabeza en su hombro—. Y que te está haciendo un favor porque papi no te puede proteger dentro del instituto.

—Venga, besaros y haced que se calle —replica un chico del equipo.

Es el único con una cerveza en la mano y tiene aspecto de estar aburrido.

—Venga, ¡que se besen! —Aplaude con entusiasmo el que dijo lo del culo.

—Basta —niega Oliver.

—¿Qué pasa? —se burla Allison, de nuevo con una sonrisa y apartándose un poco de él—. ¿Tienes miedo?

—Lo que no tengo es que demostraros nada a vosotros —replica.

—Que se besen, que se besen… —canturrea Lucy desde su silla.

—¡Beso! —exclama el compañero de fútbol.

Todos nos miran y de pronto veo a Theo acercándose hacia nosotros con expresión de curiosidad y una copa en la mano.

«Oh, a la mierda. Aunque sea por que se callen…».

Antes de que me arrepienta de lo que estoy a punto de hacer, doy un paso al frente, tomo a Oliver por las mejillas y giro su rostro al tiempo que me pongo de puntillas.

Segundos después, mis labios rozan los suyos.

Trece

Todo a mi alrededor se silencia; los ruidos de la fiesta, los chicos que nos rodean silbando y aplaudiendo, la música. Incluso dejo de sentir el leve frío de la noche que se colaba dentro del porche.

Ahora todos mis sentidos están puestos en dos únicas cosas: en Oliver y en la suavidad de sus labios bajo los míos. Su barba incipiente pica bajo mis dedos. Su respiración se mezcla con la mía. El tiempo se congela y de pronto, como si me hubiesen echado encima un balde de agua fría, me doy cuenta de lo que acabo de hacer.

«Mierda, mierda, mierda. ¡Lo he besado! Corrección: ¡lo estoy besando ahora mismo!».

El repentino pánico hace que me quede congelada. Contengo la respiración y el corazón me comienza a martillear con fuerza en el pecho. Tengo los ojos cerrados y durante las siguientes milésimas de segundos, que se me hacen muy largas, planifico cómo alejarme de él, como soltar sus mejillas y separar los labios, sin que resulte más embarazoso de lo que ya es. Y lo peor: tampoco quiero hacerlo. Hasta que Oliver entreabre sus labios y profundiza el beso.

Se me corta la respiración. Siento que sus manos se deslizan por mi cintura y tiran de mi cuerpo contra el suyo mientras su boca se apodera de la mía. Las voces y la música vuelven, pero no les presto atención.

Ahora es Oliver quien me está besando a mí. Sus dedos se cuelan bajo mi blusa, acariciándome la piel, y creo que me deshago. El calor comienza a crecer en mi interior a una velocidad que me estremece. Deslizo las manos por sus mejillas hasta llegar a su cuello. Entierro los dedos en su cabello. Es mucho más suave de lo que imaginaba. Y me fundo, total y completamente, en este maldito beso.

Estoy tan metida de lleno en él, devorándole con cada latido de mi corazón, que no me doy cuenta de en qué momento soy yo quien vuelve a llevar la voz cantante. Hasta que Oliver aprieta un poco más mi cintura, tomándome de ella, y me hace girar.

Sus labios apenas abandonan los míos mientras me levanta con una facilidad pasmosa y me sienta en la barandilla del porche. Aprieta contra mis piernas y yo las abro para dejar que se cuele entre ellas. El ímpetu hace que me incline hacia atrás, pero estoy bien sujeta a su cuello, y me aprieta con fuerza contra él. No me importa nada, ni el momento ni el lugar. Solo lo que está pasando. Lo que me hace sentir. En estos momentos, creo que podría estar besándolo durante toda mi vida.

No sé cuánto tiempo pasa, cuánto rato seguimos comiéndonos el uno al otro. Solo sé que no es suficiente antes de escuchar una conocida voz carraspear a nuestro lado:

—¿Debería informar sobre esto a mi padre?

Me separo despacio de Oliver. Alarmantemente despacio, porque parece que cada célula de mi piel grita por permanecer pegada a él.

Primero son sus labios los que se alejan y después siento frío cuando aparta las manos. Me veo obligada a quitar las mías de su cabello mientras se termina de alejar. Cuando me giro, todavía sentada en la barandilla y con Oliver a apenas un paso de distancia de mí, encuentro a Mateo. A juzgar por su expresión, no parece nada contento de lo que acaba de ver.

A nuestro alrededor ya no queda nadie. Ni siquiera está Lucy, pero la encuentro con su botellín de agua unos metros más allá, hablando con otros chicos del equipo.

Madre mía, ¿qué escenita acabamos de ofrecer, para que todos se hayan ido dejándonos intimidad? El calor vuelve a aparecer en mis mejillas con fuerza. Estoy a punto de abrir la boca para defenderme cuando Oliver dice:

—Adelante, hazlo.

Mateo eleva las cejas con sorpresa.

—¿En serio quieres que le cuente a mi padre que su hija menor de edad estaba besándose descaradamente con un chico en medio de una fiesta? —Se vuelve hacia mí con una sonrisa socarrona que no se molesta en ocultar—. Deberías saber que aquí hay teléfonos, Novalee. Cualquiera podría haberte sacado una foto. Pero no esperaba menos de ti, estaba claro que no aprendiste de la última vez.

—Lo hemos hecho porque lo pidieron y…

—Sí, ya vi la escena —me interrumpe.

Solo era un beso. No tiene por qué pintarlo tan mal.

«Hasta que casi te lo montas con él en el porche, Novalee».

Lanzo una mirada de reojo a Oliver. Tiene el pelo revuelto y la camisa de su disfraz se encuentra algo arrugada. Los labios están hinchados y sus ojos brillan. Me pregunto si yo me encuentro en una situación parecida. Es muy probable que sí.

—Conoces perfectamente el plan de salir juntos —comenta Oliver.

—Y lo de subir a mi hermana sobre la barandilla para luego meterle mano bajo la camiseta ¿también forma parte del plan?

—Suenas como un hermano mayor muy preocupado —replica con voz sarcástica—. Debo admitir que es toda una sorpresa.

No tiene ningún miedo a Mateo, más bien todo lo contrario. Parece igual de enfadado que él.

Se miran fijamente y yo me bajo de la barandilla. Empiezo a sentir la incomodidad hasta que es mi hermano quien aparta los ojos el primero. Da un sorbo a su copa y, con el mejor tono de indiferencia y desprecio posible, dice:

—Vosotros sabréis qué hacéis. No es mi puto problema si Nova vuelve a ser el cotilleo de la prensa.

Después de eso se aleja y nos quedamos Oliver y yo solos.

Puedo sentir las chispas corriendo todavía sobre mi piel. Besarle ha sido mágico. Electrizante. Me ha hecho sentir viva de nuevo.

—¿Nos meteremos en problemas si se lo dice? —le pregunto.

Aunque en realidad quiero saber si él se meterá en problemas.

Tengo la mirada clavada en mis zapatos y las mejillas encendidas. No puedo mirarlo.

—No creo. Además, tampoco lo hará.

—¿Por qué estás tan seguro?

—Porque no es mala persona, pero le pierden la palabrería y el orgullo.

—Parece que lo conoces muy bien.

—Ya te dije que en otra vida fuimos algo así como... amigos.

Guardo silencio, aunque miles de preguntas me acechan. Hay una dinámica muy extraña en la casa que no termino de entender. Lo mismo sucede con Fleur. ¿Qué narices ha pasado entre ellos? Pero al volverme hacia Oliver puedo leer en su expresión que el altercado en realidad le ha afectado, y prefiero no presionar.

—Lo siento mucho —digo finalmente—. No debí hacerlo.

Utilizo toda la fuerza de voluntad posible para alzar los ojos y mirarle, aunque sigo avergonzada.

Oliver, por otro lado, no parece nada incómodo. Se encoge de hombros y responde:

—No pasa nada.

—¿Te ha molestado?

Una pequeña sonrisa tira de la comisura de sus labios.

—¿En serio tienes la sensación de que me ha molestado que me besaras?

—Bueno, fue sin tu permiso y...

Rompe la poca distancia que nos separa y me encuentro atrapada entre él y la barandilla. Rememoro el beso que estábamos dándonos segundos antes y el corazón me da un vuelco.

—Princesa, si así lo prefieres, te doy ahora mismo el permiso para besarme todas las veces que quieras.

Trago saliva, nerviosa. Una vocecita en mi interior quiere aceptar su respuesta y lanzarse de vuelta a besarlo. La otra decide ser un poco más racional.

—Deja de tomarme el pelo —le aviso—. Sabes que fue para quitarnos de encima a Allison y los demás.

—Y lo disfrutaste —se jacta, ampliando aún más la sonrisa.

—Cállate.

—Te voy a contar un secreto…

Se inclina sobre mí y baja la voz para hablar en un susurro.

—Yo sí que he disfrutado.

Coloco las manos sobre sus hombros y lo aparto sin problemas. Se echa hacia atrás y yo me alejo de la barandilla.

—Me alegro por ti, aunque no vaya a repetirse.

—Admítelo, Novalee. Estás deseando que suceda de nuevo.

Es mi turno de sonreír. El sentimiento de vergüenza se ha evaporado y me sorprendo a mí misma siguiéndole el juego y respondiendo con voz altanera:

—Más quisieras, Casanova.

Él solo se ríe y, por alguna razón, mi corazón late acelerado.

Oliver es guapo, no puedo negarlo. Estamos en un ambiente distendido, en una fiesta, entre gente de nuestra edad, música y diversión. Es normal que me haya dejado llevar. Además, a veces me cae bien, cuando no parece creerse omnipotente y un sabelotodo.

¿Que sienta atracción por él? Bien. ¿Dejar que mi corazón aletee más rápido porque sonría? Mal.

No puede gustarme.

Es mi guardaespaldas.

Trabaja para mi padre.

Y yo todavía no tengo muy claro si me alejaré de este estilo de vida en cuanto cumpla los dieciocho.

Hasta entonces, lo mejor que puedo hacer es mantener mis labios lo más separados posible de los suyos y, desde luego, no volver a besarlo.

Catorce

Continuamos en la fiesta una hora más, por lo menos hasta que a Lucy le baja el alcohol y podemos llevarla a casa. Las luces están encendidas y, mientras entra por la puerta, aparece su madre. Saluda hacia el coche con una sonrisa, aunque creo que no puede vernos. Siento otra punzada en el corazón.

Durante la fiesta, mientras estaba pasando el tiempo con mis compañeros, me olvidé de nuevo de mamá.

Solo Dan está en la casa cuando llegamos. Una vez verifica que estoy bien le pide hablar en privado a Oliver. Hay tanto secretismo en esta mansión que a veces resulta agotador, y también me hace sentir fuera de lugar. Si no conoces los secretos de una casa es porque no perteneces a ella.

Una vez en mi habitación me quito el maquillaje y me doy una ducha. Dejo la ropa de esta noche acomodada para poder lavarla y devolvérsela a Lucy tras el fin de semana. Pienso en escribirle a ver cómo está, aunque es probable que se haya quedado dormida, pero hay un mensaje nuevo en la pantalla de mi teléfono.

Ethan
¿Cómo estás, Novalee?
Hace mucho que no hablamos.

El corazón me da un vuelco de emoción y me dejo caer en la cama mientras comienzo a teclear la respuesta.

Mi mejor amigo. Mi hogar.

Yo
Bien, echándoos mucho de menos
y adaptándome. ¿Cómo están todos?

Ethan
Como siempre, ya sabes. Sobreviviendo al último año de instituto. Pero tú, ¿de verdad estás bien?

Tardo un poco más de lo normal en contestar. Porque es Ethan y quiero decirle la verdad. Quiero contarle que aquí no me siento tranquila todavía, que me gustaría regresar a casa; que mi padre es igual de malo a como imaginaba, mi hermano horrible y que definitivamente esta vida no está hecha para mí. Pero entonces se preocuparía.

Yo
Sí, lo estoy. Siento no haberte escrito antes, todavía estoy adaptándome. Además, el instituto al que me han mandado tiene un programa de estudios horrible. Estoy muy atrasada en comparación a los compañeros.

Eso tampoco es mentira. Siempre he sacado buenas notas, pero aquí apenas llego al aprobado.

Ethan
Aun así, has sacado tiempo para echarte novio, ¿no?

Dios mío, Oliver. No le conté nunca que en realidad es una tapadera. Estoy a punto de hacerlo cuando recibo un nuevo mensaje.

Ethan
No estoy enfadado, solo preocupado. No quiero que ningún niño presumido de allí te haga daño.

Yo
¿Cómo te has enterado?

Ethan
¿No miras las redes sociales?
Hay noticias tuyas casi cada día.

Frunzo el ceño y salgo un momento de los mensajes. Escribo mi nombre en Google y a los pocos segundos puedo ver enlaces a bastantes noticias.

La hija de Braxton Scott y su nuevo novio, llegando juntos a clases.

¿Cómo lleva el pelo Novalee, la hija de Braxton Scott? Consejos para lucir una melena igual de reluciente que la suya.

Novalee Scott, copia y pega de su padre.

¿Es de verdad Novalee Scott hija de Braxton? Ashley Smith lo duda.

Ashley Smith. Reconozco ese nombre. Es la madre de Mateo.

El estómago se me retuerce y decido que es mejor no seguir leyendo. Si no tengo redes sociales es justo por estas cosas. Daniel se alegró muchísimo cuando se enteró. «Un problema menos del que preocuparse», dijo.

Ethan
¿Hola? ¿Nova?

Ethan
¿Sigues ahí?

Yo
En realidad ese chico no es mi novio.
Es mi guardaespaldas.

Ethan
¿PERDONA? ¿El que viste desnudo
el primer día que llegaste a la mansión?

Yo
Sí.

Ethan
Repito: ¡¡¡¿¿¿PERDOOONAAA???!!!

Segundos después, me está llamando por teléfono.

Hablar con Ethan ha sido la culminación perfecta de la noche. Es increíble lo mucho que lo echaba de menos. Ha querido saber todos los detalles sobre el arreglo con Oliver para fingir estar juntos de cara a los demás y casi chilla cuando le cuento lo del beso.

Sin embargo, ni siquiera mi animada conversación con él consigue quitarme el nudo del estómago. En mi cabeza continúo viendo el titular de la noticia y el nombre de Ashley Smith.

Ella y Braxton no están juntos desde hace años. ¿Por qué hace unas declaraciones así? Quiero entrar y leer toda la noticia, pero sé que me hará daño. Mamá siempre me mantuvo alejada de la prensa y me aconsejaba no leer lo que decían de mi padre.

Al final, y tras estar dando vueltas sin dormirme en la cama durante más de media hora, decido bajar a la cocina para hacerme un chocolate. Estoy en ello, con la taza humeante entre mis manos y apoyada en la encimera, cuando Braxton entra en la cocina. Al verme, sonríe.

—¿Qué tal la fiesta? ¿Lo pasaste bien?

Saluda de forma casual mientras toma su propia taza del armario y también comienza a prepararse chocolate. Me resulta ridículamente extraño que compartamos el mismo gusto.

—Sí, estuve con una amiga y con Oliver.

—Me alegra que estés haciendo amigos en el instituto. La mayoría de los chicos que están allí vienen de muy buenas familias.

No puedo evitar hacer una mueca. A mamá seguro que no le hubiese importado de dónde eran las familias de mis compañeros, solo si eran buena gente. Braxton lo ve. Sin embargo, lo malinterpreta.

—¿Estás bien?

—Claro.

Mete la taza a calentar y se vuelve hacia mí con expresión de no estar nada convencido.

—¿Y por qué has bajado a la cocina a por un chocolate caliente?

—¿Por qué has bajado tú? —replico, cortante.

Aprieta los labios y estoy segura de que no va a contestarme, pero lo hace.

—He perdido el contrato para una nueva película.

—Vaya, lo siento.

—Son solo cosas que suceden.

Se encoge de hombros y me da la espalda para tomar su taza. La posa cerca de la mía, sobre la encimera, y me mira de nuevo.

—¿Era interesante? La película, quiero decir.

—Depende de qué tipo de películas te guste.

—¿De qué trataba?

No sé por qué insisto en sacar conversación. Debería reñirme a mí misma por hacerlo. Pero aquí estamos. Los dos solos. ¿No sería incómodo el silencio?

«O quizá, solo quizá..., es porque quieres saber más cosas de él, aunque no lo admitas en alto».

—Ya sabes, una aventura familiar sobre un padre y sus hijos. —Se queda callado, pero cuando lo miro, presionando por saber más, continúa—. Se queda solo con ellos y tiene que planificar unas vacaciones en un crucero para demostrar que tienen una buena relación.

—Pues ese papel lo has hecho muchas veces, ¿por qué no te lo han dado?

Más silencio. Esta vez un poco tenso.

—Han dicho que mi imagen no es adecuada para el papel.

No respondo porque me he quedado sin palabras.

Aunque lo haya dicho de otra forma, si no le han dado el papel es por la mala prensa que ha recibido en los últimos días, desde que el juez le obligó a hacerse cargo de mí. Ya no tiene una imagen familiar impoluta.

—Supongo que tienen razón. Al fin y al cabo, no he sido un buen padre.

Su tono es cansado y cuando lo miro puedo ver tristeza en sus ojos. Sé que no debería darme pena, pero lo hace. Carraspeo y decido cambiar de tema:

—Oye, Oliver y Mateo ¿eran amigos?

Baja la taza con los labios fruncidos porque se ha quemado. Ahora parece curioso.

—¿Por qué lo preguntas?

—Esta noche, en la fiesta, me dio la sensación de que…

No termino la frase. ¿Qué voy a decirle? «Noté tensión entre ellos y parece que no se caen bien». «Oliver insinuó que eran amigos después de que nos atrapara besándonos». Al final, sacudo la cabeza y susurro:

—Da igual. No es asunto mío.

Sin embargo, Braxton me responde.

—Hace años el padre de Oliver trabajó para mí. Pasaba mucho tiempo en casa, igual que Fleur. Ellos y Mateo tenían la misma edad, en una casa muy grande y con padres muy ocupados. Pasaban mucho tiempo juntos y se puede decir que sí, eran muy amigos.

—¿Ya no lo son?

Mi padre guarda silencio durante unos segundos, pero al final termina por encogerse de hombros.

—Supongo que crecieron y sus caminos cambiaron. Fleur se fue a vivir una temporada fuera y hace poco regresó, Mateo empezó la universidad y Oliver…

Guardo silencio esperando a que continúe, quizá a que revele información sobre el supuesto rumor de que Oliver estuvo en la cárcel, pero no lo hace.

—No lo sabía —admito—. Gracias por decírmelo, Braxton.

Él me mira serio, pero vuelve a encogerse de hombros y hace de nuevo el amago de beber de la taza. Se quema otra vez. Eso me hace reír y yo misma termino de tomar mi chocolate, que sí está a una temperatura aceptable.

El silencio comienza a reinar entre nosotros, pero no es incómodo. Aun así, decido responder a su primera pregunta:

—Bajé porque leí unas noticias en internet donde decían que yo en realidad no era tu hija.

Sus ojos se abren como platos.

—¿Las leíste? Sabes que son pura mentira y periodismo barato, ¿verdad? —Se inclina hacia mí y estira la mano. Creo que va a tomar la mía, pero al final la regresa a la taza—. Eres mi hija, Novalee. Al cien por cien.

Lo sé. No solo está el certificado de nacimiento, la prueba de ADN y la palabra de mi madre. También nos parecemos muchísimo físicamente.

Escuchárselo decir, por alguna razón, hace que mi corazón se acelere.

—Sí, pero también decían más cosas. Me desvelé y por eso bajé a por chocolate.

—No lo hagas más, Nova —me aconseja con voz suave—. No busques noticias sobre ti, no merece la pena. Si te preocupa lo que digan, tengo un gran equipo detrás que vigila tanto lo que pueda aparecer sobre ti o sobre Mateo en internet.

Supongo que está bien saberlo.

—También echo mucho de menos a mi madre —susurro casi sin querer.

Esta vez Braxton sí toma mi mano sobre la encimera. Me contengo de dejar la boca entreabierta por la sorpresa y me centro en el hecho de que sus dedos son grandes y cálidos, y cubren los míos por completo.

Cuando lo miro, me sonríe con algo que parece ternura. Estoy confusa y mi corazón acelerado.

—También extraño a mi mejor amigo —añado sin darme cuenta—. Tuve que dejarlo todo atrás para venir aquí.

—Lo sé, y lo siento.

No pretendía echárselo en cara, aunque haya sonado así. Los sentimientos me abruman, no estoy manejando esto bien. Alejo la mano y me aparto de él. Ya he terminado el chocolate y debo irme. Braxton parece dolido cuando lo hago, pero no dice nada y se centra en su taza.

Igual que la última vez, me llama cuando estoy a punto de irme de la cocina.

—Novalee, ¿y si salimos un día a cenar?

—¿A cenar? —repito, sintiéndome como una tonta.

—Sí, tú y yo. Hay un restaurante que me encanta aquí, en la ciudad. Y así… ¿podemos ponernos al día?

«No te emociones, Nova. Lo está haciendo por la prensa, porque necesita limpiar su imagen».

A pesar de decirme esas palabras a mí misma, no puedo evitar sentir una pizca de emoción dentro de mi estómago.

—Claro —me las arreglo para decir con voz casual—. Supongo que estaría bien.

Cuando lo digo me doy cuenta de que es cierto, de que me apetece mucho salir a cenar con él.

¿Qué pensaría mamá de todo esto?

Quince

No ha sido buena idea pedirle a Oliver que me enseñe defensa personal. Cada vez lo tengo más claro. En especial en este preciso momento, en el que estamos los dos solos en medio del gimnasio de la mansión y él me está pidiendo que le demuestre cómo usar los movimientos de defensa que me enseñó en la clase pasada.

—No has repasado como te dije que hicieras.

Su tono es condescendiente, pero me está regañando.

—Sí lo he hecho —miento.

Las comisuras de sus labios tiran hacia arriba con el amago de una sonrisa burlona.

«Idiota».

—Si quieres también puedo darte clases particulares sobre cómo mentir bien. Se nota que necesitas ayuda.

—No dice mucho de ti como persona que alardees de ser un buen mentiroso.

Pretendo ser mordaz, pero solo consigo que su sonrisa se ensanche.

Repito: idiota.

Sin embargo, en mi defensa debo decir que han sido unos días muy duros. He tenido dos exámenes en el instituto. Uno lo he suspendido y en otro he sacado apenas un aprobado raspado. Theo actúa como si no se acordara de lo sucedido en la fiesta y no me lo puedo quitar de encima. Braxton parece haberse olvidado de su petición de salir a cenar juntos. Y Oliver...

No hemos vuelto a mencionar el beso, pero eso no significa que mi subconsciente no lo recuerde. Y lo hace. ¡Vaya si lo hace! En. Todo. Maldito. Momento. Cuando duermo. Cuando vamos juntos en el coche. Cuando se quita la camiseta en medio del entrenamiento de fútbol. O ahora, cuando tiene la mano extendida hacia mí para empezar la lección.

—Vamos, princesa —presiona, y sus dedos rozan mi muñeca—. Lo mejor será que comencemos con esto cuando antes.

Suspiro y dejo que él me agarre del brazo. Tira de mí hacia él, aunque lo hace con suavidad. No hace falta que me explique qué es lo que espera que haga, porque ya lo sé. Este movimiento por lo menos era fácil. Fácil de recordar, que no de hacer.

Retuerzo mi brazo de un lado a otro, cada segundo que pasa con más ímpetu, pero no hay manera. No consigo liberarme de su agarre.

—No puedo —me quejo, apretando los dientes.

—Pues inténtalo mejor. —Cuando le lanzo una mirada envenenada, solo se ríe—. Te avisé que sería duro contigo.

Dejo de forcejear y tomo aire mientras me concentro. Esta técnica es para liberarme si alguien me sujeta. Tengo que girar la mano primero para después tratar de pasarla sobre la suya y ser yo quien lo tome.

Cuando vuelvo a intentarlo, no tengo éxito. Pero esta vez Oliver parece un poco más contento.

—Bien, si pillas a la otra persona desprevenida, creo que este truco funcionará.

—¿También lo haría contigo?

—A mí nunca me atraparás con la guardia baja.

Fanfarrón... Para colmo, parece que toda esta situación le divierte. Como dije antes, no fue buena idea pedirle que me enseñara defensa.

Suelta mi mano y se queda parado frente a mí.

—En esta posición, ¿cómo me golpearías?

—Así.

Realizo el movimiento despacio. Pongo una mano en su antebrazo y levanto la rodilla derecha a la vez que subo mi palma hasta la barbilla. Después lo retiro. Oliver sacude la cabeza con seriedad.

—Vale, ahora hazlo de nuevo, pero rápido y con fuerza.

—No pienso hacer eso.

—Claro que lo harás.

—No quiero hacerte daño.

Otra vez su maldita sonrisa socarrona.

—Créeme, no vas a hacerme daño.

Está bien. Él se lo ha buscado. Repito el movimiento solo que mucho más veloz. Oliver se aparta antes de que llegue siquiera a tocarlo. Su movimiento es tan rápido que apenas lo veo venir, y de pronto lo tengo detrás de mí. Me rodea con los brazos a la altura del pecho y me aprieta contra él. Puedo sentir su pecho duro contra mi espalda y su respiración en mi coronilla.

—Has hecho trampa —me quejo.

Noto las vibraciones de su risa.

—Muy bien, princesa. Y ahora, ¿cómo te librarías de mí?

Su aliento roza mi cuello y me estremezco. El calor comienza a crepitar en mi interior y tengo la tentación de cerrar los ojos. Pero no voy a hacerlo.

—No me acuerdo —contesto.

Mi voz suena entrecortada.

—Déjame darte una pista —susurra cerca de mi oído, tanto que el calor se dispara y me muerdo el labio inferior—. Primero tienes que agacharte.

Trago saliva mientras un escalofrío me recorre. Porque esta situación no me debería parecer erótica. Estar con él mientras me sujeta no debería gustarme.

Y, aun así, estoy bastante segura de que, bajo el agarre de sus brazos y la tela de mi camiseta, tengo los pezones duros.

«¡Vamos, Nova! ¡Céntrate!».

—Te agarro de la pierna y trato de desequilibrarte y tirarte —respondo tras unos largos segundos.

—Eso es.

Me tomo unos segundos más en planear la técnica, aunque los dos sabemos que no funcionará. Oliver es una roca y veo imposible ser capaz de moverlo. Me inclino hacia delante, pero sus brazos me retienen. Tras unos segundos tirando, los desliza hasta mi cintura.

—En un ataque real tienes que hacer el movimiento rápido y con fuerza, un golpe seco —me avisa—. Si no, no podrás doblarte. Justo como ahora.

Asiento con la cabeza mientras el pelo me cae a un lado de la cara, tapándome la vista. Tenía que haberlo amarrado. Aun así, logro encontrar su pierna y envuelvo las manos sobre ella. Después tiro. Y no pasa nada. Oliver no se desplaza ni un centímetro. Ni siquiera hace el amago de balancearse.

Mi trasero ha quedado a la altura de su paquete y, cada vez que me muevo, lo rozo. Puedo notar todo perfectamente, y esto no ayuda en nada.

Me rindo y suelto su pierna antes de levantarme.

—Es imposible —susurro.

—Necesitas práctica.

Su voz suena más ronca que antes y, de alguna forma, eso me gusta. Me estremezco con su aliento en mi cuello y lucho contra la tentación de girar el rostro hacia él. Puedo notar ya no solo mi trasero amoldado a él, también mi espalda cae contra su pecho.

—Eres un profesor horrible, ¿lo sabías?

Trato de desviar la tensión con una broma, pero no funciona. Oliver se ríe y al segundo después, desliza los brazos sobre mis hombros y me hace girar. Me hace la zancadilla y caemos hacia el suelo.

Coloca una mano tras mi cabeza para amortiguar el golpe, aunque es bastante suave y no me hago daño. Termino tumbada boca arriba, con él sobre mí. Agarra mis muñecas y me las inmoviliza por encima de la cabeza mientras siento su peso sobre mi cuerpo.

—Yo diría que es todo lo contrario, porque al menos te acuerdas de cómo eran los movimientos.

Su nariz casi roza la mía mientras habla. Se ha colado entre mis piernas y puedo sentir prácticamente cada parte de su anatomía.

—Eso es porque soy una alumna brillante —le rebato.

Veo como crece la sonrisa en su rostro y le brillan los ojos. Nuestros alientos se entremezclan y el corazón me late a mil.

—Y dime, alumna brillante. ¿Cómo te libras ahora de mí?

—Paso una pierna por encima de tu cintura…

Hago el gesto y lo aprieto todavía más contra mí.

—Uhm…

—Y hago fuerza para darnos la vuelta.

Intento seguir los pasos que me ha dicho, pero, inmovilizada por las muñecas y con todo su peso sobre mí, es imposible. Oliver es muchísimo más fuerte y lo sabe. Juego en desventaja.

Muevo la cadera una y otra vez, con mi pierna alrededor de su cadera, tratando de girarnos, pero es imposible.

—No puedo —gimoteo.

Su risa hace cosquillas en mi rostro.

—Te lo dije, princesa —se burla, y acerca los labios a mi oído para susurrar—. No me atraparás con la guardia baja. Sé cada movimiento que harás a partir de ahora.

Mi espíritu competitivo aflora. Esta vez lo envuelvo con ambas piernas y trato de moverlo, pero nada. Sin embargo, ahora Oliver no se ríe y… Oh, Dios mío. Tiene una erección. Puedo notarla apretada contra mis muslos.

Yo tampoco me río. Me vuelvo a mover, solo que lo hago en círculos, de forma que nos rozamos todavía más. El calor se extiende por todo mi cuerpo y noto como él hunde la cara en mi cuello.

La boca se me seca y vuelvo a moverme otra vez. Tengo los ojos cerrados mientras siento su respiración cada vez más agitada en mi oído. La sangre me quema dentro de las venas y lleva ese calor a cada maldita célula de mi cuerpo. Si sigo así mucho más, voy a entrar en ebullición.

—¿Qué estás haciendo, princesa?

Vuelvo a moverme, pero ya sin disimulo. Me aprieto contra él, pero ahora Oliver también lo hace. La tela roza mi intimidad y me hace estremecer.

Cuando me mira, le brillan los ojos cargados de deseo y tiene las pupilas dilatadas.

—Novalee… —susurra, rozando su nariz contra la mía.

Lo mando todo a la mierda. Me lanzo de pleno al vacío y llevo mis labios contra los suyos, atrapándolo del todo con un beso que podría dejarnos sin respiración.

Oliver no se queda atrás. Envuelve mi boca con la suya y profundiza el beso con el mismo fervor que yo misma estoy usando. Jadea dentro de mí y aprieta los dedos alrededor de mis muñecas mientras vuelve a mover las caderas contra mí.

La mente se me nubla y me recreo en su sabor. Creo que podría llegar al orgasmo incluso sin quitarme la ropa. Mi pecho se alza rozando más el suyo y, en el siguiente movimiento de cadera, jadea en voz alta. Desliza los dedos por mi muñeca hasta soltar una de ellas. Sin dejar de besarme me acaricia la mejilla, tan suave que juro que estoy derritiéndome.

De nuevo, podría besarlo de forma infinita. Pero no solo eso. Quiero más. Quiero todo de él.

El repentino pensamiento me asusta, porque nunca he sentido algo tan fuerte y con tanta intensidad por nadie.

Entreabro los ojos y, antes de pensarlo dos veces, vuelvo a aplicar la técnica. Esta vez, cuando lo rodeo con la pierna, sí funciona. El beso se rompe y Oliver rueda hacia un lado, lo que hace que yo me quede sentada a horcajadas sobre él.

Coloco las manos en sus hombros, casi en el pecho, y lo observo mientras mi cabello cae sobre su rostro. Pestañea rápido. Las mejillas están encendidas y nuestras respiraciones retumban por la sala.

Me observa confuso, pero no tarda en darse cuenta de lo que ha pasado. Es ahí cuando digo:

—Ese movimiento no lo viste venir, ¿verdad?

Oliver se ríe al darse cuenta de lo que acaba de pasar. Eso hace que su cuerpo se mueva y, por inercia, yo lo hago sobre él. Notando. Cada. Maldita. Parte. De. Su. Erección. Necesito toda mi fuerza de voluntad para no cerrar los ojos y dejarme llevar.

—No importa —admite, y parece sincero—. Yo te di permiso para besarme siempre que quieras.

—Deberías estar enfadado. He hecho trampas.

—¿Estás segura? Porque a mi forma de ver, yo he salido ganando.

Frunzo el ceño y su sonrisa crea arrugas cerca de los ojos.

—Porque me he ganado otro beso tuyo —explica, como si fuese demasiado obvio; como si se hubiese ganado un premio.

El corazón me brinca en el pecho, pero lo mando callar rápido.

—¿Es así como ligas siempre con las chicas?

—¿Con mi encanto natural? —prueba a decir.

—Sí, y tu labia.

—Te recuerdo que has sido tú quien me ha besado. Dos veces.

—Y siempre por cuestiones tácticas.

—Debo ofrecerme como tributo para que practiques esas tácticas conmigo más a menudo.

Le doy un golpe suave en el hombro y él se ríe.

—Idiota…

Se ríe todavía más fuerte.

Me cuesta creer que momentos antes estuviésemos besándonos y, a pesar de todo, la conversación no resulte incómoda con él. Hay veces que incluso creo que podría llegar a considerarlo mi… amigo. En especial si tenemos en cuenta que sigo sentado a horcajadas sobre él.

Aunque me duela, y también de forma física, me muevo hasta hacerme a un lado y apartarme de su regazo. Oliver es el primero en levantarse y me tiende la mano como ayuda.

—Ahora me debes un favor por la clase, ¿recuerdas? —dice una vez estamos los dos de pie.

—Vale, sí.

—¿Y lo vas a cumplir?

—Depende.

—Dentro de dos fines de semana hay un partido. Jugamos en casa, en el instituto.

Lo sé. He visto los panfletos pegados por todos los pasillos y las animadoras ensayando en la hora del almuerzo. Todos creen que ganarán.

—Ven a verme jugar.

A pesar de las palabras, su tono no parece una orden.

—¿Eso es todo? ¿Ir el sábado a verte?

—Por esta clase al menos, sí.

Bueno, supongo que podría ser peor.

—Vale, lo haré.

—También podrías llevar una pancarta para animarme en la que diga lo genial que soy.

—No nos pasemos…

Oliver sonríe, pero esta vez no hay burla en su mirada. Parece genuinamente contento.

Y, no me preguntes por qué… Pero me encuentro a mí misma también sonriendo. También genuinamente feliz.

Dieciséis

Ir a clase en coche con Oliver cada mañana se ha convertido en rutina. Me espera en el recibidor, listo minutos antes de que llegue la hora. Y como yo siempre me quedo dormida, no deja de gritar mi nombre mientras bajo las escaleras corriendo.

Estoy segura de que, a estas alturas, todas las personas que trabajan en la casa saben que soy una tardona.

—¡Vamos, Novalee! —Escucho que grita, y todavía me quedan unos escalones para llegar a su lado—. ¡Si no apareces en cinco segundos me iré sin ti!

Quiero responder que casi estoy, pero me falta el aliento. Oliver tiene razón, necesito mejorar mi forma física.

—¡Cinco! ¡Cuatro! ¡Tres! ¡Dos!

—¡Llegué! —Jadeo, apareciendo a su lado.

Mira el reloj en la pantalla de su teléfono y sonríe con picardía al volverse hacia mí. No me ha dado tiempo a terminar de trenzarme el pelo, así que el peinado se me ha deshecho por el camino, y estoy bastante segura de que tengo la cara roja por el esfuerzo.

—Has mejorado tu propio récord —se burla—. Ayer llegaste en el uno.

—¿Sí? Pues yo diría que cada día cuentas más rápido.

Toma mi mochila y se la coloca al hombro. Al principio no me gustaba que hiciera eso, pero ahora me he acostumbrado.

—¡Novalee! ¡Oliver! ¡Un segundo!

Al volvernos vemos a Daniel, el ayudante de mi padre, caminar con paso rápido hacia nosotros. Como siempre trae el móvil de trabajo en la mano. A veces me pregunto si será una extensión de su brazo. En otras me da un poco de tristeza. Su trabajo es bastante exigente, lo que explicaría por qué se ve tan mayor a pesar de tener treinta años. ¡No me lo creía cuando me enteré!

—Vamos tarde a clas… —comienza a decir Oliver, pero lo interrumpe.

—Solo será un segundo. Ha habido un cambio en la agenda.

—¿Cambio en la agenda? —pregunto con curiosidad, aunque me ignora por completo. Mi única agenda hasta ahora ha sido ir a clases y mantener un perfil bajo. ¿Qué cambio puede haber?

—El viernes hay una fiesta aquí, en la mansión. La organiza Braxton y Novalee debe asistir.

—¿Yo tengo que asistir? —digo, apuntándome con el dedo índice al pecho.

Daniel asiente.

—Mateo y Oliver también. —Se vuelve hacia él—. Debes estar en calidad de guardaespaldas encubierto, va a venir mucha gente importante.

—El viernes tenía la noche libre.

—Te compensaremos. Sabes que lo haremos. Pero es importante que asistas. Cuando vuelvas del instituto, lo hablamos con el jefe.

—¿Por qué debo asistir yo? —insisto.

¿Y por qué no ha venido él mismo a decírmelo?

—Tu padre está a punto de firmar un contrato para una serie producida por la mejor plataforma de *streaming* del momento. Necesita que tanto tú como Mateo asistáis. Que os comportéis y habléis con la gente.

—¿Que me comporte? —repito estupefacta.

—Sé que eres una buena chica, tranquila. —Me chirría mucho cómo dice buena chica, como si fuese un halago—. Es importante dar imagen de familia feliz.

—Pero no lo somos.

—Tráete a alguna amiga para divertirte. Con que te vean por ahí debería ser suficiente.

Me pinchan y no sangro. ¿Qué narices…?

—De acuerdo, Daniel —interviene Oliver por mí, pasando un brazo sobre mis hombros—. Hablamos más tarde.

Guardo silencio hasta que llegamos al coche. En cuanto he cerrado la puerta y me he atado el cinturón, me cruzo de brazos.

—No he aceptado asistir a la estúpida fiesta —murmuro.

—¿Y no vas a ir?

Me muerdo el interior de la mejilla, porque no puedo decir que no. Ni siquiera me han dado tiempo a saber si me apetece, pero... sé que no quiero fallar ni meterme en problemas.

Braxton no consiguió el papel en una película por todo lo que la prensa ha estado hablando sobre nosotros. Supongo que, en comparación, pasearme un rato por una fiesta no puede estar tan mal, ¿no? Y le puedo decir a Lucy que venga.

—Supongo que sí..., sí iré.

—Eso imaginaba.

Oliver no dice nada más y arranca el motor para ir a clase. Esta, desde luego, no era la forma en la que imaginaba comenzar mi semana.

El día escolar se pasa más rápido hablando con Lucy. Me daba miedo no poder hacer amigas aquí, pero parece que ambas hemos encajado bastante bien. Cada día conozco un poco más sobre su vida y, la verdad, me sorprende que no se queje más. Tiene que irse siempre rápido del instituto para acompañar a sus hermanas pequeñas a ballet, ya que sus padres siempre están fuera trabajando. Muchas veces incluso le toca darles la cena y acostarlas.

Un poco de diversión no le vendría mal, así que me animo a invitarla a la fiesta de Braxton.

—Y lo pasaremos bien. ¿Qué dices?

La miro emocionada cuando su rostro se ilumina. Sin embargo, no dura mucho y enseguida su expresión decae.

—Me encantaría, Nova. Pero justo he quedado con mi padre. Es el único día que tiene libre para ir a practicar tiro.

—¿Practicar tiro?

—Sí, vamos juntos desde que era pequeña, aunque a mis hermanas no les gusta.

Asiento despacio, aunque también noto una punzada en el pecho. Es imposible que sea una excusa para no quedar, nadie se inventaría algo así, pero tampoco es la primera vez que me dice que no a una salida. Dudo de si estoy haciéndolo bien, y lo cierto es que no me gustaría perder a mi única amiga.

—¿Estás decepcionada? —pregunta cuando no contesto.

Sacudo la cabeza de lado a lado, tragándome mis sentimientos.

—No pasa nada. Tienes que aprovechar y pasar tiempo con tu padre. Casi no le ves.

—¿Y tú? ¿Pasas tiempo con Braxton?

Me sorprende la pregunta, aunque, tristemente, no me cuesta pensar en la respuesta:

—Digamos que todavía tenemos que pulir nuestra relación.

Lucy aprieta los labios, pensativa. Sabe que eso es un no, y es probable que sienta algo de pena por mí. Así que fuerzo una gran sonrisa y digo:

—Pásatelo bien en la salida, ¿de acuerdo? Ya tengo ganas de que me lo presentes.

—Por supuesto —responde de vuelta.

Una vez se aleja, me encuentro sola en el edificio. Todavía queda hora y media para regresar a casa. Al final vago por los pasillos hasta llegar al salón de actos. Las clases de teatro son aquí y puedo escuchar voces. Cuando me asomo a la puerta, me doy cuenta de que están ensayando, seguramente para la obra de final de curso.

Todas las personas están centradas, con los ojos puestos en los compañeros que hay en el escenario. Nadie se da cuenta de como me cuelo en el interior de la sala y los observo.

Recrean una obra que hice cuando estaba en tercero, la reconozco enseguida. Sin embargo, todavía no han aprendido bien sus papeles y les falta organización.

Echo de menos estar en el escenario, pero creo que en realidad lo que más extraño es compartir esos momentos con Ethan.

Decido que lo mejor es irme de allí, pero, al darme la vuelta, no me doy cuenta de que hay una chica caminando por el pasillo y choco contra ella. Lleva cajas cargadas con pelucas y disfraces, y todo cae al suelo.

—Oh, mierda. Lo siento mucho.

Me agacho junto a ella a recogerlo todo. Desde el escenario unas cuantas personas nos lanzan miradas curiosas.

—No te preocupes, es material de ensayo y tiene muchos años. Si se rompe, es una señal del destino para que lo cambien.

Se ríe de su propia gracia y eso me transmite algo de tranquilidad. Es una chica de mi edad, con el pelo castaño corto y unos ojos oscuros que contrastan con la sombra dorada que usa.

—No te he visto en el club de teatro —señala mientras mete una peluca rosa en la caja de cartón.

—Es porque no estoy apuntada. Quería, pero…

Lanzo una nueva mirada al escenario, donde la escena ha vuelto a empezar.

—No te preocupes por si eres buena o no. Con que te guste y lo disfrutes, vale.

—En mi antiguo instituto participaba en las obras —explico, agarrando un… ¿volante de camisa?—. Pero ahora no estoy segura.

—¿Porque tu padre es Braxton Scott? —pregunta, y no puedo evitar mirarla con sorpresa—. Oh, vamos. Todos aquí saben quién eres.

Suspiro. A veces se me llega a olvidar.

—Justamente por eso. No creo cubrir sus expectativas. Además, no me gusta la presión.

—No deberías preocuparte por eso. Aquí casi todos son hijos de alguien. ¿Ese que no sabe ni cómo ponerse bien la corbata? Su padre es productor de cine. Y el que lee los subtítulos es hijo de políticos. A nadie le importa si eres buena o mala.

Miro a los chicos sobre el escenario. En realidad, ninguno parece estar estresado, excepto el de la corbata. El resto se ríe y divierte. Justo como hacía yo con Ethan.

—Además, todos los papeles están ya pillados —añade—. Te tocaría ser suplente o ayudar entre bambalinas, como yo.

Terminamos de meter la última peluca en la caja y nos levantamos.

—Por cierto, soy Helen.

—Novalee —contesto.

Ella se ríe porque ya lo sabe, pero toma mi mano y me da un suave apretón.

—¿Qué dices? ¿Vienes conmigo y te presento al profesor Smith?

Dudo. Al menos, lo hago por unos segundos.

—Sí, creo que es buena idea.

Y sigo a Helen a través del pasillo. Esta vez sintiendo que, por fin, sí estoy haciendo algo bien.

Estoy haciendo algo que quiero con mi vida. Estoy recuperándola.

Cuando llego al campo de fútbol tengo todavía una gran sonrisa en la cara. Aunque como dijo Helen, todos allí sabían quién era, en el grupo de teatro nadie me trató como la hija de Braxton. Tras hablar con el profesor encargado, me presentó a la clase e hicimos un rápido ejercicio para que todos supieran un poco de mí y yo de ellos.

Helen ejerció de mentora y, a pesar de que tenemos la misma edad, me enseñó cómo funcionaba todo y se encargó de darme un guion de la obra, aunque ya me la sé de memoria. Me lo pasé realmente bien y volví a sentirme como la vieja Novalee.

Sé que mamá estaría muy feliz.

Oliver está sentado en las gradas junto a un par de compañeros del equipo y algunas animadoras. Entre ellas, cómo no, Allison. Cuando me ve, sonríe y se pone de pie.

—Te has retrasado, preciosa —me saluda al llegar a su lado.

—¿Problemas en el paraíso? —Escucho la voz de Allison.

Seguro que se está burlando, pero apenas la dirijo una mirada rápida antes de regresar mi atención a Oliver. Él hace exactamente lo mismo.

—Perdona. Al final decidí apuntarme al grupo de teatro.

Su sonrisa se ensancha al escucharlo.

—Me alegra saberlo. ¿Todo bien?

—Todo genial.

Él asiente y estira el brazo para tomar mi mochila, a pesar de llevar la suya.

—Esta noche toca sesión de entrenamiento, ¿recuerdas?

Un cosquilleo de electricidad y premeditación me recorre. No puedo evitar recordar la última vez que repasamos los movimientos. Mi cadera moviéndose en círculos sobre él.

Aparto esos pensamientos tan rápido como llegan. Aunque en aquel momento no tuve vergüenza, me sentí libre y atrevida, esa emoción ha desaparecido. Ahora evito recordarlo. Evito pensar cómo le calenté y cómo me calenté. Si no lo pienso, no sucedió. Ese es mi mantra. Sí, señor.

—Lo recuerdo —musito, y aparto la mirada.

Me encuentro con la de Allison, que nos observa de reojo, aunque no dice nada. Me pregunto si en realidad sabe que no estamos juntos. Quizá Mateo se lo ha dicho a su hermana, porque son amigos. A juzgar por cómo nos mira, podría ser perfectamente.

Oliver se despide de los demás y nos vamos del instituto juntos. Cuando llegamos a la casa, Daniel no tarda en llamarlo y recuerdo todo el tema de la fiesta. Me despido para ir a mi habitación y hacer los deberes, pero resulta que también quiere hablar conmigo.

—Esta noche sales a cenar con tu padre —me explica.

No puedo evitar abrir la boca con sorpresa. Y tampoco que la emoción comience a extenderse en mi estómago. ¿Al final va a suceder?

Daniel se vuelve hacia Oliver y continúa:

—Tú también, irás con el guardaespaldas del señor Scott. Ya sabes que toda precaución es poca.

—¿A qué hora?

—La reserva es para las siete, todavía os queda tiempo para prepararos y... —Daniel mira su reloj unos segundos antes de continuar—. Mateo debería estar por llegar, tengo que avisarle del plan.

—¿Mateo también viene? —intervengo.

—Por supuesto. Salís los tres para ultimar los detalles de la fiesta del viernes.

Casi puedo escuchar como mi corazón se resquebraja, pero pongo una papelera acolchada en el fondo y dejo que los pedazos caigan en silencio. Daniel mira de nuevo la hora y creo que solo Oliver se da cuenta de mi expresión de decepción, que hago desaparecer al momento.

—De acuerdo, estaré lista para cuando se me necesite.

Y sin más me alejo hacia mi habitación.

«Qué tonta eres, Novalee. ¿En serio esperabas que tu padre quisiera pasar un tiempo a solas contigo? ¿Conocerte mejor? Olvídalo. Nunca se ha interesado en ti y nunca lo hará. Porque jamás te querrá».

Diecisiete

Braxton, su hijo mayor y su hija ilegítima están sentados en el interior de un restaurante en el centro de la ciudad. Parece el comienzo de un chiste malo, o de una nota de prensa sensacionalista, pero es la realidad.

Entre el entrante y el plato principal he recibido un gran sermón sobre qué se espera de mí en la fiesta, lo importante que es que nos comportemos tanto Mateo como yo y que parezcamos una familia feliz y unida. Porque Braxton todavía no tiene el papel asegurado y de nuestra actuación depende todo.

Sobra decir que el sermón no nos lo ha dado Braxton. Junto a él también está sentado Daniel, repitiendo una y otra vez lo importante que es que parezcamos una familia.

—Y deberías crearte un perfil en la red social del momento, Novalee —añade mientras doy un bocado a mi brownie de chocolate—. Subir un par de vídeos con tu padre hará que parezcas más cercana a la audiencia, y eso siempre gusta.

—Daniel, basta. Novalee no tiene que hacer nada de eso, no es su trabajo.

—Entonces, Mateo, ¿qué dices?

—Que, si lo haces por obligación, no queda natural.

Lo miro y me doy cuenta de que parece casi tan incómodo como yo. Al principio pensaba que él y Braxton estaban muy unidos y en parte envidiaba su relación, pero con el tiempo me he dado cuenta de que no es así. Al menos no del todo. Mateo lo busca constantemente, pero él parece lejano.

Por lo que veo, no es que Braxton me ignore, es que su mundo es su trabajo y todo lo demás parece secundario, incluso su propio hijo.

«Incluso sus propios hijos, Novalee», me corrige mi voz interior.

A veces me cuesta recordar que yo también soy su hija.

—Nos comportaremos en la fiesta, ¿vale? —añade Mateo tras unos segundos de silencio, acompañado de un suspiro—. Seremos una familia unida y feliz para el público, ¿verdad, hermanita?

Se vuelve hacia mí con una sonrisa falsa, que solo puedo imitar.

—Claro que sí, hermanito.

En la mesa que hay a nuestro lado, Oliver carraspea. Está sentado junto al guardaespaldas de mi padre, los dos atentos a la conversación, no me cabe duda. A nuestro alrededor no hay nadie más, ya que se trata de un reservado. Yo solo quiero que esto acabe de una vez y poder irme a casa.

—De acuerdo, nos veremos antes de la fiesta para repasar todo —finaliza Daniel y se pone de pie.

«Mis plegarias han sido escuchadas. Aleluya».

—Gracias por tu ayuda, Daniel —agradece Braxton.

El hombre asiente y se levanta de la silla con un gesto de despedida. Mateo, con el postre todavía a medias, aleja el plato de él y comienza a colocarse la corbata.

—Novalee, Mateo. Esperad.

—¿Qué pasa ahora, papá?

—Le dije a tu hermana que tendríamos una cena juntos, para conocernos —explica—. Pensé que podríamos aprovechar esta, pero el tema de la fiesta ha ocupado toda la noche.

—No me digas… —murmuro sin poder contenerme.

Braxton me mira y asiente. Parece triste, pero cuando miro a Mateo… Él está peor. Tiene los dientes y puños apretados.

—¿Vas a salir con Novalee a cenar?

—Quería proponer salir contigo y con Novalee, los tres juntos, para conocernos mejor.

—¿E impresionar en la fiesta? —comento casi con burla.

Pero Braxton se mantiene serio y niega con la cabeza.

—Sería después. Sois mis hijos y me gustaría pasar tiempo de calidad con los dos.

Madre mía. Esa frase parece ensayada. Lo digo en serio.

Miro a Mateo. Está tan concentrado en no explotar que decido ser yo quien intervenga. Al final se le nota afectado. Y una parte de mí, por muy mal que le caiga, siente un poco de pena.

—Sabes que no es una obligación, ¿verdad, Braxton?

Como siempre que le llamo por su nombre, pone un mal gesto, pero no dice nada sobre ello.

—Lo sé. Pero de verdad quiero.

—De acuerdo, papá —asiente por fin Mateo, recuperando la voz—. Que Daniel nos informe cuando tengas un hueco real en tu agenda para nosotros.

Braxton abre la boca con sorpresa y está preparado para contestar, pero Mateo no. Se levanta de la silla y se aleja, ignorando a su padre mientras le llama.

Puedo entenderlo..., creo. Porque no siento por Braxton la misma conexión que él. No me ha criado; ni siquiera lo conocía hasta hace apenas unos meses.

En la mesa de al lado escucho una silla chirriar, pero es a Oliver a quien encuentro levantándose para seguirlo. Mi padre apoya los codos sobre la mesa y se deja caer, cubriéndose el rostro con las manos. De pronto parece mucho más humano. Cuando se aparta el cabello hacia atrás, puedo ver las arrugas de sus ojos.

—Lo siento, Novalee —me dice, recuperando la compostura—. De verdad que lo intento, pero...

—Pero no lo intentas lo suficiente.

Se queda quieto. Literalmente congelado en el tiempo. Le toma por lo menos diez segundos de reloj, para no ser exagerada, replicar:

—¿Qué quieres decir?

—Pues eso, que no lo haces bien —recalco con tono lento y pausado—. Se nota mucho que te importa más tu trabajo que Mateo.

—Yo...

—Oh, vamos. Podrías haber interrumpido a Daniel y su discurso repetitivo sobre cómo aparentar ser la familia feliz y perfecta en cualquier momento. Que, por cierto, que tu empleado sepa perfectamente que no lo sois debería darte una pista.

—La reunión es importante. Daniel solo ha hecho su trabajo.

—Por eso Mateo no está enfadado con él, sino contigo. Eres tú quien no ha hecho el trabajo de padre. Él esperaba algo más de ti esta noche…, supongo.

Añado ese «supongo» para que no note que yo también me siento así; que yo también pensé que esta noche me daría algo de atención; que sería mi padre.

—Es tu hijo, pero a veces lo tratas como un mueble —añado cuando guarda silencio—. Que sea mayor de edad no significa que no siga necesitando a su padre.

Estoy segura de que yo necesitaría a mi madre siempre. Sin importar los años que cumpla.

Braxton continúa en silencio. Toma la copa de vino casi vacía y la hace girar en su mano. Tras un sorbo corto, por fin dice:

—Has hablado todo el tiempo de Mateo y de mí. No te has incluido.

Abro la boca para contestar, pero la cierro. Tiene razón.

—Porque no soy parte de tu familia —me encojo de hombros.

—Pero sí lo eres —recalca.

Sonrío con tristeza.

—Supongo que no lo siento así.

Siempre el «supongo» para ocultar el dolor.

Braxton suspira y deja la copa sobre la mesa.

—¿Algún día me perdonarás por no haber estado en tu vida estos años?

—Un padre nunca tendría que preguntar eso a sus hijos. Creo que ahí tienes tu respuesta.

Sé que mis palabras son crueles, pero eso no le quita verdad. No aliviana el dolor que ha causado todos estos años.

—¿Puedo irme? —pregunto cuando Braxton no dice nada.

Ha cerrado las manos en un puño y apoya la frente sobre él, pensativo. Siento que me pellizca el corazón verlo así, triste, pero… No es mi culpa.

—Claro, Novalee. Ve.

—Gracias.

Voy a levantarme de la silla y por el rabillo del ojo veo a su guardaespaldas hacer lo mismo, listo para irse si es necesario. Apenas he echado la silla hacia atrás, Braxton vuelve a hablar. Tiene una fea costumbre de llamarme cuando nuestras conversaciones ya han terminado.

—Novalee, queda poco para tu cumpleaños.

—Lo sé.

—Piensa lo de quedarte con nosotros, ¿sí?

—Lo haré.

Parece que huele la mentira en mi voz.

—No lo hagas por mí. Hazlo por ti. Si no quieres salir a más cenas ni tener nada que ver conmigo, lo entenderé. Pero piensa en quedarte.

—Creo que no te sigo… —susurro, porque de verdad no lo hago.

¿Le habrá subido el vino? A mi lado, Eric me observa indeciso, sin saber si volver a sentarse o ir con su jefe.

—Me haré cargo de tu educación y de todo lo que necesites mientras sigues en el instituto. Y cuando vayas a la universidad también pagaré tus estudios, aunque te mudes a otro sitio.

Parece cansado mientras habla. Derrotado. Pero también seguro de sus palabras. Aun así, una parte de mí no se fía de su propuesta.

—No necesito tu caridad, Braxton —murmuro.

—No es caridad. Soy tu padre —señala, y alza la mirada hasta que encuentra la mía—. Es lo mínimo que debo darte si está a mi alcance.

—Lo pensaré.

Me voy del restaurante, sin tomar mi chaqueta y mi bolso del ropero. Cuando salgo a la calle, encuentro a Mateo y a Oliver hablando a apenas unos metros de mí. Parece que discuten, pero lo hacen en susurros y no puedo escuchar mucho. Se cuelan palabras como «amigo», «padre» y «me importas», pero no estoy segura al cien por cien de haberlo oído bien.

Un taxi se para frente a Mateo y entra en él, dejando a Oliver en la acera. Este lo observa irse, pero no tarda en percatarse de mi presencia. Se aclara la garganta y camina hacia mí.

—¿Has terminado la cena?

—Sí.

—Pediré un coche para regresar.

—Espera —le pido, y lo tomo del brazo—. Me gustaría dar un paseo.

Hace mucho que no lo hago. De hecho, no he salido más que a clases o a la fiesta de Theo desde mi escapada al centro comercial. Tras saber de la amenaza de muerte, he evitado salir si no era imprescindible. Pero ahora estoy con Oliver. Con él me siento segura. Supongo que es porque se trata de mi guardaespaldas.

—Está bien —asiente.

Comenzamos a caminar y yo no suelto su brazo. Él tampoco me dice que lo haga. Desde que he llegado aquí, Oliver ha sido la persona con la que más tiempo he pasado. Vamos juntos a clase, fingimos ser una pareja y me enseña defensa personal. En ocasiones parece ser distante, pero en otras siento que hablo con un chico más de mi edad. Esas son las que más me gustan, como ahora.

Paseamos entre las calles fundiéndonos con las demás personas. A pesar de nuestra farsa en el instituto, no termino de acostumbrarme a que la gente nos vea y piense que somos una pareja feliz. Todavía siento cosquillas en la piel.

—¿Puedo contarte un secreto? —pregunto tras unos minutos de silencio.

—Claro.

—Sin que se lo cuentes a nadie. Sin que me juzgues.

Oliver me mira de soslayo y estira un poco las comisuras de los labios.

—Soy la última persona en poder juzgar a nadie, Novalee.

Doblamos una esquina. Es una noche cerrada y no hay demasiada gente en esta calle, al menos nadie lo bastante cerca como para que me oiga hablar. Así que tomo aire y, por fin, lo suelto:

—En realidad... Quiero que Braxton me quiera.

Ya está. Lo he dicho. Se acabó eso de seguir engañándome a mí misma.

Espero a que Oliver me mire como si me hubiese vuelto loca, como si hubiese dicho algo terrible, pero... no lo hace. En vez de eso se encoge de hombros y ese movimiento hace que me acerque todavía más a él.

—No es nada de lo que debas avergonzarte, ¿sabes? Es tu padre. Yo estoy bastante seguro de que te quiere.

—Se preocupa por mí, no sé hasta qué punto porque un juez se lo ha impuesto —le corrijo—. Pero no me quiere.

—No estés tan segura. No te hubiese buscado guardaespaldas si de verdad no le importases.

Me quedo pensando en lo que ha dicho, pero no puedo creerlo.

—Ojalá no me sintiera así —musito tras unos segundos—. Ojalá no tuviera esa necesidad de que me quisiera. No lo entiendo.

Oliver no dice nada. Solo me escucha y, en realidad, creo que eso es lo que necesito en estos momentos. No quiero consejos que no voy a seguir ni palabras de sabiduría de alguien que no está pasando por lo mismo. Solo quiero que me escuchen.

—Siento que estoy traicionando a mi madre —me sincero por fin.

¿Por qué con él me siento en confianza de decir estas cosas? Es como si no pudiera contener las palabras y con él se sintieran cómodas para salir.

Oliver deja de caminar y nos quedamos quietos en medio de la calle. Hay unos cuantos edificios altos al lado y muy pocos coches pasando por la carretera. Se gira para mirarme y, tal como prometió antes, lo hace sin juzgarme.

—Cada día pienso un poco menos en ella —admito.

—Es normal. Estás viviendo tu vida.

—¿Y si llega el momento en el que no la recuerde en todo el día?

—Estoy bastante seguro de que no le importaría. Significa que sigues adelante, que has pasado página.

Eso suena mal y el pecho me duele.

—¿Y si la olvido?

—No lo harás, Novalee.

—¿Cómo estás tan seguro?

—Porque el amor no se olvida. Y está claro que a ella la querías.

Todavía puedo cerrar los ojos y ver su cara. También recuerdo el olor de su perfume y el sonido de su voz. Sin embargo, no es tan nítido como antes. Y no duele de la misma forma. Eso me asusta.

Como no digo nada más, Oliver continúa:

—Cuando mi padre murió, me enfadé con todo el mundo. Sentía rabia por quienes sí seguían vivos. Quería vengarme de todos y a la vez no hablar con nadie. Todo el tiempo pensaba en él y en sus últimas horas. Hasta que un día, sin darme cuenta, ese enfado desapareció.

Siento que ahora es él quien se está abriendo a mí. Está depositando una parte de su pasado y de su vida. Sin querer, me inclino un poco más hacia su cuerpo.

—Estaba con un compañero de re... de habitación. Era su cumpleaños y su familia le había traído un pastel. Lo compartió conmigo y, mientras comíamos y bromeábamos, me estampó un trozo de tarta en la cara. Reímos un buen rato y hablamos de cómo era su vida antes de entrar en ese sitio. Cuando me quise dar cuenta, había pasado un buen rato sin pensar en mi padre, sin notar esa rabia.

—¿Y cómo te sentiste?

—Triste, como tú. Pero después me di cuenta de que, en realidad, ese momento de paz me vino bien. Y de que mi padre no hubiese querido que viviera herido para siempre.

Aprieto los labios insegura y miro hacia el suelo, hasta que de pronto siento sus dedos cálidos posarse en mi mejilla. Oliver me obliga a alzar el rostro y parpadeo hacia él.

—Novalee, no me he olvidado de él, y tú tampoco te olvidarás de ella.

—¿Le dejaste de echar de menos en algún momento?

—Eso tampoco pasa…, pero aprendes a convivir con el sentimiento.

Los dos guardamos silencio y es como si notara el peso de la conversación asentándose en mis huesos. Darme cuenta de que en realidad ya no hay marcha atrás. No solo mamá no va a volver, sino que sus recuerdos cada vez serán más débiles, menos nítidos. Y que cada día aprenderé a vivir sin ella un poquito mejor.

Estamos solos en la calle. Ya no hay gente ni tráfico. Solo se escucha el sonido de nuestras respiraciones, atrapadas en la oscuridad de la noche.

Supongo que es por lo que los dos damos un respingo cuando escuchamos el rugido de un motor a lo lejos. Un coche se aproxima por la carretera, con la música a todo volumen. Justo cuando me giro para verlo escucho un chillido agudo.

Oliver me agarra de la mano y tira de mí contra la pared del edificio más cercano. Se posiciona delante de mi cuerpo, cubriéndome con su espalda musculada mientras la mía se apoya en la pared. Lleva la mano hacia su chaqueta y siento un escalofrío al darme cuenta de que tiene la pistola guardada allí.

Apenas puedo ver por encima de su hombro cómo un coche pasa fugaz delante de nosotros. Hay un chico asomado a la ventanilla, casi con medio cuerpo fuera. Tiene las manos estiradas hacia arriba y va sin camiseta mientras aúlla.

Cuando nos ve, aunque solo dure una fracción de segundo, enseña el dedo índice y, mientras se aleja, escucho que grita por encima de la música:

— ¡Joderoooooos!

Pestañeo, aturdida. ¿Qué narices acaba de pasar?

—Madre mía, la gente está fatal —murmuro por lo bajo.

Oliver se gira para quedar frente a mí.

—¿Estás bien?

A veces se me olvida que Oliver está conmigo para protegerme, pero, viendo lo que acaba de hacer, está claro que a él no. Lo tiene siempre en la cabeza. Bajo la mirada hacia su chaqueta, donde está el arma. Él lo nota y saca la mano.

—¿Te he hecho daño? —insiste.

No fue brusco cuando me colocó contra la pared, pero entiendo que se refiere a eso. Voy a decir que no, pero las palabras se quedan en mi garganta y trago saliva. Puede que mi cerebro haya dejado de funcionar. Y todo porque Oliver ha colado las manos a ambos lados de mi rostro y ha bajado el suyo muy cerca del mío; tanto que, si me inclinase un poco, nuestras narices se rozarían.

—Estoy bien —consigo decir por fin.

Mi voz sale ronca. Me doy cuenta de que nota lo mucho que me afecta su cercanía porque veo el atisbo de una sonrisa en sus labios. Baja el rostro un poco más y no me aparto. Ni siquiera cuando nuestras narices se rozan. Ni siquiera cuando apoya la frente en la mía.

El corazón me late a toda velocidad y puedo apostar a que es capaz de oírlo.

—Podría besarte ahora si quisiera —susurra entonces.

—Pero no lo harás.

—Claro que no.

—¿Por qué?

Mi voz ha sonado un poco lastimera y su sonrisa tira un poco más.

«Prepotente…».

Mueve el rostro un poco, rozando mi nariz con la suya en una suave caricia que provoca un cosquilleo sobre mi piel.

—Porque no me has dado permiso para hacerlo —responde con suavidad.

«Respira, Nova. Por Dios, hazlo o no seguirás viva para disfrutar de este momento».

—Quizá puedas... —comienzo a decir, pero decido ser un poco mala—. Quizás puedas besarme la mejilla.

—Encantado, princesa.

Oliver sonríe. Después lleva los labios hasta mi rostro y los posa en ese punto exacto.

—O quizá puedas... besarme el cuello.

—Encantado, princesa —repite.

Jadeo al notar su beso y pruebo un poco más.

—O la frente.

—Encantado, princesa.

¿A qué estamos jugando? Es culpa de la adrenalina creada por la situación. No estoy pensando de manera racional. Tengo la mente en blanco. Mi piel emana electricidad y no puedo pensar.

—O la nariz.

—Encantado, princesa.

—O la otra mejilla.

Vuelve a acatar mi orden, pero esta vez pregunta:

—¿Algo más, alteza?

—Uhm... No, creo que eso es suficiente.

Se apoya sobre mi hombro y puedo escuchar cómo se ríe. Casi sin querer cierro los ojos.

—A veces eres malvada —susurra.

Se me olvida cómo respirar en cuanto noto su aliento sobre mi piel. Si se gira ahora, apenas unos centímetros, estoy bastante segura de que lo besaré. Oh, Dios mío. Lo besaré de nuevo. Y me muero de ganas de hacerlo. Oliver comienza a volverse y...

Mi teléfono móvil suena de pronto, y lo hace tan alto que me sobresalta. ¿Cuándo narices activé el tono de llamada? Mi enfado pasa a confusión al ver el nombre de Braxton en la pantalla. Apenas me da tiempo a descolgar y escucho su voz alterada.

—¿Novalee? ¿Dónde estás?

—Eh... Con Oliver.

—He vuelto a casa y me han dicho que no habéis regresado. ¿Va todo bien?

—Sí, por supuesto. Hemos ido a dar un paseo. ¿Hay algún problema?

¿Por qué narices está tan preocupado? Yo misma me respondo al instante: estoy amenazada de muerte. Por eso hemos ido a cenar a un reservado. Por eso Oliver me ha puesto tras su espalda al escuchar un coche acercándose y alguien gritando. Por eso… ¿mi padre está preocupado?

—No, no, perdona —responde Braxton al cabo de unos segundos, su tono es un poco más relajado—. ¿Puedes pasarme con Oliver, por favor?

Accedo y le doy mi teléfono. Él apenas responde con unos cuantos monosílabos de «sí, no, OK» y me lo devuelve con la llamada finalizada. Me mira y pregunta:

—¿Te apetece ir a algún lugar más, seguir paseando, o volvemos a casa?

Y así de fácil la magia del momento vivido con él se rompe.

Me encojo de hombros y respondo:

—Se ha hecho tarde, vayamos a casa.

Dieciocho

—Estar entre bambalinas tampoco está tan mal, ¿no crees?

Helen y yo compartimos una mirada en silencio, pero pronto las dos rompemos a reír a carcajadas. Aunque estoy de acuerdo en lo que ha dicho, las dos sabemos que preferiríamos tener un papel que representar en el escenario.

Y es que, tras unirme al grupo de teatro, me asignaron encargarme de ayudar a preparar la función, al igual que a ella. Todos los papeles estaban asignados y el profesor parecía genuinamente triste de no poder ofrecerme nada. Pero lo entiendo, las pruebas ya estaban hechas y lo último que querría era quitarle a alguien su lugar. Aun así, volver a estar en este ambiente me encanta.

—Al menos podemos decir que los actores son buenos —admito.

Y es que es cierto. Mis compañeros son increíbles. La protagonista es capaz de transmitirte el dolor del personaje con solo la mirada. He decidido aprender de ella porque su talento es enorme.

—Eso es cierto —admite Helen—. Será una de las mejores funciones de fin de curso.

Dejamos los trajes en las perchas y nos vamos de la sala de teatro entre risas y bromas. He encajado con Helen de una forma que me parece mentira. Como si fuésemos amigas de otra vida. Me siento muy cómoda a su lado y hablar con ella es fácil. Nos reímos, bromeamos, y creo que puedo hablar casi de cualquier cosa.

Eso me lleva a que, cuando estamos caminando por el pasillo hacia los casilleros, le pregunte:

—Oye, Helen, ¿tienes algo que hacer este viernes?

—¿Este viernes?

—Sí. Mi padre va a dar una fiesta y me han dicho que puedo llevar amigas.

Disminuye la velocidad hasta casi pararse y veo como se muerde el labio con nerviosismo. Al final contesta:

—No sé qué decirte, Nova. No es por ti, es por el ambiente. No tengo muy claro que vaya a encajar.

—Tranquila, lo entiendo. Me pasa igual.

Ladea la cabeza con confusión, todavía mordiéndose el labio, y añado:

—Me he criado en un ambiente muy diferente. Mi madre tenía varios trabajos, me obligaba a limpiar mi habitación y la casa, y ni siquiera me permitía acceso libre a internet. En cambio, ahora hay hasta una persona encargada de limpiar mi baño, ¿te lo puedes creer? Incluso me han prestado unos vestidos especiales para ponerme en la fiesta. Por lo visto lo único que tengo que hacer es tomarme una foto con uno de ellos, y con eso les vale. No entiendo este mundillo.

Helen se ríe y espero a que haga alguna broma, quizá que se interese por Braxton, pero no lo hace. En vez de eso, pregunta:

—¿Cómo era tu madre?

Siento un leve cosquilleo en el estómago cuando le hablo de ella. De lo mucho que se preocupaba por mí, lo estricta que podía llegar a ser a veces y lo trabajadora que era. Evito contar sus últimos días. No quiero recordar a mamá enferma, y me gusta que Helen sepa de ella y cómo era de verdad.

Me escucha con atención y no parece aburrida. Al cabo de un tiempo, dice:

—Le pediré permiso a mis madres, ¿te parece bien? Y si me dejan, iré a la fiesta.

—¿En serio?

La emoción crece dentro de mí. Ayer convencí a Fleur para que también viniera como mi invitada, aunque no me costó mucho. A diferencia de mí, ella sí que quería ir. La idea de asistir con dos amigas hace mil veces más interesante la fiesta.

—Claro. Eres mi amiga y me has invitado. Además, seguro que lo pasaremos genial.

—¡Claro que sí!

—¿Cuál es el código de vestimenta? Formal, imagino. ¿O hay algún color en específico?

Pienso en los vestidos que me ha llevado Fleur y, aunque voy a investigar un poco más, contesto:

—Solo sé que es formal. Yo he escogido un vestido blanco.

—Uhm…, tengo que darle una vuelta. ¿Pasa algo si uso el de mi cumpleaños? Era bonito y…

—No creo que haya ningún problema —replico al momento, todavía emocionada de que venga.

—Está bien. Si no, puedo pedirle a mi madre que me deje cotillear en su armario.

Helen comienza a hablarme de los vestidos, entre pensativa y, cada vez, un poco más emocionada. ¡Ahora la fiesta sí que será un buen evento! Acabamos de llegar a la altura de las escaleras cuando veo a Lucy subiendo por ellas. Es raro que se quede hasta tan tarde después de clases porque muchas veces tiene que cuidar de sus hermanas, pero me contó que debía entregar un trabajo e iría a la biblioteca.

—¡Hola, Lucy! —la saludo.

Ella sonríe de oreja a oreja al vernos y se acerca a nosotras.

—¡Hola! ¿Qué tal ese club de teatro? —pregunta al llegar a nuestra altura.

—Yo me tengo que ir, pero ya nos vemos más tarde.

Miro a Helen y me despido de ella con la mano mientras se aleja con prisa, todavía con expresión de concentración. Lucy ladea la cabeza y pregunta:

—¿Está bien?

—La acabo de invitar a la fiesta del viernes. Creo que solo está pensando en qué vestido ponerse, justo hablábamos de eso —explico.

Mira en la dirección por la que ha desaparecido Helen unos segundos más. Finalmente se encoge de hombros, pero, cuando se vuelve hacia mí, tiene una expresión preocupada en los ojos.

—Oh. ¿Y tú? ¿Estás bien?

Me recorre un escalofrío. No es por lo que pregunta, sino por cómo lo hace. Siento que algo va mal.

—Claro, ¿por qué lo preguntas?

—Es que después de ver la noticia que han sacado…

De nuevo, el escalofrío se repite. Braxton me pidió que no leyera noticias sobre mí, así que evito entrar en internet. Aun así, pregunto con un agudo tono de voz:

—¿Qué noticia?

—No, nada. —Lucy sacude la cabeza y trata de que su tono suene más calmado—. Es una tontería. Es solo un rumor que circula en la prensa rosa, ya sabes.

—Lucy, dímelo —insisto—, por favor.

Ella se toma unos segundos más, pero al final suspira. Saca su teléfono y me lo entrega mientras explica:

—Os han visto ir a tu hermano, a tu padre y a ti a cenar anoche. La prensa cree que estáis peleados y no os habláis.

Leo la noticia con rapidez, pasando algunas palabras por encima. El resumen es que, al ver como Mateo salió el primero del restaurante, después yo y luego Braxton, la prensa ha decidido suponer que la familia está rota. Muy desacertados no están, pero tampoco me parece que sea algo de lo que sacar carnaza. Por lo menos apenas mencionan a Oliver. Solo comentan que me fui con mi novio. Si supieran que en realidad es el guardaespaldas…

—¿Estás bien? —insiste Lucy, observando con minuciosidad mi cara.

—Sí, tranquila. La cena en realidad… fue bien.

No es una mentira, al menos no completa. Pude decirle a Braxton unas cuantas verdades y eso me hizo sentir mejor. Además, estoy bastante segura de que él y Mateo lo arreglarán. Con él siempre ha sido buen padre, o esa impresión daba.

—¿En serio? Vaya, pues me alegro mucho…

—Estuvimos hablando sobre la fiesta del viernes y un nuevo proyecto que le han ofrecido. Está bastante contento. Supongo que eso es bueno.

—¿Te alegras por él?

Mi respuesta automática sería un no, y ella lo sabe, pero no lo digo. En vez de eso me lo pienso durante unos momentos y me doy cuenta de que, en realidad, sí lo hago. Quiero echar la culpa a esa parte de mí que desea ser querida y aceptada por él. A la que piensa que en realidad no se ha olvidado de la cena que me propuso, a solas los dos. A la que quiere creer que Braxton desea de verdad conocerme.

—Pues… creo que sí. ¿Es raro?

—Supongo que no. Al final es tu padre.

—Ya, tienes razón.

—Me tengo que ir, llego tarde a casa y tengo que hacer la cena a mis hermanas. ¿Nos vemos mañana?

—Claro. Hasta mañana.

La devuelvo la sonrisa y me giro para bajar las escaleras. Tengo que ir primero a buscar a Oliver al campo, aunque es probable que a estas horas él ya haya terminado su entrenamiento e incluso se haya duchado.

Sin embargo, no he hecho más que dar un paso cuando me tropiezo. Antes de que pueda hacer nada por evitarlo, mi cuerpo se precipita hacia delante. Y acabo cayéndome de cabeza escaleras abajo.

Diecinueve

—¡Novalee!

Escucho el grito de pánico de Lucy, pero es amortiguado por el fuerte dolor en mi muñeca. He intentado suavizar el golpe poniendo los brazos y, aunque mi cabeza ha conseguido salvarse, mi mano izquierda se ha llevado lo peor.

Termino de rodar por las escaleras hasta llegar al primer descansillo. Me he golpeado las piernas y la cadera. El dolor agudo me dice que me saldrán moretones, pero quien se lleva el premio dorado es mi muñeca.

Lanzo un pequeño gemido de dolor y se me cierran los ojos. Las lágrimas me pican tras los párpados. A los pocos segundos Lucy llega junto a mí y se agacha a mi lado.

—Dios mío, Nova. ¿Estás bien?

Trato de sentarme, pero me duele todo. Ella me ayuda y la veo borrosa a través de las lágrimas.

—Mi muñeca —explico—. Creo que me la he roto.

Espero que no sea así, pero de verdad me duele mucho. Lucy y yo la observamos, y cuando hago el amago de girarla veo las estrellas.

—¡Ay! —me quejo.

—Hay que ir a la enfermería.

Asiento e intento ponerme de nuevo de pie, pero necesito ayudarme de Lucy porque todavía estoy dolorida.

—Un momento, Lucy —pido—. Todavía no.

Al final decido quedarme un poco más sentada, mientras el dolor sordo de los golpes cede lentamente. Solo queda el de la muñeca. Ella me observa con preocupación.

—Madre mía, Nova. Y la fiesta del viernes…

—¿Novalee? —dice una voz, interrumpiéndola.

Nos volvemos casi al mismo tiempo y vemos a Oliver caminar cada vez más rápido hacia nosotras. En su rostro leo la preocupación.

—¿Qué ha pasado? —pregunta.

Se agacha a mi lado y puedo ver que todavía tiene el pelo húmedo de la ducha. No me equivocaba al pensar que su entrenamiento ya habría terminado.

—Se ha caído por las escaleras —explica Lucy, aunque Oliver no la mira—. Y cree que se ha roto la muñeca.

Su expresión se relaja, pero continúa teniendo el brillo de la preocupación.

—De acuerdo, vamos a llevarte a la enfermería.

Antes de que pueda replicar, pasa un brazo por debajo de mis hombros, otro por las piernas, y me coge en brazos. Su olor me invade cuando me acurruco contra su pecho y dejo caer la cabeza en su hombro.

—Puedo ir caminando, solo es la muñeca.

—Mejor no nos arriesgamos.

—Pero...

—Te llevo en brazos, Nova —insiste con un tono serio que no da pie a negociaciones—. No me cuesta nada.

Oliver comienza a caminar y a Lucy se le escapa una pequeña risa nerviosa. Estoy segura de que ahora mismo nos mira pensando en la bonita pareja que somos y el buen novio preocupado que es Oliver. Si supiera que todo es actuación en realidad...

Llegamos a la enfermería, donde la enfermera escolar ya casi ha recogido todo y está a punto de marcharse. Me hace un hueco en una camilla, donde Oliver me sienta.

—Deja que te examine —dice.

Siento frío en el cuerpo cuando él se aleja de mí, seguido de un dolor punzante en el momento en el que la enfermera me hace rotar la muñeca.

—No parece rota por suerte, pero es mejor que vayas al hospital. Allí podrán hacerte pruebas para asegurarse.

Se aleja hacia el teléfono fijo de la pared, pero Oliver interviene sacando su móvil.

—Yo me encargo.

Lucy, que nos ha acompañado, se queda conmigo mientras Oliver hace una llamada. No sé si su labor como guardaespaldas-novio falso incluye preocuparse tanto por mí, pero siento una sensación cálida expandirse en mi estómago cuando lo hace.

Al regresar a nuestro lado me informa:

—Te voy a llevar al hospital en coche, ¿de acuerdo?

Asiento y nos despedimos de la enfermera. Esta vez voy caminando. Pasamos por mi taquilla a por la mochila, que de nuevo Oliver lleva al hombro. Lucy nos acompaña hasta la salida y me monto en el coche rumbo al hospital con él. Mi muñeca está más hinchada que antes, pero si no la muevo no duele tanto.

—He hablado con Daniel —me explica mientras avanzamos por la carretera—. Para cuando lleguemos al hospital debería estar todo arreglado y te atenderán directamente.

Siento una pequeña punzada en el corazón al escuchar el nombre de Daniel y no el de Braxton. Al final, aunque sea su hija, quien se «ocupa» de mí no es él, sino la gente que tiene contratada. Me pregunto si con Mateo ha sido así también durante toda su vida.

Me vuelvo hacia Oliver, que parece concentrado en conducir, y susurro:

—Gracias.

—No tienes que darlas, princesa.

Me sonríe, guiña un ojo, y mi corazón vuelve a aletear.

¿Qué me pasa?

Tal como dijo Oliver, en el hospital no tardan nada en atenderme. Me examinan la muñeca y el resto de los golpes que me di cayendo por las escaleras. Después me hace una radiografía para descartar definitivamente la rotura de muñeca e incluso llegan a sacarme sangre. Demasiadas pruebas para lo que ha sido.

—Señorita Scott, ¿quiere un zumo o algo de comer mientras se encuentra en el hospital?

He deducido que el trato privilegiado viene dado por ser la hija de Braxton y, con toda probabilidad, estar en su seguro médico. Incluso tengo una habitación privada con vistas. Todo por un esguince de muñeca.

—Debes asegurarte de guardar reposo. No coger peso y muy importante: no movilizar la muñeca en exceso. Con una muñequera suave debería bastar.

El enfermero me termina de ajustar la venda temporal que envuelve mi muñeca mientras me da las indicaciones a seguir.

—En diez días o dos semanas debería estar curada —añade.

Es un alivio, porque debo admitir que, de primeras, al ver como se hinchaba, temí que estuviese rota e inmovilizada durante mucho tiempo.

Todavía no nos dejan marchar y aprovecho para terminar los deberes pendientes mientras estoy en la cama del hospital. Por suerte ha sido mi muñeca derecha y soy zurda. Además, teniendo en cuenta lo mucho que me está costando aprobar mis exámenes en este instituto, todo momento de estudio es poco.

Oliver se queda a mi lado todo el tiempo, aunque insisto en que puede salir a airearse o bajar a la cafetería. Está extrañamente tenso y muy callado. Al principio tuve la estúpida idea de que era porque estaba preocupado por mí, pero, tras escuchar el diagnóstico de mi muñeca y saber que pronto sanaría, lo descarté por completo.

Mira el teléfono de vez en cuando, o curiosea por la ventana. Lo cierto es que se mantiene en un extraño silencio. Al final decido hablar.

—Oye, lo tengo que preguntar. ¿Estás bien?

Se vuelve hacia mí y se encoge de hombros.

—¿Yo? Claro. —Cuando no respondo, tira de los labios con un amago de sonrisa burlona—. Te recuerdo que no soy yo quien se ha caído por las escaleras.

—Ja, ja. Muy gracioso. Para una vez que soy torpe…

—A ver si en lugar de defensa personal debo enseñarte cómo subir y bajar escaleras. ¿Tienes el mismo problema con las rampas, princesa?

Le saco la lengua como respuesta. Sin embargo, a pesar de estar bromeando, me doy cuenta perfectamente de que se trata de una máscara. La sonrisa no le ilumina el rostro ni le llega a la mirada.

Dejo a un lado mis apuntes y me siento mejor en la cama.

—Pero hablo en serio, Oliver. Te noto… ¿molesto?

—No estoy molesto —replica.

—Pues entonces preocupado. Estás muy serio.

Suspira y al final contesta:

—Es solo que no me gustan los hospitales.

Estoy a punto de abrir la boca para preguntar más cuando la puerta de la habitación se abre de golpe y Braxton entra, seguido de cerca de su guardaespaldas.

—¡Novalee! —exclama nada más verme—. ¿Qué ha pasado? ¿Cómo estás?

A medida que se acerca, noto que tiene el rostro rojo y la mirada asustada.

—¿Braxton? ¿Qué haces aquí?

—Daniel me avisó que estabas en el hospital. ¿Qué ha pasado?

Se sienta a un lado de la cama y su guardaespaldas se queda custodiando la puerta de la habitación por fuera, dejándonos a Oliver y a mí dentro con Braxton.

—Me caí por las escaleras —explico.

Se me tiñen las mejillas de rojo al recordarlo. ¿Cómo pude ser tan torpe?

—¿Y estás bien?

Braxton continúa observándome frenéticamente. Sus ojos se paran por unos segundos en un moretón que me empieza a salir en el brazo y después en la venda blanca de la muñeca.

—Un pequeño esguince —explico, levantando la mano entre nosotros—. Y varios golpes, pero dicen que en un par de semanas estaré como nueva.

—¿Seguro?

Repite sin dejar de observarme, pero su expresión se relaja. Oliver se acerca por detrás y confirma:

—Estamos esperando a tener los resultados del análisis de sangre y podrá marcharse.

Braxton apenas se gira para mirarlo, solo asiente con la cabeza.

—Un par de semanas entonces... —murmura, y parece aliviado. O, al menos, eso interpreto.

Los resultados no tardan mucho en llegar. Estoy sana como un roble y me dejan ir. Oliver toma mi mochila y espera fuera con el guardaespaldas de Braxton mientras este me ayuda a bajar de la cama y a ponerme la chaqueta. Va a ser un poco molesto eso de tener la mano vendada estos días.

—Novalee, la fiesta del viernes... —comienza a hablar.

—No te preocupes, voy a ir.

—Iba a decirte que, si prefieres quedarte en tu habitación descansando o salir con tus amigos, lo entiendo. No tienes por qué asistir.

—En realidad ya he invitado a dos amigas. Seguro que lo pasamos bien.

—De acuerdo. Muchas gracias, ca...

Deja sin acabar la frase y el corazón me da un vuelco. ¿Estaba a punto de llamarme «cariño»?

Imposible.

Las mejillas de Braxton comienzan a teñirse de rojo. Jamás lo he visto ruborizarse y, ahora que lo hace, me doy cuenta de que también me parezco a él en eso.

—Será mejor que nos vayamos a casa —murmura sin mirarme mientras camina hacia la puerta—. Tengo mucha hambre.

—Y yo —admito—. Me muero por una hamburguesa.

Braxton me abre la puerta y deja que pase primero. Los dos guardaespaldas están esperándonos justo al lado. Entonces los mira y dice:

—Oliver, puedes irte, has acabado por hoy. —Ladeo la cabeza confundida.

—¿He terminado? —repite sorprendido.

Mi padre asiente y toma su mochila del brazo antes de añadir:

—Nova y yo nos vamos a comer una hamburguesa.

Definitivamente, me he quedado sin palabras. Pero, cuando Braxton se vuelve a mirarme, me doy cuenta de que estoy devolviéndole la sonrisa. Y de que me ha salido sola.

Veinte

La cena con Braxton compartiendo una cesta de patatas fritas y un par de hamburguesas, mientras su guardaespaldas se sentaba en silencio a nuestro lado, fue de lo más extraño posible, pero también agradable.

Hablamos de sus proyectos y por qué era importante firmar el contrato de la nueva serie. Quiere dar el paso fuera de las pantallas a las plataformas de *streaming* y lentamente alejarse así del foco mediático de Hollywood. Yo le hablé del instituto y de que me estaba costando adaptarme al ritmo de estudios.

—Si necesitas ayuda o contratar a un tutor personal, dímelo —dijo en su momento—. Este instituto puede abrirte las puertas a cualquier universidad. ¿Has mirado ya las pruebas de acceso?

Después de comentar las diferentes universidades a las que podría ir y cartas de recomendaciones que pudiese conseguir, me sentí lo bastante cómoda como para hablarle del grupo de teatro y de Helen, que iría a la fiesta.

Al final, la cena con él fue bien… Excepto por el grupo de gente joven que nos estuvo sacando fotos y dos mujeres que se acercaron a pedir autógrafos.

—Claro, os lo firmo —dijo Braxton—. Pero si me disculpan, después; estoy cenando con mi hija.

Todavía repaso mentalmente cada detalle de la cena. Ha sido lo más cerca que hemos estado desde… nunca.

Y ahora estoy aquí, tratando a duras penas de cerrar la cremallera del vestido blanco que he escogido para la fiesta, con la muñeca todavía vendada y sintiéndome como una inútil total.

Derrotada, suspiro y me acerco al espejo de cuerpo entero que hay en la habitación. Tengo los mechones de pelo que Fleur me ha colocado cuidadosamente antes de ir a arreglarse ella misma, revueltos y tapándome la cara a causa del esfuerzo; las mejillas encendidas y los tirantes cayendo por los hombros. Es un vestido bonito, ceñido al cuerpo y con una pequeña apertura a la altura de la rodilla. ¡Pero no consigo cerrar la maldita cremallera!

Todavía tengo los otros trajes de las marcas de ropa. Fleur los dejó en el vestidor. Quizá sea mejor elegir uno de ellos; uno que no tenga un estúpido cierre en la espalda.

Comienzo a bajarme los tirantes mientras camino hacia donde están los demás, ya que el tiempo se me echa encima. La fiesta ya debe de haber empezado.

Tengo el vestido atrapado en las caderas cuando escucho que llaman a la puerta.

—¿Novalee?

—¡Un seg…! —comienzo a responder, pero no sirve de nada.

Oliver abre la puerta.

Me llevo al instante las manos al pecho para taparlo, ya que no llevo sujetador, mientras él aparece en la habitación.

Su expresión, como la mía, es todo un poema. Se queda casi petrificado a unos metros de mí, con la boca abierta. Mis mejillas comienzan a encenderse.

—¿No te han enseñado que después de llamar a la puerta debes esperar a que te den permiso antes de pasar?

—No eres la más indicada para recriminarme eso, ¿no crees?

Después de entrar dos veces a su habitación y verlo completamente desnudo, tiene su punto.

Sus ojos bajan unos segundos por mi cuerpo y la forma en que me mira hace que el calor me invada al completo. Es como si solo con la mirada pudiese transmitir que le gusta lo que ve.

—Oliver.

—¿Sí?

—¡Lárgate!

Comienza a reírse, pero se gira y me da la espalda.

—Está bien, ya me marcho. Solo venía a avisarte que tu amiga Helen ya ha llegado.

—Vale, gracias. Puedes irte.

—A sus órdenes, princesa.

Apenas han pasado dos segundos cuando me arrepiento de mis palabras y en voz baja añado:

—Esto, ¿Oliver? ¿Podrías hacerme un favor?

Deja de caminar hacia la puerta y, sin girarse, asiente.

—¿Podrías subirme la cremallera del vestido? —pregunto mientras vuelvo a colocarme el vestido en su sitio—. No llego, y con el esguince de la muñeca es más complicado.

Se toma unos segundos antes de girarse, por lo que me da tiempo de sobra a colocar bien el vestido. Esta vez soy yo quien se da la vuelta. Nos quedamos en completo silencio mientras llega a mi lado.

Siento un escalofrío cuando sus dedos fríos rozan la parte baja de mi espalda. Agarra la cremallera y la comienza a subir con lentitud, rozando cada centímetro de la piel de mi columna en el camino. Cuando termina, tengo la respiración entrecortada y los pezones duros.

Me vuelvo hacia él y encuentro su rostro inclinado sobre el mío. Tiene los labios húmedos y entreabiertos y las pupilas dilatadas. El corazón me late con fuerza y sé que quiero besarlo.

«Otra vez no, Novalee», me riño a mí misma.

No debería tener nada con él, y tengo que empezar a controlar esta extraña atracción que siento.

—Gracias —susurro—, enseguida bajo.

—De acuerdo —responde. Su voz suena grave y rasgada.

Oliver carraspea y finalmente se aleja de mí. Me quedo unos segundos quieta en el sitio, recuperándome del electrizante momento que acabamos de vivir.

Cuando me calzo y bajo al recibidor de la casa, veo que Oliver está junto a Helen y Fleur en la entrada. La fiesta es en el jardín trasero. Durante toda la tarde han estado colocando mesas, los instrumentos de la música en vivo, la barra de bebidas, flores… Así que imagino que están aquí para esperarme.

Me apresuro a bajar los últimos escalones justo cuando Helen me ve. Su rostro se ilumina y saluda con la mano alegremente. Al darse cuenta, Fleur y Oliver también se vuelven. Por alguna razón, yo solo puedo mirarle a él.

Con los nervios del momento no me había fijado antes en el traje que lleva puesto. Como la camisa se le ciñe a los músculos y se esconde tras el cinturón del pantalón. Lleva la chaqueta en el brazo y se ha recortado la barba.

—Basta, que se os va a caer la baba, parejita —se burla Helen cuando llego a su lado.

Oliver tose y se vuelve con una sonrisa mientras siento que me ruborizo.

—Estás muy guapa —le digo, alabando su vestido. Lleva sombra dorada en los ojos, como siempre, pero mucho más marcada—. Y tú también, Fleur.

Decir que Fleur está guapa es quedarse corto. Parece una actriz de cine. Está claro que va a fundirse a la perfección entre la gente. No ha mencionado nada sobre el comentario de Helen. Como fuera de casa todo el mundo piensa que Oliver y yo somos una pareja, a sus ojos es normal que nos comamos con la mirada. «No te enamores de él», me había dicho. La observo mejor, y me doy cuenta de que, aunque sonríe y parece emocionada por la fiesta, hay cierto brillo de preocupación en sus ojos.

Alguien toca mi hombro de pronto.

—Tengo que hablar contigo.

Al volverme me encuentro con Mateo. Al igual que Oliver también lleva un traje, aunque se puede apreciar que el material es mucho más caro y nuevo.

—¿Conmigo? —repito sorprendida—. ¿Tú?

Helen suelta una pequeña risa y los ojos de Mateo van hacia ella, pero no duran mucho. Enseguida se posan en Fleur y me da la sensación de que se abren más de la cuenta. Apenas es un segundo, porque Oliver les hace un gesto y las dos se alejan con él, dándonos un poco de intimidad a mi hermano y a mí.

—Sí, será rápido —dice Mateo—. ¿Sabes quién es mi madre?

Frunzo el ceño mientras asiento, pero Mateo sencillamente lo suelta de golpe:

—No te acerques a ella esta noche.

—¿Perdona?

¿Está amenazándome? No me lo puedo creer. Esto está llegando a un nuevo nivel de imbecilidad.

—Si la ves, no te acerques a ella. Es sencillo, ¿no? Hasta alguien como tú puede entenderlo.

—Por supuesto, claro que lo he entendido —replico sin contener la hostilidad—. No me tienes que tratar como si fuera idiota, ¿sabes?

Mateo se queda callado unos segundos. Me da la sensación de que va a añadir algo más, pero solo asiente con la cabeza, murmura un «bien» y se da la vuelta dejándome atónita por completo y ofendida.

No voy a dejar que él me destroce la noche. Voy a intentar divertirme. Tengo amigas aquí y seguro que lo vamos a pasar bien.

Desde luego, Braxton Scott sí que sabe cómo dar una fiesta, aunque supongo que tener dinero a mansalva siempre es de gran ayuda.

—Novalee, ¡una foto con tu padre!

—Vamos, los tres, sonreíd.

No hay un *photocall* propiamente dicho, pero los reporteros y fotógrafos contratados nos piden sacar algunas fotos justo al comienzo de la fiesta. Mateo continúa con la misma expresión de seriedad que tenía cuando se ha acercado a amenazarme sobre su madre. Supongo que no le hace gracia estar en esta fiesta, aunque también parece haber invitado a unos amigos con los que se va nada más terminan las fotos.

—Imagino que no van a volver a molestarte después de esto —me susurra Braxton cuando el último fotógrafo se aleja—.

Trata de pasarlo bien con tus amigas, ¿de acuerdo? Y recuerda no alejarte de Oliver.

Asiento, un poco preocupada porque mencione a Oliver. ¿Es peligroso estar en la fiesta?

Busco con la mirada a mis amigas, pero antes de encontrarlas distingo un rostro entre la multitud. Una mujer rubia y alta me observa con una copa de champán en la mano. La reconozco enseguida: es Ashley Smith, la madre de Mateo.

Alza las cejas al verme y la ignoro. No porque le dijese a Mateo que lo haría, sino porque no tengo nada que hablar con ella. Si me odia solo la mitad de lo que lo hace su hijo, ya es suficiente para mantenerme alejada.

Cuando consigo llegar junto a Oliver, Fleur y Helen, tengo la boca seca.

—¿Quieres una copa? —me pregunta Fleur.

—Solo agua —respondo.

Ella asiente, pero es Oliver quien desaparece para buscarme un vaso. Helen me toma del brazo y casi dice a gritos:

—¿Sabías que ese de ahí es Thomas Jason? ¡Me muero, Novalee! Es mi amor platónico desde que protagonizó *Vampiro adolescente*.

Sigo la dirección de sus ojos y no puedo evitar sonreír. Yo también vi esa serie. Fue muy popular hasta hace un par de años.

—¿Nos acercamos a saludar?

Cuando Oliver regresa con mi agua, Thomas Jason nos ha estrechado la mano a las tres, ha accedido a sacarse unas cuantas fotos y ha firmado el brazo de Helen. La pobre parece a punto de desmayarse.

—Madre mía, además de guapísimo es muy simpático. —Suspira sin dejar de mirar la firma, abanicándose con una mano—. Nunca más volveré a lavarme el brazo.

—No es para tanto —se queja Oliver—. Lo que pasa es que es famoso.

—¿Qué dices? —replico—. Helen tiene razón, ha sido muy simpático con nosotras. Con lo guapo que es y la fama que tiene, podría permitirse que se le suba a la cabeza.

—Así que guapísimo, ¿eh? —repite.

Pero no se está riendo.

—¿Celoso, King? —se burla Helen sin mirarle.

Sigue apreciando la firma en el brazo.

—Para nada —responde Oliver.

Y casi puedo jurar que es mentira.

Pasamos el resto de la fiesta bailando, tomando canapés de las bandejas que pasan a nuestro lado y disfrutando como un grupo de amigos adolescentes. Braxton se acerca un par de veces para preguntar si lo estamos pasando bien, pero enseguida hay gente que le para y le pide hablar.

—Voy a acercarme a hablar con Mateo un momento, ¿os importa?

Me vuelvo hacia Fleur, que lanza la pregunta en general a todos, pero realmente está mirando a Oliver, quien se encoge de hombros. Le ha estado lanzando miradas durante la noche, y él también nos ha observado. No solo a ella, a Oliver y a mí también.

—Yo también vuelvo enseguida —les digo—. Necesito ir al servicio.

—¿Te acompaño? —se ofrece Helen, pero sacudo la cabeza.

Atravieso el jardín y entro por la cocina a la casa para ir al baño de la primera planta. Aprovecho para colocarme el pelo, que se me ha revuelto todavía más por bailar con mis amigas, y regreso de nuevo a la fiesta. Apenas he puesto un pie en el jardín cuando alguien se interpone en mi camino. Me quedo completamente inmóvil ante la mujer rubia y alta (pero muy alta, y no solo por los tacones) que hay ante mí.

Ashley Smith me observa con la barbilla alzada y una expresión nada afable en el rostro.

—Tú debes de ser… —comienza a decir, y hace un silencio dramático a mitad de la frase—. Ella.

—Me llamo Novalee, señora.

—Sí, ya lo sé. Supongo que estarás contenta con este cambio de vida, ¿no?

¿Contenta de que se haya muerto mi madre después de luchar contra un cáncer muy duro y tener que dejar atrás toda mi vida para venirme a vivir con mi padre, con el que nunca he tenido relación? Claro que sí. Contentísima.

—Estás viviendo la vida de una princesa —continúa la mujer, que no ha debido leer bien mi expresión facial—. Pero no te acostumbres, porque no durará mucho.

Apenas he intercambiado dos frases con ella y ya me cae fatal. Está claro que me odia mucho más que su hijo, pero puedo decir ahora mismo que el sentimiento es mutuo.

—Braxton se cansa enseguida de las cosas buenas y bonitas —añade—, como hizo con tu madre.

Siento su frase como una bofetada en toda la cara.

—¿Disculpe?

—Bueno, está claro que debes saber ya la historia. Ella lo sedujo y él me engañó porque es un idiota. Pero no duraron mucho, porque Braxton sabía que ella no le convenía.

—No tiene derecho a hablar así de mi madre.

—¿Porque está muerta? —me espeta—. Fue la amante de mi marido, hablaré como me dé la real gana. Y tú no eres más que un pequeño y molesto error que salió de ese… desliz.

Estoy tan sorprendida de lo que acabo de escuchar que tengo que parpadear y tomarme unos segundos para procesarlo. No puede ser cierto.

—Se cansará de ti como se cansó de tu madre. Entonces te dejará y toda esta vida de lujos, las fiestas, los vestidos caros y bonitos… se terminarán. Solo intenta no acabar preñada como ella.

Quiero pegarla, pero fuerte y con ganas. Me pica la mano de la bofetada que estoy deseando darle. ¿Qué digo bofetada? En mi cabeza ya la estoy dando patadas y pisoteando. ¡Será bruja la maldita hija de…! Pero hay gente observándonos a lo lejos. Periodistas con sus cámaras dispuestos a cubrir la noticia de la fiesta. Y mi madre, a la que tanto ha insultado, me enseñó a tener mucha más clase que ella. Porque está claro que el dinero no compra la educación.

Así que trato de recopilar cada pequeño gramo de dignidad y coraje que me queda en el cuerpo, y respondo con voz muy suave:

—Siempre hay dos versiones de la historia. Y que a usted Braxton la dejase tirada y abandonada porque, como dice, se cansa rápido de las cosas, no quiere decir que haga lo mismo con el resto.

Acto seguido me doy la vuelta y me alejo de ella sin esperar a escuchar una respuesta. Ni siquiera sé si lo que he dicho es verdad. Es muy probable que ella tenga razón y Braxton se olvide de mí. Al fin y al cabo, Ashley Smith estuvo casada con él. ¿No se supone que lo conoce mejor que yo?

Me pican los ojos mientras me acerco a donde están Helen y Oliver. Un camarero pasa cerca y no dudo en agarrar una copa de la bandeja que trae, que me bebo casi de un sorbo. El chico no dice nada mientras la dejo de nuevo, musito un gracias y tomo otra.

—Nova, ¿estás bien? —pregunta mi amiga. Oliver frunce el ceño, también está preocupado.

—Muy bien —miento.

Me bebo la nueva copa. El champán caro está bueno y las burbujas hacen cosquillas en mi garganta, calmando el picor amenazante de las lágrimas. Busco otro camarero para cambiar la copa y después tomo a Helen de la mano.

—Venga, sigamos bailando.

«No voy a llorar».

«No pienso hacerlo».

«No lloraré».

Veintiuno

No sé cuántas copas me bebo mientras bailo con Helen y trato de olvidarme de lo sucedido con Ashley. Llega un punto donde empieza a darme igual y el sentimiento de euforia crece en mi interior. Estoy en una fiesta. Con amigos. Bailando. ¡Viva la vida!

—¿Qué te parece si dejamos las copas por un momento y comemos algo?

Me vuelvo hacia Oliver haciendo un puchero con los labios. Noto que sus ojos bajan un segundo de más hacia ellos. «¡Ja! ¡Seguro que también quiere besarme!».

—¿Por qué? Lo estamos pasando muy bien.

—Tanto que estás borracha, Novalee —replica con tono calmado.

—Yo no estoy borracha.

—Sí lo estás —admite Helen a mi lado—. Y yo también.

—¿Vamos a por algo de comer? —propone Fleur.

Las dos se alejan prometiendo volver enseguida y yo me quedo a solas con Oliver. Lo agarro de la mano y tiro de él hacia la pista. Es increíble el efecto del alcohol. ¡Ya ni siquiera me duele la muñeca!

Paso los brazos alrededor de su cuello y me pego a su cuerpo mientras me muevo al son de la música. Él duda unos segundos, pero al final me pone las manos en las caderas y también baila.

—¿Qué te ha pasado? —pregunta, inclinándose sobre mí.

Huele muy bien. Tanto que no entiendo la pregunta. ¿Por qué este chico huele tan bien? Dan ganas de comérselo.

—¿Cómo?

—Estabas bien hasta que has ido al servicio. Desde entonces no has dejado de beber y has actuado de manera muy extraña.

—Me encontré con Ashley Smith.

—¿La madre de Mateo?

—Sip —respondo, y me aprieto un poco más contra él.

Mierda, su pecho es duro y fuerte. Se me cae la baba al recordarlo sin camiseta.

—¿Qué te ha dicho?

—La verdad, que Braxton se acabará cansando de mí como se cansó de mi madre.

Oliver me aleja un poco de su cuerpo para verme a la cara y casi hago un puchero. Quiero seguir pegada a él.

—No debes hacerle caso. Esa mujer odia a tu padre y te odia a ti.

—Me he dado cuenta.

—No, has dejado que se meta en tu mente. Es una mala persona y no deberías creer lo que te ha dicho.

No respondo e inconscientemente bajo la mirada al suelo.

Posa los dedos bajo mi barbilla y la levanta con suavidad. Me gusta sentir su calor.

—Te lo digo en serio. Si está en esta fiesta es porque tiene contactos y es importante en el mundo de la farándula. Solo se ha acercado a hablar contigo para hacerte daño.

—No importa.

—Braxton se preocupa por ti de verdad. No va a cansarse.

—Ya lo hizo una vez. Se cansó de mi madre y se olvidó de nosotras.

—No estoy seguro de que fuese así…

—¿Cómo puedes saberlo?

—Mi padre era su guardaespaldas en aquel entonces. Y yo no…

Piso a Oliver sin querer y tropiezo. Cada vez me encuentro más mareada y noto que mis manos se deslizan lejos de su cuello. Él me atrapa enseguida, pasando un brazo por detrás de mi cintura.

—Todo me da vueltas —me quejo.

—Ven, sentémonos.

Pero Oliver no solo me lleva lejos de la pista, sino que nos abrimos paso hasta entrar en la cocina de la casa. Ya no hay gente dentro, los trabajadores están fuera o han terminado. Me hace sentar en una silla y toma unos cuencos llenos de canapés que deja frente a mí, al igual que un vaso lleno de agua.

—Vamos. Come.

Agarro uno. Tienen forma de panecitos y están rellenos. Miro a Oliver, que está cerca de mí. Sus ojos brillan con preocupación.

—Tienes unos ojos muy bonitos, ¿lo sabías? —comento antes de dar un mordisco al canapé.

—Madre mía, está claro que tienes que comer algo.

Casi me parece detectar risa en su voz.

—¿Por qué? No he dicho ninguna mentira.

—Gracias, Novalee —susurra.

Me acerca más el plato con comida.

—También eres muy guapo. Más guapo que Thomas Jason.

—Ah, ¿sí?

—Y estoy segura de que besas mejor —asiento con convicción—. Aunque a él nunca lo he besado.

—Siempre puedes pedirle una cita. Estoy seguro de que te dirá que sí.

Lo pienso unos segundos, pero de inmediato sacudo la cabeza en negación.

—No, creo que me quedo con tus besos. Los prefiero.

Oliver toma otro canapé y lo coloca delante de mis ojos.

—Deberías dejar de hablar antes de que digas algo de lo que mañana te arrepientas, princesa.

—No me arrepentiré de nada —le aseguro.

—O más bien no te acordarás —replica, aunque tiene una pequeña sonrisa burlona en el rostro. Me encanta esa sonrisa—. Venga, come.

Agarra un canapé y lo mete en mi boca sin dejarme protestar. Es de queso.

Escucho como alguien entra en la cocina, pero no lo veo porque estoy de espaldas. Es Oliver quien lo llama:

—¡Eh, Mateo!

—¿Qué sucede? —pregunta este con voz molesta.

Se acerca a nosotros y luego me mira fijamente. O, al menos, creo que lo hace.

—Mierda. ¿Está borracha?

—Voy a buscar a Helen para acompañarla al coche. ¿Puedes quedarte con ella, por favor?

Oliver se pone de pie sin esperar respuesta y yo hago un puchero. No quiero que me deje.

—¡No! —protesto—. No te vayas, Oliver. No me dejes con él. Me odia.

—Será solo un momento —me asegura, y luego se vuelve hacia Mateo—. Si está así es por culpa de tu madre.

—¿Mi madre? Le dije que se mantuviera lejos de ella. ¿Qué ha hecho ahora?

—Puedes imaginártelo —responde Oliver con tono cortante—. Quédate con ella y asegúrate de que coma y tome agua.

Después se va, dejándome sola con la comida y el estúpido de mi hermano. Tanto Mateo como yo nos quedamos mirando la puerta por la que se ha ido ese chico tan guapo. ¡Tendría que haber aprovechado para besarlo cuando tuve oportunidad! Igual así no me hubiese dejado con él.

Mateo suspira y se sienta en la silla que ha quedado vacía.

—Está bien, Novalee. Hora de bajar esa borrachera.

Toma el vaso de agua y me lo pasa, pero me mantengo seria.

—Vamos, no hagas las cosas más difíciles —me pide.

Cedo y tomo el vaso, en parte porque sé que me odia y no quiero molestar más. Ya es bastante incómodo todo.

—Yo no te odio —responde con una mezcla de sorpresa y cansancio.

Vaya, ¿lo ha dicho en voz alta? Bueno, tampoco era un secreto.

—Sí lo haces. Me tratas como a basura. De hecho, peor que a basura.

—Yo no…

Pero es incapaz de acabar la frase porque ni siquiera él se cree esa mentira.

—De acuerdo, tal vez me haya pasado un poco contigo. Estaba molesto porque vinieras de pronto a vivir aquí. Además, entiéndeme. Mi madre toda la vida me ha dicho que se separaron porque tú naciste.

—Tu madre es una persona horrible.

—Lo sé. Por eso te advertí que te mantuvieras alejada de ella. Venga, come un poco más.

Agarra un canapé y yo lo como mientras me doy cuenta de una cosa: Mateo no me estaba amenazando sobre su madre, me estaba advirtiendo.

—Me desilusioné mucho cuando te conocí.

—¿Te desilusionaste?

—Te voy a contar un secreto, ¿vale? Pero no se lo digas a nadie.

Me inclino sobre la mesa y él hace lo mismo, como si fuese a decirle una verdad inconfesable.

—En realidad sé quién eres desde hace mucho tiempo. Antes buscaba artículos e información sobre ti en internet. Sabía que eras mi hermano y tenía muchas ganas de conocerte.

—Yo...

—Cuando vine aquí esperaba poder hacerme tu amiga y, aunque no nos hemos criado juntos, creía que nos tendríamos cariño como el que se tienen los hermanos.

Me vuelvo a sentar bien y tomo el vaso de agua para dar un sorbo. Sin querer he vuelto a hacer un puchero, pero esta vez es por culpa de la tristeza al recordarlo. De pronto parece que toda la diversión que me invadió en la fiesta, la sensación de que los problemas no existían, ha desaparecido.

Recuerdo el dolor al conocer en persona a Mateo por primera vez y lo ignorada que me sentí.

—Pero solo me encontré con... esto —suspiro con tristeza, bajando la mirada—, con tu odio.

Mateo extiende el brazo sobre la mesa y su mano se posa sobre la mía. Alzo los ojos hacia él justo cuando dice:

—No te odio. Lo digo en serio.

Quiero creerle, pero…

Las acciones siempre van a pesar mucho más que las palabras, porque mentir es muy fácil. La gente lo hace con demasiada facilidad.

—Siento mucho que tus padres se separasen porque yo nací, Mateo. Pero no es mi culpa. No pedí que todo esto sucediera. Tampoco venir aquí a vivir.

Él se toma unos segundos para contestar. Al final suspira y también parece triste cuando asiente y dice:

—Lo sé, Novalee.

Compartimos una mirada larga, penetrante, pero que no se hace para nada incómoda. O quizá lo imagine por culpa del alcohol, ¿quién sabe?

—Lo siento mu… —comienza a decir Mateo.

Pero justo entonces Oliver regresa.

—Ya estoy aquí. ¿Ha comido algo?

Se acerca hacia nosotros y no puedo evitar sentirme de repente feliz. ¡Él sí que no me odia! Y me cae bien, de hecho. Es guapo y simpático. ¡Mucho más que Thomas Jason!

—¡Has vuelto! —exclamo.

Me pongo de pie y camino a trompicones hasta caer entre sus brazos. No duda en agarrarme y me siento feliz contra su pecho.

—Creo que es hora de llevarte a la cama, princesa —murmura.

—¿Llevarme a la cama? —repito, y no puedo evitar sonreír—. ¿A qué cama?

Oliver abre los ojos, alterado, mientras yo me río, y no deja de mirar a Mateo y luego a mí.

—Voy a llamar a Fleur —interviene mi hermano—. Tú ve subiéndola.

—Me parece bien.

Sin dejarme protestar, Oliver me toma en brazos como el día que me caí por las escaleras y cruza la primera planta de la casa hasta las escaleras. Las sube sin hacer amago de cansarse y me lleva hasta mi habitación, donde me deja en la cama.

—No quiero dormir —protesto, aunque en realidad estoy cansada.

—Te vendrá bien. Además, la fiesta casi ha terminado.

Me quita los zapatos y luego se aleja hacia el tocador.

—¿Qué buscas?

—Algo para desmaquillarte. No querrás levantarte mañana con resaca y los ojos irritados.

Tiene razón.

—Es el bote rosa. Los algodones están en el cajón.

Al poco tiempo Oliver vuelve a mi lado. Me siento en la cama y todo vuelve a dar vueltas. Madre mía, ¿por qué estoy tan mareada?

—Cierra los ojos —pide.

Obedezco. De hecho, obedecería a todo lo que me dijese Oliver ahora mismo.

Segundos después noto el frío del algodón empapado con líquido para desmaquillar.

—Me estás cuidando mucho —murmuro con los ojos cerrados.

—Lo sé —responde, y pasa al otro ojo.

—Gracias por hacerlo.

—No tienes que darlas, princesa.

—¿Porque es tu trabajo?

—Te equivocas. Mi trabajo es mantenerte con vida, no cuidarte.

—Entonces ¿por qué lo haces?

Oliver aleja el algodón y yo abro los ojos. Está agachado a mi altura y me mira fijamente. Un pensamiento rápido me llega a la mente y no dudo en soltarlo:

—Te gusto.

La sonrisa crece en mis labios, traviesa, y de alguna forma consigo que él también sonría.

—Sí, Novalee —admite Oliver—. Tienes razón. Me gustas mucho.

Llaman a la puerta en ese momento, es Fleur. Oliver se levanta y se despide de mí.

—Intenta dormir un poco, ¿vale? Si mañana recuerdas algo, ya hablaremos.

Se va de la habitación y Fleur me ayuda a terminar de desmaquillarme y a ponerme el pijama. Después se tumba conmigo un rato y, antes de que me dé cuenta, me he quedado total y completamente dormida. Lo único que sé es que, cuando abro de nuevo los ojos, la habitación da vueltas, me duele muchísimo la cabeza y…

¿Qué narices ha pasado? ¿Cómo he llegado a mi habitación? No recuerdo nada de anoche.

Veintidós

Cuando tomo el teléfono para ver la hora tengo varios mensajes sin leer.

Helen
¡Buenos días, fiestera! ¿Qué tal esa resaca?
Oliver me acompañó a por el taxi y me volví a casa, pero lo pasé muy bien.

Helen
Ahora sin bromas, espero que estés bien.
Si algo te pasó ayer, puedes hablar conmigo cuando quieras de lo que sea, ¿vale?
Las amigas estamos para eso.

Ethan
¿Qué tal fue la fiesta? Espero tus mensajes para que me cuentes TODO y a cuántos famosos has visto borrachos.

Oliver
Buenos días, princesa. Te he dejado agua en la mesita. Hoy no trabajo, espero que tú también puedas dedicar el día a descansar.

Miro hacia la mesita de noche de nuevo y, efectivamente, hay una gran botella de agua. ¿Oliver la ha dejado aquí? Flashbacks de él cargándome escaleras arriba a mi habitación y de los dos bailando llegan a mi cabeza. Recuerdo haberle arrastrado hacia la pista, y creo que también me caí. Pero después de eso todo es un poco borroso. Un momento, ¿no me llevó a la cocina a comer algo?

Me siento en la cama a duras penas. La cabeza me duele muchísimo y tengo el estómago revuelto, como si hubiese enfermado de un virus intestinal. Y sed. Me muero de sed. Agarro la botella y bebo a sorbitos. Tengo la sensación de estar a punto de vomitar. Necesito volver a tumbarme, pero me apremia la necesidad de ir al baño, así que hago de tripas corazón y me levanto. En ese momento me doy cuenta de que llevo puesto mi pijama.

Dios. Mío. Si Oliver me subió a la habitación, ¿también me ayudó a desvestirme? Recorro la estancia con la mirada y encuentro el vestido estirado sobre un pequeño sofá que hay en la esquina. Decido no dar demasiadas vueltas al hecho de que Oliver casi seguro que me vio medio desnuda y hago mi camino hacia el baño.

Al mirarme en el espejo, por lo menos me encuentro que no tengo tan mal aspecto. No llevo maquillaje y el pelo, aunque está revuelto, fue cepillado la noche anterior.

Cuando regreso a la mesita tengo un nuevo mensaje.

Fleur
¡Buenos días, amor!
¿Qué tal te encuentras?
¿Recuerdas algo de anoche?

Mierda. No volveré a beber en mi vida. En primer lugar, no debí hacerlo, está claro que desinhibirte y perder el control de tus actos para no recordar bien qué narices hiciste al día siguiente no es algo divertido; mucho menos de lo que sentirse orgulloso. Además, me da un poco de vergüenza pensar que todos están preocupados por mí, a juzgar por sus mensajes.

Yo
Algunas cosas. Perdón por haber bebido tanto.

Fleur
No te preocupes, al menos estabas en buenas manos. Oliver te llevó a la habitación y yo te ayudé a ponerte el pijama.

Yo
¿Fuiste tú? Muchas gracias.

Tras intercambiar un par de mensajes más y responder a Helen, decido armarme de valor y bajar a la cocina. Me apetece muchísimo zumo de naranja. Tengo la sensación de que esta sed no la va a calmar el agua.

Cruzo los dedos para no encontrarme a nadie, porque tampoco me veo de humor para cambiarme de ropa. Robaré algo de zumo y huiré a la seguridad de mi habitación todo lo que queda de día. Quizás aproveche y finalice el dorama que estoy viendo.

Sin embargo, cuando entro en la cocina, Braxton está allí desayunando. Mierda.

—Buenos días, Novalee. ¿Cómo estás?

—Pues...

No sé muy bien qué responder, así que no digo nada más y me apresuro a abrir la nevera. Tomo el cartón de zumo y rezo para ser capaz de regresar a la habitación sin tener que iniciar una conversación.

Pero Braxton tiene otras ideas en la cabeza.

—Mateo habló conmigo anoche.

Mierda. Mateo. Me llegan a la cabeza breves flashbacks, de él dándome de comer en la cocina. Oh, Dios mío. Me vio borracha. Seguro que se lo dijo a Braxton y ahora va a reñirme por no tener un «comportamiento adecuado».

Casi me giro para ver si Daniel aparece por algún lugar para darme un sermón.

—Ah, ¿sí? —respondo con voz ahogada.

La expresión de Braxton se vuelve más seria y deja el tenedor sobre el plato antes de cruzarse de brazos.

—Me contó que Ashley habló contigo y lo que te dijo.

Espera. ¿Mateo sabe que hablé con su madre?

—Yo…

—No debes hacer caso a sus palabras, Novalee. Está bien si ella quiere pagarlo conmigo porque fui mal marido, pero la historia que te contó no es la real.

—De acuerdo —murmuro no muy convencida.

En parte porque no sé qué decir, en parte porque tampoco sé si creerlo. Todavía no confío en Braxton. No lo conozco suficiente. En estas semanas viviendo en su casa, no he tenido apenas tiempo para pasar con él.

—Nova, de verdad que…

—No pasa nada, Braxton —lo interrumpo, porque me duele la cabeza y porque no sé qué pensar—. Sé que mi madre no era como Ashley dijo.

Al menos, de eso estoy segura. Era humana y cometió errores, sí. Pero no era mala persona.

Regreso a la habitación con un cartón de zumo de naranja que me bebo casi al completo mientras subo las escaleras. Lo dejo en la mesita de noche y me tumbo en la cama mientras pongo los capítulos de mi serie.

Ahora mismo no quiero pensar en nada.

Ni en Ashley Smith y lo que dijo sobre mi madre.

Ni en Braxton.

Ni en la vergüenza de haber bebido de más anoche.

Y en algún momento, tras el casi beso de los protagonistas, me quedo dormida.

Cuando vuelvo a abrir los ojos, hay una bandeja sobre la mesita. En ella hay un vaso grande lleno de agua, otro envase de zumo, solo que esta vez de melocotón, y un plato tapado para guardar el calor.

Me siento perezosamente en la cama. Ya me duele menos la cabeza y el dolor de barriga ha desaparecido hasta convertirse en hambre. Destapo el plato y descubro que son espaguetis con beicon en salsa de queso. El estómago me ruge y comienzo a comer. Están deliciosos, pero son un montón y no consigo acabarlos mientras continúo viendo mi dorama.

Dejo la bandeja en el escritorio y me voy a dar una ducha ahora que tengo energías renovadas, con intención de seguir con mi superplan de sábado: hartarme a ver mi serie.

Sin embargo, cuando voy por el capítulo final, llaman a la puerta.

—¿Se puede?

—Adelante —respondo, y pauso el dorama.

«¡Maldita sea! Estaba segura de que ahora sí que iban a besarse».

Cuando entra Oliver no puedo evitar burlarme:

—Por fin has aprendido a llamar.

—Ya veo que estás de humor. Entonces ¿no tienes mucha resaca?

—Algo.

Se acerca a mi cama y me hago a un lado mientras se sienta en el borde. El colchón se hunde bajo su peso y siento la necesidad irremediable de tocarle. Si esto fuera la serie que estoy viendo, seguro que podría caerme torpemente sobre él y, «sin querer», terminar tumbados boca arriba en el colchón, con su cuerpo cubriendo el mío y a punto de besa…

—¿Recuerdas algo de anoche? —pregunta.

Y, justo en ese momento, un nuevo flashback llega a mi cabeza.

—También eres muy guapo. Más guapo que Thomas Jason.

—Ah, ¿sí?

—Y estoy segura de que besas mejor —asiento con convicción—. Aunque a él nunca lo he besado.

—Siempre puedes pedirle una cita. Estoy seguro de que te dirá que sí.

Lo pienso unos segundos, pero de inmediato sacudo la cabeza en negación.

—No, creo que me quedo con tus besos. Los prefiero.

Maldición, maldición, maldición.

El calor me invade las mejillas, que comienzan a encenderse mientras el pánico se apodera de mí. Oliver alza las cejas, como si pudiese leer mis pensamientos, y decido cambiar de tema drásticamente.

—¿Tú no librabas hoy? —pregunto muy rápido—. Eso decías en el mensaje.

—Mensaje que no has respondido —apunta—. Ya he terminado las cosas que tenía que hacer y he regresado. Solo quería saber cómo estabas.

—Bien. Ya lo ves. Vivita y coleando.

Pero Oliver no se ríe. Aprieta los labios y su mano traza un camino sobre el colchón hasta llegar a la mía. Me hormiguea la piel con renovado calor en cuanto me toca, como si estuviésemos hechos para combustionar con tan solo un pequeño roce. Hechos para crear energía juntos.

—No me refiero solo a eso, Novalee. ¿Cómo estás de verdad, anímicamente? Anoche solo comenzaste a beber después de hablar con la madre de Mateo.

Tuerzo el gesto.

—Casi prefiero olvidar esa conversación. ¿Sabes que Braxton ya lo sabe? Lo vi antes y me dijo que…

—¿Que no le hicieras caso? —me interrumpe.

—Básicamente.

—¿Y tú qué piensas?

De nuevo, hablar con Oliver y decirle cómo me siento a veces puede ser muy fácil. Así que le digo la verdad.

—No lo sé. No tengo ni idea de cómo fue la verdadera relación de mis padres, por qué estuvieron juntos y por qué nací yo. Me resulta demasiado difícil imaginarlos. Y la única persona a la que puedo preguntar es mi madre, pero… no está aquí.

—Te equivocas. Puedes preguntarle a Braxton.

—No es lo mismo. Él no… —me callo antes de seguir, pensando mis palabras—. No tengo la confianza suficiente.

—Pero eso no significa que no puedas preguntar. Quién sabe, quizá esté encantado de hablar contigo, y hasta que no lo intentes, no lo sabrás.

Ojalá Oliver tenga razón. Ojalá él quisiese contarme la verdad y hablarme de cómo fue su historia. Pero, si no se ha acercado a mí en todas estas semanas, ¿qué me hace suponer que tiene el más mínimo interés? Al final, solo estoy aquí por orden de un juez.

Siento cómo aprieta mi mano. Se ha dado cuenta de que me he quedado pensativa y, lamentablemente, triste. Me sonríe con suavidad, ese tipo de sonrisa en la que intentas darle apoyo moral a la persona que tienes al lado porque… te importa.

—Oliver… Gracias por cuidarme —le digo.

Su respuesta me sorprende.

—Ya me lo agradeciste anoche.

—Ah, ¿sí?

—Sí, pero veo que esa conversación no la recuerdas.

Abro la boca para protestar, porque me da la sensación de que hay algo importante que no estoy captando, pero Oliver se levanta de la cama y el colchón vuelve a su sitio, extrañando su peso igual que yo su cercanía.

—Descansa, Novalee. Nos vemos mañana.

Comienza a alejarse, pero entonces algo capta su atención. Es la bandeja con el zumo y los espaguetis que he dejado en el escritorio.

—Veo que Mateo ha pasado por aquí.

—¿Mateo?

—Los espaguetis —señala—. Son su plato estrella para curar las resacas. —Se queda quieto unos segundos en el sitio y luego sonríe—. En realidad es la única comida que sabe preparar, pero no le digas que te lo he dicho. Además, el zumo de melocotón es su favorito.

Oliver se va de mi habitación, y yo soy incapaz de volver a poner de nuevo mi serie. Incluso estando en el último capítulo. Incluso a punto de tener a los dos protagonistas besándose por fin.

Tengo recuerdos de Mateo dándome canapés en la cocina y sé que hablé con él, pero esa es otra de las conversaciones que me cuesta recordar.

«Me desilusioné mucho cuando te conocí». Sí, yo le dije eso. Confesé lo dolida que estaba.

Miro la bandeja con los espaguetis y el zumo. ¿De verdad habrá sido Mateo u Oliver se está equivocando? Porque si él ha hecho eso, si me ha traído comida, quizá… ¿Quizá mi hermano en realidad no me odie tanto?

Esa idea me reconforta y me llena de calidez el corazón. No puedo mentirme: a pesar del mal comienzo, en realidad me encantaría poder contar con mi hermano mayor.

Veintitrés

—¡Estás preciosa!

Lucy me da un fuerte abrazo cuando nos encontramos. Ya ha llegado el día, es viernes por la tarde, el partido que Oliver me pidió que viniera a ver como pago por sus clases de defensa.

—Tú también estás guapísima —le respondo.

Vamos vestidas de azul. Tengo un poco de frío, pero a Lucy se le ocurrió por la mañana que podríamos animar al equipo vistiendo los colores del colegio y apenas tuve tiempo de elegir un diseño al llegar a casa. Esta vez el conductor que suele llevar a Braxton fue quien me trajo de vuelta al instituto, ya que Oliver tenía que estar antes para prepararse.

—Hay mucha gente —murmura Lucy.

Tiene razón. El aparcamiento está completo y se respira festividad. No solo están los alumnos, también han venido familiares y amigos. Hay puestos donde venden bebidas, palomitas y perritos calientes, o incluso banderines para animar.

—Oye, Nova. No quiero asustarte, pero ese hombre no deja de observarnos.

Casi no tengo ni que mirar para saber a quién se refiere.

—Tranquila, es Eric. Es el guardaespaldas de Braxton, que me lo han asignado hoy.

Evito explicar que la razón es porque Oliver no podía trabajar por el partido.

—Ah, claro. —Sonríe con dulzura y sacude la cabeza despacio—. Lo siento, estoy tan acostumbrada a verte sencillamente como Nova, mi amiga, que a veces se me olvida que tu padre es superfamoso.

Por alguna razón, sienta bien escuchar eso. Desde que he ido a vivir con Braxton, casi todos me conocen como su hija, mi nombre ha desaparecido. Incluso después de semanas en el nuevo instituto sigo encontrándome alumnos que me miran de reojo y susurran. Pero, para ella, solo soy Nova. Y me gusta.

Entrelaza su brazo con el mío y volvemos a avanzar hacia el campo de fútbol. Oliver está calentando junto con el resto de los jugadores, pendiente de las explicaciones del entrenador. El corazón se me acelera al ver cómo corre y se lanza a por el balón, está plenamente concentrado y disfrutando. Pasa demasiadas horas al día pendiente de mí, necesita tener sus momentos solo para él.

Encontramos a Helen en las gradas.

—Oh, hola —saluda, y sus ojos viajan hacia mí—. ¿Preparadas para animar al equipo?

Se refiere a nuestros atuendos azules, aunque en realidad la mayoría de la gente va así vestida. Eric se ha quedado quieto a apenas unos metros de nosotras, pero nadie más parece fijarse en él. O, al menos, disimulan si lo hacen.

—Sí, me han convencido.

—¿Qué tal Oliver? —pregunta Helen—. ¿Está nervioso?

—Pues… No he podido hablar con él, la verdad. Acabamos de llegar.

—He oído que hay un ojeador universitario. Ha venido para ver en específico a Oliver y a Liam.

Vuelvo a lanzar una rápida mirada al campo. No me había dicho nada. Aun así, no parece nervioso, sino concentrado. Está entregado en cuerpo y alma al calentamiento del partido.

—En fin, espero que lo paséis bien —se despide.

Lucy y yo encontramos un hueco casi en la parte central de las gradas. Eric se sienta en la fila siguiente, justo detrás de mí.

—Eh, saluda a tu amorcito —me dice Lucy en el oído.

Frunzo el ceño unos segundos, pero, cuando sigo la dirección de su mirada, me encuentro a los jugadores del equipo más cerca de nosotros. No tardo en reconocer a Oliver. Sus ojos están puestos en mí y, cuando se da cuenta de que lo miro, sonríe. Sin querer, yo también estoy sonriendo.

Cuando aparto la vista, me doy cuenta de que las animadoras me están mirando; más en concreto Allison. No sabría decir con exactitud si está enfadada o molesta, pero desde luego, feliz no parece.

—¿Crees que ganarán? —pregunta Lucy.

—Creo que Oliver lo va a hacer muy bien —respondo con sinceridad.

Observo el campo y a los jugadores. De pronto me siento estúpida por no saber más sobre este deporte. En mi antiguo instituto nunca me interesó demasiado y a Ethan tampoco. Solíamos pasar más tiempo entre bambalinas.

Los jugadores continúan entrenando un poco más hasta que se retiran a los vestuarios. Salen las animadoras y creo que el corazón me va a estallar. Este partido no debería significar nada para mí. Entonces ¿por qué siento que sí lo hace?

«Porque es importante para Oliver».

«¿Y?».

«Oliver es importante para ti».

«Porque es mi amigo».

«¿Solo tu amigo?».

El primer tiempo comienza y la adrenalina corre por mis venas. Nunca había estado tan atenta a un partido de fútbol. No pierdo detalle de cómo se mueve, la forma en la que recibe la pelota o la velocidad a la que recorre el campo. Y solo puedo mirarlo a él. Cada vez que celebra una jugada, un gol, un buen pase…, aplaudo y grito celebrándolo con él.

—¡Vamos, Halcones! ¡Lo tenemos casi ganado!

Los jugadores casi se arrastran al banquillo. Están sudorosos y cansados. Puedo ver como el pecho de Oliver se mueve abruptamente en busca de aire. Ha estado muy concentrado en el partido y no es porque me caiga (al menos un poco) bien, pero en verdad ha sido el alma del equipo. Es muy bueno. Pero que muy muy bueno.

—Si sigue así, estoy segura de que lo va a fichar alguna buena universidad —comenta Lucy.

—Eso espero. Se lo merece.

—¿Y tú? ¿Sabes ya a qué universidad vas a ir?

—No estoy segura... La verdad es que ni siquiera me he planteado aún si estudiar o no una carrera.

Mi último año casi giró en torno a mamá y a cuidarla. No tuve tiempo de hacerme ideas sobre qué estudiar. En el pasado soñé con alguna carrera, pero ahora... ¿de qué sirve? Ella era enfermera y aun así no pudimos pagar sus cuidados médicos; la salud, que es lo más importante.

—Tienes suerte, debo admitir que te envidio un poco por eso —suspira Lucy.

—¿Por estar indecisa sobre mi futuro?

—No, porque como hija de Braxton Scott puedes permitirte no estudiar. Con todo el dinero que tiene tu padre, podrías viajar por el mundo. O si prefieres dedicarte a actuar, seguro que puede mover algún contacto.

—No pienso aprovecharme de su fama ni de su dinero —respondo a la defensiva sin poder evitarlo—. He vivido casi toda mi vida sin él.

—Lo siento, no quería ofenderte. Es solo... Por ejemplo, yo estoy pendiente de una beca. Sin ella no podría ir a la universidad. Incluso aquí, en el colegio, estoy gracias a las ayudas estatales. No puedo evitar preocuparme por el dinero porque..., bueno, no lo tengo.

Pienso en su casa y todas las cajas que había por la mudanza, y en las veces que sale corriendo para cuidar de sus hermanas pequeñas. Lucy no habla mucho de su vida personal, pero puedo intuir que a su padre no le está yendo bien en el trabajo. Recuerdo que me dijo que es director de cine. Tal vez esté pasando por una mala racha.

Al instante me siento mal. Porque sé lo que es tener que preocuparse por el dinero. No creo que Braxton sepa por lo que pasamos mamá y yo, y cómo me encargué de que todo el dinero que mandaba para mí fuera destinado a pagar los tratamientos paliativos de mamá. Sí, fue un sacrificio, pero mereció la pena.

—Está bien —susurro, y tomo su mano—. Lo entiendo.

Compartimos una pequeña sonrisa y creo que sabe que de verdad puedo ponerme en sus zapatos. O, al menos, acercarme.

El partido vuelve a comenzar y veo como Oliver me busca entre el público al salir. Me hace un corazón con las manos y yo sonrío.

«Mierda. Me encanta este chico».

El resto del partido no puedo quitar los ojos de él. Hay un momento en el que se cae y parece que se ha roto el brazo, pero se levanta como si nada hubiese sucedido y todos aplauden. Madre mía, ¿de qué está hecho este chico? Y yo solo por tropezar en las escaleras me hago un esguince en la muñeca.

El tiempo pasa y cuando llega el final del partido… ¡Han ganado! ¡Han ganado! Todo el mundo chilla y los jugadores saltan y se felicitan. Me abrazo a Lucy con tanta fuerza que creo que nos estamos estrangulando la una a la otra. Ella me da un beso en la mejilla y susurra:

—Vamos, ve a felicitar a tu chico.

Me alejo de Lucy y camino hacia el campo tratando de encontrar a Oliver, pero no lo veo por ningún lado. Hasta que de pronto alguien me tapa los ojos por detrás.

—¿Me buscabas, princesa?

El corazón me da un vuelco y la piel del cuello se me eriza cuando siento su aliento en mi oreja. Me vuelvo despacio hacia Oliver, y cuando estoy frente a él, los dos estamos sonriendo.

—Felicidades —le digo—. Has hecho un partidazo.

—Gracias. Ya te dije que era muy bueno.

No puedo evitar reírme. Siempre es muy fanfarrón, pero puedo notar la inseguridad en sus palabras. En especial porque al decirlo sus ojos se mueven hacia el campo, donde los compañeros siguen celebrándolo.

—Y tienes razón. Eres muy bueno.

Asiento con ímpetu y su sonrisa vuelve a aparecer. Más grande. Más fuerte.

—Quizás deberías ir con tus compañeros a celebrarlo —comento, lanzando también una mirada al campo—. Cualquiera diría que habéis ganado ya la final.

Lo están celebrando con gritos, tirándose el agua de los botellines en la cabeza y saltando a lo bruto unos encima de otros.

—Lo estoy celebrando con la persona que me interesa —replica, y esta vez soy yo quien se vuelve hacia él con los ojos abiertos de sorpresa—. ¿Y si vamos a celebrarlo con una hamburguesa? O una pizza. O lo que prefieras.

—¿Juntos?

Se me queda la boca seca. ¿Quiere celebrarlo conmigo? ¿Qué significa eso?

Entonces Oliver mira detrás de mí, donde estoy segura de que se encuentra Eric. Su sonrisa se borra y carraspea. Se inclina y susurra en mi oído:

—Sí, bueno... Ya sabes, soy tu guardaespaldas. Así dejamos que el pobre Eric vuelva a casa.

Mi estúpido cuerpo reacciona ante su cercanía acelerando la respiración, pero un poquito de mi emoción se deshincha. Por supuesto, él siempre es tan... analítico. Solo lo hace por trabajo.

—Claro —asiento—. Estaría bien, pero solo si quieres.

«¿Por qué narices esto me ha... dolido? Está claro que para él soy trabajo. Puede que le caiga bien y, quién sabe, en otras circunstancias pudiésemos ser amigos. Pero nada más. Bueno, y quizá físicamente pueda gustarle. Pero es trabajo. Jamás haría nada conmigo, porque oportunidades ha tenido».

—¿Qué tal está tu muñeca? —pregunta.

—Mucho mejor —asiento, y levanto la mano para moverla con suavidad entre nosotros—. Pronto podremos retomar las clases de defensa personal.

—Seguro —admite.

Me toma la muñeca con delicadeza y la hace girar. Ahora solo llevo una muñequera que Braxton me compró al día siguiente de salir del hospital. Siento la calidez de su mano envolviendo la mía y la guía hasta su rostro. La barba de pocos días me raspa la palma, pero no hace daño.

—Gracias por venir a verme, Novalee —susurra.

Solo estamos nosotros dos. Tan cerca que, si me pongo de puntillas, podría…

—¡Oliver! —grita uno del equipo—. ¡Vamos a tomarnos una foto de victoria, ven!

—Te reclaman.

Sonrío con burla, aunque en realidad lamento la interrupción. «Solo eres trabajo para él. No hagas esto, Novalee. No te enamores».

—¿Qué tal un beso de felicitación? —pregunta de la nada, con sus ojos aún puestos en mí y la voz ronca—. Ya sabes, por la victoria.

«Ay, Dios mío».

—Claro.

La mano de Oliver abandona mi mejilla y se señala la suya propia con el dedo índice.

«F. ¡Qué idiota! Por supuesto que se refería a la mejilla…».

Tratando de no parecer decepcionada («porque, ¿por qué lo estarías, Nova?»), me pongo de puntillas y le beso en la mejilla con suavidad.

Cuando me alejo, Oliver vuelve a sonreír.

—Espérame a la salida, ¿vale? No tardaré.

Asiento y me quedo allí quieta, viendo como se aleja. Y sintiéndome como una completa idiota. Porque, en realidad, creo que sí estoy empezando a enamor…

—¡Qué dulce, por favor! Ha ido a buscarte para pedirte un beso en lugar de celebrarlo con los demás. ¡Me lo como! Ningún otro jugador ha hecho lo mismo.

Me vuelvo hacia Lucy con una sonrisa, aunque no me termina de llegar a los ojos.

Cerca de nosotros se queda Eric, sin mediar palabra. Entonces me doy cuenta: Oliver solo estaba actuando. Se supone que somos una pareja ante los demás. Por eso me ha pedido el beso. Por eso ha venido a por mí. Y me siento todavía peor.

Oliver

Las reglas eran claras: cuídala, protégela, y no te enamores de ella.

Por culpa de su padre el mío está muerto.

«Si decides no vengarte, por lo menos no caigas ante sus encantos, Oliver».

Y, aun así, ya lo he hecho.

Me he lanzado de pleno, sin mirar hacia abajo.

Y ya no sé cómo ponerle freno a la caída.

Veinticuatro

—No sé qué escoger. Me apetece la pizza, pero también la hamburguesa de brioche. Y las patatas con queso y carne…

Oliver me mira por encima de la carta y sonríe.

—¿Y si pedimos todo para compartir?

—¿Todo para compartir?

—Ya sabes, patatas al medio, y dividimos pizza y hamburguesa a la mitad.

Lo observo detenidamente mientras el estómago casi me ruge del hambre. Estoy segura de que lo ha escuchado.

—Está bien. A medias.

Bajamos las cartas y un camarero llega para tomarnos nota. Me revuelvo en el asiento un poco incómoda. No por Oliver, sino por la gente. Desde que hemos entrado he tenido el presentimiento de que esto no era buena idea, y es que los ojos de al menos la mitad de los comensales se han vuelto hacia nosotros. Justo igual que el día que cené con Braxton una hamburguesa. Allí pensé que era por mi padre, pues es el famoso. Pero ahora él no está y… me miran a mí. Es incómodo.

—¿Estás bien? —pregunta Oliver al notar mi actitud.

Allí, en el asiento acolchado del local, siento ganas de fundirme con el plástico rojizo y desaparecer. La gente no es nada discreta y es imposible no darse cuenta de que parezco un mono de feria.

—Sí, no pasa nada —miento.

—Vale, ahora dime la verdad —replica Oliver.

Cada vez parece más complicado engañarlo. Es como si solo con mirarme supiera leer mis emociones.

—La gente me mira —admito con la boca pequeña, mirando la mesa.

Asiente y da un rápido vistazo a nuestro alrededor. Después pregunta:

—¿Quieres irte?

Pero fue él quien me invitó a salir. Una parte de mí quiere decir que sí y salir corriendo. A la otra le gustaría disfrutar del momento y no echarlo a perder. Podría haber ido con los demás compañeros a celebrarlo, pero ha escogido trabajar y salir conmigo.

—Está bien, no pasa nada —vuelvo a mentir.

No parece conforme, pero no insiste.

Debajo de la mesa, mi pierna no deja de moverse y los dedos de los pies se entrecruzan. Estoy nerviosa, soy consciente. Y por mucho que trate de controlar la respiración y relajarme, no puedo. Tomo el teléfono para tratar de distraerme, pero no he debido hacerlo. Una de las primeras noticias que me saltan en pantalla tiene mi nombre en portada.

NOVALEE SCOTT Y SU NOVIO CELEBRAN
LA VICTORIA DEL EQUIPO

No puede ser. Ni siquiera ha pasado una hora desde que terminó el partido. Ni siquiera jugaba yo, pero... ¿ya somos noticia?

Mientras Oliver alterna entre mirarme preocupado y vigilar el local, hago clic en la noticia y paso el pulgar rápido por la pantalla. Mi mandíbula cae por el asombro. No solo es un artículo sobre el partido del instituto y como asistí a verlo. También hay imágenes, y no de los jugadores, que sería lo interesante.

Alguien, no tengo ni idea de quién, nos ha fotografiado a mí y a Oliver. Probablemente para una pareja no sería nada de lo que avergonzarse, pero siento como si estuvieran rompiendo mi burbuja de intimidad con un cuchillo y a golpes. Somos él y yo, con mi muñeca vendada en su mejilla. Dándole un beso de puntillas. Sonriéndonos.

—¿Novalee? —me llama, pero lo ignoro.

Bajo al final de la noticia y hay una zona habilitada para comentarios.

—Nova, ¿qué sucede?

¿Vestida de azul para animar a su novio? Qué dulce, yo quiero una chica así.

Parece muy sencilla a pesar de la fama y dinero de su padre, ¡así me gusta!

¿Quién es esa chica y por qué es tan famosa?

Él es mucho más guapo. No sé qué hacen juntos.

No sé dónde le ven el parecido a Braxton. Es horrible.

Tiene el culo enorme.

Está gorda.

No tiene tetas.

Unos meses más y será legal. ¿Alguien tiene sus redes sociales?

Creo que voy a vomitar.

Oliver se estira sobre la mesa y me arrebata el móvil, pero no lo hace a tiempo. Ya he leído parte de ellos.

—Hemos cambiado de opinión. ¿Podría ponerlo para llevar, por favor?

—Por supuesto, ahora se lo traemos.

No sé en qué momento ha regresado el camarero, pero Oliver se encarga de sacarme de allí sin volver a preguntarme mi opinión. Tampoco me devuelve el teléfono. Mira la pantalla durante unos largos segundos, leyendo los mensajes, y luego se levanta y me toma de la mano para irnos.

Es de esto de lo que mamá quería protegerme. Estoy segura.

Oliver me abre la puerta del copiloto para entrar y deja la bolsa con comida en los asientos de atrás. Enseguida el coche huele a pizza, a patatas, a hamburguesa. Pero no tengo tanta hambre como antes. Ni siquiera pregunto dónde vamos. Oliver conduce en silencio y yo estoy enfrascada en mis pensamientos.

Al cabo de un rato, dice:

—Esa gente… Nadie debería escribir esas cosas.

Asiento despacio y finalmente verbalizo lo que tanto asco y, a la par, miedo me da:

—Hay gente que no conozco allí fuera, esperando a que sea mayor de edad para… ¿para qué? No quiero ni pensarlo.

—Voy a informar a Daniel y a tu padre de esto, ¿de acuerdo? Está mal que hablen así de ti.

—Lo sé, sé que está mal, pero… lo hacen.

Unos meses más y será legal. ¿Alguien tiene sus redes sociales?

Dios mío. ¿Cómo puede haber en el mundo gente tan horrible y asquerosa?

—Gracias —le digo, de todo corazón—. Gracias por sacarme de ahí.

—Cuenta siempre conmigo, princesa.

Me toma la mano por encima de la cabina y la lleva a sus labios, donde deja un suave beso. Después de eso su agarre se afloja, como si fuese a soltarme, pero yo lo tomo con fuerza. No quiero que me deje.

Oliver me toma la mano durante todo el camino. Llegamos a una zona de descanso en la carretera. Lo miro con curiosidad mientras abre la puerta y saca la comida. No dejo que llegue a mí y salgo del coche antes de que haga su peculiar gesto de abrirme la puerta.

Vamos a un camino iluminado con bancos a los bordes, rodeados de césped. Al cabo de unos metros me doy cuenta de que estamos cerca del mar.

—Ostras —susurro, soltando su mano y precipitándome hacia el final del camino—. Esto es precioso.

Nos encontramos en un acantilado, con mesas de pícnic y luces, la mayoría ya apagadas. No hay nadie a la redonda, al menos no que nosotros veamos. Y aquí, lejos de la ciudad, se respira paz.

—¿Te parece un buen lugar para cenar, o prefieres volver a casa? —pregunta Oliver.

No hay segundas intenciones. Está esperando a que yo dé el visto bueno.

«Por supuesto. Es tu guardaespaldas».

—Es perfecto. Gracias.

Nos sentamos en un banco cerca del precipicio. Entre nosotros están las patatas, las hamburguesas y la pizza. Y, aunque ya están frías, sé que las encuentro mucho más ricas de lo que me hubiesen resultado en el restaurante.

Comemos en silencio viendo el océano y las olas romper en la oscuridad. Me parece un sitio increíble, precioso. Y mientras la cena llena mi estómago, la paz invade mi cuerpo. Quizá no sea capaz de sacar esos mensajes de mi cabeza durante mucho tiempo, tal vez no lo haga nunca, pero, al menos ahora, me siento mucho más tranquila.

Es lo que tiene el anonimato de internet. Es muy sencillo escondernos tras un nombre de usuario e insultar a la gente, pero ¿acaso la gente no piensa en que detrás hay una persona? ¿En que puede que leamos lo que nos dicen? ¿En cómo puede afectarnos?

Para mí, que internet sea libre no quita peso a que tú seas un maleducado. No es solo lo que no te atrevas en decir a la cara, no lo hagas. También está el ver si lo que vas a decir hará daño a la gente. Para eso, mejor cállate. ¿Cómo de malas y de moralmente inútiles pueden ser las personas para dejar comentarios así de horribles?

Cuando estoy mejor, con el estómago lleno y el alma tranquila, cuando me siento cómoda con solo Oliver a mi lado y el sonido del mar, digo:

—Creo que lo que menos me ha dolido de todos los comentarios es que me llamen fea.

—Porque no lo eres —replica casi al instante. Parece sincero.

—Ah, ¿no? —me burlo, girándome hacia él.

—Claro que no. Eres preciosa.

La facilidad con la que dice esas palabras, casi sin esfuerzo, como si fuese una verdad universal... Me deja sin aliento.

—Vaya, muchas gracias.

—¿Y esa sorpresa? Pensé que lo sabías.

—¿Que tú pensabas que era guapa? No.

Pero Oliver niega con la cabeza.

—Que eres preciosa. No porque yo lo piense. Porque lo eres para cualquiera. Por dentro y por fuera.

El corazón me late desbocado. Creo que en cualquier momento va a salirse de mi pecho y saltar hacia la mar, precipitándose hasta desaparecer entre las olas que chocan a nuestros pies. Quiero creerle. Quiero creer que es sincero y no solo trabajo. Pero es tan complicado pensar que alguien de verdad pueda tomarse el tiempo de conocerme y, una vez lo haga, de quererme tal y como soy... que resulta inverosímil. Porque soy un desastre. ¿Y cómo alguien va a tomarse el tiempo de conocer, esperar y respetar a este desastre? ¿Cómo puede alguien querer a un desastre así?

Terminamos de comer en silencio. Solo el sonido de las olas rompiendo. Solo nosotros. Solo paz.

Y me encanta.

—¿De verdad te parezco guapa? —pregunto después de un buen rato de olas rompiendo a nuestros pies.

—Claro. ¿Por qué lo preguntas?

Me río, pero él no lo hace.

Sacudo las migas de mi ropa, me pongo de pie y me estiro.

—Has bromeado más de una vez con que te gusta que te bese y esas cosas.

—Novalee... No estaba bromeando.

—Ya, claro. —Me río—. A mí no tienes que adularme, quien te paga es Braxton.

Estoy nerviosa, pero más lo estoy cuando él también se pone de pie. Oliver es más alto que yo. El viento costero le revuelve el pelo y se inclina sobre mí. El corazón vuelve a latirme con fuerza.

—No es que me parezcas guapa. Me pareces preciosa. Me gusta cómo eres, por dentro y por fuera. Y claro que me gusta que me beses, tanto como me gustaría que me dejaras hacerlo.

—Está bien.

—¿Está bien?

—Yo también te doy permiso para besarme. Cuando quieras.

Pum-pum.

—¿Y si lo hago ahora?

—No te detendré —admito.

—Yo también te parezco guapo.

A diferencia de mí, lo suyo no es una pregunta. Así que me limito a asentir.

—¿Y vas a besarme?

Se acerca tentativamente a mis labios.

—Puede.

—¿Solo puede?

—Cierra los ojos, princesa.

Obedezco y espero impaciente, con el corazón latiendo a toda velocidad. Espero y espero, pero no lo hace.

Cuando abro los ojos Oliver ha dado un paso para alejarse de mí y sonríe con bravuconería.

—Es cierto —murmura—. Sí tienes ganas de que te bese.

Abro la boca para gritarle, indignada, pero él regresa a mi lado y pone un dedo sobre mis labios, haciéndome callar. Después se inclina sobre mí y lleva la boca hasta mi oído antes de susurrar:

—Tranquila, princesa. Un día te besaré. No hoy. Quizá mañana. Quizá pasado. Pero puedo prometerte que será inolvidable.

—Tienes expectativas muy altas, Oliver King.

—No son expectativas.

—¿Son hechos?

Niega con la cabeza.

—Son deseos. De ser tan especial para ti como para que no me olvides.

El corazón sigue latiendo con fuerza. Acelerado. Perdido. Creo que no sé cómo entender a este chico. Pero sí sé una cosa, la más importante: que puedo confiar en él. Y creo que, por ahora, me es suficiente.

Veinticinco

Mi esguince mejora muy rápido y no tardo en librarme de la muñequera. Casi a la par Daniel me informa de que tengo una cena programada con mi padre. A diferencia de la anterior, seremos solo él y yo. Cena de padre e hija.

No es mucho, pero reconozco que una parte de mí está emocionada porque..., bueno, voy a salir a solas con mi padre. Y otra tiene miedo, no quiere emocionarse, no quiere que le rompan el corazón.

—Vamos, Nova. No importa lo que te pongas.

O al menos eso me digo a mí misma, pero me miro cincuenta veces antes de salir de la habitación. Llevo un maquillaje leve y un vestido sencillo rosa suave.

¿Por qué la ropa me parece ahora tan importante? Cuando salía con mamá no lo era, a menos que quisiéramos vestirnos parecidas.

«A veces te echo tanto de menos que es irreal cuando no lo hago».

Oliver y Eric ya están listos y preparados al lado de la puerta. Llevan trajes a juego, que me hacen pensar cómo narices nadie ha reconocido antes a Oliver como mi guardaespaldas. ¿Será por las gafas? O porque a él, un traje no solo lo hace elegante, lo hace sexy.

«¡Novalee! ¡Por favor!».

—Estás muy guapa —dice Oliver. Su voz rebota por toda la sala.

Asiento con una sonrisa. Eric ni siquiera se inmuta. Tiro de las faldas de mi vestido hacia abajo. No sé ni por qué. Tal vez por nerviosismo.

Me quedo junto a ellos mientras Braxton llega a nuestra cita. Antes de él baja Mateo. Lleva puesto un traje azul con un corte última moda. No viene a cenar con nosotros, pero parece que también ha quedado para salir. Podría jurar que llegado a un punto alza la barbilla, pero no parece altivo. Cuando sus ojos se encuentran con los míos, camina decidido hacia mí.

—Quiero hablar contigo —susurra.

Me toma de la mano y me hace a un lado, alejándonos de los dos guardaespaldas, aunque cuando habla estoy bastante segura de que ellos también pueden escucharle:

—Olvida todo lo que mi madre te dijo en la fiesta porque solo quería descargar su odio. Hoy solo piensa en disfrutar de la cena.

Abro la boca para preguntar por qué me dice eso, pero Mateo se gira y se aleja antes de que las palabras salgan de mi boca. Braxton aparece al poco tiempo. Sonríe y eso me da tranquilidad.

—Hola, Novalee. ¿Cómo estás?

Pasa un brazo sobre mis hombros y creo que... ¿me siento bien?

Cogemos el coche y pasamos por varias calles, cruces, y mis ojos siguen puestos en Braxton. Me pregunta por la semana de clases y por la obra. Todo gira en torno a mí. Primero disfrutamos de la película, aunque tenemos que entrar cuando la sesión ya ha iniciado y Eric nos insta a salir antes de que termine, para que nadie pueda ver a Braxton.

Luego llegamos al restaurante y, aunque Daniel prometió uno muy íntimo..., hay paparazis. Braxton parece acostumbrado, pero yo no lo estoy. Pone la mano sobre mi rostro, protegiéndome, y pasamos al interior. Una vez allí todo es más tranquilo. Los camareros nos sirven vino y palitos de pan. Braxton me pregunta más sobre el instituto. Yo, sobre la serie.

Y en el fondo de mi cabeza, la pregunta sigue picando: ¿tan mala fue su relación con mi madre?

—Tienes que probar el tiramisú de este sitio, es increíble —comenta al llegar al postre, ojeando la carta.

Aunque Mateo me aconsejó que me olvidara de lo que dijo su madre, no puedo hacerlo. Ha estado quemando en mi interior todo este tiempo, al igual que el consejo de preguntarle a la que tal vez sea la única persona que tenga respuestas para mí. Pero me aterra la respuesta.

Adoro a mi madre. Me he pasado toda la vida bajo su protección y ha sido la persona a la que más he admirado en el mundo. No puedo imaginarme lo que sería que ese hechizo se rompiera. No consigo imaginármela como alguien… malo.

Al final, las palabras escapan de mis labios sin que pueda contenerlas más:

—¿Cómo os conocisteis tú y mi madre?

Braxton casi se atraganta con su copa de vino, pero traga el sorbo y sale del paso. Carraspea y se toma unos cuantos segundos más, abriendo la boca un par de veces, pero sin terminar de responder.

—¿Qué es lo que sabes? —dice al fin.

Me encojo de hombros tratando de parecer tranquila aunque el corazón me lata a mil por hora.

—Que engañaste a tu esposa con mi madre. ¿Es cierto?

Braxton se atraganta con más fuerza aún. Tiene que pedir una servilleta. Puedo ver en su pose que está incómodo y a mí el corazón todavía me va más rápido. Estoy empezando a sospechar que no va a contestarme.

—No deberías creer todo lo que dicen.

—Por eso te estoy preguntando —replico.

—La verdad es… difícil.

—Entonces ¿sí que engañaste a tu mujer con ella? ¿Tuvisteis una aventura?

El corazón, que parecía estar echando una carrera, ha entrado en parada y amenaza con romperse. No quiero creerlo. Aunque casi me lo acabe de confirmar, no quiero hacerlo.

—Mamá era una buena mujer. Ella no haría…

Las palabras se quedan en mi garganta, incapaz de imaginarla metiéndose en medio de un matrimonio. Para mí ella siempre ha sido buena, siempre ha sido la mejor.

—Sacrificaba todo para cuidarme —murmuro más para mí que para Braxton—. Se pasaba todo el tiempo trabajando…

—¿Trabajando? Pero si os mandaba dinero…

Me muerdo el interior de la mejilla. Lo dice como si mandar dinero pudiese suplir su labor de padre…

—¿Y? El dinero es solo papel.

Braxton tira de su corbata para aflojarla. Tiene las mejillas encendidas.

—Mamá quiso guardarlo todo para que estudiara una carrera o lo aprovechase cuando fuese mayor. No gastamos nada de lo que nos enviaste mientras ella estuvo bien, pero al enfermar decidí usarlo en pagar las facturas —continúo—. Ella no quería y creo que, ya hacia el final, tampoco tuvo energías para saber que lo gasté casi todo en los cuidados paliativos.

«Y ahí se termina todo».

—No lo sabía, Novalee. Yo…

—Da igual. —Me encojo de hombros—. No me arrepiento de nada.

Volvería a hacerlo una y otra vez con tal de hacer los últimos días de mamá más fáciles. Daría todo lo que tengo solo porque regresara.

«Pero eso no está en tus manos, Novalee».

Llegan los postres y a Braxton y a mí nos dejan el mismo en frente, de chocolate. Me giro a la mesa de al lado, donde están Eric y Oliver. Han pedido un postre de limón, aunque no prestan atención a la comida. Nos miran a nosotros. Ahora mismo pagaría por intercambiarme con Eric y ser yo quien estuviese compartiendo cena con Oliver.

«Incluso si solo me considera trabajo».

—Eres muy madura para tu edad y por todo lo que has vivido, Novalee —suspira Braxton, reclamando mi atención—. Me sorprendió cuando llegaste. Estaba preocupado por cómo estarías tras perder a tu madre.

—Tuve tiempo para despedirme de mamá y hacerme a la idea, pero no te equivoques. Duele igual.

Él asiente como si entendiera, pero dudo mucho que lo haga. Igual que dudo mucho que de verdad estuviese preocupado, cuando ni siquiera mostró interés en recibirme el primer día. De pronto, todas mis ilusiones y esperanzas de que de verdad me quiera se resquebrajan. Había paparazis en la puerta sacándonos fotos. En la fiesta de su casa, también. Incluso en la hamburguesería. Todas las veces que Braxton ha interactuado conmigo ¿solo era para quedar bien de cara a la prensa? No puedo sacarme esa idea de la cabeza.

—Hace más de un año desde que nos dieron la noticia —empiezo hablar cuando él no dice nada más—. Lo recuerdo perfectamente. Quedaban apenas dos semanas para Navidad y ahí supimos que el cáncer había hecho metástasis. Nuestros amigos, nuestra comunidad, se volcaron en cuidarnos.

—Lo siento mucho.

Por alguna razón, me enfada que pida perdón porque no lo hace por las razones correctas. No puedo olvidar que él no estuvo en los momentos más duros.

—Hubiese estado bien saber de ti en ese momento, ¿sabes?

Silencio.

—Hace dos años nos enteramos por primera vez del cáncer —prosigo—. Y tampoco estuviste allí entonces.

Braxton baja la mirada y es peor.

Se avergüenza. Pero ¿de qué sirve avergonzarse ahora si nos abandonó?

—Mamá quiso luchar, ¿sabes? Por mí. El médico le dijo que no había muchas posibilidades, pero no quería dejarme sola, porque sabía que, sin ella, no tenía más familia.

Braxton sigue en silencio. Puedo ver a través de las lágrimas que le duele escuchar lo que le estoy diciendo, pero tiene que saberlo. Tiene que entender que, por muy abierta que esté a conocerlo, no voy a olvidar todo el dolor y todos los años en los que él estuvo ausente.

Pensé que podría, pero, mientras las palabras salen como un torrente de mi boca, me doy cuenta de que no es así. De que el dolor me consume, y ahora que lo he dejado salir, no puedo ponerle freno y volver a guardarlo en mi interior.

—Empecé a ir al psicólogo y él me recetó antidepresivos durante unos cuantos meses. Mamá medio me obligó de primeras, porque yo no quería aceptarlo. No podía. ¿Sabes lo difícil que es entender que tu madre va a morir? Que no importa lo que hagas, lo que te esfuerces, lo que reces e implores... Ella iba a morir y tú no puedes hacer nada para evitarlo.

Llegados a este punto, las lágrimas ya corren por mis mejillas. Sé que a veces puedo llegar a ser demasiado dramática, demasiado explosiva, como en estos momentos, pero... es lo que sucede cuando lo guardas todo herméticamente durante mucho tiempo.

Mi psicólogo ya me lo advirtió una vez. Debía dejar salir esos sentimientos tristes y llorar, porque si apagaba mis emociones después no lograría contenerlas.

—Novalee, lo siento mucho. Sabía que estaba muy enferma, pero no pensé que...

Trata de coger mi mano, pero yo se la aparto.

—Ahora mismo prefiero que no me toques. —Niego con la cabeza, con las lágrimas aún amontonadas. Braxton retira la mano—. Esa vez deseé que tú estuvieras ahí. No el actor famoso que posa para los paparazis y quiere presumir de tener una familia feliz. Quería un padre. Alguien más que me apoyase, que pudiese cuidar de mamá conmigo. Por primera vez te quise con fuerza y... nada. Estábamos solas.

—Yo no...

—Cuidé de mi madre enferma yo sola, y aprendí a no depender de nadie.

Creo que él también llora, pero no me importa. A él no lo dejaron solo.

—Si ahora lo llevo bien es porque pasé parte del duelo antes de que mamá se fuese. Le dije casi todo lo que quería y sentía antes de despedirnos. Conseguí aceptar que no podía cambiar lo que iba a suceder. Eso no hizo que doliese menos, pero sí que pudiese seguir adelante.

Me limpio las lágrimas y me recompongo. Miro a Braxton, que sigue boquiabierto:

—Así que no me des rodeos cuando lo único que quiero son respuestas. ¿No te apetece hablar de cómo narices os conocisteis? De acuerdo. Si he podido aprender a vivir sin mi madre, supongo que también puedo vivir sin saber esa historia. Y sin ti.

Está bien. Ahora sí que estoy siendo dramática. Mi excusa es que es el dolor quien está hablando.

No me importa Braxton Scott. No me importa su dinero, ni su fama, ni sus futuros proyectos. Yo solo quería un padre. Ahora ya ni eso.

Veintiséis

Nos vamos del restaurante sin probar ni una cucharada de nuestros postres. El viaje se hace muy incómodo y ninguno de los dos habla. Braxton parece sumido en sus pensamientos, y yo... Estoy apretando los puños con tanta fuerza que mis uñas se clavan en las palmas de las manos hasta dejarme marcas enrojecidas en la piel. Aunque he conseguido dominar las lágrimas, tengo los ojos hinchados.

Al llegar a la casa voy directa a la habitación, sin despedirme de nadie. Tampoco me siguen. Trato de relajarme tomando un baño, pero la tristeza se ha ido convirtiendo en rabia y enfado, en frustración. Necesito sacarla.

Eso es lo que hace que, sin importar la hora, me plante delante de la habitación de Oliver vestida con mi pijama. Esta vez, por lo menos, me acuerdo de llamar a la puerta. Abre a los pocos segundos. Al igual que yo, está vestido con el pijama, aunque en su caso solo se trata de unos pantalones largos y holgados, sin parte de arriba. Se sorprende al verme y veo un rastro de preocupación en sus ojos.

—¿Estás bien? ¿Quieres hablar?

Sacudo la cabeza y niego.

—¿Es muy tarde para una sesión nocturna de defensa personal?

Alza las cejas, confuso.

—No sé si es buena idea.

Sus ojos bajan de mi rostro hacia mi brazo.

—Mi muñeca ya está bien —le aseguro, y la muevo para asegurarme—. Y me vendría realmente bien, si no estás muy cansado, claro.

Sé que a estas horas le estoy pidiendo un gran favor, pero lo necesito.

Oliver me evalúa durante unos segundos más. No sé qué es lo que está pensando o si se ha dado cuenta de lo que me sucede, pero finalmente acepta.

—De acuerdo —dice, y sale de su habitación—. Vayamos al gimnasio.

Vestidos solo con nuestros pijamas y descalzos, avanzamos por el pasillo hasta el gimnasio. El suelo está frío, pero no importa. Solo quiero descargar toda esa energía, rabia y adrenalina que siento correr por mis venas. Es eso o ponerme a gritar.

—De acuerdo, ¿por qué ejercicio comenzamos?

Me encojo de hombros mientras los dos quedamos cara a cara encima de las colchonetas donde hemos practicado otras veces.

—¿Y si comienzas por intentar derribarme?

Asiento con la cabeza y trato de recordar los movimientos que me ha enseñado, pero con lo de la muñeca han pasado bastantes días y apenas me acuerdo. Mi cerebro también parece incapaz de concentrarse y siento que mi pie se mueve con nerviosismo, no puedo de quedarme quieta. Así que solo ataco y me lanzo contra Oliver.

Él, que me saca por lo menos una cabeza de alto y sus músculos son el triple que los míos, me frena casi sin esfuerzo.

—Así no, Nova. Vamos, concéntrate.

Me hago a un lado unos segundos, estrujándome el cerebro en recordar la técnica, y vuelvo a lanzarme contra él.

De nuevo consigue frenarme. Solo que esta vez no espero a que diga nada, ni descanso. Una y otra vez trato de ir contra él, de derribarlo, hasta que llegados a un punto estoy jadeando por falta de aire, cansada, mientras Oliver solo me sujeta entre sus brazos, inmovilizándome.

Me quedo quieta unos segundos mientras trato de recuperar el aire.

—Novalee, hablemos —pide con voz calmada. Demasiado calmada.

—Ya te he dicho que no quiero hablar.

Y vuelvo a intentar abalanzarme sobre él.

Esta vez Oliver sí se mueve, pero lo hace para cambiar la posición. Me obliga a girar, por lo que le doy la espalda y quedo totalmente sometida a él. Por mucho que me mueva o patalee, no puedo escapar de sus brazos.

—Estás enfadada, y lo entiendo. La cena no ha ido como esperabas.

—Te equivocas. Nada ha sido como esperaba. Mi madre nunca tendría que haber conocido a Braxton y yo no debería estar aquí con él. ¡Ni siquiera me quiere!

Eso último casi lo grito. Vuelvo a revolverme, todavía ahogada en rabia, pero es inútil contra Oliver.

—No vas a estar mejor si no lo hablas, Novalee. Y el enfado no va a desaparecer pegándote con la gente. Créeme, sé de lo que hablo.

—Gracias, pero ahora mismo no tengo ganas de conversar.

—Te creo. Pero si cambias de opinión —su agarre se suaviza y siento que se me pone la piel de gallina cuando sus labios rozan mi cuello—, estaré aquí para escucharte.

De pronto recuerdo una de las técnicas que me enseñó, y aunque en cualquier otro momento dudo que pudiese liberarme de él, ahora está con la guardia baja. Oliver no se lo espera, así que, cuando me agacho y le tomo de una de las piernas, logro que pierda el equilibrio y su agarre sobre mí termine de deshacerse.

Pero mi plan tiene algunas lagunas, y no solo él pierde el equilibrio, yo también lo hago. Cae de espaldas sobre la colchoneta y yo sobre él. Mi cara golpea su pecho mientras mis piernas se deslizan a ambos lados de su cuerpo y me quedo a horcajadas.

—¿Estás bien? —pregunta.

Asiento y levanto un poco la cabeza. Sus manos me atrapan de la cadera, deslizándose bajo la camiseta del pijama y llegando a ese punto de la cinturilla del pantalón donde comienza la piel desnuda. Siento escalofríos allí donde me toca, como pequeñas corrientes que me recorren el cuerpo. Y de pronto es como si la rabia se hubiese aflojado. Sigo sintiéndome llena de energía y enfadada, pero quizá... un poco menos.

Cierro los ojos unos segundos y, cuando los vuelvo a abrir, me he inclinado más sobre él, hasta el punto en el que nuestras narices casi se rozan.

—Conseguí derribarte.

Trata de ser una burla, pero mi voz suena liviana. Aprieto los labios y Oliver baja los ojos hacia ellos. El pulso se me acelera y esta vez no tiene nada que ver con la rabia y el enfado. De hecho, el contacto con él hace que cada vez lo note menos. Me muevo un poco, acomodándome, y puedo notar el roce de una incipiente erección contra mí intimidad.

Oliver aprieta su agarre sobre mí hasta el punto de clavarme los dedos en la piel. Jadeo porque en lugar de doler, me provoca deseo.

—Novalee...

Su voz es ronca y puedo ver la lujuria en su mirada. Quiere esto tanto como yo. Y yo lo quiero a él.

Vuelvo a moverme y su aliento se entremezcla con el mío mientras un sonido ronco y grave sale de sus labios.

—Princesa, vas a acabar con...

No le doy tiempo a terminar la frase. Acorto la distancia y lo beso. No es un beso suave. Ni tímido. Ni calmado. Lo beso con toda la rabia que tengo en el cuerpo. Con enfado. Con energía. Lo beso como si fuese aquello que me ata al mundo, al presente. Lo que me contiene y a la vez me libera. Lo beso con ganas. Con fogosidad. Lo beso y es como una droga. Mejor que una droga, porque esa parte de mi cabeza que no deja de darle vueltas a todo, esa que duele..., comienza a apagarse.

Me centro solo en Oliver y en cómo me está devolviendo el beso. En sus labios chocando con los míos y su lengua adentrándose en mi boca. La habitación se llena del sonido de nuestras respiraciones aceleradas y nada importa. Ahora no estamos en una fiesta rodeados de personas. No tenemos que fingir. Y es un millón de veces mejor.

Las manos de Oliver suben más arriba por mi cintura, tratando de acercarme contra él. Mi camiseta se levanta y mi piel desnuda se posa sobre la suya. Sin dejar de devorarnos. Ahora entiendo cuando la gente habla de pasión. De deseo. Es esto. Es él. Somos nosotros.

«Ojalá pudiese durar para siempre». Expulso el pensamiento traicionero de mi cabeza. Ahora mismo no sirve de nada pensar en la fragilidad de los instantes, en cómo todo cambia y la vida tiene planes inesperados para nosotros. No pienso en que pronto me iré. Y lo sigo besando.

Oliver se incorpora y me inclino hacia atrás, todavía sentada sobre su regazo. Paso las piernas alrededor de su cintura, atrayéndonos más. Su erección aprieta contra mí y me muevo. La fricción contra mi clítoris me hace jadear, y él atrapa mi labio inferior entre sus dientes, tirando de él con suavidad.

Lo miro a través de las pestañas. La electricidad flota entre nosotros, pero durante unos segundos me siento vulnerable. Y no me importa. No con él.

—Novalee —susurra, apretándome contra él.

Es como si solo necesitase pronunciar mi nombre y, aun así, quisiera decir más.

Coloco las manos sobre su cuello, deslizándolas por su rostro y tomándolo bajo las mejillas. Lo beso de nuevo, esta vez más dulce. Saboreo cada parte de su boca y me fundo en ella. Cuando me muevo de nuevo, suspiro contra él. Oliver gruñe y sus manos llegan más arriba, hasta alcanzar mi pecho. Lo cubre y acaricia. Me pellizca el pezón con suavidad y la sorpresa hace que deje de besarlo por unos segundos, pero la sangre me hierve con el mero roce. Lo repite y esta vez gimo. Eso lo vuelve loco.

Antes de que me dé cuenta, tira de la camiseta y me la saca por la cabeza. Después me hace girar y ahora es mi espalda desnuda la que choca con la colchoneta mientras su cuerpo cubre el mío.

Aunque quisiera protestar, no puedo porque su boca vuelve a atacar la mía. Se hace hueco entre mis piernas y me toma de los brazos, agarrando mis muñecas sobre la cabeza.

Quiero quejarme cuando sus labios me abandonan, pero entonces los siento en mi cuello. Cierro los ojos mientras deja un rastro de besos sobre la piel y mordisquea un punto en mi mandíbula que me hace volver a jadear.

Pero no se detiene ahí. Sin soltarme las muñecas continúa bajando hasta llegar a mi clavícula. Y lo hace un poco más. Hasta mi pecho. Mi espalda se arquea involuntariamente y otro gemido sale de mis labios cuando los suyos atrapan mi pezón.

Quiero esto. Lo anhelo. No era consciente de lo mucho que lo necesitaba, de las ganas que tenía, hasta ahora.

Oliver juega con mi pezón al darse cuenta de lo sensible que es, y luego pasa al otro. Una de sus manos se aleja, inmovilizando mi muñeca solo con una, y toma mi pecho mientras su boca se mueve hacia el otro.

Cierro los ojos y arqueo más la espalda. Quiero tocarlo. Lo necesito. Pero cuando lo intento él me tiene agarrada. Se ríe al escuchar mis quejas. Sin embargo, me suelta y deja mi pecho para regresar a mi boca. Vuelve a besarme y la sensación es increíble. Siento que estoy a punto de entrar en combustión y a la vez que no puedo tomar suficiente de él.

Por fin mis manos son libres y mientras me besa puedo acariciar su espalda. Esta vez es Oliver quien jadea mientras mis dedos recorren sus músculos trabajados. Disfruto acariciándolo y bajo más, hasta llegar a la cinturilla de sus pantalones. Mis manos se meten traviesas bajo la tela y le agarro del trasero, apretándole más contra mí. Puedo ver lo mucho que desea esto.

—Hazme olvidar, Oliver —susurro contra sus labios.

Y es ahí cuando el desastre comienza. O, más bien, cuando Oliver deja de besarme. Se aparta dejando un vacío sobre mis labios. Apoya los codos a ambos lados de mi cara y se levanta lo suficiente para poder mirarme a los ojos.

—¿Qué has dicho? —pregunta.

Su voz es ronca y seca, pero su mirada brilla.

—Quiero que me hagas olvidar —repito, con los labios hormigueantes de las ganas por volver a besarlo—. Quiero estar contigo y dejar de pensar en todo.

Pero él niega con la cabeza.

—Así no, Novalee. Así no.

Y, aunque me parece ver el dolor cruzar por su rostro, siento el vacío que deja su cuerpo cuando rueda hacia un lado y se aparta de mí.

Parpadeo, medio desnuda y sin camiseta, con los ojos puestos en el techo sin entender qué demonios acaba de pasar.

—¿Lo dices en serio?

—Toma. Vístete.

Me lanza la camiseta del pijama que está a un lado en el suelo y me cubro con ella. Oliver me observa con los ojos llameando y el rostro encendido.

—¿No quieres seguir? —pregunto.

—¿Estás de broma? Joder, claro que quiero, pero no así. Estás mal, Novalee.

—No estoy mal.

Me enfada siquiera que lo plantee, que lo diga de esa forma, como si tuviese un problema.

—Estás enfadada con tu padre y triste. Ahora mismo solo me estás usando para olvidarte de todo y… Mierda, así no. No mientras tú estés mal. Porque esto no va a arreglar como te sientes.

—No estés tan seguro…

—Te hará olvidar un rato, pero luego volverás de nuevo a sentirte mal. Y te preguntarás si te acostaste conmigo porque de verdad querías o para sentir algo diferente al enfado.

Me asusta y asombra que haya podido leerme tan bien. ¿En qué momento me ha llegado a conocer tanto? Pero, a la vez, sé que no tiene del todo razón. Estoy bastante segura de que sí quiero esto; con enfado o sin él.

—Entonces, solo para asegurarme, ¿no quieres seguir? —logro preguntar.

—No. Hoy no.

No sé si es mi orgullo hablando. O quizá mi renovado enfado. Porque la rabia y el resentimiento han vuelto.

O tal vez que no sé encarar un rechazo más en mi vida.

Aprieto los puños y le suelto:

—Genial. Entonces no será ni hoy ni nunca.

Después me giro y me voy del gimnasio con paso acelerado, sin dignarme a mirar atrás en ningún momento, aunque logro ver a Oliver llevándose las manos a la cabeza con frustración. No dejo de caminar hasta que llego a mi habitación, y justo ahí, en la seguridad de estas cuatro paredes que me han acompañado desde mi llegada a la casa…, rompo a llorar. Y no paro hasta quedarme dormida.

Veintisiete

A la mañana siguiente temo encontrarme con Oliver, pero estar enfadada me da hambre y eso me pone todavía de peor humor.

Cuando llego a la cocina solo encuentro a una persona en ella, pero es Mateo. Por extraño que pueda sonar, me alegro de que sea él.

—Buenos días —saludo.

Trato de ser agradable, en serio que lo hago. Pero mi voz suena más a amenaza de muerte que a saludo de primera hora del día. No le pasa inadvertido y sus cejas se alzan mientras baja el café. Está desayunando en la barra americana de la cocina en lugar de en el comedor, como otras veces. También continúa usando su pijama y tiene marcadas profundas ojeras.

Recuerdo entonces que anoche también salió, pero con todo lo sucedido ni siquiera estuve atenta a su llegada.

—Alguien no ha dormido bien esta noche, ¿eh? Felicidades, ya somos dos.

Levanta el café como si fuera una copa para brindar y no entiendo si pretende ser gracioso o solo quiere compartir las penas. Pero tengo el corazón anestesiado. Es como si no pudiese sentir más. No más alegrías, pero tampoco más sufrimiento. Ha llegado a su límite.

Me preparo mi propio café, aunque por norma general no acostumbre a tomar mucho. Después tomo sitio frente a él en la barra. De primeras creo que va a ser incómodo, pero, por alguna razón, no lo es. Mateo toma a pequeños sorbos su café y me observa con curiosidad.

Recuerdos del día de la fiesta llegan a mi cabeza. Hablé con él, estoy segura. Y luego al día siguiente…

—Tengo que preguntarte —suelto sin contenerme, porque no puedo vivir con la duda—. ¿Fuiste tú quien me subió un plato de pasta al día siguiente de la fiesta?

—Es la mejor comida para la resaca —admite mientras asiente—. Pensé que la necesitarías.

—¿Y el zumo?

—También.

—¿Por qué?

—¿Por qué lo hice? —repite, y junta las cejas con confusión.

—Es solo que no te caigo bien. —Me encojo de hombros—. Entiende que me sorprenda.

En sus labios aparece una sonrisa, pero está cargada de tristeza.

—Pensé que esta conversación ya la teníamos superada, Novalee. Aunque entiendo que no recuerdes mucho de ese día.

«Ups».

—¿Te dije algo malo?

—Básicamente me escupiste la verdad sobre cómo te sientes: que piensas que te odio.

—Oh —susurro, un tanto avergonzada, pero enseguida sacudo la cabeza. En mi cuerpo ya no tienen cabida más emociones—. Lo siento, pero es que es así.

—No, no es así. Aunque es mi culpa que lo creas. No he sido un buen hermano mayor.

El corazón me da un vuelco de pronto reviviendo todos los sucesos de la noche anterior. Quizá no esté tan anestesiado como pensaba.

«Ha dicho "hermano mayor"».

—Supongo que tampoco ha sido fácil para ti —consigo decir—. Ninguno de los dos tenemos la culpa de cómo han actuado nuestros padres.

Mis palabras hacen que recuerde la conversación con Braxton. La traición. La confirmación de lo que él y mi madre hicieron..., y duele. Sin duda, no tenía anestesiado el corazón. Solo lo pretendía para evitar más dolor. Pero no podemos huir para siempre de las emociones. Siempre terminan por alcanzarnos.

—Sí y no —responde—. No somos nuestros padres, está claro. Ni debemos responsabilizarnos de lo que ellos hicieron. Pero sí de nuestras propias acciones. Soy adulto, ha estado en mi mano tratarte bien o… hacer lo que hice. Y lo siento mucho, Novalee. No te lo merecías, y nunca me paré a pensar en el daño que te estaba haciendo.

Irremediablemente se me llenan los ojos de lágrimas. Y lo hacen tan rápido que no me da tiempo a poder apartarlas ni limpiarlas. No sé si es por esta confesión, que tanto necesitaba, o quizá por la acumulación de lo que ha sucedido. En los últimos días parece que no puedo dejar de llorar.

—Lo siento mucho —repite Mateo.

Me rodea con los brazos y me atrae hacia él. Siento su calor como una burbuja que se expande sobre nosotros, protegiéndome.

—¿Es real? —pregunto entre hipidos—. ¿O solo se trata de una broma pesada?

—Me dijiste que esperabas encontrar en mí un amigo, algo parecido a un hermano —susurra sobre mi coronilla—. Y me gustaría intentarlo, Novalee.

Continúa abrazándome mientras lloro durante lo que podrían ser largos minutos, hasta que creo que consigo contener las lágrimas y me aparto de él. Tiene la camiseta del pijama mojada allí donde me he apoyado.

Sus manos se posan en mi mejilla y me limpia las lágrimas con los dedos. Es un gesto tan cercano y protector que me reblandece todavía un poco más el corazón. No sabía hasta qué punto echaba de menos que me cuidaran.

—Sé lo que se siente al estar solo en esta casa —susurra—. No de la misma forma que tú, pero… No se lo deseo a nadie. Mucho menos a mi hermana pequeña.

Otra vez. Me ha llamado hermana pequeña. La emoción hace saltar una pequeña chispa dentro de la oscuridad que parece haberse apoderado de mi interior.

—Novalee, ¿qué pasó anoche con papá?

Trago saliva y decido confiar en Mateo. Necesito confiar en alguien. Si él también me hace daño, no sé si podré recuperarme. Pero confío en sus sentimientos y en la forma en que me cuida. Los gestos valen más que mil palabras.

—Le pregunté cómo conoció a mi madre y no quiso responderme.

—Lo siento, yo tampoco sé de verdad cómo se conocieron. Solo la parte que mi madre me contó y estoy bastante segura de que está sesgada.

—Ellos la engañaron —digo, y las palabras se clavan como puñales en mi pecho—. Tiene todo el derecho a estar dolida. Pero me cuesta tanto pensar en mi madre haciendo algo así, siendo mala persona…

Vuelvo a sollozar.

«Maldición. ¿Puede alguien parar este grifo?».

—Nadie es perfecto, Novalee. Lo que tienes que recordar de tu madre es lo mucho que te quería y te cuidó. Por lo que he escuchado, fue muy buena contigo.

—Fue la mejor —corroboro.

—Mi madre ni siquiera se preocupa por mí, solo quiere la fama y el dinero —admite—. Sé que no te va a hacer sentir mejor, pero lo que quiero es que te quedes con que ella, para ti, sí era la mejor. Y eso es lo que importa.

—Muchas gracias, Mateo.

Me vuelve a abrazar y yo termino de bajar todas mis barreras. Me acurruco contra su pecho y, tras lo que parecen haber sido siglos, confío.

Cuando por fin parece que me he calmado y que las lágrimas no es que las haya podido controlar, sino que han terminado, el café está frío y Mateo tiene que irse. Se despide de mi con un beso en la frente, pero antes de alcanzar la puerta de la cocina se vuelve.

—Novalee —me llama—. No sé de qué hablarías exactamente ayer con papá, pero hay una cosa que has dicho que me ha dejado pensando.

—¿El qué?

—Dijiste que tu madre no volvió a tener novio ni a estar con nadie desde nuestro padre.

—Así es.

—Él tampoco. Después de tu madre, que yo sepa, no hubo más novias en su vida.

No puedo dejar de pensar en las palabras de Mateo.

En casa, cuando mi vida todavía no había cambiado, seguía las noticias sobre Braxton por internet. Y es cierto, hubo rumores de romances, pero ninguno confirmado. Además, todos eran con actrices coprotagonistas y todo el mundo sabe que eso se inventa para darle más promo a los proyectos. Pero, fuera de eso, es cierto que no se conoce ningún romance más de Braxton Scott.

No salgo del cuarto en todo el día. Fleur aparece con una bandeja con comida y me excuso diciendo que tengo que estudiar. Tampoco es mentira y además me atrapa rodeada de libros, ya que intento centrarme en las materias con todas mis fuerzas.

De Oliver tampoco sé nada. Varias veces he tenido el impulso de ir a la puerta de su habitación y llamar, pero me he contenido. Si él no me escribe ni me busca, yo tampoco lo haré. No fui yo quien rompió el beso.

La noche llega antes de que me dé cuenta. Estoy concentrada en los apuntes de matemáticas, aunque realmente quiero ver series en el teléfono, cuando llaman a la puerta.

—Adelante —digo en voz alta por inercia, creyendo que es Fleur con la cena.

En efecto, es la comida, en una bonita bandeja tapada con un plástico. Pero se trata de Braxton.

Me siento más recta en la cama, cierro el libro de matemáticas y lo dejo a un lado. Al instante me encuentro alerta. Braxton deja la bandeja en el escritorio sin decir nada, pero toma algo de ella y se acerca a mí. Parece un libro.

—¿Podemos hablar? —pregunta, quedándose a los pies de la cama.

«No lo hagas, Nova. Sé fuerte».

Pero está claro que no soy tan dura como me creo, porque asiento y Braxton toma lugar a mi lado. El colchón se hunde bajo su peso y no puedo evitar mirar con curiosidad el libro, que parece viejo; es de color azul y no tiene título.

—Ayer no actué bien, Novalee. No me esperaba tus preguntas y no supe manejarlas, pero sé que no es excusa. Por eso traigo esto.

Mira el libro y yo frunzo el ceño. ¿Será su biografía?

—Me preguntaste cómo conocí a tu madre, y si ella no te lo contó, te mereces una respuesta.

—Nunca pregunté —respondo con rapidez, casi a la defensiva.

Porque es cierto. Jamás se me pasó por la cabeza sacar el tema, por tonto que suene. Mucho menos cuando ella enfermó. Había cosas más importantes.

—Pero a mí sí, y te debo una respuesta.

Deja el libro sobre la cama, entre ambos, pero no lo abre. Entonces me doy cuenta de un detalle. El grosor de las hojas es bastante mayor que el de un libro común. Y aunque he visto pocos, me doy cuenta entonces de que se trata de un álbum de fotos.

Ahora me pican los dedos por abrirlo. ¿Qué habrá en él?

En vez de eso miro a Braxton, me encuentro con unos ojos iguales a los míos y preguntó:

—Entonces ¿cómo fue? ¿Cómo os conocisteis?

—La respuesta corta es que ella fue la enfermera de mis padres, pero entonces no contaría toda la historia.

»Llevaba cinco años casado con Ashley cuando el alzhéimer de mi padre empeoró al punto de no poder estar solo en casa. Pero mi madre no quería llevarlo a una residencia, decía que eso lo mataría. Así que contratamos una enfermera para que cuidase de él y le administrase las medicinas necesarias para mejorar su calidad de vida. Esa enfermera era tu madre.

Mientras Braxton comienza la historia puedo verla en mi cabeza, como si fuese una imagen de cine. Veo a mamá más joven, sonriente y llena de vitalidad, ejerciendo la profesión que más alegrías le trajo.

—Para entonces la relación con Ashley había terminado. Dormíamos en camas separadas, aunque nadie lo sabía. Yo me había mudado a un apartamento en la ciudad y pasaba la mayor parte del tiempo visitando a mis padres. Pero no podía romper los lazos con ella del todo. Amenazaba con quitarme la custodia de mi hijo.

»Lo primero que vi en tu madre por primera vez fue lo bien que trataba a mi padre. Como si fuese su propia familia. Le animaba a salir a pasear, a hacer cosas por él mismo. Tenía paciencia y transmitía alegría. Siempre sonreía, y su sonrisa era preciosa. Como la tuya. Te pareces mucho a ella.

Eso sí suena a mamá. Hasta su enfermedad, ella siempre era sonrisas y felicidad. Nada la derrumbaba, ni el trabajo duro ni el dinero. Siempre podía con todo.

—La gente dice que me parezco más a ti —comento sin darme cuenta, recordando los tabloides—. Dicen que…

—Tienes mis ojos —completa Braxton por mí—. Y es cierto, pero también tienes mucho de Lydia.

Escuchar el nombre de mamá hace que me dé un vuelco el corazón.

Escuchar cómo lo pronuncia Braxton, como si fuese algo delicado, una palabra sumamente valiosa, me remueve por dentro.

—Me enamoré de ella durante esos días, mientras cuidaba de mi padre y yo pasaba tiempo con ellos. Me prendé de su alegría y su fuerza, de la vitalidad que transmitía y… Era guapísima, no te lo voy a negar. Pero no solo por fuera, también por dentro.

—Pero tú estabas casado todavía —puntualizo, porque esa parte duele.

—Llevaba más de seis meses sin ver a Ashley, y si hablaba con ella era solo para ver a Mateo. Nuestros abogados gestionaban todo en secreto. Había rumores de divorcio, pero ella no lo aceptaba.

»Sé que no es excusa. Pero me enamoré de verdad de tu madre en ese tiempo, y ella de mí. Nos quisimos tanto que no tuvimos el cuidado suficiente y Lydia se quedó embarazada. Y ahí no tuve dudas, tenía que terminar del todo con Ashley.

—¿Y lo hiciste? —se me escapa preguntar.

Él asiente.

—Lo hice. Pero en esos días también murió mi padre. La prensa apenas se hizo eco de esa noticia, pero sí del rumor en el que se comentaba que había engañado a Ashley con una mujer, y todos pensaron en la actriz con la que había protagonizado una película en ese entonces. Casi le hunden la carrera por culpa de las críticas.

»Los paparazis pueden ser muy crueles, Novalee. Todos trataban de buscar la exclusiva. ¿Quién era la mujer que había roto mi familia? ¿Con quién había engañado a Ashley aun teniendo un hijo con ella? Nadie sabía que nuestra relación llevaba mucho tiempo rota.

»Después de lo que le sucedió a mi compañera de reparto, tú madre y yo… hablamos. Y decidimos que lo mejor era que no se viese involucrada. Al final el amor no lo pudo todo, como pasa muchas veces y ella deci… Nosotros decidimos que lo mejor era separarnos y criarte lejos de las cámaras, los paparazis y las noticias. Mateo era solo un bebé y ya lo sacaban en los tabloides, ¿qué hubiese sido de ti con todas las mentiras que habían creado?

—¿Y la abuela? —pregunto, porque doy por hecho que su padre murió—. No la he visto en todo este tiempo.

Braxton se remueve nervioso.

—Mi madre y yo no nos hablamos. Ella quería mucho a tu madre y nunca me ha perdonado que no luchase más por ella. Que fuese un cobarde.

No sé qué contestar, pero Braxton abre por fin el álbum de fotos. Y ahí está, la primera de todas. Son mamá y él de jóvenes, de muy jóvenes; ella no puede tener más de veintipocos, él recién sus treinta.

Me llevo la mano a la boca como si pudiese contener la emoción que de pronto me atrapa. Si nunca pregunté, mucho menos esperé ver fotos. ¿De dónde han salido? Pero Braxton pasa página y hay más. Son ellos bailando, ellos jugando al tenis, ellos caminando por el jardín de una casa. Dos señores los acompañan en alguna de ellas, e imagino que son mis abuelos. Se ven felices. Y enamorados. Parece irreal.

—Creía que mamá te odiaba —confieso, mirando las imágenes de ellos sonriendo.

En estos momentos no puedo creerme que ese sentimiento sea real. Ahí puedo ver lo mucho que se querían. Me vuelvo hacia Braxton con los ojos húmedos.

—No lo entiendo. ¿Por qué nunca llamaste? ¿Por qué crecí sin conocerte?

Braxton no sabe qué contestar y yo paso página. La siguiente fotografía me golpea con fuerza.

Es mamá. Con Braxton abrazándola por detrás. Está embarazada. De mí.

—No hay excusa, Novalee —dice en un susurro—. Lo siento mucho. El momento me sobrepasó y… Creí que para ti sería más fácil vivir sin conocerme que sabiendo de mí un par de veces al año.

—Hubiese preferido tener un padre —susurro, aunque es más para mí que para él.

Paso página y frunzo el ceño. Las fotos ya no muestran a mamá. Es un bebé en un carricoche.

Soy yo. Más fotos.

Yo aprendiendo a andar.

Mi primer cumpleaños.

Primer día de guardería.

Primer día de colegio.

Cuando se me cayó un diente.

La obra de teatro donde fui protagonista.

Ethan y yo sonriendo antes de irnos a un viaje escolar.

Navidades y el peluche que tanto quise de regalo.

El año que comencé el instituto.

El primer baile.

Yo estudiando y mirando a mamá, rogándole que me dejase tranquila.

Otro baile de instituto.

Las fotos siguen y son muchas. Solo terminan cuando ella pierde las energías. No hay ninguna después de que enfermara.

Me vuelvo hacia Braxton y me doy cuenta de que estoy llorando.

—¿Por qué las tienes? —pregunto, aunque creo que ya sé la respuesta.

—Tu madre me las envió todas. Te he visto crecer a través de las fotos.

Una parte de mí está conmovida porque nunca imaginé que él supiera tanto de mí. Otra, sin embargo, siente una punzada de dolor y enfado, y es mucho más potente.

—Y aun así… ¿Nunca llamaste? —le acuso.

¿Cómo pudo ver a su hija crecer a lo largo de estos años y no hacer nada para conocerme? ¿Es otra muestra de lo poco que en realidad puedo interesarle? ¿Del nulo esfuerzo que hizo como padre?

No responde. No sé cómo sentirme. Una parte de mí está emocionada de ver cómo guarda esas fotos, como si fueran un tesoro. La otra…

¿Por qué no se puso en contacto nunca?

—No sabía que pasaste por… Que pasasteis por todo ese dolor —se corrige—. Y tienes razón: debí estar allí para ti y ser el padre que te mereces. Lo siento.

Aunque la disculpa de Mateo me hizo llorar y la acepté, en este caso es distinto. Mi corazón late tirante, pero no lo hace libre. No puedo perdonarlo con tanta facilidad.

—No quiero que me perdones, Novalee —dice por fin—. Solo quiero ser tu padre.

Me vuelvo hacia él, observándole tras las lágrimas. Es lo que siempre quise. A él. Reconociéndome. Siendo parte de mi vida. A mi padre. Sin embargo, ya es muy tarde. Y me encuentro a mí misma respondiendo:

—Ahora mismo… no sé si quiero que lo seas.

Oliver

Soy idiota. No debí apartarla. No de esa forma. Me duele el pecho al pensar en ella. Al recordar cómo me miró, dolida.

Camino directo al despacho de Braxton. Todo esto ha sido una mala idea. Ser su guardaespaldas, cuidarla, y a la vez querer vengarme de él. No puedo hacerlo.

Sin embargo, cuando llego a la puerta del despacho oigo voces. No tardo en reconocer la de Mateo y, al poco tiempo, la de Braxton.

—¡Siempre lo jodes todo! —grita el hijo—. Ella solo necesita un padre porque acaba de perder a su madre.

—Pensaba que no os llevabais bien. No querías saber nada de ella.

—¡Ese no es el puto tema! Eres su padre, ¡actúa como tal! ¿Tanto te cuesta, joder? Te hizo una pregunta sencilla. Y lo único que sabe ella son las mentiras que mi madre le ha contado.

—Te preocupas por tu hermana —sentencia Braxton.

Me parece notar orgullo en su voz.

—Más que tú, por lo visto. Eres un padre horrible.

Se forman unos segundos de tenso silencio.

—Mateo…

—Novalee solo quiere una familia. Haz el favor de actuar como un padre de una puta vez, y dásela.

Después de eso solo escucho pasos y me alejo de la puerta lo más rápido que puedo. Mateo sale hecho una furia sin siquiera mirar atrás.

Recuerdo el tiempo en que éramos amigos, antes de la pelea. Antes de que todo se jodiera.

Al final me doy la vuelta y también me alejo, sin hablar con Braxton. Trato de convencerme de que lo hago por proteger a Novalee, para no dejarla sola. Pero es mentira. Lo hago por egoísmo. Porque no quiero alejarme de ella. No puedo estar lejos de ella.

Estoy enamorado.

Veintiocho

—Buenos días, Novalee.

Aunque no quiera, mis ojos se mueven solos hacia Oliver. Estamos en la entrada de la casa y él ha abierto la puerta del copiloto de su coche para que yo entre. Y... mierda. Está guapísimo con el maldito uniforme del colegio. Incluso así, con la estúpida camisa azul y los pantalones tan feos, es guapo. Y yo soy una idiota por estar pensando eso en estos momentos, tras la humillación del último día.

—Buenos días —respondo el saludo escuetamente, porque ante todo hay que tener educación. Así me enseñó mi madre.

Ojalá el trayecto pase lo más rápido posible. A decir verdad, mi enfado hacia él ha ido bajando revoluciones en las últimas horas. No puedo estar molesta con alguien por no querer acostarse conmigo. No está bien, ni es lógico. Pero estoy dolida por la forma en que me rechazó. Al final, todo es un recordatorio constante de que para él solo soy trabajo.

Toma asiento en su sitio, arranca el motor y salimos de casa.

—¿Lista para el día de clases?

Asiento con la cabeza.

—¿Y tú?

—Más o menos. Estoy nervioso por el examen de matemáticas.

—Seguro que lo haces bien —comento casi sin pensar.

Del tiempo que llevamos en este colegio, he podido darme cuenta de que Oliver siempre saca buenas notas. Le tengo un poco de envidia por eso. No sé si él ya ha pasado página o si cree que yo me he olvidado, porque añade:

—Me alegra que estemos bien.

—Tranquilo. Seré una buena chica y no causaré problemas.

La velocidad del coche se reduce.

—Novalee…

—Lo sigo en serio —presiono—. Me portaré bien.

Fijo la mirada en la carretera y, tras unos segundos, Oliver suspira.

—Sigues enfadada.

Aprieto los labios. Más bien estoy molesta. Pero me fastidia admitirlo, ya que no tendría por qué estarlo. Así que tomo aire, cuadro los hombros y lo miro mientras estiro los labios con una sonrisa suave.

—Lo único que quiero es no causar más problemas, ¿de acuerdo? Han sido unos días… moviditos. Necesito un poco de paz.

Tras unos segundos sopesando mi respuesta, asiente con la cabeza.

—Está bien.

Aunque no parece muy convencido, pero no vuelve a presionar. El resto del camino hacia clase transcurre en silencio.

Cuando llegamos al centro hay paparazis esperando fuera. Este fin de semana han subido noticias sobre mi salida con mi padre. A pesar de ir a un sitio privado e íntimo, se hicieron con las imágenes de nosotros entrando. Hay una en concreto que me chirría, en la que Braxton me tiende la mano para salir del coche y yo le sonrío. Parecemos un padre y una hija felices, con buena relación. Todo lo contrario a la realidad.

¿Cómo sabían dónde estábamos? Para mí es un completo misterio, pero hay una punzada, un pensamiento que no deja de darme vueltas en la mente y, aunque intente apartarlo, no logro hacerlo: la idea de que Braxton hace todo esto para quedar bien ante la prensa. ¿Son sus intenciones sinceras? ¿De verdad quiere que forme parte de su vida?

Necesito tiempo para organizar mis ideas.

Nada más aparcar, agarro la mochila que tengo a los pies y salto fuera del coche como si el asiento quemara. No le espero, y él tampoco me llama.

Voy directa a mi primera clase, que también comparto con él. Solo espero encontrarme con Lucy y desconectar un poco. Sin embargo, voy tan enfrascada en mis pensamientos que entro por la puerta al mismo tiempo que Theo y choco con él. Sus libros se caen al suelo.

—Ostras, perdona —me disculpo.

—No, ha sido culpa mía. Estaba mirando el teléfono.

Le sonrío en agradecimiento, centrada en no pagar mi frustración con alguien que no tiene la culpa de nada. Theo toma aire y parpadea, y entonces pregunta:

—¿Te habían dicho alguna vez que tienes una sonrisa preciosa?

Me sonrojo.

—Vaya, muchas gracias.

Theo recoge sus libros del suelo, vuelve a mirarme y sus ojos se clavan en algo detrás de mí. Después hace un gesto con la cabeza para despedirse y entra en el aula.

Lo observo confundida, pero justo cuando voy a seguirle Oliver pasa a mi lado, adelantándome. Nuestros brazos se rozan y siento un cosquilleo, pero no dice nada. Supongo que me lo merezco por ignorarlo primero.

Pero lo más extraño sucede cuando Oliver, al pasar al lado del pupitre en el que se está sentando Theo, roza con el brazo los libros que acaba de posar y los vuelve a tirar al suelo. Frena en seco y mira al chico antes de decir:

—Uy, perdona.

Me acerco con el ceño fruncido mientras Theo se agacha a recogerlos y farfulla un no pasa nada.

Tomo asiento, pero Lucy no está todavía en clase. Comienzo a sacar las cosas de mi mochila a la espera de que la clase comience. Faltan cinco minutos.

—Oh, mierda. —Escucho cerca.

Me vuelvo hacia Theo, que tiene las manos sucias de tinta. En alguno de los impactos del estuche contra el suelo, el bolígrafo se ha roto. El pobre chico mira hacia todos los lados sin saber muy bien cómo proceder. Supongo que en las escuelas adineradas no suelen tener este tipo de problemas. En mi anterior instituto podías ver un boli roto casi una vez por semana. Saco un paquete de pañuelos de un bolsillo y le extiendo uno.

—Toma, límpiate.

—Gracias, Novalee.

Empieza a frotar, pero está claro que el daño ya se ha hecho. Aunque elimina la humedad, el color de la tinta azul se expande por sus dedos, salpicando los libros, el pupitre y parte de la chaqueta del uniforme.

—Es mejor que vayas al baño.

Lucy llega en ese momento y toma asiento mientras nos observa. Pero no solo ella, algún que otro compañero curioso, pero, en especial, Oliver. Su atención me resulta interesante. Me inclino un poco más hacia Theo y coloco la mano sobre su antebrazo.

—No te preocupes, yo le explico al profesor lo que ha pasado.

Extiendo una amplia sonrisa y él no tarda en devolvérmela.

—Cuidado, Novalee. O tu novio se pensará que estás ligando conmigo —comenta cuando no aparto la mano.

Theo es un poco cretino y sabía que no tardaría en salir con alguna tontería por el estilo. Igualmente le sigo el juego y ladeo el rostro con una sonrisa mordaz mientras replico:

—¿Oliver? No, no estamos juntos.

—¿Y eso? ¿Peleas de enamorados?

Consciente de que no solo nos está mirando, sino prestando atención y escuchando todo lo que decimos, añado:

—Nunca hemos tenido nada exclusivo. ¿Verdad, Oliver?

Muy a regañadientes, él responde:

—Efectivamente.

El corazón me aletea con fuerza en el pecho. ¿Puede ser que esté celoso?

Theo me guiña el ojo y se levanta para ir al baño. Por el rabillo del ojo observo a Oliver, que está muy serio. A su lado, Allison toma asiento y le pone una mano en el brazo tal y como hice yo con Theo. Un sentimiento desagradable se retuerce en mi estómago. Me lo he ganado.

—¿Qué ha sido eso? —me pregunta Lucy—. ¿En serio ya no sales con Oliver?

—Es complicado —confieso.

—¿Y de verdad quieres coquetear con Theo Rogers? A ver, es guapo, pero…

—No sé lo que quiero. —Suspiro.

Pero es mentira. Sí que lo sé. A Oliver. Pero también sé que nunca tendremos nada, y no puedo pasarme toda una vida esperándolo.

—¿Qué tal, hermanita?

Mateo se sienta a mi lado y roba una patata frita de mi plato de la cena. Desde el día de la fiesta nuestra relación ha mejorado mucho. Todavía no somos lo que se dice muy cercanos, pero ya no encuentro ninguna barrera que nos impida acercarnos. Y he descubierto que, en el fondo, es simpático. Y agradable.

—Aquí, cenando.

—No fastidies…

Se burla y me revuelve el pelo en un gesto fraternal. Aunque lo oculte con bromas, sé que está algo preocupado. No he vuelto apenas a hablar con Braxton desde nuestra pelea, y tampoco hemos coincidido mucho en la casa. A quien más veo es a Mateo.

—¿Tienes planes para este fin de semana?

—Por supuesto. Voy a hacer maratón de la primera temporada de *Sobrenatural* mientras termino con todas las palomitas de la casa y lloro por mis deprimentes notas.

—Oye, que tus notas han mejorado bastante.

Es cierto. He pasado de suspensos y suficientes a… suficientes y notables bajos. Algo es algo. Aunque he asumido que no iré a ninguna universidad importante. Además de que tampoco puedo pedir una beca. Entre mis notas en este instituto y el capital de mi padre, no me la concederán aunque nuestra relación no sea la mejor. Sobre el papel (y para la prensa), somos padre e hija.

—Te lo preguntaba porque voy a ir a la inauguración de una discoteca. La abre el hermano de un amigo.

Le sirven un plato de carne con patatas fritas en la mesa. El menú se ha vuelto más normal en los últimos días. Alguien ha notado que tanto Mateo como yo preferimos otro tipo de comida para el día a día.

—Mateo —susurro cuando volvemos a estar solos en el comedor—. Soy menor de edad.

—Dentro de nada ya tendrás dieciocho. —Se encoge de hombros mientras comienza con sus patatas fritas.

—Sí, pero no este fin de semana —señalo.

—No importa. Tampoco van a pedirte el carnet de identidad.

Todavía dudo.

—No sé... Solo te conoceré a ti.

—Dile a alguna amiga que venga. A ellas tampoco le pedirán verificar la identidad, al menos no si entráis conmigo.

—Yo... ¿No se supone que tengo que pedir permiso?

Mateo aprieta los labios y deja el tenedor sobre el plato para mirarme fijamente.

—La pregunta no es esa, Novalee. Es solo si quieres venir. Nada más.

Lo sopeso unos segundos. ¿Cuál era mi plan? Maratón de capítulos. Sola. Desde luego, la idea de Mateo parece más apetecible. Y si Lucy y Helen pueden venir, seguro que lo pasamos bien.

—¿Tiene que venir mi guardaespaldas?

—¿Oliver? —pregunta, y veo como amplía la sonrisa—. Claro.

Arrugo la nariz y Mateo alza las cejas. No hemos hablado de qué sucede con Oliver. Nuestra relación todavía no ha llegado a ese punto de intimidad.

—Sí, quiero ir.

—Perfecto. Yo me encargaré de todo.

Continuamos compartiendo la cena, hablando del instituto. Mateo promete ayudarme a subir mi nota en matemáticas y ciencias, ya que es donde peor me veo en comparación con los compañeros. Por lo visto él siempre ha sido un cerebrito.

Estoy terminando con el último bocado cuando Braxton llega al comedor. La comida se me atraganta y me yergo mientras tomo un vaso de agua. Él no me mira. También parece tenso.

—Ahora le saco su cena, señor —avisa el personal.

Luego toma asiento. Frente a mí.

Mira nuestros platos vacíos, pero no dice nada. Es todo tan tenso…

—Eh, papá —interviene Mateo—. ¿Puede venir Nova conmigo a la inauguración de la discoteca que te comenté?

Braxton guarda silencio unos segundos y, finalmente, me mira. Es como si intentase leerme a través de los ojos, como si buscase algo en ellos.

Esta vez soy yo quien gira el rostro.

—Está bien —responde—. Pero cuídala.

—Siempre lo hago, ¿verdad, hermanita?

Sonrío más por educación que por ganas, pero les vale. Traen la cena de Braxton, que es un plato de pescado acompañado con ensalada. Por la presentación parece sacado de un restaurante.

Volvemos a quedarnos en silencio. La boca se me ha secado.

—Que aproveche —digo, por educación.

—Gracias.

Alzo los ojos, y Braxton vuelve a mirarme. Sus labios se han curvado en una sonrisa suave. Asiento y me levanto de la mesa, dejándolos solos. Noto los ojos de ambos clavados en mí mientras me voy sin despedirme.

No sé cómo afrontar esto. Porque, aunque lo niegue, una parte de mí quiere quererle.

—Lo siento, Nova. Tengo que cuidar de mis hermanas ese día.

Lucy me observa con pesar, pero lo entiendo. Para ella su familia es lo más importante del mundo. Me da un poco de envidia el vínculo que tienen, aunque alguna vez se ha quejado de que sus padres pasan mucho tiempo trabajando.

—Pero a la siguiente prometo que estaré —se apresura a decir cuando no contesto.

—Está bien —le aseguro.

Le doy un abrazo y nos despedimos. Ahora tengo que ir a buscar a Oliver y siento una extraña presión en mi pecho. Estos días apenas hemos hablado. En la casa no nos cruzamos, ya no hay sesiones de entrenamiento y los viajes en coche son bastante silenciosos. No me siento incómoda por estar a su lado, pero sí al recordar lo que le he dicho y cómo he actuado. El enfado, con el tiempo, se va disipando y ahora me siento como una idiota. En especial cuando al llegar al aparcamiento lo encuentro esperándome en los bancos de la entrada. Con Allison sentada en sus rodillas.

«Céntrate, Nova. No hagas caso al monstruo de ojos verdes que te está arañando el estómago».

Están hablando con otros compañeros del equipo y alguna animadora más, riéndose. Allison tiene una mano sobre su hombro mientras con la otra se acomoda el pelo.

Mierda. No me puedo creer que haya caído en el típico cliché de sentirme celosa por una de las animadoras del instituto, aunque está claro que no puedo competir con el físico atlético que tienen. Entrenan tan duro o más que los chicos de fútbol.

Cuando me acerco a ellos, me saludan. Sonrío por educación, porque solo quiero irme a casa, y me vuelvo hacia Oliver. Sin embargo, no puedo evitar reparar en Allison porque sigue sentada sobre sus rodillas y porque me habla.

—Hola, Novalee. ¿Qué quieres?

La ignoro y miro a Oliver, pero no responderla solo hace que la situación empeore. Allison se inclina hacia delante, todavía sentada en sus rodillas, y con el tono más cínico del mundo pregunta:

—¿Estás esperando a Oliver para que te lleve a casa? Cariño, todo el mundo escuchó que no sois exclusivos. No tiene por qué llevarte.

Uf. Odio que me llamen cariño. Lo peor de todo es que siento que me lo merezco. Es culpa mía por lo que dije en clase.

Finalmente, Oliver reacciona. Hace un gesto con la cabeza a Allison para que se quite de encima. La expresión de ella ahora es de perplejidad.

—¿En serio vas a llevarla a casa? —pregunta.

Calmado, asiente con la cabeza y solo dice:

—Evidentemente.

Uno de los chicos carraspea mientras otros intentan ocultar la risa. Solo las chicas parecen molestas. Y la que más, Allison. Su rostro cambia de nuevo, esta vez hace una mueca despectiva.

—Puf, como quieras.

Y se levanta de sus rodillas. Sin embargo, camina hacia mí.

Mierda. ¿Es que no me voy a librar de ella nunca? Ojalá pudiese ser invisible, como en mi anterior instituto. Pero los paparazis que habrá esperando en la puerta ya se encargan de recordarme que no es así.

Por suerte, cuando me habla no es para insultarme.

—Escuché que irías a la inauguración de Archie.

—¿A la qué?

Allison entrecierra los ojos.

—La discoteca, la que van a abrir esta semana. Mi hermana va a ir y me dijo que Mateo te había invitado.

De repente algo hace clic en mi cabeza.

—Ah, sí. Esa inauguración —asiento—. Iré con Mateo.

—Dios, ni siquiera sabías de quién es la discoteca. Eres...

Mientras ella se debate en escoger una palabra, Oliver se echa la mochila al hombro y se pone a mi lado. Con la cabeza me hace un gesto para que lo siga. El resto de sus amigos parece que han dejado de prestarnos atención y están hablando entre ellos.

—¿Vamos?

Asiento, pero antes de darme la vuelta Allison vuelve a llamarlo.

—¿Y tú vas a ir a la fiesta, Oliver? Podrías venir conmigo.

Oh, mierda. Si la hermana de Allison va, es evidente que ella también. Y, por supuesto, Oliver vendrá. En calidad de guardaespaldas encubierto.

Pienso en cómo salvar la situación, pero es él quien responde.

—Sí, iré con Novalee.

—Te estás quedando conmigo.

—Déjalo ya, Allison.

—Esta idiota ni siquiera te valora.

Ah, pues mira, sí que me ha insultado al final.

—Allison… —advierte Oliver.

—No te valora ni a ti ni todo lo que ha conseguido —insiste ella, y parece realmente frustrada—. Le ha tocado la maldita lotería con su padre, las fiestas, la fama y no hace nada para merecerlo.

Es increíble lo mucho que la rabia puede crecer de cero a cien en cuestión de segundos. Es cuestión de escuchar las palabras adecuadas. Y cómo odio que hablen de mí como si no estuviese presente.

—¿La lotería, Allison? —intervengo, ganando por fin su mirada—. ¿Te refieres a tener que dejar a todos mis amigos para mudarme aquí a mitad de curso?

Puedo sentir a los demás mirándome, escuchándome. Pero eso no me detiene. Doy un paso al frente.

—¿O tal vez a la muerte de mi madre?

No responde.

—Me tocó la lotería cuando la cuidé, mientras se moría. Cuando la tuve que enterrar sola.

Otro paso más. Oliver también se acerca y, aunque parezca una tontería, notarlo a mi lado me hace sentir más seguridad.

—Cuando ni siquiera pude quedarme allí más tiempo a despedirla porque me mandaron con Braxton. ¿Ahí dices que me tocó la lotería?

Allison no contesta, sabe que la ha cagado. Aun así, mantiene la barbilla alzada.

—No hables de mi vida como si me conocieras. No somos amigas y no sabes nada de mí.

Todos nos quedamos en silencio, pero como Allison no puede dejar que otra persona tenga la última palabra, y me da la sensación de que tampoco sabe qué contestar, se cruza de brazos y ladea el rostro, mirándome con desdén.

En fin…

Como esto ya ha terminado, me doy la vuelta y me alejo de ellos. Oliver me sigue, y en silencio caminamos hasta su coche. En lugar de ir directo al sitio del conductor, se dirige a la puerta del copiloto y la abre.

—Su vehículo está listo, princesa.

—Gracias.

Me siento y dejo caer la mochila a mis pies. Oliver lanza la suya a los asientos traseros y luego lo rodea para ponerse al volante. Enciende la música y salimos del instituto sin decir nada más, en especial cuando vemos que en la puerta todavía queda un paparazi esperando. El otro día Mateo comentó que ya reconocen el coche de Oliver y quizá sea un buen momento para cambiar de vehículo.

No sé por qué ponen tanto empeño. No me ha pasado nada. Al final las amenazas parecían ser en vano.

—Has puesto a Allison en su lugar —dice Oliver tras unos minutos de conducción, rompiendo el silencio.

Miro por la ventana mientras atravesamos las calles de la ciudad. Llevo semanas en Los Ángeles, meses más bien, y todavía no he tenido la oportunidad de recorrerla y conocer los sitios más emblemáticos. Es una mierda eso de no tener anonimato.

—Sí, ya. Siento haber avergonzado a tu novia, pero ella misma se puso en ridículo.

—No es mi novia.

Su tono es un poco agudo, como de sorpresa.

—Bueno, pues tu amiguita —corrijo.

—Tampoco es mi amiguita. Es una compañera.

No puedo evitar darme cuenta de que ni siquiera ha dicho amiga.

—¿Dejas a todas las compañeras sentarse en tu regazo?

—¿Estás celosa?

Me mira con una sonrisilla que es encantadora, pero que no quiero para este momento. No después de que me rechazara aquel día. Así que decido contestar con la verdad.

—Sí.

Y Oliver pierde la sonrisa.

—Novalee, yo…

—Tranquilo, lo entiendo perfectamente —le interrumpo—. Entre nosotros no va a pasar nunca nada.

—No puede pasar nada —puntualiza.

—Lo mismo es.

Oliver toma aire y clava la mirada en la carretera. Después, en un tono tan bajo que casi no lo oigo, escucho como responde:

—No, Novalee. No es lo mismo.

Veintinueve

He de admitir que esta semana ha tenido algo bueno: finalmente he conseguido un papel en la obra. Es uno pequeñito, apenas hablo un total de diez minutos, pero estoy muy feliz.

—Te lo mereces, Novalee. Creo que eres la única persona del club de teatro que se sabe todas sus líneas.

Sonrío a Helen. Los demás compañeros también me han felicitado. Ha sido un golpe de suerte, por así decirlo. Una de las compañeras ha dejado la obra. Estaba agobiada por los exámenes y el club de teatro no le ayudaba a entrar en la universidad que quería. Por eso, a poco tiempo del estreno, lo dejó y el profesor me dio el papel sin hacer la prueba. Pensé que los demás se enfadarían, pero ha sucedido lo contrario. De hecho, hemos organizado una quedada durante el almuerzo del día siguiente, así podremos adaptar los cambios. Me siento bien recibida dentro de este grupo, aunque Helen es con quien en realidad he conectado.

Por eso me he venido un poco abajo cuando me ha dicho:

—Lo siento, Nova. En casa se enfadarían si se enteran de que voy a una discoteca. Jamás me darían permiso.

Totalmente comprensible, pero me entristece que ninguna de mis amigas del instituto pueda ir. Por lo menos Fleur sí ha aceptado.

—Mi madre siempre me animaba a salir y conocer el mundo —recuerdo con nostalgia—. Decía que tenía que vivir más aventuras que ella.

—Eso es bueno.

Salimos del teatro y caminamos por los pasillos hacia las taquillas. A lo largo de estas semanas me he dado cuenta de que cada día pienso un poco menos en mamá, y aunque se supone que es algo bueno, me asusta.

No quiero olvidarla. No quiero que deje de formar parte de mi vida. Aunque técnicamente, ya no lo hace…

—Tuvo que trabajar desde muy pequeña, para ayudar en casa cuando estudiaba y después para pagarse los estudios. Nunca llegué a conocer a mis abuelos porque eran muy mayores, y tampoco tenía hermanos. Así que después de tenerme a mí, éramos las dos solas contra el mundo.

—En casa siempre me han dicho que soy muy afortunada por dedicarme solo a estudiar y a disfrutar de la vida.

Asiento y continuamos hablando hasta llegar a las taquillas. Espera junto a la mía mientras meto la combinación y saco los libros que necesito llevarme a casa para estudiar. Mateo me dará unas clases por la tarde.

—¿Son muy difíciles las mates de último curso? —pregunta al verlos.

Helen está en un curso inferior, por eso no coincidimos en ninguna asignatura.

—Horribles. Al menos a mí se me dan fatal.

—Mi madre me dice siempre que tendrá que contratar un profesor particular. Soy malísima con los estudios. Por eso no habla mucho de ello en su perfil.

Una de las madres de Helen es *influencer*. Tiene un perfil público y he entrado a cotillear. Todo son fotos de la casa, de su familia y vídeos de DIY. Helen nunca parece muy feliz de aparecer en las fotos. De hecho, ella no usa redes sociales.

—Ey, hola.

Cierro la taquilla y me vuelvo hacia Lucy, que acaba de llegar.

—Hola —saludo. Helen se mantiene callada.

—¿Qué tal el día?

—Muy bien. ¡Me han dado un papel en la obra!

—Guau, ¡felicidades!

Lucy me abraza y Helen da un paso hacia atrás. Puedo notar que está incómoda y su mirada se pasea por todos lados menos por nosotras.

—Es uno pequeñito, pero estoy muy contenta. Pensaba que no tendría oportunidad de participar en la obra.

—Y lo vas a hacer genial —corrobora.

Le sonrío en agradecimiento por la confianza. Sabe que hacía teatro en mi antigua escuela, pero nunca me ha visto actuar. Cuando me vuelvo hacia Helen, ella se despide.

—Tengo que irme. Mejor nos vemos mañana.

La veo alejarse y noto un tirón en el estómago. Algo va mal. No quiero seguir con las dudas, así que me vuelvo hacia Lucy, que también la está mirando irse.

—Oye, ¿pasa algo entre vosotras dos?

—Pues…

—No os lleváis muy bien, ¿verdad?

—En realidad… —Lucy duda, pero al cabo de unos segundos suspira y sus ojos se apagan—. No quiero tener secretos contigo, Nova. Lo que sucede es que Helen y yo antes éramos amigas. Muy amigas, la verdad. Nuestras madres iban a la misma clase de yoga, así que fue sencillo que empezaran a quedar y nos llevasen a nosotras.

Parpadeo confundida y miro hacia el camino por el que ha desaparecido la chica. Viéndolas interactuar, cualquiera diría que lo fueron.

—¿Y qué pasó? —pregunto, porque es obvio que acabaron mal.

Lucy se encoge de hombros.

—No lo sé muy bien. Un día empezó a alejarse de mí. Pensé que me estaba volviendo loca, que eran imaginaciones mías, pero comenzó a ser muy obvio que me evitaba constantemente. Justo como ahora.

La miro sin saber qué decir. No me imagino a Helen teniendo ese tipo de comportamiento, pero, en realidad, a ella la conozco mucho menos que a Lucy.

—¿Le preguntaste por qué lo hizo? Quizá estaba pasando por un mal momento, o tal vez hubo un malentendido, o…

Siento la necesidad de defenderla, pero me callo al darme cuenta de que no es asunto mío. Lucy abre la boca y parece estar a punto de decir algo, pero finalmente la cierra, se encoge de hombros y responde:

—Supongo que nunca me enteraré. No debía de ser tan buena amiga como pensaba.

Treinta

No tengo ganas de ir a la inauguración de la discoteca del amigo de Mateo. En realidad, solo quiero quedarme en casa viendo mi maratón de series. Y en silencio, mientras termino de aplicarme el pintalabios frente al espejo, me lamento: ¿por qué dije que sí?

—Déjame, me gusta ese color.

Me quito del sitio del tocador y le paso el pintalabios a Fleur. Nos hemos maquillado juntas en mi habitación, y entre eso y la música que ha puesto, me ha levantado el ánimo.

Además, Mateo está bastante emocionado con la idea de salir esta noche, y Braxton me ha dado una nueva tarjeta de crédito. En realidad se la dio a Daniel, su asistente, y él a mí. Ni siquiera sé cómo tomarme ese gesto.

El dinero nunca igualará la calidad del tiempo en compañía. O del interés. O del amor.

—Te queda espectacular —admito.

Fleur es guapísima, y el tono rojo resalta sobre su piel y hace brillar sus ojos azules. Apenas nos hemos podido ver los últimos días porque ha tenido mucho trabajo en la casa y también exámenes en la universidad, pero siempre saca tiempo para ser amable conmigo.

—Nos quedan cinco minutos antes de que Mateo comience a aporrear tu puerta para decir que llegamos tarde —comenta tras mirar la hora en la pantalla de su teléfono—. ¿Nos vestimos?

—Claro.

Tal como ella predijo, cinco minutos después Mateo llama a la puerta a gritos. Pero a Fleur no le gusta nada cómo le queda hoy el vestido que ha escogido, y tampoco está de acuerdo con mi elección.

—Estoy hinchada por la regla —se queja—. Y tú pareces mi tía abuela Philomena.

—¿Y eso está mal?

Se limita a responder:

—Tienes sesenta años menos que mi tía abuela Philomena, claro que está mal.

Miro el vestido negro en el espejo. Si soy sincera, no es mi elección favorita, pero refleja el estado de ánimo en el que me encuentro. En el que me he encontrado los últimos meses.

—¿Qué tal algo más animado?

Me pasa uno del armario que no reconozco. Alguien en la casa ha renovado mi vestuario, pero, teniendo en cuenta el tamaño de los armarios y la micromaleta con la que llegué a la casa, es lógico que haya espacio de sobra.

—O este.

Ambos vestidos están bien, así que escojo el plateado y me marcho a cambiarme mientras ella continúa metiendo la nariz hasta el fondo del armario.

La dejo en el vestidor mientras me cambio en el baño, y debo admitir que tiene razón. Es un vestido sencillo, con el tirante cruzado y pegado al cuerpo, pero parezco un poco más yo. Y me siento un poco mejor cuando la chica del espejo me devuelve la mirada.

—Esta noche pásatelo bien, Nova —le digo—. Solo una noche, ¿vale? Te lo mereces.

La chica del reflejo no parece muy convencida, así que añado:

—Mamá lo querría así.

Y solo con eso, mis ojos brillan con más seguridad.

Cuando regreso al vestidor, Mateo vuelve a llamar a la puerta.

—¡Ya vamos diez minutos tarde!

—¡Perdón! —exclamo—. ¡No tenía qué ponerme!

Lo escucho refunfuñar, pero sus pasos se alejan de la puerta. Al llegar junto a Fleur veo que ha tomado un vestido rojo de mi armario.

—¿Qué tal? —me pregunta—. ¿Puedo usar este?

—Estás increíble —admito.

Le hace juego con el pintalabios y le queda increíble. Fleur se gira y me sonríe.

—Gracias.

Nos calzamos, tomamos los bolsos y salimos de la habitación. Me he puesto unos tacones bajos, pero, aun así, me agarro a la barandilla para bajar, igual que ella.

Mateo ya está esperándonos abajo, mirando con impaciencia la pantalla de su teléfono, aunque mis ojos se mueven con rapidez hacia el chico a su lado.

Oliver, vestido con un traje negro y un pinganillo escondido bajo el pelo. Tiene los brazos cruzados y la expresión tensa, pero cuando sus ojos tropiezan con los míos, veo como entreabre la boca.

—Ya era hora, ¡llevamos quince minutos de retraso! —nos regaña Mateo mientras guarda el teléfono en el bolsillo—. Venga, el coche nos espera y...

Se queda callado, y no me hace falta mirarlo para saber que su atención está pendiente de otra persona. Igual que la mía. Trago saliva mientras llego al último escalón sin que Oliver deje de mirarme. A veces no hacen falta palabras.

—Estáis muy guapas —dice Mateo.

—Sí, lo estáis —añade una voz al fondo.

—Gracias, señor Scott —responde Fleur.

Mis ojos se mueven hacia Braxton, que aparece sosteniendo una taza de infusión, en pijama. ¿No tiene ninguna fiesta importante, cena de trabajo o premier?

Se acerca a Mateo y le palmea el hombro.

—En casa a las tres como tarde. Y cuida de tu hermana.

—Lo haré.

Después me mira y siento un vuelco en el estómago. No me muevo mientras se acerca hacia mí, el primer contacto real en mucho tiempo. Puedo oler la manzanilla de su infusión en cuanto está a mi lado.

—Pásalo bien, Novalee —dice.

Parece sincero. Me da un beso en la mejilla y se aleja. No puedo evitar mirarlo irse.

—De acuerdo, ¡todos al coche! —exclama Mateo.

Pensaba que iríamos en el de Oliver, pero me equivocaba. Él lleva el suyo porque es noche de trabajo, pero hay un guardaespaldas acompañando a Mateo y un chófer encargado de llevarnos en una limusina. Tanto Fleur como yo subimos junto a mi hermano, aunque no puedo evitar mirar a Oliver mientras él toma lugar en el vehículo de siempre.

—Se te va a caer la baba —comenta Fleur tras subirse a mi lado, mientras Mateo le da indicaciones al conductor.

Frente a nosotras, su guardaespaldas nos observa en silencio. Me siento incómoda.

Jamás he estado incómoda con Oliver.

—Qué va —miento.

Fleur se ríe.

—Fuiste tú la que una vez me dijo que no me enamorara de él —recuerdo.

—Ya —admite—. Pero ahora creo que me equivocaba.

—¿Por qué?

Parecía una advertencia.

—Porque tengo la sensación de que le gustas —se sincera—. De que le gustas mucho.

Quiero preguntar más, pero Mateo vuelve a centrar su atención en nosotras.

—¿Comenzamos con un poco de champán?

Saca una botella de una nevera fría que no había visto. Parpadeo sin poder contestar mientras Fleur aplaude y asiente. Ella parece mucho más cómoda y menos sorprendida con todo esto que yo. Toma la copa que le ofrece Mateo y espera con una sonrisa a que se la llene.

A nuestro lado el guardaespaldas mira por la ventanilla. Me siento tan fuera de lugar en esta situación como lo parece él.

—¿Nova? —me llama Mateo.

Me vuelvo hacia él y trago saliva.

—No sé… ¿Es legal beber en un coche?

—Es una limusina —puntualiza—. Y estamos de celebración.

Miro dudosa, pero Fleur ya se ha llevado la copa a los labios. Supongo que es legal.

—Está bien —acepto.

Mateo nota la duda en mi voz.

—Ve acostumbrándote a esto, hermanita. Este es el mundo en el que te mueves.

Pero mientras tomo la copa que me ofrece y llevo la bebida efervescente a los labios, no puedo evitar pensar que tal vez esté equivocado. Este no es mi mundo, y no importa el tiempo que viva aquí de prestado, jamás lo será. Jamás podré verme como una de ellos.

La cola para entrar a la discoteca es inmensa. Creo que dobla la manzana. Además, hay paparazis por todos lados, que apenas tardan unos segundos en venir a nosotros en cuanto bajamos de la limusina. El guardaespaldas de Mateo es quien los aparta mientras nos abre camino, aunque Fleur se queda un poco atrás.

Entiendo ahora por qué Helen daba por hecho que en su casa se enterarían.

—Falta Oliver King —dice Mateo al segurata que consulta nuestros nombres en la lista—. Estará al caer, y no puede quedarse fuera.

—Sí, señor —dice el hombre.

—Dígale que estamos en la zona A.

—De acuerdo.

Se hace a un lado y con un gesto al otro hombre que se encuentra en la puerta, nos la abre.

El ruido ensordecedor del interior se filtra hacia fuera, pero no tanto como cuando pasamos. Tomo la mano de Fleur, aún notando flashes a nuestras espaldas, y ambas seguimos a Mateo, que se mueve dentro del local como si hubiese estado antes. No pierdo de vista a mi hermano mientras lo atravesamos entre la gente, hasta llegar a una zona donde hay otro guardaespaldas. Da nuestro nombre, pasamos por ella, y luego nos guía hasta otra. Por fin nos deja en una mesa, donde pide bebida a un camarero y guiña un ojo hacia Fleur.

—Este es nuestro sitio. ¿Queréis tomar algo, chicas?

Miro a la gente más allá. Están bailando y riendo. En nuestro reservado solo estamos nosotros.

—¿Se puede más champán? —pregunta Fleur.

—Más champán para la señorita —responde Mateo, guiñando un ojo.

Fleur se inclina sobre mí mientras Mateo va a por nuestra bebida.

—¿Siempre es así Mateo cuando sale? —pregunto—. Parece que conoce a todo el mundo.

—No suelo ir mucho con él a discotecas, pero te diría que sí —admite—. Al menos eso he escuchado.

—¿Dónde?

La curiosidad me invade. A Fleur se le encienden las mejillas.

—Lo leí en internet.

Tardo un par de segundos en comprenderlo. ¡Le gusta Mateo!

—Ya veo —asiento.

Paseo los ojos por la sala en busca de Oliver. Debería estar por llegar. Es mi guardaespaldas, se supone que no puede dejarme sola, ¿no? Enseguida veo a Allison. Lleva un conjunto de top y falda, y está cerca de una chica muy parecida a ella. Me pregunto si será su hermana.

—Ahora nos traen el champán. ¿Queréis algo de comer?

Mateo ha vuelto muy rápido. Esta no es como las discotecas que acostumbro a ver en la televisión. También es verdad que es la primera vez que vengo a una.

—¿Oliver no estaba de camino? —pregunto.

Una sonrisa traicionera alumbra el rostro de Mateo, y Fleur la acompaña mientras intercambian una mirada.

—Claro que sí, hermanita —contesta por encima de la música—. ¿Por qué lo preguntas?

—Por nada —respondo escuetamente.

—¿Preocupada por tu guardaespaldas? —insiste mi hermano.

—Nop.

Mentira.

Mateo saluda a un chico que se acerca a nosotras. Parece mayor, tal vez entrado en los treinta.

—Archie, ella es mi hermana Novalee —nos presenta Mateo—. Y ella es Fleur.

—Un placer —responde mi amiga.

—Chicas, él es el dueño de la discoteca.

Archie nos estrecha la mano con fuerza, pero sus ojos no dejan de pasear entre la gente.

—¿Todo bien? ¿Necesitáis algo más? —repara en la botella a medio vaciar—. ¿Más champán?

—De hecho, esperamos a un amigo. ¿Sabes si se quedó en la entrada?

Mi hermano y Fleur intercambian una mirada rápida.

—¿Cómo se llama tu amigo? —pregunta Archie.

—En realidad habla de su guardaespaldas —corrige Mateo—. Se está retrasando un poco más de lo habitual.

—Se llama Oliver —intervengo.

Archie me guiña un ojo y roza mi antebrazo.

—No te preocupes, hermosa. Yo encontraré a tu chico.

—No es mi… —comienzo a decir.

Pero Archie se ha ido antes de que acabe la frase.

—Así que echando en falta a tu guardaespaldas, ¿eh, hermanita? —comenta Mateo por encima de la música.

—No —respondo.

—Mentira —dice Fleur.

Pongo los ojos en blanco mientras ambos se ríen.

—Vamos, a tu hermanito puedes contárselo.

Alzo las cejas, suspicaz. ¿Le ha subido ya el champán? Pero entonces un camarero aparece con una botella nueva, dejándome atónita con su rapidez. Todavía no hemos terminado la primera, pero Mateo y Fleur se la vacían en dos copas altas.

Me siento incómoda y observada. Y aburrida. Quiero estar con los demás.

—¿Y si bailamos? —propongo.

—¿Una copa más? —pregunta Mateo.

Pero Fleur se topa con mi mirada y asiente. Se levanta y toma mi mano mientras ambas salimos del reservado hacia la improvisada pista de baile que hay allí mismo. El guardaespaldas también se levanta y nos sigue. Me doy cuenta de que Oliver desentona mucho menos que él cuando está a mi lado.

Veo a Allison y sé que ella también me ha visto, pero ambas nos ignoramos.

—¿Te lo pasas bien? —me pregunta en burla Fleur.

—No me gusta estar sentada.

Tomo su mano mientras ambas nos movemos al ritmo de la música. No sé si es el champán, aunque apenas he tomado, o las ganas que mi alma tenía de salir de esa mesa, pero lo disfruto mucho. Por fin me estoy divirtiendo. Tanto que, moviéndome al son de la música con Fleur, casi me olvido de Oliver. Casi.

—¿Te lo estás pasando bien?

Mateo llega junto a nosotras y se une al baile.

—Ayudé a mi amigo Archie a prepararlo todo —explica, inclinándose sobre mí, hablando por encima de la música—. He visto los planos del local y he decidido en la contratación de los DJ.

—Pues tienes muy buen gusto —comenta Fleur.

—Gracias.

Le vuelve a guiñar un ojo. ¿Cuántas veces lo ha hecho a lo largo de la noche? Juraría que ella se pone roja.

Me vuelvo hacia otro lado… y atrapo a Allison mirándome. Recuerdo nuestra conversación y la vergüenza me invade. No suelo ser tan contestona, pero estaba cansada de que se metiese conmigo. Alguien debía pararla.

Giro el rostro y me topo con una imagen inesperada: Mateo, con las manos en la cintura de Fleur.

Alzo las cejas y doy un paso lejos de ellos. El segurata de Mateo sigue cerca, disimulando que no nos presta atención, aunque claramente siempre tiene un ojo encima. Así que sigo retrocediendo para dejarlos espacio. Hasta que choco con alguien. Al girarme me encuentro con un chico de pelo castaño, que se vuelve y me sonríe. Unos pasos más allá, por el rabillo del ojo, noto que Allison no pierde detalle.

—Ups, perdón —me disculpo al reconocerlo, acercándome y alzando la voz para que me escuche—. No te había visto.

—Pues para mí es imposible no verte —responde Theo.

Parpadeo, confusa. ¿Ha dicho lo que creo que ha dicho? Pero entonces él sonríe y me relajo. Quizá al comienzo de mudarme a esta ciudad, en el instituto, Theo no me cayese especialmente bien, pero tiene una sonrisa bonita y es muy agradable.

—Así que Novalee Scott ha venido a la inauguración —comenta cerca de mi oído—. Escuché que Allison estaba celosa porque casi no consigue invitación.

Intento ignorar el dolor en mi pecho al notar que me llama por el apellido de Braxton, que casi nunca uso. Nadie me conoce ya por el de mi madre.

—No lo sabía.

—Pero tuvisteis una pelea en el aparcamiento.

Alejo el rostro y niego con la cabeza de lado a lado, asustada. ¿Habían corrido esos rumores? Porque yo solo le puse los puntos sobre las íes, nada más. Me defendí. De manera inconsciente mis ojos la buscan por la sala, y la encuentro mirándome. Otra vez. Me pregunto si ha sido coincidencia o está pendiente de mí. Pero ¿por qué debería estarlo?

—Tranquila, Novalee —añade Theo, inclinándose de nuevo sobre mí—. Todos sabemos que Allison se pasó contigo porque está celosa.

—¿Celosa de qué? —respondo.

Theo sonríe y acerca su boca a mi oído.

—Es encantador que no te des cuenta de ello.

No entiendo nada.

En cualquier otro escenario sería extraño estar hablando tan pegado a un chico que no conozco de nada y, tal vez, me sentiría incómoda. Pero esto es una discoteca y el sonido de la música no nos permite escucharnos bien. Por eso, cuando responde y noto su aliento en la mejilla, me esfuerzo todo lo posible para no separarme.

—Y dime, Novalee —continúa tras unos segundos—. ¿Bailas?

Miro hacia Mateo, que sigue bailando con Fleur. El guardaespaldas está cerca de ellos, pero también pendiente de mí. Igual que Allison.

—Depende —respondo finalmente.

—¿De qué depende?

—De tus intenciones.

—Solo un baile.

Alza los brazos en un gesto divertido. Lo pienso unos segundos, pero ahora mismo Mateo y Fleur parecen muy ocupados. Además, hay un guardaespaldas vigilándome. ¿Por qué no?

—Entonces sí. Sí bailo.

Tomo su mano y me lleva a la improvisada pista que hay en esta zona de la discoteca. Cuando me acerca a él noto la fragancia de su perfume.

—Hueles genial —comento.

—Gracias.

Me acerco un poco más.

—Eres muy dulce —susurra en mi oído.

—¿Qué te lleva a esa deducción? Si no me conoces.

—Que te sonrojaste por bailar conmigo.

—Te lo tienes muy creído, ¿sabes?

—Pero ¿miento?

Niego con la cabeza, sonriendo de manera complaciente. Por supuesto que no lo hice. Y empiezo a pensar que fue una mala idea aceptar. Theo es un compañero de clase y no me cae mal, pero sospecho que tiene otras intenciones.

—Theo, yo... Solo acepté bailar. No estoy interesada, perdón.

Me siento como una tonta diciendo eso. Tal vez me esté equivocando y el chico ni siquiera pretenda ligar conmigo. Por un lado incluso espero que se eche a reír, pero no lo hace.

Se separa un poco de mí, y tampoco parece enfadado. Se limita a sonreír un poco más.

—Sabía que todo eso de no somos exclusivos que tienes con King solo era pura fachada para ponerle celoso.

—¿Cómo…?

Quiero preguntar cómo narices ha llegado a esa tan acertada conclusión, pero la pregunta queda atascada en mi garganta.

Vuelve a acercarse, coloca una mano en mi cintura y susurra cerca de mi oído:

—¿Por qué si no estaría mirándome ahora mismo como si quisiera arrancarme la cabeza? Y eso que es mi capitán…

Mientras me vuelvo hacia la dirección en la que está mirando, su agarre en mi cintura se suaviza.

Entonces lo veo. Oliver. Parado en una esquina del local. Sus ojos se clavan en los míos y siento que una mariposa brinca en mi estómago.

—Veo que no me equivocaba.

Me vuelvo hacia Theo mientras da un paso hacia atrás y me guiña un ojo.

—Vamos, habla con tu novio antes de que venga a partirme la cara por verme bailar con su chica.

—Oliver nunca haría eso —le defiendo.

—Pero soñaría con hacerlo.

Theo se aleja y vuelvo a girarme hacia Oliver, que sigue en el mismo sitio. Mirándome. Tomo aire y camino hacia él. Es hora de aclarar las cosas de una vez por todas.

Treinta y uno

Los latidos de mi corazón se acomodan a la base de la música, más altos incluso que esta, mientras camino directa hacia Oliver. Él ya se ha dado cuenta de mis intenciones y se endereza, separándose de la pared.

A mi alrededor hay gente que sorteo, pero apenas les presto atención. Solo estoy atenta a él y a cómo mi respiración se agita a medida que llego a su lado.

Cuando estoy a apenas unos pasos me doy cuenta de ciertos detalles, como que el pinganillo de su oreja ha desaparecido y que ahora parece un chico más. Pero para mí no lo es.

—Hola —saludo al llegar a su lado.

Oliver traga saliva.

—Hola, princesa.

Al menos, eso leo de sus labios, ya que la música está muy alta. Por eso, y solo por eso, me acerco más a él. Me pongo de puntillas para poder llegar a la altura de su cabeza y me inclino en el oído para preguntar:

—¿Qué haces aquí?

Vuelve el rostro y nuestras narices se rozan. Siento cosquillas en la piel, que me hormiguea. Vuelvo sobre mis talones y es él quien se inclina sobre mí.

—Estoy trabajando.

Está bien. Comencemos de nuevo.

—Me refería a qué haces aquí solo, y no con nosotros —puntualizo.

—No te preocupes, Nova. No te pierdo de vista.

El corazón me da un vuelco cuando lo miro, pero no estoy contenta. Solo está remarcando lo que ya sospechaba: que soy solo un trabajo. Pero… creo que no lo soy. Creo que algo, un mínimo, le importo. ¿O finge incluso cuando hemos estado a solas? ¿Acaso besa a todas las chicas para las que trabaja así?

Coloco una mano sobre su hombro y noto que Oliver se tensa a mi tacto. Me vuelvo, mirando a nuestro alrededor. El guardaespaldas de Mateo ya no me presta atención. Está pendiente solo de mi hermano porque ahora yo estoy con el mío.

Tal vez me equivoque, pero esta vez, estoy dispuesta a arriesgarme. Así que insisto:

—¿Solo estás aquí por trabajo?

Un brillo fugaz cruza su mirada.

—Sabes que no.

Su voz es un susurro ronco que me calienta por dentro, y de manera inconsciente me acerco más a él. El corazón me late con fuerza, porque, si esta era la señal que necesitaba, pienso aceptarla.

No puede ser solo trabajo. La forma en que me mira, en que me habla, en que me toca…

Su mano se posa en mi cintura y carraspeo para encontrar la voz antes de continuar.

—Pensé que tendrías que estar más cerca de nosotros esta noche. Por trabajo, ¿sabes?

—Solo tengo que estar cerca de ti, princesa.

Trago saliva con fuerza, pero tengo la boca seca. Muevo el rostro hasta que mi nariz roza la suya y coloco mi otra mano sobre su pecho.

—¿Así de cerca? —pregunto.

Oliver entrecierra los ojos.

—No juegues a este juego.

—No juego a nada.

Y no es mentira.

—Bailabas con Theo Rogers —afirma, como si fuese importante.

—¿Estás celoso, King? —me burlo, recordando su frase.

Y pienso que lo va a negar, como siempre.

—Sí.

El corazón se para un momento, y luego se salta varios latidos en la carrera. Es una señal. Siente algo. El aliento se me queda atrapado en la garganta.

—¿Por qué? —jadeo.

Alzo el rostro hacia él, quedando a apenas unos centímetros de sus labios. Me muero por besarlo. Este es el momento, aquí vamos a dejar las cosas claras. Hasta que Oliver dice:

—Es mejor que no sigamos manteniendo esta conversación.

Y se aleja de mí. Así, sin más. Como siempre.

Solo que esta vez he tenido tiempo para reflexionar, y no quiero dejarlo pasar. Nunca había sentido algo tan intenso por una persona, y necesito saber si de verdad él solo me ve como un trabajo o le pasa igual que a mí. Porque, si fuera solo mi guardaespaldas, ¿de qué estaría celoso de Theo?

—Para —digo, aunque no sé si me escucha.

Pero estoy segura de que sí nota como tomo su mano. Se vuelve hacia mí con las cejas alzadas y, sin ninguna señal más, tiro de él hacia un lado. Quiero buscar un lugar más tranquilo porque no puedo tener esta conversación con tanto ruido. Y, sí o sí, vamos a tenerla.

Oliver suspira y, captando mis intenciones, toma el control y es él quien guía a través de la discoteca. Sorteamos gente que baila, camareros, y a lo lejos veo a Allison mirándonos. El guardaespaldas de mi hermano no nos presta mucha atención y él está entretenido con Fleur.

Giramos y pasamos de largo la entrada de los baños, hasta que llegamos cerca de la barra. Empuja una puerta cercana que da a un pasillo y ahí entramos. Cuando se cierra, el ruido de la música queda amortiguado, pero no del todo. Aun así, es suficiente para hablar.

—¿Es esto lo que querías? —pregunta Oliver.

Asiento, quedando de espaldas a la pared y apoyándome en ella. Él es mucho más alto que yo y me observa desde la altura, pero a su lado no me siento intimidada. Es imposible. Confío demasiado en él. Así que abro la boca y pregunto:

—¿Por qué estás celoso de Theo?

—¿Es importante?

—Sí.

Oliver se toma unos segundos para contestar. Se pasa los dedos por la barbilla en un gesto de frustración, pero finalmente contesta:

—Por lo mismo que tú de Allison, supongo.

Pum-pum. De nuevo mi corazón. Molestando. Trago saliva y alzo la cabeza.

—Me gustas, Oliver.

Pero él cierra los ojos, como si mis palabras le hiciesen daño. No entiendo nada. Y siento que algo se resquebraja en mi interior.

—No vuelvas a decir eso —susurra.

Aunque parece más una petición.

—Pero es la verdad. Me gustas —repito.

Oliver por fin abre los ojos y me mira.

—No lo entiendes, princesa. Nosotros no podemos tener nada. Trabajo para tu padre.

—Eso no importa.

Él suspira, pero no se aleja.

—En el contrato venía bien especificado que no podíamos mantener ningún tipo de relación —explica.

—Oliver, ¿te gusto?

—Esa pregunta no importa, porque no podemos estar juntos. Tu padre fue muy claro.

El corazón me late a mil por hora.

—Tienes razón: no lo entiendo. Porque tú me gustas y lo que mi padre o los demás piensen no…

No me salen las palabras. Estoy confundida y soy incapaz de poner en orden mis pensamientos. Tengo la respiración acelerada. Me llevo las manos a la cabeza y con un gemido de frustración, en un último intento, pregunto:

—Mierda, solo dime la verdad. ¿Yo a ti te gusto o soy solo trabajo?

Sus ojos brillan al comprender cómo me siento y da un paso al frente. Toma mi rostro entre sus manos y susurra:

—No eres solo trabajo, Novalee. Nunca lo has sido. Nunca podrías ser solo eso.

Pum-pum. El corazón me va a explotar.

—Tu padre va a matarme.

Y entonces me besa.

El momento se congela y yo me quedo atrapada en él, con la respiración acelerada y las emociones burbujeando bajo mi piel. Siento sus manos apretar mis mejillas mientras hace movimientos circulares suaves con los pulgares. Mi cuerpo se estrecha contra él, buscándole. Entrelazo las manos alrededor de su cintura y lo atraigo más.

Lo necesito.

Lo quiero.

El beso continúa hasta que nos separamos para respirar. Creo que me mareo.

Oliver apoya su frente en la mía, roza nuestras narices, y pregunta:

—¿Qué vamos a hacer, princesa?

No lo entiendo. ¿Puedo estar borracha de amor?

—¿Qué voy a hacer? —Suspira, más para él que para mí.

Pestañeo, un poco más despierta.

—Nadie puede saberlo, ¿verdad?

—Si tu padre se entera de esto, estoy despedido.

Y con ello su oportunidad de un futuro. Acabar el instituto. Entrar en la universidad.

Puedo gozar de ciertos privilegios ahora que soy una hija reconocida de Braxton, pero también sé lo que es tener que preocuparse por tu vida, por tu futuro.

Oliver no tiene que darme más explicaciones.

—Entonces que no se entere —replico—. Será un secreto.

—Los secretos no llevan a nada bueno —jadea.

Tiene razón, pero este en concreto no hará daño a nadie.

—Será sencillo. A fin de cuentas, se supone que tenemos una relación, ¿no?

—¿Quieres seguir fingiendo que soy tu novio?

—Mientras fingimos que solo eres mi guardaespaldas —replico con una sonrisa.

Aunque en realidad, por dentro el corazón me sigue latiendo a mil por hora. Porque tampoco hemos hablado de ser pareja. No hay nada formalizado.

—Esto es una locura, Novalee.

—Me gustan las locuras.

Roza mi nariz, baja el rostro y con ello a mis labios.

—¿Y si sale mal?

—Quiero arriesgarme a comprobarlo —respondo.

Él me mira, y entonces me doy cuenta. Si me arriesgo, yo no pierdo nada. Él lo pierde todo.

—Oliver, yo…

—También quiero —me interrumpe—. Por ti… quiero.

Vuelve a besarme y siento que todo a mi alrededor se interrumpe. Mi vida. El espacio. El aire.

Sus manos trepan por mi piel y regresan a mi rostro, me abraza y me acerca a él. Me besa de nuevo y siento que me derrito. Me encanta. Él me encanta.

Y estos besos… no son como siempre. Son diferentes. Son de una confesión.

—¡Perdón!

El chico que acaba de entrar por el pasillo se disculpa y sale por el mismo lugar que ha entrado. Yo miro con pánico hacia él y luego hacia Oliver. Entonces él se ríe y yo también. Casi nos pillan. Por los pelos.

—Quizá debamos ser más precavidos.

—No sé qué diría tu padre si ve fotos nuestras en las que te beso así.

—En las que me besas ¿cómo? —juego.

Sonrío con picardía y él me devuelve la mirada.

—Sabes lo que quiero decir, Novalee…

—O tal vez necesite ejemplos.

Me acerco para volver a besarle, pero la puerta vuelve a abrirse y esta vez la chica que entra no duda en mirarnos mal y echarnos. No debería reírme, lo sé, pero no puedo evitarlo. Y lo hago mientras me alejo.

Salimos junto a los demás, a la burbuja de realidad, y creo que puedo sentir la emoción estallando en mi interior.

Oliver no me besa, pero me mira. Y me toca. Su mano sostiene la mía mientras nos abrimos camino hasta llegar a la zona donde estaba antes; donde Mateo y Fleur siguen bailando; donde su guardaespaldas está cerca.

Llegamos a su lado y hago contacto visual con Mateo. Me guiña un ojo y entonces Oliver me hace girar. Sin soltar mi mano. Se acerca a mi oreja, abrazándome por detrás, y susurra:

—Me encantas, Novalee.

Y me derrito. Soy suya. Estoy perdida.

El resto de la fiesta la paso así. Disfrutando. Porque creo que me lo merezco…, ¿no? Oliver me abraza y me mezo en su pecho. No me importa nada más.

Para cuando nos vamos, parezco otra persona. Sonrío cuando el guardaespaldas de Mateo nos lleva a una famosa cadena de hamburguesas.

Sonrío comiendo mi hamburguesa con queso en el coche, junto a Oliver.

Sonrío tomando su mano, bajo el asiento.

Sonrío cuando me lleva a casa.

Sonrío al ver a Mateo guiñarnos un ojo al despedirnos.

Y sonrío ante mi habitación, cuando Oliver me da un beso en la mejilla y se despide hasta el día siguiente con un:

—Nos vemos mañana, princesa.

—¿No quieres pasar? —pregunto.

—No me tientes.

—Eso no es un no.

—Y no lo será por mucho tiempo —promete.

Creo que tiemblo.

Mierda. Este chico me encanta. Y ni siquiera sé por qué me siento así. Tonta. Idiota. Y rematadamente enamorada. Feliz. Como en la luna.

En el fondo estoy insegura. ¿En serio alguien puede quererme así? Con todos mis errores. Con mis circunstancias. Con mis inseguridades. Quiero creer que sí.

Mi teléfono vibra sobre la cama con un nuevo mensaje:

Oliver
Ojalá pudiese prometerte un para siempre,
pero quiero prometerte un para ahora.

El corazón me late a mil.

Yo
Me gusta como suena «para siempre».

No contesta, pero intento ralentizar mi corazón. He pedido mucho.

Voy a dormir, a descansar. Sin saber que el día siguiente podía esconderme una sorpresa.

A la mañana siguiente, cuando bajo a desayunar, todavía con legañas y en una nube tras la noche anterior, lo primero que me encuentro es a Daniel gritándome:

—¿Por qué hay una foto tuya bailando con un chico en una discoteca?

Treinta y dos

—Así que ¿tú y Theo Rogers?

Lucy está conteniendo la sonrisa y solo puedo resoplar. Me desplomo en el asiento, la mochila cae al suelo, mientras Oliver pasa de largo hacia su sitio. Sé que me está mirando, pendiente de mí y de si estoy bien. Eso me da tranquilidad.

—Mejor no me hagas hablar…

—Suponía que era solo un rumor, pero prefiero contrastar con la fuente.

—Ojalá los periodistas hiciesen lo mismo.

—Ya, vi las noticias. Eres famosa.

Sé que intenta animarme, pero no es la frase más acertada en estos momentos, y se da cuenta.

—Perdona, quiero decir que…

—Braxton es famoso. —Suspiro—. Yo ni siquiera tendría que ser noticia, mucho menos si bailo o no con un chico en una discoteca.

Pero es que la historia no termina ahí. Si se han enterado es porque alguien ha creado un perfil falso a mi nombre en redes sociales. La supuesta Novalee Scott ha subido una foto en la que baila con Theo Rogers, «estudiante de la prestigiosa escuela a la que asisto» y con quien «quiero tener más que unos cuantos bailes». Por lo visto el rumor de que estamos juntos salió de esa cuenta falsa.

Después de sermonearme sin dejar que le diera una explicación, el asistente de mi padre por fin me escuchó y prometió tratar de arreglarlo con el equipo legal.

Fue un domingo perfectamente intranquilo.

—Todo eso después de sugerirme un par de veces que quizá sería más fácil arreglarlo si me creara una cuenta propia

—termino de explicar—. No quiero redes, solo que me dejen en paz.

Lucy aprieta los labios. Ha permanecido callada todo este tiempo, pero el profesor acaba de entrar y la conversación no puede seguir mucho más.

—¿Y tu padre qué dice de todo esto? —pregunta.

—¿Mi padre? —repito sorprendida, y luego me encojo de hombros—. El domingo estuvo de rodaje y esta mañana no lo he visto.

—Seguro que está preocupado —me asegura.

Tomo mis cosas de la mochila, y justo cuando el profesor pide que guardemos los teléfonos y prestemos atención, la puerta del aula se abre y llega Theo.

Mi primer instinto es levantarme para hablar con él. Después de separarnos en la discoteca quedamos bien como amigos, o al menos esa impresión me dio. Y ahora, por mi culpa, está metido en todo este lío. Sin embargo me contengo, sobre todo porque estamos en clase, pero también porque siento los ojos de los compañeros mirándonos mientras comienzan a cuchichear. El profesor manda guardar silencio.

Trato de buscar a Theo con la mirada, pero él va directo a su sitio.

—Que sea la última vez que llega tarde, señor Rogers. A la próxima tendré que mandarle a dirección.

Lucy está pendiente, al igual que yo, pero no dice nada. Cuando me vuelvo, Theo lo único que hace es sacar sus cosas de la mochila mientras su amigo le da un codazo y susurra algo antes de reírse, aunque él permanece serio. Cerca de ellos está Oliver, que aprieta con fuerza el bolígrafo con expresión seria.

—Señorita Scott, haga el favor de mirar hacia el frente, que es donde damos la lección.

Me giro rápido, como si me hubiesen pellizcado, mientras se escuchan risas en la clase y alguien se atreve a silbar.

—¡Guardad silencio ahora mismo! —grita el profesor, perdiendo la paciencia.

Ya es un hecho. La clase entera se ha creído el rumor.

—Podría ser peor. Podrían rumorear que te has unido a una secta.

De verdad que sé que Lucy solo trata de animarme, pero no sabe hacerlo. Aunque entiendo su punto. Hay muchos otros rumores horribles que podrían haberse inventado. Decir que salgo con un chico no es para tanto. Pero no es eso lo que me enfada, sino todo el tema del perfil falso en redes y que haya alguien sacándome fotos hasta cuando salgo con amigos. Mi vida no era así hace apenas unos meses.

—Mira Taylor Swift. Cada vez que ha salido con un chico, aunque fuera a tomar algo, ya empezaban los rumores sobre «otro nuevo novio».

La dirijo una pequeña sonrisa porque valoro su esfuerzo y guardo la última libreta en la mochila. Ya hemos terminado todas las clases de la mañana y el estómago me ruge con ganas.

Mientras los alumnos también terminan de recoger sus cosas y algunos ya se están levantando, un estudiante de primer curso entra en el aula. Imagino que es de primero porque es muy joven, casi un niño. Tiene expresión apurada en el rostro y mira con recelo por la clase, como si buscase a alguien.

Pero no es eso lo que llama mi atención ni la razón por la que todos nos quedamos en silencio mirándole. Es por lo que trae en las manos. Es una rosa, con los pétalos rojos y envuelta en un papel transparente con un lazo en el tallo. Y cuando el chico me ve, su rostro se ilumina. Me busca a mí.

Tierra. Trágame. ¿Qué narices es esto? Con todos los ojos de la clase mirándome, solo quiero salir corriendo, pero los pies no responden. Entonces llega a mi lado y pregunta:

—¿Novalee Torres?

Parpadeo, confundida.

Me ha llamado Torres. Estoy tan acostumbrada a que se refieran a mí como Scott que me ha tomado por sorpresa.

—Eres Novalee, ¿verdad? —insiste.

—Sí, soy yo —respondo por fin.

El alivio le inunda el rostro.

—Me piden que te entregue esto.

Me da la flor junto a una nota y luego se marcha. De inmediato los cuchicheos y voces regresan, y aunque la gente se está moviendo y hablando, no salen del aula. Lucy toma la flor y la huele mientras yo abro el papel.

¿Y si tenemos una cita, princesa?

Sabía que era él. ¿Quién más recordaría que soy Torres?

—Vaya, Theo sí que parece ser de los que se lo trabajan —comenta Lucy, pero yo niego con la cabeza.

—No es de Theo.

—¿Entonces?

Antes de que pueda contestar se gira y mira unas mesas más atrás, a Oliver. Yo también lo hago y nuestros ojos se encuentran. Se me escapa una sonrisa y me doy cuenta de que tengo las mejillas encendidas.

—Ya veo. El galán quiere volver a conquistarte.

Lucy me da un pequeño codazo y luego se vuelve hacia la rosa, aunque yo solo puedo seguir mirando a Oliver mientras el corazón me late a mil por hora. No le hace falta volver a conquistarme. Él ya lo ha hecho.

Ethan

Doy por hecho que el perfil de redes sociales es falso porque jamás te llamarías a ti misma Scott, pero… ¿ya hemos olvidado al guardaespaldas cachondo?

Voy de camino a la extraescolar, leyendo el mensaje de Ethan, cuando mi teléfono comienza a sonar. El nombre de Braxton brilla en la pantalla. Vacilo antes de responder, pero, cuando descuelgo y lo llevo a mi oreja, pregunto dubitativa:

—¿Hola?

—Hola, Novalee. Daniel me puso al corriente de todo esta mañana. Perdona que te llame ahora.

Reconozco su voz al instante, pero nunca me había llamado al móvil. Estoy esperando su típica excusa del trabajo, aunque también estoy sorprendida de que se haya molestado en llamar.

—Quería esperar a que terminaran las clases para no molestar —me explica—. ¿Es un mal momento?

Freno en el pasillo porque no lo esperaba. Y aun así no puedo evitar dudar. ¿Será verdad?

—¿Novalee?

—Estoy de camino al ensayo de la obra —explico, reanudando la marcha—. Está bien, puedo hablar.

—Lo siento mucho, Novalee. He hablado con Mateo y con el dueño de la discoteca. Esto no debería haber pasado. Nadie debería haberte sacado una foto y la prensa tendría que respetarte. Por el amor de Dios, eres solo una niña.

Parece realmente preocupado, y eso me conmueve.

—Está bien, es solo un rumor —me encuentro a mí misma diciendo, aunque en el fondo me sigue doliendo—. ¿Sabes si han conseguido borrar el perfil social?

Silencio. Mierda.

—Todavía no. Van lento, pero estoy seguro de que lo conseguirán.

—De acuerdo. Supongo que solo queda esperar.

Continúo caminando por los pasillos mientras la línea se queda en silencio unos segundos. Paro en la taquilla para dejar las cosas y Braxton carraspea.

—Entonces ¿qué tal el día en la escuela? ¿Todo bien?

—Sí, aquí todo ha ido genial.

—¿Con tus amigas también? Lucy y Helen, ¿verdad?

Como no contesto mientras abro la taquilla, dice:

—¿Hola? ¿Sigues ahí?

—Sí, estoy aquí, perdona —reacciono—. Ahora mismo voy a ver a Helen en teatro.

«Sabe el nombre de mis amigas».

—Me da la sensación de que estás un poco ocupada —comenta él—. Pásalo bien en teatro, y llámame si tienes cualquier problema, ¿de acuerdo?

—Sí.

—Lo digo en serio, Nova. Para eso estamos los padres.

—Está bien.

Le cuelgo y me quedo mirando la pantalla, congelada en mis pensamientos y con el corazón acelerado por la emoción. Sabe los nombres de mis amigas. Y sí, sé que eso es algo que cualquier padre normal sabría, pero… ese es el punto. ¿Y si de verdad le importo?

«No te hagas ilusiones rápido, Novalee. Que no te rompan el corazón».

Termino de abrir la taquilla y voy a meter la mochila con las cosas cuando un sobre cae del interior. ¿Oliver otra vez?

Me agacho para recogerlo, pero cuando lo abro mis dedos tiemblan y me doy cuenta de que esta vez no es Oliver. No hay palabras, sino una foto. La misma que colgaron en mi supuesta red social.

Miro hacia todos lados, pero no hay nadie. Aun así, no logro terminar de quitarme la sensación de que alguien me observa.

Treinta y tres

Ha sido algún alumno haciéndose el gracioso. Está claro. Imprimieron la foto de la red social y me la han puesto en la taquilla para burlarse. Mientras me convenzo de que solo es eso y de que no tengo nada por lo que alarmarme, llego a la clase de teatro. Todos están hablando de forma distendida y apenas se distraen cuando aparezco. Es lo que me gusta de este sitio. Nadie me trata diferente.

Helen me saluda con la mano desde unas sillas donde está calzándose unas playeras deportivas más cómodas. Nada más llegar, pregunta:

—Entonces, ¿tú y Theo?

Hundo el rostro en las manos. El daño que puede hacer una maldita foto. Y es que el rumor de que salgo con Theo Rogers no solo se ha corrido por las páginas de cotilleos de los tabloides, también lo ha hecho en el instituto.

Se lo aclaro a todo el que me pregunta, pero no he podido hablar con él. Cada vez que voy a intentar pedirle disculpas por la equivocación se aleja. Literalmente me evita, no estoy bromeando. A la hora del almuerzo dejó la bandeja en la mesa con tal de salir corriendo. Solo espero que se tratara de una urgencia estomacal, y no que tenga tanto reparo a hablar conmigo.

—No hay yo y Theo —explico, y por primera vez añado un detalle más—. Además, a mí me gusta otro chico.

—¿Oliver King? —tantea.

Aunque, supuestamente, eso todo el mundo lo sabe. Somos pareja… Hasta que comenté por casualidad que ya no lo éramos hace poco por puros celos.

Soy idiota.

—Entonces ¿lo de que te ha enviado una flor a clase también es mentira?

—No. Quiero decir, sí. He recibido una flor, pero no ha sido suya.

—Chica, cuántos pretendientes. —Se ríe, pero afloja al darse cuenta de que yo no lo hago—. Oye, ¿estás bien?

—Le he dicho a todos los que he podido que el rumor es mentira. Theo y yo solo somos compañeros de clase. Bailamos, sí, pero nada más. Pero todos creen ese rumor y yo... No sé cómo decirles que es mentira.

—Y que quien te gusta de verdad es Oliver, ¿no?

Asiento y ella suspira.

—Ayudaría que Theo no fuese por ahí comentando lo contrario.

—¿Perdona?

—No sé si es cierto, pero escuché que él y algunos del equipo de fútbol andan riéndose y comentando que... tuviste algo con él en la fiesta.

—¿Algo con él en la fiesta? —repito—. Solo bailamos.

—Ya, pero... la imaginación hace el resto.

No me lo puedo creer. No hace falta que lo diga de forma explícita, pero está claro: creen que me he acostado con Theo Rogers. Y esto no debería importarme, pero lo hace. ¿Y si llega a ser un rumor fuera del instituto? ¿Y si aparece en el perfil falso de redes? ¿O en internet?

—Mierda. ¿Por qué tienen que hablar de mí?

Estoy a punto de echarme a llorar y creo que Helen se asusta. Me frota la espalda con la mano mientras escondo la cabeza entre las piernas y trato de concentrarme en respirar en vez de en la sensación de opresión que parece invadirme.

—Oye, es solo una tontería. No pasa nada. Se olvidarán en un par de días, en cuanto vean que no os habláis.

Entonces le cuento todo lo sucedido con el perfil falso.

—Joder —exclama, y de inmediato saca el teléfono—. Lo siento mucho, Nova. Pensaba que eras tú de verdad y le di a seguir. Ahora mismo lo retiro. Menuda canallada.

—Además es que tiene puesto Novalee Scott, ¿sabes? Cuando yo jamás me pondría ese nombre. Soy Novalee Torres.

Asiente con la cabeza.

—Lo repetías mucho antes.

Hasta que me di por vencida y supongo que, en cierto sentido, me acostumbré a que otros me llamasen así.

—Oye, han estrenado una nueva peli esta semana que tengo ganas de ver. ¿Y si vamos al cine y hacemos una tarde de chicas? Tengo que pedir permiso en casa, pero seguro que me dejan.

—Suena bien —admito—. Aunque yo también tengo que pedir permiso.

—Hincharnos a palomitas y compras compulsivas de complementos para el pelo y pintaúñas. A mí me suena a un plan que los padres aceptarían.

Me guiña un ojo y sonrío. Hasta que me doy cuenta de que hace unos meses a mamá le hubiese parecido genial, pero que ahora… No sé si me dejarán ir a un centro comercial.

La vida es un asco.

—Preguntaré —prometo.

Solo espero que haya una posibilidad, aunque sea pequeña, de que me dejen.

Oliver no aparece junto al resto de compañeros cuando finaliza el entrenamiento. Lo estoy esperando junto a su coche, ya que terminamos casi a la misma hora. Y cuando veo pasar a varios de sus compañeros, pero a él no, comienzo a impacientarme. Incluso las animadoras han salido.

Estoy a punto de dirigirme al campo de fútbol cuando me percato de que una de las animadoras se acerca caminando con paso decidido hacia mí, y no es más ni menos que Allison.

—Hola.

Cordialidad ante todo, así me enseñó mamá. Solo que ella, por mucho dinero que tenga, jamás debió manejar el tema de los modales, porque replica:

—Solo estoy haciéndole un favor a Oliver.

Alzo las cejas y, tras unos segundos que parecen eternos, suspira, descruza los brazos y por fin explica:

—Me ha pedido que te diga que está en dirección.

—¿En dirección?

—Sí, por romperle la nariz a Theo Rogers.

Me llevo la mano a la boca, alarmada.

—¿Que Oliver ha hecho qué?

—Oye, eres tú quien se ha tirado a otro teniendo novio. No debería sorprenderte.

Estoy a punto de largarme hacia dirección dejándola con la palabra en la boca, cuando pienso que no tengo por qué aguantar esa mierda, y que actuar como si no me importara no me va a dar la paz mental que necesito. Así que antes de irme, soy yo quien alza la barbilla y le digo:

—Aunque sospecho que no te importa, no me he tirado a Theo. Solo bailamos.

Allison ladea el rostro y sonríe con fingida dulzura.

—Eso no es lo que dice él, o tu perfil en redes sociales.

—Perfil falso que alguien hizo —corrijo, y una idea se me prende en la cabeza—. Alguien que casualmente estuvo también en la discoteca ese día.

No tarda en captar la indirecta y su rostro se arruga como si le indignara la acusación.

—¿Insinúas que he sido yo? No me importas tanto.

—Vaya, pues empieza a demostrarlo. Porque no te he hecho nada en absoluto, pero pareces un poquito obsesionada conmigo.

Hago un gesto con el dedo pulgar e índice, juntándolos mientras le hablo. Sus mejillas se encienden y compruebo con satisfacción que la he hecho rabiar.

—Si me disculpas, tengo que ir a dirección. A ver a mi novio.

Ale, ya lo he dicho. Novio. Y, por primera vez, sin pensar que estoy mintiendo. Aunque… técnicamente Oliver y yo no hemos puesto nombre a lo que tenemos. Pero tenemos algo, y eso me basta.

Empiezo a escuchar las voces poco antes de llegar. El director está gritando, aunque no puedo entender lo que dice. Mientras continúo acercándome, empiezo a ver gente. Reconozco enseguida a Theo Rogers sentado en una silla. Tiene un trozo de papel metido en los orificios nasales y la cara hinchada. Aún lleva el uniforme del equipo de fútbol. A su lado hay un señor, que supongo que será su padre o un familiar, hablándole alterado.

Nuestros ojos se cruzan, pero esta vez no intento hablar con él. No quiero. No después de lo que sé. Él aparta rápido la mirada y no tengo que ser muy avispada para darme cuenta de que está avergonzado.

El hombre a su lado se da cuenta y alza la voz, enfadado.

—... porque no te he criado para que hagas estas cosas —le escucho decir.

El secretario del director está allí, tecleando en un ordenador. Suspira al verme y no puedo evitar mirar hacia la puerta del despacho. Las voces se han calmado, pero aún puedo intuir que hay alguien hablando al otro lado.

—Enseguida salen, cielo —me dice con una breve sonrisa—. ¿Quieres algo? ¿Un vaso de agua? ¿Un té?

Sacudo la cabeza y él vuelve a su trabajo. Tomo asiento lejos de Theo y evito mirarlo. En cuanto dejo de moverme me doy cuenta de que soy incapaz de regular mi respiración. No solo eso, también escucho el latido del corazón en las orejas. Estoy nerviosa por Oliver. Y por lo que quiera que haya pasado. Él no es de los que pegan puñetazos, no lo veo así. Tiene valores sólidos y sabe contenerse.

«Entonces ¿por qué está en dirección?».

La puerta se abre más tarde que pronto y veo salir a Oliver, que lleva puesto el uniforme del equipo.

El corazón se me congela mientras le examino. Parece estar en perfecto estado. No hay señales de pelea.

Él también me mira y, mientras sale del despacho, puedo escuchar al director.

—Efectivamente, quiero hablar con el señor Scott.

La puerta se cierra. Mierda.

—Ey —me saluda Oliver.

Ni siquiera me he dado cuenta de que me he puesto de pie. Espero a que se acerque mientras me sonríe de una forma traviesa, de quien se ha metido en un lío.

Theo y su padre (o quien creo que es su padre) nos lanzan miradas fugaces, pero los ignoro. Nos sentamos en las sillas de fuera del despacho, con mi mano en su hombro, y pregunto:

—¿Qué ha pasado?

—¿Qué has escuchado?

Oliver me mira con sus intensos ojos azules. Podría no entenderlo, pero después del día de hoy y los rumores, sé lo que quiere saber: hasta dónde ha llegado la verdad y hasta dónde la mentira.

—Dicen que pegaste a Theo —susurro, evitando mirarlos.

—No fue queriendo —responde en voz baja.

Le creo.

Le reconforto como puedo, acariciando su hombro y su brazo, hasta que la puerta de la dirección vuelve a abrirse.

—Señor Rogers, por favor, entre —pide el director.

Theo y su padre se levantan y pasan, dejándonos solos con el secretario, que parece inmerso en sus asuntos mientras teclea en el ordenador, pero sé que presta atención. Se ha inclinado más hacia nosotros cuando Oliver y yo nos sentamos.

—¿Qué te ha dicho el director? —le pregunto.

Tarda unos segundos en contestar. Demasiados. Y me espero lo peor.

—No se fía, pero quiere esperar a hablar con tu padre primero. Luego decidirá qué hacer conmigo.

Siento un nudo en el estómago.

—Oliver, ¿qué pasó?

—Theo estaba presumiendo con todo el mundo de que el sábado follasteis en la discoteca.

La respuesta llega directa y rápida a mis oídos. Seca. Como un tortazo inesperado, aunque ya lo sabía. Pero duele.

Cerca de nosotros el secretario derrama la taza de café. Sabía que escuchaba.

—Eso es mentira.

Oliver asiente, rabioso.

—Lo sé, por eso quería pegarle. Mierda, Novalee. He fantaseado con gritarle cinco cosas bien dichas a ese idiota.

—¿Y lo hiciste?

—¿Gritarle? —pregunta, y sonríe con tristeza—. Pues claro. Nadie puede meterse con mi chica y pensar que va a salir ileso.

Le doy un codazo suave y su mirada se relaja mientras le sonrío. Después continúa.

—Pero no le pegué. Fue un mal balonazo.

—¿Mal balonazo?

—No negaré que me dio satisfacción, y que en parte quise darle. Pero juro que no apunté a su cara. Iba a pegar con toda mi rabia a la pelota y se puso en medio. Fue sin querer, pero todos creen lo contrario, en especial después de escuchar lo que él decía de ti. Y de que todos piensen desde hace semanas que eres mi novia.

Me lo había visto venir. Oliver no es de los que pegan.

—Lo siento, Oliver. Seguro que Braxton lo arregla.

No contesta.

Dentro del despacho del director vuelven a gritar. Estoy segura de que es a Theo.

Oliver posa la mano en mi rodilla y la acaricia.

—Seguro.

Pero no parece nada convencido.

Treinta y cuatro

—Tendré que estar aquí un rato más —asegura.

—Te esperaré.

Él sacude la cabeza.

—Han mandado a Eric a buscarte. Llegará en poco tiempo.

Eric, el guardaespaldas de mi padre. Quiero negarme, pero sé que será inútil.

Theo y su padre salen del despacho, y me ignoran mientras el director vuelve a llamar a Oliver. Tal y como él dijo, me llaman. Después Eric viene a por mí y no me queda otra que regresar a casa.

Espero que Oliver también vuelva pronto, pero no lo hace. Del mismo modo, no hay rastro de mi padre, y eso me pone más nerviosa todavía. Siento que todo esto es por mi culpa.

La única persona que está ahí es Mateo. Se acerca mientras revuelvo la lechuga de la ensalada que me han puesto para cenar y, nada más sentarse frente a mí, suelta:

—Van a abrir una investigación.

—¿Perdona?

Toma aire como si necesitase tranquilizarse. Parece enfadado.

—En la discoteca, entre el equipo de seguridad, por las fotos. Las sacaron allí. Se suponía que estaban prohibidas las imágenes. Mi amigo me prometió seguridad, el sitio iba a ser de confianza. Es inadmisible que algo así pueda pasar.

Dudo mucho que se pueda hacer algo, así que solo asiento despacio. Ahora mismo estoy más preocupada por lo que le pueda pasar a Oliver que por una tontería como esa foto.

Cuando pones las cosas en perspectiva, te das cuenta de que algunos problemas son solo tonterías.

—No te preocupes, Mateo. Estoy segura de que la gente no tardará en olvidarse.

Por lo menos en el instituto, una vez Theo cuente lo que de verdad pasó.

Mi hermano suspira, y justo en ese momento aparece alguien de la cocina con su plato de ensalada. Llevo meses viviendo aquí y aún no me acostumbro a que haya tanta gente trabajando en una casa. Espero a que volvamos a estar a solas antes de seguir hablando.

—Ha sido solo una broma pesada. En cuanto se den cuenta de que a nadie le interesa mi vida, dejará de pasar.

—Te equivocas, enana.

Mateo suspira con una sonrisa de tristeza.

—Eres la novedad. La hija escondida de Braxton Scott, y todos quieren saber un poco más de ti. Quieren saber si mereces la pena.

—Pero tú también eres su hijo y no te acosan tanto.

—Porque ya han descubierto que no merezco la pena. No voy a darles nada de lo que hablar.

Quiero replicar, no sé el qué. Así que solo digo la verdad:

—Sí que mereces la pena.

La sonrisa de Mateo se hace un poco más real. Estira la mano sobre la mesa y yo hago lo mismo para tomársela.

—Gracias, hermanita.

Mientras compartimos este pequeño momento, pienso en lo mucho que nuestra relación ha avanzado desde el momento en el que decidimos confesar cómo nos sentíamos. En el que nos abrimos a la idea de ser una familia. Y no me arrepiento de nada.

Braxton no llega hasta una hora después. Fleur llama a mi habitación.

—Tu padre quiere verte.

—¿Ya está aquí? —Ella asiente—. ¿Y Oliver?

—También.

Me pongo de pie en la cama casi de un salto. Ya estaba preparada para irme a dormir, pero de pronto estoy demasiado despierta. Sin embargo, Fleur parece leer mis intenciones. Se coloca frente a la puerta de mi habitación impidiendo que salga.

—Oliver tiene que cenar. Dale un poco de espacio.

—Pero...

La expresión de Fleur se suaviza y, con un tono más suave, añade:

—Ve con tu padre. Quizá sea importante.

Tiene surcos violetas bajo los ojos y parece claramente cansada. En los últimos días apenas la he visto, y me siento mal al negarme a su petición. Solo está haciendo su trabajo, siguiendo una orden de mi padre. No quiero darle más problemas.

—Está bien —afirmo.

Parece aliviada cuando asiente y se despide. Después salgo de la habitación y voy directa al despacho de mi padre. Me siento un poco extraña al entrar vistiendo mi pijama de dos piezas, descalza y con el pelo anudado en un moño alto y desordenado, en especial cuando lo veo, todavía vistiendo su traje.

Camino hacia él con duda, pero no puedo mantener quietas las preguntas que hay en mis labios, y salen casi solas mientras termino de acercarme a él.

—¿Le pasará algo a Oliver? No pueden expulsarle. Fue sin querer, y además es Theo quien estaba propagando los rumores. ¿Se puede hacer algo para ayudarle? ¿Sabe el director que no hizo nada malo?

Braxton deja los papeles que está mirando y alza los ojos hacia mí. Durante muchos años lo imaginé llevando una vida alocada de fiestas, digna de cualquier protagonista de cine, pero estos días he descubierto que es bastante más serio. Pasa muchas horas en el despacho, estudiando guiones y nuevos proyectos.

Una vez Daniel mencionó que también tiene negocios, aunque no habla mucho de ellos.

—No te preocupes por eso, Novalee —responde por fin—. Yo me encargaré.

—¿Eso qué significa?

—Te preocupas mucho por Oliver, ¿no?

Me quedo en silencio unos segundos. Mierda.

«Si tu padre se entera de esto, estoy despedido». «En el contrato venía bien especificado que no podíamos mantener ningún tipo de relación».

—Estaba defendiéndome, me preocupo por eso —consigo decir—. Es mi culpa.

—Para nada. Te recuerdo que, concretamente, cuidarte es su trabajo —replica Braxton—. Pero no te preocupes, he hecho un trato con el director y lo mantendrá en el instituto. Al fin y al cabo, es complicado encontrar un guardaespaldas de tu edad.

—¿Un trato?

—Una donación cuantiosa —admite.

No hay nada que el dinero no pueda resolver, ¿eh?

—¿Y el equipo de fútbol?

Braxton alza las cejas, suspicaz, pero ahora mismo no me importa. El corazón me va a mil por hora. Necesito saber que estará bien.

—También podrá quedarse en el equipo de fútbol. Se lo prometí, aunque…

—¿Aunque?

Braxton vacila y puedo ver que escoge muy bien sus palabras antes de contestar.

—Digamos que el pasado de Oliver es complicado, y a pesar de que esto es solo una nariz rota, a él lo miran con lupa.

—Su padre fue tu guardaespaldas también, ¿verdad?

—¿Te lo ha contado él? Parece que habéis conseguido entenderos bien.

—Es mi guardaespaldas.

Eso no le convence, así que suspiro y miento:

—Me lo dijo Mateo.

No sé si me cree, en especial porque alza las cejas de nuevo, pero no presiona.

—¿Para qué querías verme? —pregunto por fin.

—Después de lo que ha pasado con la foto y la pelea, quería saber que estabas bien.

Me encojo de hombros, sin creerle del todo.

—Pues ya ves, lo estoy.

Silencio.

—¿Algo más? —añado.

Braxton duda, pero al final dice:

—La próxima semana hay una fiesta preestreno de la nueva serie. Me gustaría que tu hermano y tú asistierais.

Así que eso era. Siento un tirón extraño en el estómago, de decepción; un «ya te lo dije», pero lo ignoro.

Braxton ha conseguido que Oliver se quede en el colegio.

—Claro. Si Mateo va, no tengo problema.

Su expresión se suaviza.

—Gracias, Novalee.

Asiento y me doy la vuelta para salir, pero él me llama cuando apenas he dado dos pasos.

—Por cierto… La excusa oficial es que Oliver se enfadó porque es tu novio.

—Así lo planeasteis Daniel y tú desde un principio —le recuerdo.

—Lo planeó Daniel, no yo. Y empiezo a estar un poco en desacuerdo con esa idea.

—¿Por qué?

—Quizá no era tan buen. Quizá sea hora de desmentirlo, en especial ahora que saltan rumores de que estás con otros chicos.

—Pero no lo estoy. Theo solo es un compañero. Uno que pensaba que era de fiar, pero se ve que no.

—En este mundo, Novalee, hay muy pocas personas en las que puedas confiar, y muchos que solo se querrán aprovechar. Es mejor que lo aprendas rápido.

«Pues qué triste».

—El famoso eres tú —le recuerdo—. Solo soy tu hija.

Tras salir del despacho, tardo unos segundos en darme cuenta de mi respuesta. No he dicho: «Solo soy una chica obligada a vivir aquí». He dicho que soy su hija. Y no sé si eso significa algo. Mientras lo pienso, mis pies continúan caminando solos, hasta que se paran poco antes de llegar a mi cuarto. Justo frente a la puerta de la habitación de Oliver.

Quizá esté todavía cenando. O cansado. O puede que no quiera verme después de meterle en problemas. Pero antes de dejar llevarme por todos esos quizá, toco a la puerta. Y cuando me doy cuenta, Oliver la abre.

Treinta y cinco

—Hola —susurro con timidez.

Oliver sonríe y se hace a un lado. Viste un pantalón de pijama azulado y una camiseta de tirantes. Está cansado, pero aun así su mirada se vuelve amable cuando me ve. Se hace un lado para dejarme pasar, pero, mientras lo hago, me doy cuenta de unos moretones que hay en su piel y que la camiseta no logra tapar. Uno de ellos está en su hombro y se pierde bajo la tela.

Camino hasta el centro de la habitación. A pesar de estar pegada a la mía, apenas he estado aquí. Tiene una cama enorme en medio del cuarto, y una puerta que lleva al baño. El escritorio es pequeño, pero llama la atención porque está lleno de libros, apilados de manera desordenada.

—¿Qué te ha pasado? —pregunto.

—Nada.

—Dijiste que fue solo un mal balonazo.

—Y lo fue, pero…

Alzo las cejas de forma inquisitiva y Oliver suspira.

—Digamos que Theo pega más fuerte de lo que parece. No creyó que el balonazo fuese sin querer, aunque no le culpo.

—Madre mía.

Me llevo la mano a la boca y me acerco más a él. Cuando agarro la tela de su camiseta para levantarla, no opone resistencia.

—Si quieres que me desnude, no tienes más que pedirlo, princesa.

Bromea para quitar tensión al momento, y aunque logra que me entre algo de calor, lo ignoro.

—Es increíble —resoplo con enfado al comprobar que otro feo moretón se le está formando en el vientre—. Y querían expulsarte a ti.

—Supongo que eso es porque me defendí. ¡Tenía que quitármelo de encima!

De nuevo recurre al tono jocoso, pero sigue sin lograr que me despreocupe. Suelto la tela y suspiro, clavando los ojos en mis pies descalzos.

—Lo siento mucho.

Unos dedos suaves se colocan bajo mi barbilla y Oliver me obliga a elevar la mirada hacia él. Sus ojos verdes brillan.

—Ni pienses que es culpa tuya, Novalee.

—Debería haberle dicho algo a Theo.

—No es tu trabajo educar a capullos. Y fue él quien decidió ir a por mí.

—Espero que al menos reciba un castigo.

—Le han suspendido del fútbol, así que se perderá el último partido. Su padre estaba bastante enfadado.

Me parece justo. Estoy a punto de relajarme cuando me doy cuenta.

—¿Y a ti? ¿También te han suspendido?

El fútbol es importante para él. Sé que quiere ganarse una beca. Por suerte, niega con la cabeza.

—El entrenador ha insistido en que me necesitan para ganar la final, y menos mal. Al final han cambiado el castigo y solo tengo que ir los sábados por la mañana a ayudar en el campo para que todo esté en orden.

—Supongo que es mejor que una expulsión.

—Cuando me iba, el director me amenazó con echarme si no consigo que el equipo gane la final.

Se ríe. Está esforzándose para que yo esté tranquila, cuando es él quien ha acabado metido en un lío.

—Gracias por la flor.

—Debía asegurarme de tratar bien a mi chica. —El corazón se salta un latido. ¿Su chica?—. No sea que la enamorase algún tonto como Theo.

—Vamos, como si pudiese fijarme en alguien como Theo, teniéndote a ti al lado —bromeo mientras niego con la cabeza—. O en cualquier otro.

Me doy cuenta tarde de que lo he dicho en voz alta; mientras, las comisuras de los labios de Oliver se elevan todavía más, vistiendo una sonrisa traviesa. Se inclina sobre mí y pregunta:

—¿Lo dices en serio?

Trago saliva, hasta que me escucho decir:

—Sí.

El corazón me late con fuerza mientras los dedos de Oliver me toman por la barbilla. Cuando me besa, dejo por unos segundos de respirar.

Al principio sus labios son delicados, van lentos. Pero en el momento en el que de forma inconsciente rodeo su cuello con mis manos y lo atraigo más cerca, toda calma, toda paz y toda tranquilidad se evaporan.

Agarra mi cintura mientras nuestros cuerpos se encuentran y el beso se profundiza. Puedo escuchar el latido de mi corazón en los oídos, y una sensación embriagadora se apodera de mí, envolviéndome en una pequeña burbuja en la que solo estamos él y yo. Mi piel arde, al igual que la suya. Hace mucho calor. Y, aun así, solo tengo la necesidad imperiosa de estar más cerca de él.

Me agarra con tanta fuerza que terminamos moviéndonos por la habitación. Cuando llegamos cerca de la cama, coloco las manos en sus hombros y lo empujo. Oliver no opone resistencia, pero me lleva junto a él. Me siento en su regazo y lo envuelvo con mis piernas.

Necesito.

Más.

Más cerca.

Nuestras respiraciones se han vuelto más fuertes y jadeo mientras me muevo sobre él. El roce me calienta la sangre y empiezo a no pensar con claridad.

Oliver sube las manos por mi espalda y se aparta mientras acuna mi mejilla. Mi pelo cae sobre su rostro y solo puedo ver sus ojos brillantes mientras tomo aire a bocanadas.

—Joder, eres preciosa.

Enseguida vuelve a besarme. La boca, la mejilla, la línea del mentón. Dejo caer la cabeza hacia atrás cuando me besa el cuello y mis ojos se cierran. Cuando clavo las uñas sobre sus hombros, escucho cómo jadea.

Abro los ojos y, con decisión, llevo las manos al dobladillo de la camiseta. No deja de mirarme mientras me la quito y me quedo únicamente con un sujetador deportivo. No es el más bonito del mundo, pero, a juzgar por la forma en que los ojos de Oliver relampaguean, parece la lencería más lasciva del planeta.

La tela cae al suelo y me muerdo el labio inferior, entre nerviosa y halagada por su reacción, aunque no sea la primera vez que me ve. Solo que, en esta ocasión, presiento que habrá más.

Como si le hubiese quitado la voz, no dice nada. Soy yo quien tantea y llevo las manos a su camiseta. Alza las cejas y eleva la comisura de los labios. No opone ninguna resistencia mientras subo la camiseta. Los moretones vuelven a salir a medida que levanto la tela. Cuando llego a la altura del pecho, él mismo se deshace de ella.

Vuelvo a bajar los ojos a sus moretones, y antes de que pueda decir nada, me inclino para posar los labios sobre ellos.

—Novalee… —susurra mi nombre mientras se inclina.

Me encanta.

Sigo con los besos sobre sus abdominales, a un costado, bajando por el ombligo. Cuando alzo la mirada, tiene los ojos cerrados y una expresión que no quiero olvidar nunca.

Me deslizo fuera de él, pero mantengo los besos por encima de la cinturilla de su pantalón de pijama. Puedo notar su erección presionando contra la tela elástica.

Oliver carraspea y hace amago de levantarse. Entonces me levanto, de pie frente a su cama, y me deshago de mis pantalones. Lo que sea que fuese a decir se queda en su garganta mientras me observa con la boca entreabierta.

—¿En qué estás pensando?

Mi voz suena extraña, nerviosa y expectante.

—Ahora mismo quisiera besar cada parte de tu piel.

—Pues hazlo.

Vuelvo a acercarme, pero, cuando voy a subirme a horcajadas sobre él, me hace girar y me tumba en la cama. Tal como ha dicho, comienza a besar cada parte de mí. Comienza por el cuello y baja dejando un pequeño camino con sus labios hasta mi hombro. Cierro los ojos cuando pasa por encima de la suave tela del sujetador, y continúa bajando hacia mi vientre.

Contengo el aliento cuando pasa por mi pierna y besa el interior de mi muslo. Después vuelve a subir, siguiendo el mismo camino, hasta que cubre mi cuerpo con el suyo.

—Contigo no puedo ni pensar, Novalee —susurra contra mis labios—. Estoy loco por ti.

El corazón me aletea y soy yo quien lo besa. Me fundo en sus labios, en su olor, en la forma en que me toca. Quiero más.

No.

Necesito más.

Mis manos suben y bajan por su espalda mientras las suyas, cálidas, me acarician por debajo del pecho. Se mueve sobre mí y jadeo al notar la erección. Me sobra toda la tela.

—Novalee, yo…

Giro sobre la cama para colocarme sobre él y continuar besándolo. Tardo unos pocos segundos en notar que ya no responde igual. Me alejo un poco, confundida.

—Espera —susurra.

Se incorpora en la cama, apoyándose contra el cabecero, pero cuando hago el amago de apartarme me sujeta, manteniéndome sentada sobre él.

—¿Por qué? —pregunto.

¿Tal vez leí mal las señales? Pensé que quería.

—Así no —responde tras unos segundos, como si quisiera buscar las palabras adecuadas—. Quiero hacer las cosas bien.

—¿A qué te refieres?

—Ir despacio.

—¿Más? —Trato de sonar divertida, pero mi tono es algo agudo.

Oliver me pasa la mano por el rostro y aparta un mechón de pelo mientras sonríe con suavidad.

—Me gustaría tener esa cita de la que hablamos primero.

—Oh.

—¿Ya no te apetece?

Sacudo la cabeza con fuerza. Quizá, solo quizá, esté un pelín decepcionada. Pero no, eso no quiere decir que no me apetezca salir con él.

—Para nada. Me encantaría.

—El sábado por la mañana estoy castigado, pero tengo la tarde libre.

Estoy a punto de gritar que sí, que me encantaría, cuando recuerdo que hace tan solo unos minutos he prometido estar en otro lugar. Oliver se da cuenta enseguida de mi cambio de actitud.

—¿Qué sucede, princesa?

Tengo la respuesta en los labios, pero solo digo parte de la razón.

—Mi padre me pidió que fuese a una fiesta preestreno de su nueva serie.

Se toma un momento de silencio, pero al final asiente.

—Deberías ir. A menos que no sea lo que te apetezca hacer en tu cumpleaños.

Mi corazón se hincha, y de pronto tengo ganas de llorar, aunque me contengo.

Él sí se ha acordado. Pero ¿cómo?

—¿Tú crees que Braxton me quiere? ¿O que, por lo menos, se preocupa por mí?

Decir en voz alta que creo que mi padre no me quiere sigue siendo duro.

—Créeme, Novalee. Te quiere.

Estoy a punto de abrir la boca para replicar cuando llaman a la puerta.

—¿Oliver? ¿Estás ahí?

Reconozco enseguida la voz de Fleur. Miro a Oliver con aprensión.

Mierda.

—Te traigo la cena —añade cuando ninguno contestamos.

Al final se aclara la garganta mientras yo me levanto con rapidez y busco mi ropa tirada en el suelo. Me pongo la camiseta con tanta rapidez que meto mal el brazo.

—Un momento, ya salgo.

—Está bien, si quieres la dejo en el suelo. Estoy bastante cansada.

Maldición, ¿dónde están mis pantalones?

—Eh…, sí, claro. Muchas gracias, Fleur.

—No hay de qué. —Escuchamos desde el otro lado de la puerta seguido de un corto silencio—. Dale las buenas noches a Nova de mi parte.

Parpadeo confusa y miro a Oliver.

—¿Sabe que estoy aquí? —susurro—. ¿Cómo?

Como si me hubiese escuchado, Fleur añade:

—No está en su habitación, y tampoco la encuentro en ningún otro lugar de la casa.

Oh.

—Esto… Buenas noches, Fleur.

Ella se ríe desde el otro lado de la puerta y, mientras los dos guardamos silencio, escuchamos los pasos alejarse. Ya vestida con el pijama, dejo salir el aire contenido. Si no hubiésemos parado, quizá nos hubiese atrapado en plena faena. No quiero ni pensarlo.

Entonces me vuelvo hacia Oliver y, al mirarnos, sin más, los dos comenzamos a reír. La tensión se libera y noto que se me sale una pequeña lagrimita.

—Ven aquí, princesa.

Me envuelve con un fuerte abrazo y me besa la coronilla. Y es justo aquí, en este preciso instante, entre sus brazos…, que me siento en casa.

Treinta y seis

—Buenos días, señorita Scott. Hoy la llevaré yo a clase.

Me quedo congelada en la entrada de la casa, con la mochila al hombro mientras observo a un completo desconocido parado frente a mí. Va trajeado, calza zapatos de vestir y lleva corbata. Incluso su pose es formal y recta. Solo le falta el pinganillo. Por eso, cuando no respondo, no me sorprende escucharle decir:

—Soy Asher, su nuevo guardaespaldas.

Lo miro con recelo. Debe de rondar los treinta. Es alto, muy alto. También fuerte, porque abulta por lo menos tres veces más que yo y no me hace falta mucha imaginación para saber los músculos que esconde bajo el traje. Sus rasgos, en cambio, son delicados, algo que acentúan sus rizos castaños.

Pero eso es lo que menos me preocupa.

—¿Y Oliver?

—No lo sé, señorita Scott. Solo se me ha encargado protegerla, no entraron en detalles.

—Oliver es mi guardaespaldas, y nadie me avisó de que él… De que tendría nuevo guardaespaldas —digo finalmente, dando un paso hacia atrás.

Unos pasos apresurados se acercan a nosotros y Fleur llega sin aliento. Tiene el pelo recogido en una coleta alta y puedo notar sus ojeras. No parece haber dormido bien, a pesar de que anoche dijo que estaba cansada.

—Para eso te buscaba, Novalee. Tu padre ha contratado a Asher esta semana.

—¿Y Oliver?

—Estará contigo dentro del instituto, pero fuera se encargará Asher.

Siento un tirón en el estómago. Algo va mal. ¿Por qué así, de repente?

Fleur mira al nuevo guardaespaldas mientras llega a mi lado y pone una mano en mi hombro.

—¿Puedes esperarla en el coche? Ahora va.

El hombre duda, pero finalmente asiente. Cuando estamos solas, Fleur me aprieta hombro con suavidad.

—Sé que no te apasiona la idea, pero tu padre quería aumentar la seguridad.

—¿Con Oliver no es suficiente?

Puedo ver que duda, porque aprieta los labios hasta convertirlos en una fina línea.

—Piensa que llega ya el partido final del equipo. Le va a venir bien para centrarse en el juego y en los exámenes. ¿Sabías que tiene suficientes créditos como para graduarse antes de tiempo?

Guardo silencio. Esa información es nueva. Fleur suspira y me toma del otro hombro, quedando frente a mí.

—Sé que te importa Oliver, así que trata de centrarte en lo bueno. Tú estarás más protegida, y él podrá centrarse más en acabar el instituto.

Aunque sea chantaje emocional, sé que tiene razón. Así que suspiro, dándome por vencida, y lo acepto.

—Está bien, aunque me hubiese gustado que Braxton me hubiese avisado.

—Ya lo conoces, para estas cosas es un poco despistado.

O quizá «dejado» sea una palabra más adecuada para describirlo. Comienzo a caminar hacia la puerta por donde se ha ido Asher, y Fleur me acompaña.

—Yo también tengo que irme, nos vemos esta noche.

—¿Día duro?

—Ni te lo imaginas. Ahora tengo dos trabajos —cuando la miro confusa, continúa—. Brax…, tu padre, me ha ayudado a conseguir un puesto como ayudante en la filmación de una película. Es secreto y no puedo contar nada, pero…, Nova, es increíble ese mundo. Agotador, pero maravilloso.

Asiento, aunque creo que no puedo imaginarlo, pero me alegra que ella esté contenta.

Casi por instinto mis ojos buscan el coche de Oliver. Cuando en su lugar veo uno más grande, azul oscuro, esperándome, siento un pinchacito de desilusión.

—Él se enteró esta mañana —me informa Fleur.

Me despido de ella y entro en el coche. Creo que nunca me terminaré de acostumbrar a los cambios.

Theo está rodeado de un pequeño grupo de gente cuando llego al aula. Todavía no hay rastro de Oliver, aunque busco su sitio con la mirada.

Lucy ya está esperándome y tomo lugar junto a ella.

—¿Todo bien? —pregunta al ver mi expresión.

—Sí, lo siento. Ha sido… —pienso en explicarle lo sucedido esta mañana, pero al final sacudo la cabeza—. Nada, va todo bien.

Comienzo a sacar el estuche y el cuaderno, pero, aunque lo intente, no puedo evitar escuchar la conversación que tiene lugar a apenas unos cuantos metros de mí, entre Theo y sus amigos.

—Es muy injusto.

—Deberían haberle echado también a él.

—Tiene al entrenador comiendo de su mano, y eso que ni siquiera es tan bueno. —Ese es Theo.

No tengo que ser un genio para saber de qué están hablando.

—No sé, tío. Escuché decir que le han ofrecido una beca deportiva completa.

Me tenso en el asiento. ¿Es eso cierto?

—Seguro que es por pena —replica Theo—. Los pobres siempre salen ganando aunque sean unos malditos delincuentes que no se lo merecen.

La sangre me arde en las venas. Estoy apretando el estuche con tanta fuerza que mis nudillos se han quedado blancos.

—Es cierto, estuvo en la cárcel —dice otro alumno.

—Ni siquiera debería estudiar aquí —asiente Theo—. No sé cómo ha conseguido entrar.

Ya está. Es suficiente.

La Novalee Torres de hace unas semanas se hubiese quedado quieta, deseando pasar desapercibida. Pero Theo no solo ha esparcido un rumor sobre nosotros, ahora también está atacando a alguien que me importa.

—¿Novalee?

Ignoro a Lucy, que me llama cuando ve que me he puesto de pie, y me giro para ir directa al sitio de Theo. En cuanto me ve, sus ojos se iluminan con una sonrisa que estaría encantada de borrar. Tengo bastante claro que sé que estaba escuchándolo. Si no, ¿por qué ha hablado tan alto conmigo presente?

—Ah, perfecto. Aquí tenemos a la princesita en apuros que viene a defender a su chico malo.

Ni siquiera voy a molestarme en explicar lo idiota que es esa frase y lo fuera de lugar que está.

—Vaya, cualquiera diría que, en lugar de seguir esparciendo rumores absurdos, te dignarías primero a pedirme disculpas.

—¿Qué?, ¿no es cierto que Oliver estuvo en la cárcel?

—Es menor de edad, idiota. Difícilmente hubiese estado. De todas formas, sigo esperando.

—¿El qué?

—Tus disculpas. Tanto tú como yo sabemos que no tuvimos nada.

—Lo que tú digas, Novalee. Sabemos que estás demasiado pillada por el idiota de King. —Después mira a sus amigos con una sonrisa tonta y le da un codazo a uno de ellos—. Tal vez por eso no le echaran. Le habrá pedido a su papi que le proteja.

«Aguanta, Novalee. No merece la pena que pierdas los papales».

—Dios, es la peor disculpa que he escuchado en mi vida —replico.

Me siento como una idiota. Mientras sus amigos se ríen, puedo ver que está ganándome. Y que no me va a pedir perdón nunca, ni a retractarse. Pensaba que era un buen chico... Sabe cómo engañar a la gente, porque en realidad es un capullo.

Entonces escucho una silla chirriando contra el suelo. Lucy se levanta y viene a mi lado, con los brazos cruzados y una expresión totalmente seria. Sus ojos están clavados en Theo, y no los aparta ni por un segundo mientras las risas comienzan a desvanecerse.

—Solo eres un perdedor que necesita inventarse que se ha liado con una chica para creerse importante —le espeta con un tono alto y claro, que resuena en toda el aula. Después compone una sonrisa maliciosa—. ¿Qué pasa, Theo? ¿Acaso eres tan patético que, en la realidad, una chica no te tocaría ni con un palo?

Finge estar reflexionando, llevándose la mano a la barbilla, mientras el rostro de Theo enrojece.

—Ahora que lo pienso, nunca se te ha visto con nadie en este instituto. Quizá sea porque, en efecto, no le gustas a nadie.

«Guau. Eso ha ido directo a hacer daño».

Incluso yo, que estoy enfadada y fantaseo con tirarle de las orejas, no le hubiese dicho eso. A veces las palabras pueden doler más que un puñetazo.

—Vamos, Nova. No pierdas tiempo con este idiota. —Me toma de la mano y luego se vuelve hacia el resto de la clase, alzando todavía más la voz—. Además, todos saben que solo ha querido aprovecharse de ti y que es mentira eso de que estuvisteis juntos, ¿verdad?

Los cuchicheos comienzan a llenar el ambiente y ya no hay risas de Theo y sus amigos. Me siento aliviada.

—Eso me parecía —remata con socarronería.

Tira de mí y regresamos a nuestros asientos. El corazón me late rapidísimo. Jamás había visto a Lucy con una actitud como esta. Siempre es callada, como yo.

—Vaya, eso ha sido... —comienzo a decir, pero no me salen las palabras—. Muchas gracias.

Lucy toma aire, como si necesitase relajarse, y saca un cuaderno de la mochila.

—Se metió con la gente sin dinero, como si fuésemos menos importantes —murmura entre dientes. Y recuerdo que me contó que su padre lo perdió todo hace tiempo—. Y también con mi amiga, eso no podía dejarlo pasar.

—Aun así, gracias.

Tomo su mano y ella se vuelve. Parece sorprendida, a pesar de que ha sido ella quien me ha defendido. Finalmente sonríe.

—No fue nada, Nova.

La clase se queda en silencio y alzo los ojos, esperando ver al profesor, pero es Oliver quien entra. Tiene el pelo mojado, como si acabase de ducharse, y me fijo que además de la mochila lleva consigo una bolsa de deporte.

También se da cuenta del silencio, aunque no sabe lo que ha pasado. Sus ojos se encuentran con los míos y, cuando pasa a mi lado, susurro:

—Luego te cuento.

Asiente, pero antes de ir a su sitio se agacha y me da un beso en la mejilla.

—Te compensaré no haber podido traerte esta mañana —dice en mi oído para que solo yo pueda escuchar.

—No tienes que hacer nada —replico.

Porque pienso en las palabras de Fleur, y tiene razón. Oliver me importa y, por ende, que consiga cumplir sus sueños también. Acabar el instituto y entrar en la universidad. Si eso significa vernos menos, adelante. Hay cosas peores.

Treinta y siete

—¡Has estado fantástica! Esa actuación… Uf, deberías tener el papel principal.

Dedico una sonrisa a Lucy, que ha venido a ver el ensayo general de la obra, ahora que ya estamos todos casi listos.

—Emma lo hace genial, y yo llegué tarde —explico mientras sacudo la cabeza—. Pero muchas gracias.

Estamos en un lateral de los asientos de primera fila mientras los protagonistas llegan a la parte final de la obra. Todavía queda ultimar algunos detalles de vestuario, pero vamos muy bien de tiempo.

—Te prometo no perderme el estreno —me asegura—. ¿Vendrá tu padre?

Me encojo de hombros, aunque imagino la respuesta. Ni siquiera le he hablado de la obra. Prefiero cambiar de tema.

—Por cierto, quería hablar contigo. Voy a salir con Helen esta semana. Vamos a ir al cine, y quizá de compras o a cenar. Sé que no tenéis la mejor relación, pero ¿por qué no te vienes?

La expresión de Lucy decae enseguida. Mira hacia el escenario, aunque Helen no está ahí. Se encuentra entre bambalinas y, hasta que no termine la obra, no saldrá.

—¿Vas a salir con ella? —repite—. ¿Por qué?

«Porque es mi amiga».

La frase está en la punta de mi lengua, pero me la muerdo antes de decirla. No soy estúpida. Puedo ver que algo le ha molestado a Lucy, pero no entiendo el qué.

—Lo propuso el otro día, y me pareció bien.

Mejor no cuento lo mucho que me costó conseguir permiso. Al final Daniel se puso de mi lado y convenció a Braxton para que cediese, aunque la condición es que llevase tanto a Asher como a Oliver conmigo. Todavía me sorprende que Helen estuviese de acuerdo, porque para ella llevamos a mi novio y a mi guardaespaldas a una supuesta salida de chicas.

Me he planteado contarle la verdad de quién es Oliver. Aunque eso signifique contarle la otra verdad: que no solo es mi guardaespaldas, también es... ¿mi novio?

Lucy mira hacia el suelo con repentina expresión de tristeza.

—Oh. Lo entiendo.

—Entonces ¿no quieres venir?

Duda.

—Yo... No sé si debo decírtelo.

Tomo su mano y por fin vuelve a mirarme a los ojos.

—Sé que antes erais amigas. No sé qué pasó, pero tal vez esta sea la oportunidad de volver a intentarlo.

Lucy aparta la mano y la mirada de nuevo. Sus ojos se clavan unos segundos en el suelo y por fin dice:

—Helen dejó de hablarme porque mi familia se volvió pobre, eso fue lo que pasó.

Me quedo congelada. Miro hacia el escenario, donde el momento final de la obra está reproduciéndose, y asimilo sus palabras. No puedo imaginarme a Helen haciendo algo así.

Lucy vuelve a agarrar mi mano y toma aire antes de seguir.

—No quería decírtelo porque es algo privado y porque no quería darte pena. Pero se alejó justo cuando sucedió todo. Por eso me enfada tanto escuchar cosas sobre la gente que no es rica, como dijo Theo esta mañana. Por eso no puedo estar en la misma habitación que ella. Yo...

No sé qué pensar, pero, cuando ella no encuentra las palabras para seguir, susurro:

—Lo siento mucho, Lucy. No lo sabía.

Asiente y vuelve a tomar aire. Después compone una sonrisa en el rostro y dice:

—Solo ten cuidado con Helen, ¿vale? No es lo que parece.

—Tu guardaespaldas es guapísimo.

Estoy a punto de mirar a Oliver cuando me doy cuenta de que Helen se refiere a Asher. Acabamos de salir del cine, donde he acabado sentada entre mi amiga y Oliver, mientras Asher estaba justo detrás. Creo que solo Helen ha podido disfrutar de la película, porque yo estaba pendiente del chico a mi lado; mientras, los dos guardaespaldas parecían permanecer en tensión.

A decir verdad, esta es la primera vez que consigo permiso para salir con una amiga. Jamás pensé que hacer un plan tan normal como ir al cine y de compras supusiese toda una anécdota para mí. Me doy cuenta de lo encerrada que he estado hasta ahora, y lo poco que me gusta. Quiero hacer vida normal.

—Tiene como… diez años más que nosotras.

—Eso nunca ha sido un impedimento.

Me guiña el ojo, pero no contesto. Después de la charla con Lucy, no tengo muy claro cómo actuar.

Helen se retrasa a propósito para quedar a la altura de Asher, pero Oliver permanece a mi lado. Siguiendo su papel, me toma de la mano. Y me encanta. Fingir que somos novios cuando en realidad somos… algo, puede dar ventajas.

Mierda. Odio no poder estar segura de dar un nombre a lo que tenemos.

—Estaba pensando una cosa… —comenta mientras caminamos.

—¿Ir a por una hamburguesa? Me muero de hambre.

Se ríe y sacude la cabeza.

—Más bien pensaba en nuestra cita. En que esto… es lo más parecido que hemos tenido a una.

—De hecho, podría considerarse como nuestra primera cita —admito, apretando un poco más fuerte su mano.

Oliver asiente y añade:

—Aunque cambiaría algún que otro detalle. Como estar solo nosotros dos. A solas.

—Eso sería increíble —admito.

Sonrío, y él me devuelve la sonrisa. Mi corazón se calienta y me armo de valor.

—Necesito preguntarte algo…

—Parejita feliz, ¿os parece bien si vamos un segundo de tiendas?

Me vuelvo hacia Helen, que se aproxima con alegría a nosotros. Detrás de ella Asher no pierde detalle y al instante suelto la mano de Oliver.

—¿De tiendas, dices?

—Si no os importa, necesito un par de pantalones nuevos. Será solo un momento, después podríamos ir a comer algo.

—No, está bien —asiento—. A mí también me gustaría mirar algo de ropa.

Dirijo la vista hacia Oliver, que asiente, y todos nos dirigimos a las tiendas del centro comercial. Elegimos un sitio a las afueras, con cines dentro del mismo recinto y poco concurrido. Nadie parece reparar en nosotros, pero aun así tanto Asher como Oliver están alerta mirando todo el tiempo a nuestro alrededor. Helen parece no darse cuenta.

—¿Qué te parece esta blusa?

—Es bonita —acepto cuando la muestra.

—Igual me riñen en casa si la compro, pero me gustan los colores.

Cada vez que llegaba mi cumpleaños, mamá me daba dinero para ir de compras. No era mucho, lo justo para un conjunto de dos piezas o unos zapatos nuevos. Lo importante era pasar la tarde juntas y divertirnos.

Este será el primer cumpleaños sin ella.

—Pruébatela —le animo.

Ella asiente y toma la prenda para probársela. Mientras, yo me quedo mirando la sección, aunque en el fondo no puedo quitar el ojo a Oliver. Está hablando con Asher al tiempo que miran a nuestro alrededor. A Ethan le encantaría comentar lo mucho que llaman la atención. De hecho, es probable que, aunque mayor, Asher también fuese del estilo que le gustan a Ethan. Los rizos castaños siempre han sido su perdición.

Suspiro y tomo un top celeste. Lo observo, pero es demasiado corto y atrevido para mí. Además, casi vivo con el uniforme de la escuela. En el fondo de mi armario se pudre la poca ropa que me traje de casa. Vuelvo a dejarlo en su sitio y miro otra vez a Oliver. Esta vez nuestros ojos se encuentran y me sonríe.

Esta vida es extraña. No termino de hacerme a ella, pero creo que una parte de mí empieza a acostumbrarse.

—Hemos llegado.

El coche para frente a casa. Primero hemos dejado a Helen en la suya y, cuando se ha bajado, Oliver ha pasado del asiento del copiloto al de atrás para sentarse conmigo. Sé que le hubiese gustado conducir, pero se supone que el coche de Asher es más seguro.

Antes de que pueda llegar a la manilla, él sale del vehículo y abre la puerta para mí. Mierda, qué rápido.

—Señorita —susurra.

—Eh… gracias.

Estamos dentro del recinto de la casa, y aun así nos sigue de cerca hasta la entrada. Sin embargo, no pasa. Al contrario que Oliver, Asher no se queda con nosotros. Tiene su propio lugar. Solo viene a primera hora del día para llevarme a clase y me recoge a última. Debo admitir que parece muy profesional y, aunque un poco serio, es agradable.

—Hasta mañana, Asher —me despido de él.

—Hasta mañana, señorita Scott.

Pongo el código de seguridad al entrar en la casa mientras Oliver cierra. Dentro todo está en silencio, aunque no tengo mucha idea de si Mateo o mi padre están en casa. Sé que mi hermano tiene mucho que estudiar, y Braxton compromisos. Al final esta casa será enorme y llena de lujos, pero a veces echo de menos regresar a una más pequeñita, familiar, donde siempre estábamos mi madre o yo. Éramos solo dos personas, pero más que suficiente para sentirnos acompañadas.

Subimos la escalera al primer piso, a nuestras habitaciones, hasta que Oliver, que ha estado sospechosamente callado, habla poco antes de llegar a su puerta.

—Veo que te llevas bien con Asher.

Me giro para verlo con el ceño fruncido.

—Es majo.

—Seguro.

Oh, Dios mío. Creo que ya sé dónde quiere llegar.

—¿No estarás celoso? —me burlo.

En lugar de negarlo, Oliver replica:

—Es la única persona a la que dejas que te llame «señorita Scott».

Pestañeo con sorpresa. Es verdad que nunca lo he corregido.

—Supongo que me he acostumbrado —respondo con un encogimiento de hombros—. Llevo mucho tiempo escuchando cómo se dirigen a mí por ese nombre.

—Y por señorita. Normalmente no te gusta.

Ay, madre…

—Dios mío —susurro—. Sí que estás celoso.

—Un poco.

—Entonces ¿lo admites?

—Solo porque no puedo evitarlo. No porque me guste estarlo.

Sonrío mientras sacudo la cabeza, pero, cuando voy a hablar de nuevo, mis palabras se quedan trabadas en la garganta. Oliver me toma de la cintura y me atrapa contra la pared. Contengo la respiración mientras lo miro. ¿Cómo es posible que mi pulso pase de cero a cien en tan pocos segundos?

«Porque es él».

—Me encantas, Novalee Torres —susurra mientras apoya su frente contra la mía—. Jamás había sentido algo así por nadie.

Las mariposas aletean en mi interior y es maravilloso. Nunca me había sentido así de bien, así de valorada y querida por un chico. Confío en él y… le quiero.

Sus labios llegan a los míos, como si estuvieran imantados. Como si se necesitasen tanto como yo lo ansío a él. Me fundo en su boca y todo lo que está mal desaparece. Deja de tener importancia. Solo somos él y yo. Y me encanta.

Empieza a calentarse mi piel, a pedir más. Me eleva y envuelvo las piernas en su cintura. Sus labios se deslizan por mi cuello y jadeo al sentirlo. La electricidad recorre mi cuerpo.

Cuando vuelve a dejarme en el suelo, nuestras respiraciones están agitadas, y se unen mientras apoya la frente en la mía de nuevo, mirándome. Me acaricia la mejilla con el pulgar.

—Oliver… —susurro, pero mi voz se corta y tengo que carraspear—. Oliver, lo siento. No me gusta ser tan directa, pero tengo que preguntarlo.

Se aleja tan solo unos segundos y alza las cejas, curioso. No me gusta que se aleje aunque siga sosteniéndome de la cintura y acariciando mi mejilla. Toda distancia es demasiado.

—¿Qué somos?

—¿Qué somos? —repite.

—Sí. Tú y yo. Nosotros. No nos hemos puesto nombre y… Yo…

Las comisuras de sus labios se elevan. No de forma burlona, sino dulce.

—Eres mi novia, Novalee.

—¿Lo soy?

—Yo… —Niega con la cabeza y vuelve a mirarme—. Joder, lo siento. Pensé que estaba claro, y que querías lo mismo.

«Corazón, espera. Respira».

—Quiero ser tu novia —confieso.

—Y yo quiero que lo seas.

Mi corazón se reblandece, y solo quiero abrazarlo y besarlo.

—No habíamos tenido la conversación y lo necesitaba —susurro—. Saber que soy tu novia. Que tú eres mi novio. Ponernos un… título.

—Es un título importante —responde.

Sonrío, y junta su nariz a la mía hasta darnos un beso de gnomos. Esta parte de Oliver, caballerosa, dulce, sincera…, me encanta. Todo de él me gusta. Pero verlo tal y como es, sin fachada, me gusta más.

—¿Es cierto que te han ofrecido una beca universitaria por el fútbol? —pregunto.

Porque llevo pensando en ello desde que lo escuché en clase.

Oliver duda unos segundos, pero finalmente asiente.

—Lo han hecho, pero no es nada fijo. Primero tengo que jugar el partido final.

—¿Por qué no has dicho nada?

—Porque no es seguro, Novalee. Y hasta que no lo sea, no quiero hacerme ilusiones.

Le rodeo el cuello con fuerza en un gran abrazo. Como todo el mundo, él también se siente inseguro a veces.

—Lo conseguirás, Oliver. Y estaré allí para celebrarlo contigo.

—¿Vendrás al último partido? —pregunta en mi oído.

—No me lo perdería por nada del mundo.

Sus brazos me aprietan más la cintura, fundiéndome contra él.

Puede que todo empezase con una relación falsa, que él sea mi guardaespaldas, que no nos hayamos acostado todavía… Pero esto, lo que tenemos, es sincero. Es lo más sincero y bonito que he tenido en mucho tiempo. Y no quiero perderlo.

Treinta y ocho

NOVALEE SCOTT-TORRES HA SUBIDO UNA NUEVA FOTO. DE COMPRAS EN EL *MALL*, ¿SERÁ EL TOP AZUL NUEVA TENDENCIA?

Miro la página en la red social mientras parpadeo con incredulidad. Obviamente yo no fui, pero es que a estas alturas nadie sabe quién fue, ni tampoco cómo pararle los pies. Hay alguien por ahí suplantando mi identidad, y parece imposible cerrar la cuenta.

Pensé que lo de la página se acabaría, sería cosa de un día, pero ahí sigue. Solo que ahora me ha dado una pista, o eso creo: la persona que está detrás me conoce. Ha puesto Torres como segundo apellido, algo que hasta ahora no había hecho. Me he pasado los últimos meses defendiendo que Torres es mi apellido. Podría ser cualquiera. Y me da miedo pensarlo.

¿Y si no se trata de una tontería? ¿Y si realmente hay alguien ahí fuera obsesionado conmigo? ¿Hasta dónde sería capaz de llegar?

Por no mencionar que la foto que aparece es del centro comercial. El ángulo es bastante bueno, e incluso podría parecer que estoy posando para subirla. Quien la sacó pudo acercarse a mí bastante, apuntarme con la cámara y no levantar sospechas. O es muy bueno con la cámara, o...

—Novalee, ¿puedo pasar?

Reconozco la voz de mi padre.

Termino de remeterme la camisa del uniforme por la falda y me vuelvo hacia la puerta para gritar:

—¡Adelante!

Entra mientras me pongo los zapatos.

—Ya estás lista para la escuela —observa.

—Sí, no quiero hacer esperar a mi nuevo guardaespaldas.

Braxton aprieta los labios y parece tomarse unos segundos para sopesar sus próximas palabras, así que yo misma soy la que insisto:

—¿Querías algo?

Trato de no sonar muy brusca, pero creo que no lo consigo. Me coloco la chaqueta y me cruzo de brazos con un suspiro.

—Daniel ha contratado un estilista para el estreno del sábado —me explica—. Hay que concertar una cita.

—¿Y eso no podía decírmelo Daniel?

La pregunta sarcástica sale de mis labios antes de que pueda frenarla. Maldición. No quería decirlo en alto, pero se me hace muy extraño que quiera hablar conmigo para comunicarme algo tan trivial, cuando últimamente parece no querer saber nada de mí.

Ah, espera. Este asunto, el estreno, sí es importante para él. Por eso me habla.

Siento el enfado calentarme el rostro, pero esta vez es mi turno de apretar los labios, a ver si consigo calmarme.

—¿Te viene bien esta tarde después de la escuela? —contesta entonces—. El estilista no tiene muchos huecos, es de los más reconocidos de Hollywood.

Spoiler: no me calmo.

—¿En serio es eso todo lo que tienes que decirme? —le recrimino mientras descruzo los brazos y aprieto los puños.

Mi tono, esta vez, sí le desconcierta.

—¿Disculpa? —pregunta entre enfadado y sorprendido.

—Llevas casi una semana sin hablarme. Ni siquiera te has dignado a acercarte a decirme que tenía nuevo guardaespaldas.

—Le encargué a Fleur que te lo dijera. Pensé que os llevabais bien.

—Y así es, pero ella no es mi padre.

La habitación se queda en silencio, y algo en sus ojos brilla, como si se hubiese dado cuenta de un detalle que a mí me pasa inadvertido.

El enfado me calienta la sangre y no me deja pensar bien, así que agarro la mochila y la echo al hombro para dar por finalizada la conversación y largarme de aquí.

—Dile a tu estilista que estaré libre esta tarde. Total, no tengo nada mejor que hacer.

Braxton no me frena mientras paso a su lado, dando pisotones contra el suelo en un modo infantil de mostrar lo rabiosa que estoy. Pero no me importa.

Quizá debería decirle que la verdadera razón de que esté tan enfadada es que ni siquiera se haya acordado de mi cumpleaños. De repente, la idea de irme de aquí una vez tenga dieciocho se me hace de nuevo apetecible. Seguro que los padres de Ethan me dejan quedarme en su casa y, de alguna forma, conseguiré rehacer mi vida.

«Aunque dejarías mucho atrás, ahora». Mateo, Oliver, Fleur… Y, aunque me cueste admitirlo, tampoco quiero romper por completo el contacto con mi padre.

No sé qué hacer.

—¿Preparada para el ensayo?

Cierro la puerta del casillero de golpe, provocando que Helen se asuste por mi brusquedad. Se lleva la mano al pecho y deja escapar una risa nerviosa.

—Ya veo que empiezan a afectarte los nervios preestreno. Pero ¡no te preocupes, mujer! Lo haces genial y, además, todavía quedan un par de meses.

El corazón me late rápido, pero logro calmarlo mientras le sonrío de vuelta y finjo que tiene razón, que es justo eso lo que me tiene tan abrumada.

—Gracias, aunque necesito ensayar bastante más todavía.

Helen se cree mi mentira y entrelaza nuestros brazos.

—Venga, vayamos con el grupo de teatro.

Sin embargo, a medida que nos alejamos del casillero, mi corazón no se calma y mis miedos no se disipan. Porque, justo como la última vez, he vuelto a encontrar la foto que se subió a la red social. Solo que en esta ocasión mi cara aparece tachada con una X gigante.

Lucy viene a buscarme después del ensayo. Todavía estoy nerviosa por lo que ha pasado. Estoy bastante segura de que quien lleva el perfil falso de la red social y quien me deja las imágenes en el casillero son la misma persona. Y también de que esto se considera acoso.

—¿Lo pasaste bien el otro día de compras? —pregunta mientras avanzamos por los pasillos hacia el aparcamiento.

Su tono es irónico y un pequeño escalofrío me recorre. No ha dicho nada sobre la foto subida al perfil.

—Supongo. Vimos una peli.

Lucy asiente.

—Fue Oliver, ¿no? Y tu guardaespaldas. Que, por cierto, está tremendo. ¿No tiene celos tu novio?

Aunque parece bromear, no puedo quitarme de la cabeza la idea de que intenta sacarme información, y eso me estremece.

—Asher solo está trabajando. No tengo ni idea de por qué me han puesto un nuevo guardaespaldas.

—¿Nuevo? —repite Lucy, algo confusa—. ¿Tenías otro antes?

Oh. Maldición.

—Es una forma de hablar —miento, de forma pésima, a decir verdad—. Braxton es un poco sobreprotector.

—Ya veo… Además, dentro de poco tiene un estreno, ¿no?

—Este sábado —confirmo.

Me mira suspicaz.

—¿Vas a ir?

—Eso me ha pedido.

—Y supongo que te llevarás a Helen.

—¿A Helen? —repito, perdida—. No, solo vamos Mateo y yo.

Y supongo que uno de mis guardaespaldas, aunque aún no sé cuál.

Lucy deja de caminar. Yo también me quedo quieta y me doy cuenta de que sus ojos se entristecen mientras mira al suelo. Estoy bastante confusa, hasta que, con un hilo de voz, la escucho decir:

—Perdona, Novalee. He sido una idiota.

No sé qué contestar.

—Solo estoy celosa —continúa—. Últimamente tú y Helen habéis pasado mucho tiempo juntas, y es extraño para mí. Porque antes ella era mi amiga, y porque yo fui tu amiga antes que ella cuando llegaste al colegio. Creo que me siento desplazada.

Me ablando un poco. Eh, no soy una roca. Yo también tengo sentimientos.

—Lo siento, Lucy. No quería que te sintieras así. Las dos sois mis amigas.

Siento un pinchazo en el pecho cuando lo digo, pero en este preciso momento decido ignorarlo. Lucy toma aire y, cuando alza los ojos de nuevo, los tiene acuosos.

—Gracias por entenderlo, Nova.

Después me toma por sorpresa cuando me da un abrazo. Se sorbe los mocos y aparta las lágrimas, y juntas retomamos el camino hacia la salida.

Oliver se encuentra apoyado contra la pared, al lado de la puerta, junto con un par de compañeros más del equipo de fútbol. A quien no veo por ningún lado es a Theo, aunque sí está Allison. Nada más verme, su expresión cambia.

—Nos vemos mañana, Nova —se despide Lucy, que tiene que salir corriendo para tomar el autobús.

Me acerco a Oliver, que ya ha dejado de prestar atención a sus compañeros y sus ojos parecen plenamente puestos en mí.

—¿Qué tal ha ido el ensayo? —me pregunta cuando llego a su lado.

—Bien. ¿Y el entrenamiento?

—El entrenador ha echado la reprimenda del siglo —contesta uno de los chicos, uniéndose a la conversación—. Como no consigamos ganar, no sé qué va a ser de tu querido novio. Creo que el entrenador se lo comerá vivo.

Todos se ríen como si fuese un chiste buenísimo, incluido Oliver, aunque parece más nervioso. La única otra persona que no se lo toma a risa es Allison, pero eso es porque se ha dado la vuelta y se ha ido, sin ni siquiera despedirse.

Supongo que, aunque me ignore, es mucho mejor que tenerla molestándome todo el tiempo. Los chicos se dan cuenta de lo que miro y comentan:

—No te preocupes por ella, ya superará sus celos.

Le dan un golpe en el brazo a Oliver y también se alejan, dejándonos intimidad.

Una vez solos, me toma de la mano y me lleva hacia él, hasta que me hago hueco entre sus piernas y estamos tan cerca que podríamos abrazarnos.

—Oye, ¿estás bien?

Oliver acaricia mi mejilla y me observa con clara preocupación. No sé cómo explicarle que no puedo sacarme de la cabeza la idea de que Helen o Lucy estén detrás del acosador de internet. Porque ellas saben lo mucho que me importa ser llamada por el apellido de mi madre. Ellas sabían de la salida al centro comercial, Helen incluso estaba allí.

Quizá sea una falsa corazonada, y no estoy segura de querer hablar de ello. Al final, decido no decir nada.

—Es por el estreno del sábado, estoy algo nerviosa —miento—. ¿Vas a poder venir?

Sin embargo, Oliver niega con la cabeza.

—Esta vez irá Asher.

No puedo ocultar mi cara de decepción.

—Es un buen guardaespaldas, Novalee. Estarás bien a su lado.

—No es eso. Me hubiese gustado pasar más tiempo contigo.

Me toma de las mejillas y se inclina para posar un suave beso en mis labios. Cierro los ojos al instante, sintiendo las mariposas revolotear en el estómago. Me encanta cómo me hace sentir.

—Lo resolveremos pronto —me asegura.

—En cuanto hagas llegar a tu equipo a la victoria y te concedan la beca —puntualizo.

Oliver roza mi nariz con la suya, y casi puedo sentir como a él también le va rápido el corazón.

Estoy a punto de ponerme de puntillas para besarlo de nuevo cuando Asher aparece. No lo vemos acercarse, pero se encarga de hacerse notar con un fuerte carraspeo. Este hombre es increíblemente silencioso.

—¿Interrumpo algo?

Nos separamos casi al momento.

—No, nada. Ya estoy lista para regresar a casa.

Si Asher se da cuenta de la mentira, no dice nada al respecto. Ni siquiera su expresión cambia, observándonos imperturbable.

—De acuerdo, señorita.

Me vuelvo hacia Oliver, que se ha puesto de repente serio, pero vuelve a sonreír en cuanto se da cuenta de que lo miro.

—Nos vemos más tarde, Novalee —se despide—. Tengo que ayudar a recoger en el campo de fútbol.

Asiento y me alejo de él, siguiendo a mi nuevo guardaespaldas al coche. Esta vez tomo asiento en el lugar del copiloto. No me gusta ir atrás, y además me marea. Asher no dice nada al respecto. Pienso que va a estar todo el camino en silencio, pero no es así.

—No diré nada, señorita.

Me vuelvo hacia él nada más atarme el cinturón de seguridad, sin comprender.

—¿Perdona?

—Usted y Oliver. No diré nada.

Mierda. Sí que se ha dado cuenta. Tengo demasiadas preguntas, pero solo logro formular una.

—¿Por qué?

Aparta los ojos de la carretera tan solo unos segundos para mirarme.

—Quiero que sepa que puede confiar en mí. Solo así lograré protegerla de verdad.

Tras unos segundos de duda, me relajo. Hemos pasado ya varios días juntos, y casi no hablamos. Todas sus interacciones conmigo son muy cordiales. Demasiado cordiales, así que decido comentar:

—Asher, puedes tutearme.

—Gracias, pero prefiero no hacerlo, señorita.

Sonríe de lado y yo me encojo de hombros. Este nuevo guardaespaldas es extraño, pero, de alguna forma, me cae bien.

Treinta y nueve

El viernes antes de la fiesta llega mi vestido. Aunque me duela admitirlo, Braxton tenía razón. El estilista es increíble. Pensé que solo se dedicaría a tomarme medidas y a escoger una prenda, pero no fue así. Estuvimos charlando durante al menos dos horas para que conociese mis gustos y con qué me siento cómoda. También me hizo un estudio de colorimetría, que por lo visto funciona para saber qué colores favorecen más.

El resultado fue un vestido plateado increíble, con unos zapatos y bolso a juego. Incluso me ha enseñado cuál va a ser el peinado y el maquillaje que me realizarán el sábado.

—¿Vas de plateado? —repite Mateo cuando se lo menciono, y una sonrisa se expande en su rostro—. Nos han conjuntado, hermanita, porque mi traje también tiene tonos plateados.

Me lanza un guisante de su cena, que acierta de pleno en la mejilla y me río. Al menos lo pasaré bien con Mateo.

—¿Has ido a más fiestas de estas? —pregunto.

Él asiente.

—Al principio es algo aburrido porque les hacen entrevistas a los actores y al equipo, pero luego ponen la película o el primer capítulo de la serie. Si te gusta la trama, entonces genial. Después, ellos tienen que quedarse respondiendo más preguntas y nosotros podemos escaquearnos a la fiesta.

—Me alegra que vayas a estar. Oliver me dijo que esta vez él no puede ir.

La sonrisa se tambalea, pero enseguida la recupera.

—Lo pasarás genial, Novalee. También vienen algunos amigos míos, y estaremos alejados de todo el ajetreo. Nuestro trabajo ese día es disfrutar, no como el de papá.

Asiento con la cabeza, un poco segura. Comienza a preguntarme por las clases y por la obra de teatro cuando Braxton llega al comedor para la cena.

Toma asiento al lado de Mateo y sacude una servilleta blanca para colocársela sobre el regazo.

—Llegas tarde a la cena, papá —se burla mi hermano, aunque, en realidad, no ha cenado con nosotros en los últimos días.

—Se complicó la reunión de esta tarde —explica—. Pero, por suerte, ha ido bien.

De la cocina le sacan su plato de comida y le sirven una copa con vino. Yo permanezco en silencio, con esa horrible sensación de malestar que vuelve a crecer en mi pecho. Es como si me aprisionaran con una piedra.

—¿Estáis listos para mañana? —pregunta tras tomar un sorbo del vino.

—Listísimos —hablo por fin, aunque lo hago con socarronería.

Mateo mira entre nosotros, se aclara la garganta y con un tono más distendido comenta:

—En realidad, le he estado contando a Nova cómo son estas fiestas. Nos lo vamos a pasar de muerte.

—Me alegra escuchar eso.

—Por supuesto —señalo.

Mierda. Vuelvo a estar muy enfadada.

—¿Estás bien, Novalee? —pregunta mi padre.

—Sí. Perfectamente.

—¿Seguro?

—¿Por qué tanta insistencia? —exploto, alzando la voz más de lo debido—. Me estás agobiando.

Braxton frunce el ceño.

—Novalee, no me hables así. Nadie te ha gritado.

—Pues vale —me ofusco.

Maldición, estoy perdiendo los papeles y no me gusta. Si hubiese hablado a mamá así, ya me habría mandado castigada a la habitación. Y a juzgar por la expresión de Braxton, se plantea si él debería, o más bien puede, hacer lo mismo.

No importa, yo misma me pongo de pie.

—Si me disculpáis, no tengo más hambre.

Salgo del comedor directa hacia las escaleras que llevan a los dormitorios, pero Mateo me alcanza a medio camino.

—Nova, espera —me llama.

Tomo aire y dejo de caminar. Ha venido solo.

—Eh, enana —dice con tono calmado—. Habla conmigo, por favor. ¿Por qué estás tan enfadada?

La voz está atorada en mi garganta, como mi respiración. Es como si me debatiera entre llorar o gritar. ¿Por qué me enfada tanto esto? Si ya me lo esperaba, si en realidad no esperaba nada de Braxton, ¿por qué estoy tan... decepcionada?

Al final me las apaño para controlarme y, sin llorar ni gritar, confieso con un hilo de voz:

—Es mi cumpleaños.

—¿Tu cumpleaños? —repite.

—Mañana. Es cuando cumplo dieciocho.

—Oh, mierda. Joder, es verdad. Estoy de exámenes y se me había pasado por completo.

—No pasa nada.

En realidad, no me enfada que él no lo sepa. No como Braxton. Mateo parece leerme la mente.

—Estoy seguro de que a papá le ha pasado lo mismo con todos los detalles de la película y el nuevo contrato que va a firmar —me asegura, aunque no me hace sentir mejor—. Ha estado muy ocupado.

—Supongo. Buenas noches, Mateo.

Abre la boca como si fuese a decirme algo más, pero al final no lo hace. Cuando regreso a la habitación, las puertas del vestidor están abiertas y veo la funda que guarda el vestido plateado, colgando de una percha, a la espera de estrenarlo mañana. Sé que es precioso y que me queda increíble. Y, aun así, no siento ni el más mínimo ápice de alegría.

Doy vueltas en la cama sin poder dormir. Helen me ha mandado un mensaje deseándome que lo pase bien en la fiesta, aunque de Lucy no sé nada. He tratado de llamar a Ethan, pero tiene el móvil apagado y no contesta.

Cuanto más se acerca la medianoche, más siento la roca aplastando mi pecho. El primer cumpleaños sin mamá. Los sentimientos de tristeza y angustia de los que creí haberme deshecho parecen regresar por segundos.

El reloj marca las doce y esta vez mamá no aparece para ser la primera en felicitarme el cumpleaños. No espero que nadie lo haga. Por eso, cuando llaman a mi puerta un minuto después, me incorporo sobresaltada en la cama.

Ha sido tan leve que estoy bastante segura de que lo he imaginado. Aun así, camino de puntillas hacia la puerta. Cuando estoy a apenas unos pasos, vuelven a tocar.

Todo está a oscuras, incluida mi habitación, por lo que al abrir la puerta mis ojos van directos a la tenue luz que hay al otro lado. Tardo apenas un par de segundos en percatarme que proviene de una vela, que esa vela está clavada en un pequeño muffin, y que quien lo sostiene es Oliver.

—Feliz cumpleaños, princesa.

La piedra en mi pecho se vuelve más liviana, quizá impulsada por los rápidos latidos del corazón.

—Pide un deseo —presiona Oliver—. Antes de que la cera se derrita y caiga en el chocolate.

No sé qué decir, así que hago lo que me pide y apago la vela. Después me hago a un lado y le dejo pasar a la habitación.

—¿Qué haces aquí? —pregunto mientras deja el muffin de chocolate en el escritorio—. ¡Es tardísimo! Y mañana madrugas.

—Ya, pero quería ser el primero en felicitarte.

Mientras sus palabras calan en lo más profundo de mi alma, y la piedra de mi pecho cada vez es más liviana y me deja respirar, noto como mis ojos se llenan de lágrimas.

Antes de darle tiempo a reaccionar, me lanzo a los brazos de Oliver. No tarda en envolverme con ellos y, aunque no dice nada, sé que es consciente de como estoy humedeciendo su camiseta con las lágrimas.

—Gracias —susurro contra su pecho.

Nos quedamos abrazados durante varios minutos. No me aparta, y tampoco es incómodo. Entre sus brazos me siento bien.

Cuando finalmente he dejado de llorar y estoy más calmada, me alejo de él. Toma mi cara entre sus manos y me da un beso suave en los labios.

—¿Qué deseo has pedido? —pregunta sin alejarme.

—Si te lo digo, no se cumplirá.

Oliver vuelve a besarme, y mi deseo ya se está cumpliendo. Sé que mi cumpleaños solo es un día importante para mí, pero no me había dado cuenta de lo mucho que deseaba que alguien más se preocupase por hacerme sentir especial, aunque fuese durante cinco minutos.

—Tienes que volver a tu cuarto, ¿verdad? —le pregunto cuando finalmente se aleja.

—Me levanto dentro de seis horas —responde.

«Uf, menuda faena».

—¿Y si te pido un regalo de cumpleaños?

—¿Cuál? —Ladea la cabeza con curiosidad.

—¿Te quedas a dormir conmigo? Solo dormir —le aseguro.

Oliver sonríe y sé que eso es un sí. Le tomo de la mano y tiro de él hacia la cama, y cuando le suelto se quita la camiseta de vestir que lleva puesta. Me siento en el colchón y lo observo. Justo cuando se lleva la mano al botón del pantalón, se da cuenta y deja de desvestirse.

—Solo dormir —advierte, repitiendo lo que le he dicho.

No puedo evitar soltar una pequeña carcajada, porque sé que se estaba poniendo cómodo para ir a la cama. Me deslizo hacia un lado y el colchón se hunde bajo su peso. Toma la manta para taparnos a ambos y siento un escalofrío cuando sus brazos me recorren y junta mi espalda a su pecho, abrazándome por detrás.

—Asher sabe lo nuestro —susurro al cabo de unos cuantos segundos.

—Soy consciente.

—Me aseguró que no lo contaría.

—Bueno, eso es mucho mejor de lo que me dijo a mí.

—¿Habló contigo?

—Por supuesto, tenemos que pasarnos información sobre tu día y cómo ha ido todo.

—No sé cómo sentirme al respecto…

—Lo hacemos para protegerte, princesa.

—Entonces ¿qué te dijo?

Guarda silencio. No quiere contestar, así que presiono.

—¿Oliver?

Suspira y al final confiesa:

—Que era muy poco profesional involucrarme así en el trabajo, y que debería poner distancia.

—Es decir, dejarme —traduzco.

Cuando no contesta, sé que no me equivoco.

—No te lo tomes a mal, Novalee. No lo decía con intención de hacer daño, sino como consejo.

—Pues espero que no lo sigas.

En respuesta, me da un beso en el hombro. Eso logra tranquilizar mi corazón, aunque no tarda en acelerarse por el contacto.

—No hablemos más de ello, princesa. Es hora de dormir.

—Sí, mañana tendrás un día duro.

—Y espero que tú uno increíble.

Y así, en los brazos de Oliver, termino por dormirme.

Cuando despierto por la mañana estoy sola. Podría pensar que ha sido un sueño, pero hay un muffin de chocolate con una vela apagada en mi escritorio, y tengo un mensaje de Oliver en el teléfono diciendo que no quería despertarme.

Madre mía, es que son pasadas las diez de la mañana. ¿Cómo he podido dormir tanto?

Me doy una ducha y me cambio para bajar a desayunar. Quiero aprovechar la mañana libre antes de tener que prepararme para la fiesta. Mientras me acerco a la cocina, puedo escuchar la voz de Mateo.

—Saldremos de casa cerca de las cinco, después de que lo haga mi padre. Iremos todos juntos con un guardaespaldas.

Por cómo habla imagino que será uno de sus amigos. Los fines de semana por la mañana no suele haber nadie trabajando y desayunamos en la cocina, por lo que no me sorprende encontrarlo sentado a la barra con una taza de café. En cuanto me ve, sonríe de oreja a oreja.

—¡Felicidades, hermanita! —exclama con energía.

Pero no le respondo, ya que no es a él a quien mis ojos miran, sino al chico sentado a su lado, que se ha puesto de pie.

Decir que estoy perpleja es quedarse corta. Me cuesta encontrar las palabras para preguntar:

—¿Qué haces aquí?

—¿Qué hago aquí? —repite Ethan con una gran sonrisa—. Más bien dirás, ¡qué grandioso verte, mejor amigo!

Antes de que pueda seguir burlándose, salgo de mi estupefacción y corro hacia sus brazos.

Este sí que es el mejor regalo de cumpleaños del mundo.

Cuarenta

Ethan y yo estamos abrazados y dando saltos en medio de la cocina mientras Mateo nos observa con una sonrisa y bebe su café. Cuando paramos para recuperar el aire y lo miro mejor, sigo pensando que esto es un sueño. La imagen de él en esta casa es extraña, pero encantadora.

—No entiendo nada, ¿qué haces aquí?

—Era una sorpresa. Así que aquí estoy. ¡Sorpresa!

Sacudo la cabeza y vuelvo a abrazarlo. Mateo niega con la cabeza como si no tuviésemos remedio, pero no pierde la sonrisa. Una vez vuelvo a quedarme sin aire, suelto a Ethan, tomo asiento y miro a mi hermano.

—¿Tú lo sabías?

—No, me enteré esta mañana cuando Daniel lo trajo refunfuñando por tener que madrugar para ir a buscarlo al aeropuerto.

—Todo un detalle, después de que mi vuelo se retrasase cinco horas —interviene Ethan—. Por poco lo cancelan y no llego a tiempo para tu cumple.

Mateo me ofrece una servilleta y me doy cuenta de que estoy llorando, pero de alegría.

—Dios mío, no puedo creerme que hayas hecho esto —sollozo.

—Ni yo, pero no pude desaprovechar la oferta —confiesa—. Cuando tu padre habló conmigo, supe que debía esforzarme por convencer a mis padres para que me dejaran venir.

—Espera, ¿mi padre?

—Sí. Bueno, más bien fue ese tal Daniel quien se puso en contacto. Ya sabes, el bajito con cara de necesitar un supositorio.

A nuestro lado Mateo no puede evitar soltar una carcajada. La verdad es que lo ha descrito de forma bastante acertada, pero mejor que no se entere de ello.

—Total, que sabía quién era yo, tu mejor amigo del alma, y querían intentar traerme para celebrar tu cumpleaños. Al principio mis padres se negaron porque ya sabes cómo son, puede que tenga que huir de casa para estudiar en la universidad. Pero entonces tu padre les hizo una videollamada, prometió que no nos dejarían solos en ningún momento y que incluso iba a contratar otro guardaespaldas más para cuidarnos. Y claro, ¿quién puede decirle que no a Braxton Scott? No es como si fuera un desconocido, es el padre de mi *bestie* y…

—Ethan, al grano, por favor —apremio.

Ya se me había olvidado lo mucho que hablaba.

—En definitiva, sí. Tu padre ha orquestado todo para que pueda pasar este fin de semana contigo.

—¿Cuándo?

—Hará unas tres semanas o así. Decía que no sabía qué regalarte, que no querías ni un coche ni una fiesta…, pero que sabía que te sentías sola.

Miro a Mateo, como buscando apoyo, pero él solo me guiña un ojo.

Entonces ¿Braxton no se había olvidado de mi cumpleaños?

—Por cierto, ¿dónde está el guardaespaldas buenorro? Me lo tienes que presentar.

Mi hermano por poco se atraganta con lo último de su café.

—Pues teniendo en cuenta que a ti te gustaban mayores, igual ahora prefieres a Asher.

Echaba tanto de menos a Ethan…, más de lo que imaginaba.

—Dios mío, tengo tantas cosas que contarte —suspiro.

Ethan bosteza, y antes de continuar la conversación Mateo pone una mano sobre mi hombro.

—Oye, enana. Sé que tienes muchas ganas de estar con tu amigo, pero te recuerdo que él se ha pasado la noche entre un aeropuerto y un avión. ¿Y si le dejamos descansar lo que queda de mañana? Así tendrá energías para disfrutar de la fiesta, y ahí os podréis poner al día.

Miro a mi amigo, que vuelve a bostezar, y me doy cuenta de que tiene razón. Un fin de semana con él se me va a hacer poco tiempo, pero es mucho más de lo que esperaba, y quiero que disfrute de la estancia.

Ponernos al día puede esperar. Primero, quizá deba ir a hablar con quien ha hecho realidad este regalo.

Encuentro a mi padre en el gimnasio de la casa. Lleva un chándal bastante pasado de moda mientras corre en una cinta. Me acerco despacio a él, y toca un botón que le hace ir más lento hasta que finalmente la máquina se detiene. Se seca el sudor con una toalla que tiene colgada y baja de ella.

—Buenos días, Novalee —me saluda.

Lo hace con una gran sonrisa, como si el día anterior yo no le hubiese alzado la voz y hablado mal. Toma una botella de agua y le da un largo sorbo mientras yo sigo sin saber cómo iniciar la conversación, a pesar de haber ensayado unas cuantas veces de camino al gimnasio.

Cuando termina de beber, toma una gran bocanada de aire, deja la botella y vuelve a mirarme con una gran sonrisa.

—Por cierto, muchas felicidades. Ya son dieciocho años.

Esta vez no siento la piedra en el pecho, sino en el estómago. Efectivamente, no se había olvidado.

«Venga, Nova. No es tan difícil. Solo tienes que repetir: "Gracias por no haber olvidado mi cumpleaños y traer a mi mejor amigo este día. Ha sido el mejor regalo que hubiese podido tener"».

En su lugar, lo que digo es:

—Acabo de ver a Ethan.

—Llegó hace un par de horas. Estaba agotado del viaje, pero quería esperar a que te despertaras para sorprenderte.

—Sí, la verdad es que ha sido... totalmente inesperado.

Puede ser una buena palabra para definirlo.

Braxton amplía la sonrisa, y la piedra en mi estómago se hace más grande y me lo revuelve. Anoche hice mal al gritarle, lo sabía en ese momento, pero, ahora que conozco la verdad, me siento mucho peor. Tomo aire profundamente y por fin hago lo correcto:

—Quería pedirte perdón. Ayer estaba enfadada porque pensaba que…

Las palabras vuelven a quedarse atrapadas, pero él las rescata.

—Creías que me había olvidado de tu cumpleaños —completa.

Esta vez su sonrisa se desvanece.

—Sí.

Suspira y se acerca más a mí.

—Supongo que gestioné mal las cosas. Quería darte una sorpresa, y por eso no te dije nada.

—Soy yo quien lo siente. No debí hablarte mal anoche, ni estar enfadada por pensar que te olvidaste. Es solo un cumpleaños, nada más.

Mierda, odio cuando el enfado se apaga y veo las cosas con perspectiva.

—Te equivocas, Nova. Sí que es algo importante. Soy tu padre.

Vuelve a sonreír, y por fin me siento un poco mejor.

—Muchas gracias por el regalo.

Asiente con la cabeza, pero luego su expresión cambia.

—Por cierto, Novalee… Me pareció una grata coincidencia que el estreno fuese el mismo día de tu cumpleaños, pero entiendo que prefieras no ir y quedarte con Ethan. No a todo el mundo le gustan estas cosas, y di por hecho que tú lo disfrutarías.

—¿Bromeas? Con lo emocionado que está, cualquiera le dice a Ethan que no vamos.

No sé si a Ethan le hace realmente ilusión, aunque conociéndolo, seguro que sí. Pero soy yo quien no se la quiere perder ahora.

—Muchas gracias, hija.

Entonces da un paso al frente y abre los brazos. Dudo por un segundo, sobre todo porque está sudando tras hacer ejercicio, pero al final me acerco a él y los dos nos abrazamos.

En realidad, el sudor no importa. De hecho, este abrazo... es reconfortante.

Cuando me alejo me siento extraña, aunque aliviada.

—Yo... tengo que acabar los deberes antes de esta tarde.

—Por supuesto. Es importante ser responsable en el último curso de instituto.

Salgo del gimnasio mientras él continúa con su rutina, de vuelta a mi habitación. Lo de los deberes no era mentira.

Pensaba que este año mi cumpleaños iba a ser un completo desastre, pero quizá me equivoqué. Ethan está aquí, y esta noche asistiré por primera vez a un estreno. En realidad, se trata de una nueva aventura, y estoy abierta a la idea de divertirme.

—¿Qué hace ella aquí?

Mateo sigue la dirección de mis ojos. Acabamos de salir del estreno, y la verdad que no ha estado mal. La trama no era muy de mi estilo, pero a la gente parece haberle gustado. Mañana ya sabremos las primeras impresiones.

Apenas hemos estado con Braxton porque, tal como me avisó mi hermano, tenía que hacer alguna entrevista previa al visionado y ahora está hablando con más gente de la fiesta.

Nosotros, al contrario, estamos apartados en un lado de la sala, tomando unas bebidas y tratando de robar algo de comida de las bandejas con diminutos aperitivos.

—¿Allison? —pregunta Mateo cuando se da cuenta de a quien estoy mirando—. Su madre es *influencer*. Creo que la invitaron a cubrir el evento y ha traído a sus hijas. Ya sabes que la mayor es amiga mía.

Ethan se inclina sobre mí y pregunta:

—¿Esa no es la chica que se metía contigo?

Asiento con la cabeza de forma casi imperceptible. Cerca de nosotros está Asher. Parece concentrado en estudiar a la gente, pero sé que en realidad pone atención a todo, incluida nuestra conversación. Estos días me ha dado tiempo a conocerlo mejor. He llegado a preguntarle a Oliver si era de la CIA, pero solo se rio ante mi ocurrencia.

—Venga, acerquémonos a saludar —me dice Mateo, señalando a nuestro padre.

Miro a Ethan, pero él solamente asiente con la cabeza y me invita a que siga a mi hermano.

Braxton se fija en nosotros antes de que lleguemos a su lado, y deja por un momento de prestar atención a la pareja con la que habla para sonreírnos.

—Mira a quiénes tenemos aquí —saluda cuando llegamos a su lado—. Os presento a mis hijos, Mateo y Novalee.

Parece un padre orgulloso, y eso me hincha el pecho de un curioso y cálido orgullo. Nos presenta a la pareja con la que habla, que son productores, y pasamos unos minutos con ellos antes de que nos aliente a seguir disfrutando de la fiesta.

Tener a Ethan aquí hace que todo sea mucho más divertido, e incluso Mateo acaba acostumbrándose a su rapidez para hablar.

Por mucho que me fastidie, también nos juntamos con Allison y su hermana, ya que ella es amiga de Mateo. Aun así, las dos nos las apañamos para ignorarnos mutuamente, lo que con Ethan resulta bastante sencillo.

Cuando he logrado comerme los suficientes aperitivos para quitar el hambre, mi amigo ya me ha puesto al día de todo lo que ha pasado en casa durante mi ausencia. Parece que me hablase de otra vida, una muy lejana, aunque hace apenas un año yo formase parte de ella.

Asher no se separa de mí, y me cuesta trabajo asegurarle que no me pasará nada en el baño de mujeres y que puedo entrar sin él. Por suerte, eso lo respeta.

Estoy lavándome las manos cuando la puerta se abre y Allison entra. Toda la noche intentando evitarla y al final nos quedamos solas aquí. Me apresuro a secarme para salir, pensando que la cosa seguirá igual, pero me equivoco. Camina directa a mí, tambaleándose, y de la nada pregunta:

—¿Y quién es ese? ¿Tu nuevo novio?

Puedo apreciar que ha bebido alcohol por la forma en que arrastra las palabras. Nos han estado sirviendo copas toda la noche, sin preguntar por nuestra edad. Por su tono, no puedo deducir del todo si se está burlando o está… ¿enfadada?

—¿Hablas de Ethan? —deduzco.

—Cambias de chico como de bragas, Novalee Scott. Primero Oliver, luego Theo y ahora este.

—¿En serio voy a tener que volver a explicar que no pasó nada con Theo? Se lo inventó todo.

—Seguro.

—Mierda, no sé ni por qué pierdo el tiempo contigo —farfullo mientras me doy la vuelta para irme.

Sin embargo, Allison me escucha y no lo deja pasar. Me sigue fuera del baño y apenas hemos dado dos pasos cuando me agarra de la muñeca y me obliga a enfrentarla.

—Deja de hacerte la digna —me recrimina—. No eres mejor que nadie.

—¿Perdona? Nunca he creído eso. Eres tú quien saca todo de contexto. Me has hecho la cruz desde el primer día de instituto, cuando no te he hecho nada.

—¡Dios! —exclama, dando un paso al frente—. ¡No sabes cuánto te odio!

Estoy empezando a valorarla como una posible sospechosa de colocar las fotos en mi taquilla cuando Allison me toma de la barbilla, gira mi rostro y me planta un sonoro beso en la mejilla.

De la sorpresa, retrocedo un paso y casi me caigo.

—Yo… —comienza a decir, repentinamente avergonzada—. Lo siento.

No encuentra las palabras, estoy… ¿flipando? ¿En shock? ¿Buscando una maldita cámara oculta?

—No te odio, ¿vale? Quizá al principio de llegar. Me caías como el culo, con todo el mundo fijándose en ti y adorándote como si te lo merecieras solo por existir.

—Mas bien suena a que me tenías envidia —se me escapa.

Allison pone los ojos en blanco y suspira.

—Vale, sí. Te tenía envidia. Todavía te la tengo, pero también me gustas.

—¿Te gusto? —repito, incrédula.

—Sí. Y te odio por eso.

Debe estar muy borracha para decir cosas tan inconexas y sin sentido.

—Tenías razón cuando me dijiste que estaba un poquito obsesionada contigo, aunque no quise admitirlo. Eres la primera chica por la que me siento así. Y como se te ocurra contarle esto a alguien, te haré la vida imposible lo que queda de instituto.

Solo le falta amenazarme con el dedo.

—Bueno, mientras no te hagas pasar por mí en redes y me cueles amenazas en la taquilla…

—¿Por qué narices haría eso? Si tengo que insultar, lo hago a la cara.

—Ya, imaginaba que tú no serías.

De repente, Allison parece estar un poco más lúcida.

—Espera, ¿quieres decir que hay alguien que…?

Pero antes de que termine la pregunta, Mateo se lanza a mis hombros. Y sé que es él porque mientras lo hace casi grita en mi oído:

—¡Hermanita! ¿Dónde te habías metido?

Allison se gira, dándonos la espalda, y sé que la conversación se ha terminado. Me alejo con mi hermano, y cuando veo a Ethan de nuevo me alegro de tener a alguien con quien poder hablar todo esto.

—Te lo dije y no me creíste.

—Es que tú siempre ves romance en todos lados —le recrimino.

—Pues ahora no me importaría ver un romance con tu guardaespaldas. ¿Crees que estará interesado?

Tengo bastante claro que a él también le han subido algo las copas, en especial cuando no se da cuenta de la mirada que nos lanza Asher. No puedo evitar reírme.

—Lo siento, Ethan, pero algo me dice que no eres su tipo.

Suspira y se lleva una mano al corazón con dramatismo, pero eso no le impide sacarme a bailar y disfrutar del resto de la noche.

Para cuando llega la hora de irnos, me duelen los pies y vuelvo a tener hambre. Braxton todavía tiene que quedarse un poco más, pero convence a Asher de parar a por una hamburguesa de camino a casa.

—Voy a tener que pagar un extra a este muchacho por el buen servicio —bromea mientras se inclina para darme un abrazo de despedida.

Me doy cuenta de que me gusta ese gesto de cariño. Apoyo la cabeza en su hombro y susurra en mi oído:

—Muchas gracias por venir, hija.

Cuando me separo también da un corto abrazo a Mateo, y luego rescato a Asher de Ethan, que está haciendo un vano intento de ligar con él. El guardaespaldas me lanza una mirada agradecida y todos salimos hacia el coche.

Al final mi cumpleaños ha resultado mucho mejor de lo que esperaba.

Cuarenta y uno

La casa está en silencio cuando entramos. Solo se escuchan nuestras risas apagadas mientras Mateo camina haciendo eses hacia las escaleras y Ethan y yo nos tapamos la boca con la mano, como si temiésemos despertar a alguien.

Ni siquiera la hamburguesa con patatas que ha cenado en el coche de camino a la casa ha ayudado a que le bajara el alcohol, pero nada será mejor que una buena cabezada. Al menos fue divertido ver el horror en la cara de Asher cuando se dio cuenta que éramos tres contra uno, y que tendría que dejarnos comer dentro de su preciado coche.

Espero que nunca descubra la mancha de kétchup en el asiento trasero. Por mi propio bien.

—Ha sido una noche fantástica —admite Ethan—. Ojalá pudiera quedarme aquí una semana entera.

Pero su vuelo a casa sale mañana. Los dos somos plenamente conscientes.

Le doy un fuerte abrazo.

—Quiero que el tiempo pase rápido y volver a verte de nuevo.

—En realidad tu padre me invitó a pasar el verano aquí —revela de la nada, como si no fuese algo increíble—. ¡Lo difícil va a ser convencer a mi madre!

—¿Lo dices en serio?

Ethan asiente y terminamos de subir las escaleras a nuestras respectivas habitaciones. Mateo ya está en la suya y yo me despido de mi amigo.

—Dormiría contigo, *amore* mío, pero roncas —comenta a modo de broma.

—¿Qué dices? Yo no ronco.

Ethan me lanza una mirada de circunstancias y aprieta los labios para contener la sonrisa.

«Espera, ¿va en serio?».

—Descansa, Nova —se despide con un guiño.

Pero yo no ronco. Porque si lo hago… significa que Oliver me escuchó roncar anoche. Mierda.

Cuando paso delante de su puerta me quedo quieta unos segundos, tentada a abrirla. Pero es tarde y no quiero despertarlo, así que lo dejo pasar y entro en mi habitación.

Me quito todo el maquillaje de la cara y decido darme una ducha. Tras anudar el pelo en un moño alto, porque no me lo voy a lavar a estas horas, me doy cuenta de que tengo algo de sed. Seguramente Mateo haya llenado la nevera con su zumo para las resacas, así que bajo a la cocina a por algo.

—Efectivamente. —Sonrío al abrir la nevera y ver varias cajas en el estante más alto—. Muchas gracias, hermanito.

Tomo un gran vaso y vuelvo a subir. Está todo a oscuras, así que no puedo evitar pegar un pequeño grito cuando veo una figura bajar sigilosamente por las escaleras.

—Mierda, Mateo —me quejo—. ¡Qué susto me has dado!

—Y tú a mí —se queja él, que parece un poco más sobrio—. Parecías un fantasma con esos pelos de loca.

—¿Qué haces bajando tan sigiloso?

—Voy a por mi zumo. Se me olvidó llevarme un vaso para mañana.

—Ah… Sí, yo te he robado un poco.

—Aprendes rápido, pequeño saltamontes —se burla.

Me despido de él y continúo el camino hacia mi habitación, pero apenas he entrado en el pasillo que va hacia ellas, me llevo otro pequeño susto. Solo que esta vez, la figura en las sombras me tapa la boca con la mano y me aplasta contra la pared.

Frente a mí, Oliver sonríe con picardía. Tras asegurarse de que no grito, me suelta.

—Bonito peinado.

—Muy gracioso —replico con enfado—. ¿Qué narices estás haciendo?

La pared está fría a mi espalda, pero no es eso lo que me pone nerviosa. Es su cuerpo, casi aplastando el mío contra ella. De pronto, ya no tengo nada de sueño.

—Escuché un grito y salí a ver —admite—. Me preocupé.

Eso sí que es ser un guardaespaldas atento. Ni siquiera chillé tan alto..., creo.

—¿Te lo pasaste bien en la fiesta? —pregunta mientras su mano se desliza por mi mejilla y la acaricia.

—Muchísimo. Pasaron cosas bastante... interesantes.

Pienso en Allison, pero decido guardármelo para mí. Además, ella probablemente lo negaría todo.

—Ah, ¿sí?

—Aunque apenas pudimos estar con mi padre, estuvo atento y se alegró de que fuéramos.

No pretendía despertarlo, pero ahora que estoy con él, me alegro de que no estuviese dormido. Una parte de mí se encuentra bastante segura de que me estaba esperando. Y por cómo me mira y me acaricia, de que no solo era para preguntarme por la fiesta.

Pienso en la otra noche, en como dormimos juntos y lo increíble que sería despertar a su lado. Entonces recuerdo las palabras de Ethan.

—Por cierto, Oliver. ¿Yo ronco?

Sonríe con malicia. F.

—Un poco.

—¿Lo dices en serio?

—Respiras fuerte —se corrige—. ¿Por qué lo preguntas?

—Ethan me ha dicho que ronco.

—Ah, ¿es que habéis dormido juntos alguna vez?

—Claro —admito tranquilamente, y su ceño se frunce—. Sobre todo de pequeños. A su madre le gustaba invitarme a cenar y, cuando la mía enfermó, venía mucho a hacerme compañía.

Asiente y vuelve a relajar el rostro. Entonces caigo.

—Espera, ¿estabas insinuando otro tipo de dormir? —Hago comillas en la última palabra.

—¿Quién? ¿Yo? Para nada. Como si existiera otra definición para dormir más allá que acos... que descansar. Sí, eso.

—¿Te pusiste celoso de Ethan? —le molesto.

—Por supuesto —responde, esta vez bajando la voz.

Se me borra la risa, y apenas pasan unos segundos antes de tener sus labios contra los míos. Inclino el rostro hacia él, sintiendo cómo me presiona más contra la pared.

Paso las manos por su cuello y las enredo en el pelo, acercándolo más. Oliver me sujeta por la cintura y sus dedos se clavan por encima de la tela de mi pijama. En menos de un minuto el calor de mi cuerpo aumenta, y la necesidad de querer más de él vuelve a apremiar.

—Sabes a zumo de melocotón —susurra contra mis labios.

Sonrío. El zumo que le quité a Mateo.

Mierda. Mateo.

Desconecto del beso el tiempo justo para escuchar unos pasos a lo lejos. Tiene que ser él regresando a su habitación. Oliver también lo escucha y no vamos a arriesgarnos a que nos atrape. Estamos muy cerca del final de las escaleras.

—Vamos, princesa —me dice.

Toma mi mano y lo sigo hasta su habitación. Se me escapa una sonrisa traviesa cuando cierra la puerta, pero dura poco. Mi espalda vuelve a chocar con la pared, y sus labios regresan sobre los míos. Esta vez con más avidez.

Me apresa con su cuerpo y tiro más cerca, enredando los dedos en su pelo y profundizando el beso, hasta que Oliver jadea en mi boca sin poder contenerse. Me levanta contra la pared, tomándome por detrás de los muslos, y vuelve a besarme. Enredo las piernas alrededor de su cintura y en esta pose soy capaz de sentir cada parte de su cuerpo con intensidad.

Siento como la pared se aleja de mi espalda y me mueve a través de la habitación hasta que llegamos a la cama. Me deja caer sobre ella, y apenas unos segundos después su cuerpo cubre el mío.

No puedo parar las manos mientras le acaricio por encima de la tela, y luego por debajo. Oliver deja un camino de besos desde mi boca, a mi mandíbula, a mi cuello. Suspiro cuando llega al lóbulo de mi oreja y me arqueo contra él, provocando que gima y clave las uñas en su espalda.

—Joder, Novalee…

Pero no es una queja. Tiro de la camiseta de su pijama hasta sacársela por la cabeza, y luego hago lo mismo con la mía. No llevo nada debajo. Sus ojos relampaguean y me recorren el cuerpo, para luego regresar a la cara, y pregunta:

—¿Estás segura?

—Muchísimo. ¿Y tú?

—Muchísimo —repite.

Borro su sonrisa con un beso. Después comienza a dejar un pequeño camino por el cuello, y pasa a la clavícula. Me arqueo de forma involuntaria cuando sus labios pasan entre mis pechos.

Sus dedos llegan a uno de ellos, mientras su boca se desvía al otro. Cierro los ojos, colmada de sensaciones. Me pellizca el pezón mientras juguetea con otro entre sus dientes y de mi garganta sale un suave gemido.

—Me encanta escucharte —susurra contra mi piel.

Después continúa bajando. Las caricias de sus labios llenan mi estómago y la parte sensible bajo mi ombligo. Tira de los pantalones hacia abajo, llevándose la ropa interior.

Besa mi pierna y la dobla, acariciando la parte interna del muslo. Cuando pasa la tela por mis pies, él también se quita lo último que le queda. Y luego me mira, y lo hace como si fuera una de las grandes maravillas del mundo. Como si quisiera grabar cada segundo de este momento, cada centímetro de mi piel.

Vuelve a tumbarse sobre mí y la sensación es increíble. El calor de su cuerpo sobre cada parte del mío, cubriéndolo.

Sus labios me encuentran y no siento nervios. Acaricio sus brazos y hombros mientras él regresa a tocar todo mi cuerpo. Jadeo cuando llega al pecho, pero más cuando alcanza el estómago.

Abro las piernas y se adapta a ellas. Mi respiración se corta al notar como nuestras intimidades se tocan. Sus dedos me provocan escalofríos, tamborilean por la parte interna de mi muslo y llegan a la ingle.

—¿Puedo? —pregunta.

Quiero hablar, pero no encuentro la voz, así que solo asiento.

Los dedos de Oliver se mueven más, hasta llegar a esa parte que me hace cerrar los ojos. Las caricias vienen y van, jugando conmigo, calentándome más la sangre.

Llega al clítoris y echo la cabeza hacia atrás mientras me besa el cuello. Las llamas parecen envolverme y me arqueo contra él. Hasta que uno de sus dedos llega a mi entrada. De primeras no se atreve, pero inconscientemente presiono contra él y despacio se adentra.

Abro los ojos y al instante me encuentro con los suyos, que me atrapan.

Y entonces mete otro.

Comienza a moverse despacio, buscando la forma en que mi cuerpo responde mejor, y la encuentra. Doblo los dedos de los pies y jadeo.

—Oliver —se me escapa su nombre.

—Joder. Voy a correrme solo con esto.

No puedo evitar soltar una pequeña risa, pero me besa para romperla. Sus dedos encuentran ese punto exacto y se mueven una y otra vez contra él. Durante unos segundos pienso que no duraré mucho más, pero sale de mí antes de que eso suceda.

La cama se mueve cuando se aparta de mí para rebuscar en un cajón y regresa con un envoltorio plateado. Se tumba a mi lado y pregunta:

—¿Sigues segura de ello?

Con la respiración agitada, solo puedo asentir.

Oliver rasga el envoltorio y su cuerpo vuelve a cubrirme. A pesar de sentir mi interior ardiendo, puedo notarlo todavía más caliente. Sus labios me buscan, y acaricia mi mejilla.

—Te quiero, Novalee.

Y mientras nos fundimos en un beso suave y lento, noto como me abro para él. Despacio, llena cada parte de mí y de mi corazón. Y en estos momentos sé que, pase lo que pase, no me arrepentiré de este momento. Porque estoy enamorada de Oliver, porque confío en él.

Sin dejar de besarme ni tocarme, se mueve sobre mí, cada vez más rápido. Agarra mi cadera y me clava las uñas mientras nuestras respiraciones aceleradas se entremezclan, hasta que no aguanto más.

Segundos después él también deja de moverse. Al terminar, apoya su frente sobre la mía, me mira y sonríe. Y yo le devuelvo la sonrisa. Extasiada. Repleta. Feliz. Y total y completamente enamorada.

—Buenos días, princesa.

Miro a Oliver con una adormilada sonrisa mientras mis ojos comienzan a hacerse a la tenue luz de la habitación. No sé qué hora es, ni me importa.

Él está a mi lado, en la cama, tapado hasta la altura del pecho con las sábanas. Su cabello oscuro está completamente despeinado, al igual que mi moño. He llegado a perder la goma del pelo que lo sujetaba.

Tiene los ojos algo hinchados, pero incluso así se ve atractivo.

Me estiro y mi cuerpo se queja ante la falta de sueño, pero eso tampoco me importa. Ni loca cambiaría esta noche por más horas durmiendo. Lo que me recuerda…

—¿He roncado?

Ante mi preocupación, Oliver se echa a reír.

—Perdona. Es solo que esperaba un buenos días, no esa pregunta.

—¿Significa que no lo he hecho?

—Solo un poco.

—Maldición —refunfuño.

Y me tapo con la sábana hasta la cabeza y se me escapa un pequeño gemido de vergüenza. Puedo escuchar cómo se ríe. ¡Será idio…!

—Pero estás preciosa cuando roncas —añade mientras aparta la sábana de mi cara.

—Mientes fatal. Nadie está precioso cuando ronca.

—Tú sí.

Se inclina para darme un beso en la frente y, aunque no pienso igual, ahora soy incapaz de replicarle. Así que sencillamente dejo que me atraiga hacia él y me acomodo sobre su pecho, relajándome con el vaivén de su respiración. Es increíble cómo una persona puede transmitirte tanta paz.

—Entonces ¿la noche fue bien? No me contaste mucho.

—No me dejaste hacerlo —me burlo.

Pero entonces le cuento lo divertido que fue todo. Cómo Ethan y yo bailamos hasta que me dolieron los pies. Lo tenso que parecía Asher, siempre atento y vigilante. El hecho de que me pareció ver un casi beso entre Fleur y Mateo. Y también le hablo de mi padre.

—No quería admitirlo, pero estaba muy dolida de pensar que había olvidado mi cumpleaños.

—Es lógico. Es tu familia.

Los dedos de Oliver comienzan a hacer caricias sobre mi brazo desnudo, que se ha escapado de la sábana. Sube y baja despacio, trazando un camino invisible.

—Ya, pero Mateo también. Sin embargo, él se olvidó y no me importó. Y también es familia.

—Está bien —se corrige—. Deja que lo reformule: es lógico, porque es tu padre.

—Al final siempre gana la fantasía en la que él se preocupa por mí y me quiere —asiento.

—No es una fantasía. Es una realidad, sabes que lo es. Y que se olvidara de tu cumpleaños para ti era una traición, porque significaría que no le importas. Y eso te dolía. Pero sí le importas.

—Yo…

—Y Braxton también te importa a ti, Novalee. De hecho, diría que lo quieres.

Abro la boca para replicar, pero me doy cuenta de que no puedo negarlo. Es mi padre y… me gusta que actúe como tal. Y me gusta la idea de quererle.

—Puede que comience a hacerlo —admito.

Oliver continúa subiendo y bajando sus dedos por mi brazo, y me acurruco más sobre él.

—Gracias por escucharme, pero... ¿por qué te interesas?

Hasta ahora, exceptuando Ethan y mi madre, nadie se había preocupado tanto por mí.

—Porque me gusta conocerte —confiesa.

Mi corazón se derrite. Como si fuese una vela ante el fuego. Me encanta este chico.

—Ahora me toca a mí. Dime algo de ti que no sepa.

Tras un rato pensándolo, responde:

—Odio los hospitales.

—Es verdad. Me fijé cuando me torcí la muñeca. ¿Alguna mala experiencia de niño?

Niega la cabeza.

—Siempre que entro en uno me trae malos recuerdos, porque mi padre murió tras unos días ingresado.

—Lo siento mucho, Oliver.

Mi madre también pasó mucho tiempo ingresada, aunque al final de sus días nos dejaron llevarla a casa con cuidados paliativos.

—¿Cómo fue?

—Murió de servicio.

Eso me hace fruncir el ceño. ¿No trabajaba para...?

—¿Qué quieres decir?

—Preferiría no seguir hablando del tema, Novalee.

—Está bien —asiento.

Y continuamos un rato más así, tapados con la sábana. Me acurruco en su pecho mientras me acaricia el brazo.

Hasta que siento que todo lo que bebí anoche, incluido el zumo, aprieta la vejiga. No encuentro una forma bonita o agradable de romper el momento porque mis órganos deciden funcionar con normalidad, así que simplemente digo:

—Tengo que ir al baño. —Y comienzo a retirar la sábana de mi cuerpo, pero me doy cuenta de un detalle—. No mires.

Su sonrisa traviesa reaparece.

—¿Lo dices en serio?

—Sí.

—Novalee... Ahora mismo puedo decir con seguridad que conozco cada parte de tu cuerpo.

El corazón se me acelera y la sangre comienza a calentarse, en especial por la forma en que me mira. Como si no le importase que apenas hubiésemos descansado durante la noche. Como si no pensase en el aliento mañanero. Como si quisiera volver a asegurarse de que, en efecto, no hay ningún pequeño detalle de mi cuerpo que se le haya escapado.

Decido ponerle freno antes de que me contagie.

—No me gusta que me miren mientras me visto.

Se da por vencido, cayendo sobre la almohada con un fingido resoplido de exasperación.

—Está bien. Me taparé los ojos. ¿Está contenta así la princesa?

—Mucho —replico con una sonrisa.

Salgo de la cama, en busca de mi ropa, mientras él se tapa con la sábana hasta el pelo. Paso por el baño y aprovecho para lavarme los dientes y atusarme un poco el pelo, aunque solo con agua es imposible. Debí haber buscado también la goma... Aprovecho para mirar la hora y me doy cuenta de que son solo las once. Teniendo en cuenta que ayer salimos hasta tarde, he dormido poco.

Sin embargo, no voy a volver a la cama. Ethan se irá enseguida y quiero pasar más tiempo con él antes de despedirnos.

Cuando regreso con Oliver, ya estoy diciendo:

—Si no te importa, voy a darme una ducha. Quiero acompañar a Ethan al aeropuerto y...

Pero la frase queda en el aire cuando lo veo. Se ha levantado de la cama y viste unos pantalones de pijama. Pero no es eso lo que me deja callada, sino el hecho de que me mira sonriente, con un paquetito azul en la mano.

—Es para ti —dice.

Me acerco cautelosa, observando el papel.

—¿Un regalo?

—Claro, de cumpleaños.

—Pero ya me has dado uno —replico.

Frunce el ceño y segundos después aguanta la risa. Oh, Dios mío. No puede estar pensando que…

—¡Me refería a la felicitación a las doce de la noche y el pastel, mal pensado! —me burlo.

—Eso no es un regalo, Novalee. Es lo mínimo que te mereces.

«Venga, ¡di que sí! Tú continúa haciendo que se me derrita el corazón, como si no te dieses cuenta…».

Cuando me quedo indecisa sin moverme, apremia:

—Vamos, ábrelo.

Me lo pasa y con cuidado intento quitar el celo, pero al final acabo rasgando el papel. Oliver me observa impaciente.

El papel da paso a una pequeña caja, también azul. Dentro hay una fina cadenita con un corazón plateado. Cuando lo tomo para verlo mejor, me doy cuenta de que es oro blanco. Madre mía, esto debe haberle costado una fortuna.

—Oliver… —susurro con la voz unas octavas más elevada de lo habitual—. Esto es demasiado, no puedo aceptarlo.

—Pues yo tampoco puedo devolverlo, así que me temo que tendrás que quedártelo —replica.

No entiendo a qué se refiere, hasta que al girar el corazón me doy cuenta de que tiene un grabado por la parte de atrás. Solo dos palabras. Algo muy sencillo.

Para siempre

—Es precioso.

Tengo lágrimas en los ojos, pero las aparto con varios parpadeos. Después me doy la vuelta y me recojo el pelo para que él me la ponga.

—¿Qué tal me queda? —pregunto al volverme.

—Tal como imaginaba.

No sé si eso es bueno, pero me mira como si lo fuese. Sonrío con ganas y lo abrazo, sintiendo algo que jamás pensé que volvería a sentir: que soy la chica más afortunada del mundo.

Cuarenta y dos

Lloro todo el camino de vuelta del aeropuerto tras dejar a Ethan. Asher y Oliver vinieron con nosotros, aunque solo Oliver accedió a entrar a un restaurante para tomar un último almuerzo juntos.

La vida es una mierda. No debería tener que separarme así de mis amigos.

—Volverás a verlo pronto —me consuela Oliver mientras regresamos a casa—. Dijo que regresaría en verano.

Estamos en el asiento trasero del coche de Asher. Puedo ver la mancha de kétchup de hace apenas unas horas, cuando yo misma estaba aquí con Ethan, riéndonos y… Lloro con más fuerza.

—No se preocupe, señorita —dice Asher, observándonos a través del espejo—. Amistades así duran para siempre, y ni la distancia acabará con ella.

Espero que tenga razón, aunque eso no impide que las lágrimas sigan cayendo. Mierda, soy demasiado emocional. No puedo evitarlo en estos momentos.

Oliver me consuela y no suelta mi mano en todo el trayecto de vuelta. Al llegar a casa, Fleur me espera con un buen cuenco de helado de chocolate; ella y Mateo me proponen ver una comedia en el pequeño cine de la mansión. Acepto, y aunque mi hermano se queda dormido en mitad de la proyección, lo cierto es que me ayuda muchísimo a mejorar el ánimo.

Y me doy cuenta de algo importante: sí, mi mejor amigo no está aquí, mi madre no está aquí, pero… tampoco estoy sola. Tengo gente que me quiere, como Mateo, Fleur, Oliver… Y quizá, solo quizá…, mi padre.

Aunque me encantaría volver a ir a clases con Oliver, lo cierto es que a él le viene mejor no hacerlo. Puede ir al gimnasio del instituto a primera hora y entrenar más al fútbol. Menos el lunes. Ese día esperó y trató de convencer a Asher de que me dejara ir con él, porque total, vamos al mismo sitio y también es mi guardaespaldas.

Pero no funcionó. Ese hombre es demasiado cuadriculado. De hecho, su respuesta fue: «Por lo menos mis ojos estarán en la carretera y no en la cara de la señorita Scott».

Me ruboricé, Oliver soltó una palabrota, y al final ambos fuimos en dos coches. Aunque se encargó de seguirnos muy de cerca, a pesar de que Asher conduce despacio y respeta todas y cada una de las normas de circulación; incluso los *stops* donde no hay nadie y tienes plena visibilidad.

Trato de centrarme en las clases porque ese lunes también me llaman a dirección. El director deja caer que, a pesar de tener una buena posición gracias a Braxton, necesito un empujón más y bordar mi próximo examen de acceso a la universidad si es que quiero entrar en una. Por lo visto, las clases particulares con Mateo han surtido efecto y he mejorado en esa asignatura…, pero no en otras.

Así que me centro en mis estudios, en la obra de teatro y en vivir mi vida. Quizá sea la semana más tranquila desde que estoy aquí, o en la que más feliz me he sentido.

Hay besos a escondidas con Oliver en casa y en el instituto. Sesiones de estudio divertidas con Mateo, que al saber de mi charla con el director también me ha hecho hueco para explicarme más asignaturas, y algo que me hace bastante ilusión: nuestro padre ha cenado cada noche con nosotros. El miércoles incluso se unió a una sesión nocturna de palomitas y películas. Les hice a los dos ver *Princesa por sorpresa*, y Mateo juró que no le gustó, aunque luego preguntase por una segunda parte de Mía en la que es princesa de Genovia.

Sin embargo…, no todo puede ser bonito.

—¿Va todo bien?

Lucy cierra el cuaderno de golpe y se encoge de hombros. No me preocuparía si no fuese porque ha estado así toda la semana. Al principio pensé que eran imaginaciones mías, pero está muy cortante, como si yo le hubiese hecho algo. Incluso he repasado nuestras interacciones, pero sigo sin encontrar nada en lo que la hubiese hecho sentir mal, así que imagino que es algo de casa.

—Todo perfecto —responde tajante.

Mierda. Está siendo muy borde conmigo.

—¿En casa también? —insisto.

—Como si te importara, si nunca preguntas por mi familia.

Sus palabras me cortan como cuchillos, y me alegro de que los demás estudiantes se estén levantando sin prestar atención a la conversación. Allison pasa de largo a nuestro lado. Solo hemos hecho contacto visual una vez después del fin de semana, y su rostro se puso tan rojo que pensé que explotaría.

Oliver es el único que está pendiente, pero desde el sitio donde se ha sentado hoy no nos escucha.

Y me duelen las palabras de Lucy, porque tiene razón. Ella se preocupa por cómo va la relación con Braxton, pero jamás le he preguntado por su familia. No quería ser entrometida, aunque sé que no es excusa.

—Lucy, yo… —pero solo hay una cosa que puedo decir ahora—. Lo siento.

No funciona. Guarda el cuaderno en la mochila y me ignora durante los siguientes segundos. Finalmente suspira y se vuelve hacia mí.

—Fuiste al estreno con un amigo el fin de semana, ¿verdad?

El cambio de tema es tan extraño que tardo en asentir. Al día siguiente del estreno los dos aparecimos en alguna foto. En algún artículo lo presentaban como mi nuevo ligue, y en otros solo mencionaban que «los hijos de Braxton disfrutan con sus amigos del nuevo éxito del actor».

Lo mejor fue el audio emocionado de Ethan al ver su foto en los tabloides. Según él, su madre tuvo que tumbarse durante dos horas y amenazó con llamar a Braxton para hacer que borraran las fotos, pero él estaba encantado.

—Sí, Ethan —asiento—. Mi padre preparó la sorpresa de invitarlo como regalo de cumpleaños.

Sus ojos se entrecierran por unos segundos y tarda un poco en contestar.

—Así que ese era Ethan —responde con demasiada tranquilidad—. No sabía que podías llevar gente al evento.

Abro la boca para contestar, y al instante la cierro. Porque por mi mente solo pasa la frase «como si tú hubieses venido, de haberte invitado», ya que siempre rechaza las quedadas. Sin embargo, echar más leña al fuego no va a resolver el conflicto, así que lo pienso mejor y digo:

—Y no podía. Fue cosa de mi padre.

—Por supuesto —farfulla—. Siempre es Braxton.

Después se va, dejándome estupefacta. Jamás me había peleado así de fuerte con ella. De hecho, nunca habíamos estado enfadadas. Ni siquiera sé qué he hecho mal. Miento. Sé qué es lo que le ha molestado, pero también que no es mi culpa. Por eso estoy confusa y herida a partes iguales.

—¿Todo bien?

Me vuelvo hacia Oliver, que acaba de llegar a mi lado. Tiene la mochila al hombro y me observa con preocupación.

—Perfectamente —miento.

—¿De verdad? Porque Lucy…

—Me muero de hambre —lo interrumpo mientras me pongo de pie—. Ojalá hubiese traído algo más que una manzana para merendar.

—¿Qué te gustaría comer?

—Pizza —respondo casi al instante—. Y tarta de queso.

—Vaya, eso sí que es ser concreta. —Se ríe—. ¿Vamos a por ello?

Junto las cejas pensando que no le he entendido bien. Las clases han terminado, pero hoy nos toca una hora de biblioteca para estudiar de cara a las pruebas de acceso a la universidad a todos los de último año.

—La cafetería está cerrada —musito—. Y lo más dulce que venden las máquinas expendedoras es muesli.

Hace un gesto de asco con la boca que me hace reír, pero luego extiende la mano hacia mí y propone una locura:

—Entonces escapémonos juntos.

Dudo.

—Asher estará aquí dentro de una hora. Le dará un síncope si no aparezco.

—Lo superará —le resta peso—. Además, no somos mala gente. Le voy a escribir para avisarle del cambio de planes.

Quiero irme con él. El plan y su compañía es mucho mejor idea que estar una hora encerrada en la biblioteca comiéndome la cabeza por la discusión con Lucy. Ojalá encerrar a mi conciencia tras una puerta fuese más fácil.

—Te matará si se entera de que me fui contigo —replico.

—Sobreviviré.

Rebeldía amenaza con ayudarme.

—Yo...

Una sonrisa traviesa tira más de la comisura de sus labios y... Mierda. Adoro esa expresión.

Rebeldía empuja a Conciencia tras la puerta, que da un golpe fuerte para cerrarla.

—Vamos, princesa. —Me guiña un ojo—. Me muero de tener por fin esa cita a solas contigo.

Y no sé si es por el «princesa», por el guiño, o por la cita a solas... Pero Rebeldía finalmente le pone un candado a la puerta, cierra con llave y se deshace de ella. Así que tomo la mano que Oliver me ofrece y, sin poder contener la sonrisa que ilumina mi rostro, huyo con él lejos del instituto y de las cuatro paredes que nos encierran.

—No, para —pido, aunque no puedo contener la risa—. No me saques una foto así.

Oliver accede y guarda el teléfono, aunque estoy segura de que tiene por lo menos cinco fotos mías mientras se me sale refresco por la nariz. Y todo por su culpa, ya que me ha hecho reír tanto que no he podido contener la Coca-Cola.

Debería haber tenido esta primera cita mucho antes. Hemos ido fuera de la ciudad, a un restaurante poco concurrido donde venden pizza a cinco dólares. Él ya lo conocía, venía aquí con su padre, y decidió compartir el lugar conmigo.

Nadie nos presta atención, incluso si me río como el cerdito de los Picapiedra y me sale refresco por la nariz. Me gusta. Me siento tranquila y en paz. Y feliz.

—Está bien, ya paro —accede, colocando las manos unidas sobre la mesa, en un gesto de perdón—. Es que estabas preciosa.

—¿Echando refresco por la nariz?

—Y graciosa —añade.

Le saco la lengua, pero solo consigo que se ría más. Frente a nosotros hay cortezas de la pizza, sobre todo mías, y un plato con una tarta de queso que casi ha volado. Estoy llena y feliz, y ya no me preocupa la llamada de Asher riñéndonos porque esto no ha sido nada profesional.

Oliver se acaba su vaso de agua y se sienta mejor. Lo conozco suficiente como para que mi risa se apague y saber que me quiere decir algo. No me equivoco.

—Novalee…, tengo que preguntar —dice tras largos segundos—. ¿Qué ha pasado antes con Lucy?

Dudo, pero al final se lo cuento todo. Con él no tengo problemas para sincerarme y ser yo misma. Cuando termino, muestra preocupación.

—¿Qué piensas?

—¿Quieres la verdad?

—Por supuesto —aunque lo digo con seguridad, dudo.

—Pues que no es buena amiga.

Es como un choque de realidad. De inmediato mi gesto se tuerce, pero tomo aire y lo miro para darle pie a que siga hablando. Quiero escuchar su opinión.

—Un amigo quiere lo mejor para ti y que seas feliz. Puede dolerle que tengas otro mejor amigo, porque somos humanos, pero eso no significa que deba tratarte mal y hacerte sentir peor. Ella solo es… tóxica. Y celosa.

—¿Tú crees?

—Vamos, Nova. Ni siquiera te felicitó el cumpleaños cuando se lo dijiste. ¿O sí lo hizo?

Niego con la cabeza.

—No, pero supongo que para ella no es algo importante, solo lo es para mí.

—Si fuese una buena amiga, tu cumpleaños también sería importante para ella. Al menos un mínimo para felicitarte.

No sé qué contestar, así que guardo silencio. Su mano trepa por la mesa y atrapa la mía, confortándome con un contacto tan sencillo como ese.

—Habla con ella —me aconseja—. Si es tu amiga, se arrepentirá. Y por lo que me cuentas siempre, parece que lo sois.

Al menos, eso creo.

Terminamos la cita pidiendo un segundo trozo de tarta, y para cuando regresamos a casa no se me pasa la pesadez de estómago; incluso con la hora de viaje. Pero estoy deseando repetir y terminarme todas las tartas de queso de esa pizzería italiana espectacular donde me ha llevado Oliver.

Estoy nerviosa por si Braxton nos espera enfadado por romper sus reglas. O si es Daniel quien lo hace. Pero cuando volvemos todo parece tranquilo. Dejamos el coche en la entrada y nos acercamos despacio a la puerta.

—Me lo he pasado increíble esta noche, Oliver. Muchas gracias.

Le doy un abrazo fuerte, queriendo transmitirle todo lo que ha significado para mí la forma en la que ha conseguido que me olvide de los problemas, y me lo devuelve con fuerza. Me fundo con él, con su abrazo. Me hace sentir en casa y confiada.

—Eso es justo lo que quería, princesa —susurra contra mi coronilla.

Alzo la barbilla y me quedo a apenas unos centímetros de sus labios. Nuestras miradas se traban y ambos sonreímos. Así que me pongo de puntillas y rompo la distancia.

Podría pasarme la vida entera besándole. Pegada a él. Dejando que me quiera y queriéndole.

Y mientras estoy disfrutando del momento, la puerta de casa se abre. Me gustaría decir que fuimos lo suficientemente rápidos como para separarnos y disimular, pero no es así.

También me gustaría decir que fue Fleur, Mateo, o cualquier otra persona quien nos abre, pero tampoco es así. En cambio, Braxton Scott, mi padre, es quien está al otro lado de la puerta. Y su cara no augura buenos presagios.

—¿Qué mierda me he perdido todo este tiempo?

Cuarenta y tres

Oliver se pone recto y serio casi al segundo, aunque yo tardo un poco más. Frente a nosotros Braxton nos observa en pijama, con el ceño fruncido y cara de pocos amigos.

—¿De dónde venís? —comienza a preguntar, pero no nos da tiempo a responder porque continúa—. ¿Por qué os fuisteis de clase? ¿Por qué no llamasteis? ¿Y vuestros teléfonos? ¿Desde cuándo estáis juntos?

Es la última la que me hace sentir el escalofrío. Nos ha pillado.

—Fuimos a por pizza, señor —responde Oliver con una sangre fría admirable—. Creí que Novalee necesitaba un respiro. Avisamos a Asher y la mantuve a salvo. Apagados, señor.

Obvia la última pregunta.

Si mi padre no se da cuenta, tampoco lo demuestra. Se hace a un lado para dejarnos pasar y poco me falta para arrastrarme por el suelo mientras camino al interior por el bochorno. ¿Cuánto ha escuchado antes de abrir?

Tiene los brazos cruzados mientras cierra la puerta de un fuerte portazo y me estremezco. A mi lado, Oliver está todavía más serio, y rígido.

—Señor, yo… —comienza a decir.

Pero Braxton lo interrumpe alzando la voz.

—¡Joder! ¿Sois conscientes del susto que me habéis dado?

Me sobrecojo por el repentino grito. Mamá siempre fue dulce y jamás me alzó la voz. De manera inconsciente me acerco a Oliver, y él toma mi mano cuando nota que lo busco. Nuestros hombros se chocan y luego los brazos, hasta que me siento más unida a él y más tranquila.

Braxton observa nuestras manos unidas. No dice nada, pero toma aire tan profundamente que sus fosas nasales se agrandan. En otra situación, con su pijama rosa, sería gracioso. Ahora solo estoy inquieta.

—¿Tenéis idea de lo preocupado que estaba? —exclama—. Asher me avisó de que os encontrabais juntos, pero... Mierda, Novalee. ¡El teléfono! ¡El maldito teléfono! ¿Para qué narices lo tienes si no lo usas? ¿Qué te costaba encenderlo y responderme que estabas bien?

Debería haber sabido que Asher nos iba a traicionar... Es demasiado bueno en su trabajo como para taparnos.

—Yo...

—Mira. No. Mañana pensaré en un castigo. Ahora no puedo porque estoy muy enfadado y también preocupado. ¡He llamado a la policía!

—Pero... si solo son las nueve —musito.

—Lo sé. Justo eso me dijeron —replica—. Por lo visto es muy pronto para denunciar una desaparición.

—¿En serio...?

—No vuelvas a darme un susto así —me interrumpe, llevando una mano al corazón—. Nunca.

—Está bien. Lo siento —y lo digo de verdad.

Braxton me observa con los ojos brillantes, y acto seguido me abraza. Parece todavía nervioso.

Cuando me suelta, toma aire profundamente y trata de relajarse. No lo consigue. Aun así, guarda la compostura y mira seriamente a Oliver antes de decir:

—Ahora, tú y yo tenemos mucho de lo que hablar.

Jo.

Der.

Cuando quiere da miedo.

Oliver toma aire y se pone más recto, pero no sirve de nada porque Braxton suelta la horrible frase de...

—En tu contrato decía que no podías salir con mi hija.

Mierda.

Intervengo al momento dando un paso al frente.

—No lo dirás en serio.

Pero Oliver toma mi mano y me pide retroceder. Mira fijamente a mi padre, quien parece evaluarnos mientras su mirada se pasea de uno a otro.

—Nunca me dijisteis nada —sentencia.

Oliver suelta mi mano y da un paso al frente, como esperando sentencia.

—Confié en ti, Oliver.

—Lo sé, señor.

—¿Por qué no hablaste nunca conmigo?

—No es fácil, señor.

Braxton me mira, apenas unos segundos…, y vuelve a él.

—Quiero hablar contigo. A solas.

—Está bien.

Pero no quiero que sea así. Suelto un sonido de protesta y mi padre al fin se vuelve hacia mí.

—Novalee. Ve a tu cuarto.

—¿Qué? Ni en broma.

Quiero protestar más, pero Oliver se gira para mirarme y puedo leer sus ojos con claridad. Pide que le deje, aunque no sea lo que quiero. Pide manejarlo él y… acepto. Son dos contra uno, y entiendo que ahora tiene que ver con su trabajo.

Tomo aire profundamente y suspiro. Antes de irme aparto la mirada hacia mi padre, quien, para mi decepción, la esquiva. Y después subo las escaleras.

Intento quedarme a escuchar, pero es demasiado obvio y Braxton lo lleva a su despacho para que no pueda escuchar nada. A medida que asciendo escalón a escalón, la presión en mi pecho aumenta. Más fuerte. Más difícil. En lugar de girar hacia mi habitación, lo hago hacia el otro lado. Y antes de que me dé cuenta de qué narices estoy haciendo, mi puño choca con la puerta de madera de roble de este otro cuarto.

—Por Dios, ¿sabes qué hora…? —Mateo abre la puerta y protesta, pero se calla cuando me ve, y sus ojos se despiertan casi al instante—. Joder, ¿qué ha pasado?

No contesto. En su lugar aprieto los labios en una fina línea de preocupación. Mateo no pierde el tiempo y me atrae en un abrazo. Su mano se posa en mi cabeza mientras me consuela.

—Él lo sabe. Braxton nos ha descubierto.

No hacen falta más explicaciones. Mateo me ha entendido. Y tras largos segundos, lo único que consigue decir es…

—Mierda.

Cuarenta y cuatro

No puedo dormir. Es que es, francamente, imposible. Mucho menos sabiendo que Oliver debería estar ahí, al otro lado de la pared. Por eso, después de que Mateo se quede dormido, a pesar de que intentase no hacerlo, me marcho de su habitación directa a la de Oliver. Pero cuando llamo nadie responde. Me quedo allí durante por lo menos media hora más, tocando cada cinco minutos. Nadie abre.

Decido regresar a mi cuarto y dejo la puerta entreabierta, pero ni así.

Para el momento en que abro los ojos tras la noche, todavía con el uniforme escolar del día anterior, los primeros rayos de sol comienzan a asomar. No soy consciente de en qué momento he cerrado los ojos, pero no creo haber dormido mucho.

Mi cuerpo me pide una ducha para despejarme y una gran taza de café, pero todo eso puede esperar. Consigo arrastrarme fuera de la cama y estiro la tela de la blusa, pero ya no tiene solución.

Salgo de la habitación y llego hacia la de Oliver. Tiene la puerta entreabierta y la toco con suavidad mientras le llamo.

—¿Oliver?

Escucho ruidos, así que me animo a dar un paso al interior y… La visión es desoladora. Toda la ropa está fuera de los armarios. Pareciera que un ciclón ha pasado por el cuarto. Casi todas sus pertenencias están en maletas y bolsas, y cuando se vuelve hacia mí, en un chándal arrugado, puedo ver profundos surcos bajo los ojos. Como si no hubiese dormido nada en toda la noche.

—No —susurro, dándome cuenta de lo que todo esto significa—. Dime que no te ha echado.

Me llevo la mano al pecho, como si así pudiera calmar la repentina punzada de dolor que siento. Oliver deja el cargador de teléfono que está sosteniendo dentro de una de las mochilas y camina hacia mí.

—Novalee, espera —pide—. Tenemos que hablar.

Sin darme cuenta he retrocedido hasta salir de nuevo al pasillo.

No puede irse.

No tras la noche que pasamos.

Tras la pizza, la risa y los secretos.

No ahora.

Cuando ve que no reacciono, Oliver suspira y confirma mi mayor temor:

—Me voy.

—No.

Sacudo la cabeza de lado a lado, pero no responde. Me mira con tristeza. Lo que no sabe es que dentro de mi cabeza estoy pensando en los miles de formas en las que puedo convencer a mi padre para que no haga esto, para que no le eche. Está cometiendo un grave error y yo no pienso dar mi brazo a torcer. Él no se va a ir. Incluso si sus maletas están a medio hacer. Guardará todo en el armario y se quedará aquí. Conmigo.

—Rompí el contrato, Novalee. No podía salir contigo.

Sigo negándome. No es suficiente. Hablaré con Braxton. Haré lo imposible.

—Mucho menos podía enamorarme de ti —sentencia.

Creo que puede escuchar como mi corazón se hincha y rompe al mismo tiempo.

«Joder. ¿Cómo espera que le deje ir tan fácilmente después de esa declaración?».

Dejo que tome mis manos.

—Estarás bien con Asher. Es el mejor guardaespaldas que he conocido y sé que te protegerá. No me iría si no estuviese seguro.

¿Por qué me habla ahora de Asher? No me importa tener o no guardaespaldas. Me importa él.

Pero las palabras no salen. Oliver tira de mí de vuelta a la habitación y me lleva hasta la cama deshecha para sentarnos. Me centro en sus ojos, porque si miro a mi alrededor, a las maletas a medio hacer, sé que me echaré a llorar.

—Esto es lo mejor, Novalee. Yo ya no puedo mantenerte a salvo.

Trago saliva y por fin hablo, aunque mi voz suena aguda, como si estuviera en una cuerda a punto de romperse.

—¿Y el instituto? ¿Y el fútbol?

—Tu padre ha accedido a pagar todo el año. Puedo seguir asistiendo.

Siento un poco de alivio, eso quiere decir que lo seguiré viendo en clase, pero la paz dura muy poco porque añade:

—Aunque ya tengo todos los créditos para graduarme.

—¿Qué quieres decir? —Frunzo el ceño.

—Iré al último partido, haré el examen de admisión y luego me iré.

—¿Y la graduación?

—No es obligatoria. —Se encoge de hombros.

Eso significa que… Se va ya.

El corazón se encoge dentro de mi pecho y, con tan solo un hilo de voz, consigo preguntar:

—¿Y yo?

Pero Oliver no contesta. Sus ojos bajan hacia los pies, y cada pedacito de mi corazón acaba despedazado, roto en mil pedazos. Porque ya no hay vuelta atrás. Siento la primera lágrima deslizarse por mi mejilla.

—Ha sido Braxton, ¿verdad? Te ha echado.

—No es tan fácil.

Me abrazo el cuerpo, necesitando calor. Esto no puede estar pasando.

Oliver posa la mano en mi hombro.

—Asher tenía razón cuando dijo que yo estaría más pendiente de mirarte a ti que de una posible amenaza. Aunque fuese broma, era cierto.

—No hay amenaza.

Me ignora e insiste:

—No soy seguro para ti.

—Eres mi guardaespaldas.

—Ya no, Novalee.

El corazón me duele.

Alzo los ojos hacia él y atrapo sus manos.

—No te vayas —pido.

—No me pidas que me quede —responde.

Los ojos de Oliver brillan, y mi agarre es más débil. Dejo que las manos caigan a ambos lados de mi cuerpo y aparto la mirada. Porque en una sola respuesta, en un solo gesto, hay algo que me ha quedado claro: él no va a luchar por quedarse.

Después de eso sigue haciendo su equipaje y, sin poder soportar la visión, me marcho del cuarto. Solo que en lugar de regresar al mío mis pies me llevan a través de la casa hasta una habitación en la que nunca he estado: la de Braxton.

Golpeo la puerta sin miramientos. Él tiene la culpa de todo, es quien le ha echado. Sin embargo, no hay respuesta. Vuelvo a probar y sigue igual.

—¡Braxton! —exclamo.

Nada.

Así que giro el pomo y entro. De alguna forma esperaba que hubiese seguro en la puerta, pero no es así. Él tampoco está. De hecho, la habitación está impecable, con la cama perfectamente arreglada y las ventanas abiertas, como si nadie hubiese pasado ahí la noche. Miro por todos lados del lugar, pero no lo encuentro.

Cuando regreso a mi cuarto, decepcionada, la puerta de la habitación de Oliver está cerrada. Me paro frente a ella, pensando en intentarlo de nuevo..., pero no tengo energías. Temo no poder volver a luchar contra su rechazo.

—¿Ha tenido un buen día de clases, señorita Scott?

Ignoro a Asher y me recuesto en el asiento trasero del coche, mirando por la ventana mientras regresamos a casa.

Oliver no ha asistido a clase, y yo apenas me he podido concentrar en nada. Del cansancio por no haber dormido mi rostro parece el de un fantasma, pero tampoco me he molestado en tapar las ojeras. No me interesa mi apariencia, sino lo destrozada e inquieta que estoy por dentro.

Cuando llegamos, salgo tan rápido del coche que olvido la mochila. Subo corriendo las escaleras y llamo a la habitación de Oliver, solo que esta vez su puerta está abierta. Escucho el corazón en los oídos a medida que camino hacia el interior, y luego su latido se desploma.

Vacía.

La habitación está total y completamente vacía. Ya no está la ropa de cama ni el uniforme de Oliver; sus libros y el ordenador tampoco. Él se ha ido. Y el estúpido cuarto ha quedado solitario, como si nunca hubiera estado allí.

Me giro y salgo corriendo. Ignoro a Asher, que lleva la mochila al hombro, al bajar las escaleras y pasar a su lado. Atravieso la estancia hasta el despacho de Braxton y entro sin llamar. Esta vez sí lo encuentro.

Él y Eric, su guardaespaldas, están conversando en tono bajo y no consigo entender lo que dicen, pero tampoco me interesa. Ambos se separan sobresaltados al verme y yo llego acelerada hasta donde se encuentra Braxton.

—¿Por qué lo despediste? ¡No hicimos nada malo!

El hombre levanta las manos en señal de calma y se aleja del escritorio para acercarse más a mí.

—Novalee, tranquila. Yo…

—Tienes que llamarlo y volver a contratarlo —exijo.

Pero incluso en mis oídos suena como una propuesta ingenua. Eric también da un paso hacia mí, pero Braxton interviene y le hace una señal para que salga; abandona la sala y se encuentra en la salida con Asher, que también me ha seguido.

Al final mi padre y yo quedamos solos en su despacho.

—No puedo volver a contratarle, Novalee. —Y, aunque ya sabía la respuesta, no hace que duela menos—. Además, Oliver te puso en peligro.

Es tan irracional que mi enfado vuelve a aparecer con agitación. ¡Solo fuimos a por pizza y tarta!

—¡Te odio! —le grito.

—Nova, espera. Relájate.

—¡No me digas que me relaje! —exclamo con fuerza.

¿Acaso nunca nadie le ha enseñado que lo último que debe decirle a alguien enfadado es que se relaje?

—Primero me quitas a mi madre, ¿y ahora a Oliver?

Mi voz se rompe al final de la frase. Genial. Ahora encima estoy llorando.

—Nunca te quité a nadie.

La rabia, el enfado y la tristeza me consumen, y no quiero contenerme. Dejo que todo salga y explote.

—Se ha ido por tu culpa.

—No es así.

—Le despediste —acuso.

Braxton se limita a suspirar y, sin ocultar la tristeza en sus ojos, confiesa:

—Claro que no. Le pedí que se quedara.

Los segundos pasan y no creo haber comprendido bien lo que me ha dicho.

—¿Cómo…?

Pero no puedo formular la pregunta. Si él le pidió quedarse, eso es que no le echó. Eso significaría que Oliver… se fue por su cuenta. Pero ¿por qué haría algo así?

—Sé que Oliver es importante para ti —insiste Braxton, y toma mi mano—. ¿Acaso me crees tan estúpido?

Siento el apretón como su forma de darme ánimos, y no me aparto. Finalmente, me atrevo a preguntar:

—Entonces ¿se fue porque quiso?

—Es un buen chico, aunque un poco cabezota. Solo mencioné que Asher debía encargarse de tu protección. Al final es mucho mejor en el trabajo y está más cualificado, pero Oliver no tenía por qué irse.

No entiendo nada. ¿Por qué cambiar ahora a Asher? Quiero preguntarle por las amenazas que recibió antes de que yo llegara, si sigue preocupado por ese asunto. Sin embargo, mi padre continúa antes de que pueda hacerlo.

—Oliver no se fue por ti. Se fue porque está avergonzado, por mi culpa. Tenía una idea equivocada de mí y ahora que sabe la verdad, y que ya no es necesario para protegerte, ha decidido irse.

—¿De qué verdad hablas?

—No soy yo quien debe decírtelo.

—¿Es por lo de su padre? Trabajó para ti, y dijo que murió en servicio.

Aprieta los labios, pero insiste:

—Le verás en el instituto, ¿no? Pregúntale allí.

—Solo hasta el último partido. Después se irá.

—Eso es algo que no puedo controlar, Novalee.

Asiento y bajo la mirada a los pies, todavía preocupada. Solo espero que Oliver venga a clase, por lo menos hasta el día del partido, y poder hablar con él.

—¿De verdad crees que te quité a tu madre? —pregunta Braxton.

Maldición. Ya me arrepiento de las palabras hirientes que he dicho llevada por la rabia.

Sacudo la cabeza para negar, pero lo hago con duda.

—No directamente. Nunca estabas. Mandabas dinero, pero eso no es todo lo que se necesita para ser padre. A veces pienso que, si hubieses estado presente, las cosas podrían haber sido distintas. Quizá mamá hubiese tenido mejor seguro, o le hubiesen pillado el cáncer antes. O hubiese estado menos cansada si hubiera tenido alguien con quien compartir la responsabilidad, y tal vez…

Pero todo son fantasías de algo que nunca pasó, así que dejo que se las lleve el aire y me quedo en silencio.

Entonces Braxton tira de mi mano hacia él y me abraza. No opongo resistencia. Besa mi coronilla con suavidad y tengo que admitir que, por muy enfada que estuviese cuando entré aquí, esto me hace sentir bien.

—Jamás podré perdonarme los años que no estuvimos juntos, y tampoco espero que tú lo hagas porque no podemos recuperarlos. Es imposible cambiar el pasado, pero podemos intentarlo con el futuro. Déjame cuidarte a partir de ahora, Novalee.

Durante unos segundos dudo, pero al final asiento con la cabeza, y mi padre me abraza con más fuerza.

No estoy sola.

Cuarenta y cinco

Oliver me ignora en el instituto. Ignorar es una palabra muy fuerte, porque responde a mis saludos, pero cada vez que intento pedirle que hablemos dice que no puede y se aleja. Tras un largo fin de semana, el primer día que regresó lo hizo tarde, con la clase ya empezada, y no pude abordarlo.

Después se levantó el primero al sonar el timbre, y ahí me sentí ignorada de verdad.

—¿Estáis bien? —me preguntó Lucy al notarlo—. ¿Habéis roto?

Me fastidió que fuese tan directa, pero no me quedó otra que confirmarlo. Porque, al menos, yo diría que a esto se le llama ruptura.

Otro día intenté abordarle en el comedor. Me acerqué hasta su mesa, donde comía con otros jugadores del equipo.

—Hola —saludé.

Con los ojos puestos en el plato, respondió:

—Hola.

—¿Podemos hablar?

—Lo siento, tengo prisa. El entrenador quería verme.

Y se levantó, dejándome sola con los chicos. Uno de ellos se rio por lo bajo, aunque no le hice mucho caso. El resto permanecieron tan incómodos como yo, hasta que me fui.

Desde ese día, Oliver tampoco comió más en la cantina.

Estoy sentada a la mesa del comedor con la tarea cuando Fleur llega a mi lado.

—¿Te apetece una taza de leche chocolateada?

Aunque es una pregunta, coloca la taza humeante frente a mí. No es un secreto que estos días he estado triste por lo que ha sucedido con Oliver. Mateo ha tratado de animarme viendo películas conmigo y desempolvando viejos juegos de mesa. Braxton también ha ordenado por primera vez en su vida comida a domicilio, dejando que yo escogiera.

Lo más increíble de todo es que ha cenado con nosotros, incluido el *dürüm* del miércoles, algo que nunca pensé ver en alguien tan sibarita con los alimentos como él.

—¿Los deberes de matemáticas?

Asiento mientras ella observa mi cuaderno, que yo cambio con gusto por la taza de chocolate.

—Había mejorado un poco, pero vuelve a irme mal en clases —admito.

—A mí también se me daban mal —confiesa.

Fuerzo una sonrisa, pero sé que no ha sido real. Puedo verlo en la expresión de Fleur. Al final ella suspira y aparta una silla para sentarse a mi lado.

—No debería contarte esto, pero… Oliver está bien.

Inmediatamente me olvido del chocolate.

—¿Cómo lo sabes?

—Porque se está quedando en mi casa, pero no quiere que nadie lo sepa.

Ya había preguntado a mi padre y a mi hermano si sabían dónde estaba, pero ambos me dijeron que no. Nunca pensé en Fleur, y ahora me doy cuenta del error, porque son amigos de toda la vida.

—He intentado hablar con él en clase, pero me evita.

—Ese idiota… —refunfuña mientras sacude la cabeza—. Será un buen chico, pero madre mía. A veces es demasiado tonto. Como cuando él y Mateo estuvieron años sin hablarse por mí.

—Perdona, ¿por ti?

Fleur vuelve a suspirar y noto que sus mejillas se tiñen de rosa.

—Parece que fuese en otra vida. Todavía estábamos en el instituto, los tres éramos muy amigos y yo… estaba loca por Oliver.

—¿Te gustaba Oliver? —repito asombrada.

—¿Y a quién no? Pero fue hace mucho. Él me rechazó, y por otro lado... yo rechacé a tu hermano. Mateo supo que era porque me gustaba Oliver, y pensó que su amigo le había traicionado. En fin, ¡chicos! No se dignaron a hablar sobre sus sentimientos y lo que realmente había sucedido. Aunque lo intenté, continuaron enfadados y el resentimiento creció y creció, en especial cuando el padre de Oliver...

Aunque no lo dice, asiento al saber la respuesta.

—Por eso no quería que te enamoraras de él, porque temía que te rompiese el corazón como lo hizo conmigo. Pensé que era de la clase de personas que nunca se enamoran.

—Debí haber hecho caso del aviso —bromeo, aunque sueno triste.

—Para nada, Novalee. Está enamorado de ti.

—Pues tiene una curiosa forma de demostrarlo.

No solo estoy triste, también dolida por cómo me ha estado evitando. Me ha hecho plantearme si tal vez yo haya hecho algo malo.

Fleur toma mi mano y me da un suave apretón.

—Dale tiempo, Nova. Es todo lo que necesita. Créeme, lo conozco de toda la vida.

—¿Irás al último partido el viernes?

Lucy camina conmigo a teatro después de clases. Últimamente le gusta ver los ensayos, aunque no se ha animado a hablar con Helen. Tampoco hemos vuelto a hablar de la pequeña discusión que tuvimos hace unos días. Es como si se hubiese resuelto sola, aunque sigo teniendo la espinita clavada.

—¿Por qué lo preguntas?

—Bueno, ahora que Oliver y tú no estáis juntos, pensé que no querrías.

—Creo que iré. A darle apoyo.

Me pone una mano en el hombro, haciéndome parar en mitad del pasillo.

—No te arrastres por él, amiga. No merece la pena.

—Es complicado.

—Si cambias de idea, mis padres irán a otro recital de mis hermanas. Podríamos ver una peli en casa con pizza. ¿Qué dices?

—Gracias, Lucy, pero… no creo que cambie de idea.

—Genial —replica.

Por su tono, sé que está enfadada. Se da la vuelta y se aleja, pero no me molesto en perseguirla y disculparme. Ella misma me ha rechazado muchísimos planes para salir con anterioridad, no debería enfadarse porque yo tenga otro.

Una vez en teatro, no tardo en ver a Helen, que me saluda con la mano. Cuando llego a su lado aprovechamos para charlar antes de que lleguen los demás, y es en estos momentos en los que consigo distraerme.

—Dios mío, Novalee —consigue decir entre risas después de que le contara la última metedura de pata—. Por esto eres mi mejor amiga.

Siento una punzada de remordimiento al haber dudado de ella con el tema del perfil falso en la red social. A diferencia de Lucy, ella no es celosa ni se enfada por tonterías. Ojalá tuviéramos los mismos horarios y pudiésemos pasar más tiempo juntas en clase.

Casi sin querer, me escucho a mí misma decir:

—Tú también eres la mía.

Estoy decidida a enfrentar a Oliver. Durante los últimos días me he hecho a la idea de que él ya no está en la casa. Pasar delante de su habitación y verla vacía ha sido un golpe de realidad, pero necesario. Además, con mi hermano y mi padre pendientes de mí, se me ha hecho más fácil. Tengo una familia y gente que me quiere.

Sin embargo, eso no ha impedido que mi tristeza se transforme en enfado. La actitud de Oliver me confunde. Un día es atento y feliz conmigo, y al siguiente se va y deja de hablarme.

Quiero respuestas. Creo que me las merezco. Y por eso un día me armo de valor y corro tras él en cuanto suena el timbre.

Ni siquiera recojo mis cosas, las dejo en el aula mientras Lucy me mira confundida.

Atravieso los pasillos y sigo a Oliver, que es bastante más rápido que yo. Otros estudiantes también comienzan a salir de su última hora de clase y cuento con que él se está dirigiendo al campo de fútbol para el entrenamiento. En un pasillo un poco más vacío, consigo alcanzarlo. Le agarro por la chaqueta y se vuelve hacia mí.

—¿Vas a seguir ignorándome? —le espeto, con más brusquedad de la que pretendía—. ¿O te dignarás a hablar conmigo?

Oliver suspira, como si estuviera cansado, y eso me enfada un poco más. Así que decido no darle tiempo a volver a huir y tiro de él hacia la primera puerta abierta que encuentro y la cierro tras nosotros. He de admitir que en realidad se deja arrastrar, o no podría con él.

Oliver se apoya en la mesa del maestro y coloca las manos a ambos lados. Por lo menos parece dispuesto a escucharme.

Solo que ahora no sé ni por dónde empezar.

—Fleur me dijo que te estás quedando en su casa —consigo decir tras un rato.

—Sí.

Genial, ¿ahora vamos a hablar en monosílabos? No puedo evitar cruzarme de brazos. Es extraño sentir esta tensión con la persona que, hasta hace un par de semanas, era la más cercana a ti.

—Estaba preocupada. Te largaste cuando no estaba.

—Fleur es mi amiga y me ofreció quedarme.

—Y me parece perfecto, pero lo que no entiendo es por qué no me dijiste nada —le increpo—. En clase no me hablas.

Por fin parece avergonzado, y baja la mirada al suelo.

—Es... complicado —responde.

—¿Tanto como para no poder explicármelo? Mi padre sabe por qué te fuiste, ¿verdad? —Asiente y tomo aire—. No me lo quiere decir, insiste en que debo preguntártelo a ti.

Oliver aprieta los labios e inclina la cabeza hacia atrás con frustración. Después toma aire y, por fin, dice:

—Yo... Estoy avergonzado, ¿vale?

—No, no vale —replico con los brazos todavía cruzados—. Me has hecho daño.

Mi expresión continúa seria, pero en el fondo solo quiero escuchar una razón que me haga perdonarlo. Solo quiero que me cuente la verdad. Durante un momento sus ojos bajan al collar que llevo puesto, el que me regaló por mi cumpleaños. No he podido quitármelo.

—No entré a trabajar con Braxton solo por protegerte —confiesa tras unos segundos—. Esa era la fachada y la oportunidad que se me dio. El trabajo era bueno, sí, pero acabar las clases y ganar dinero no era mi única intención.

—¿Entonces?

Mi voz es apenas un susurro, como si ya me lo viese venir.

—Quería acabar con Braxton. Hacerle daño para que pagase por lo que le ocurrió a mi padre.

—No entiendo nada, Oliver.

Descruzo los brazos y suspiro. Por suerte, él continúa.

—Fue guardaespaldas de Braxton, hasta que un día murió de un disparo al protegerle. Se celebraba un festival donde quería ir, a pesar de que avisaron de una posible amenaza. Braxton no hizo caso, insistió y... Mi padre murió trabajando para él. Durante años le he echado la culpa. Si hubiese sido más precavido, eso no hubiese pasado.

Guardo silencio para que continúe. Había intuido que podría ser algo así, pero lo siguiente me deja más conmocionada.

—Cuando me instalé en la casa para trabajar pensaba usar cualquier cosa, cualquier persona, para hacerle daño a Braxton, incluso a su propia hija. Quería que sufriera tanto como yo cuando perdí a mi padre.

Eso significa usarme a mí, pero estoy bastante segura de que no lo ha hecho.

—¿Y ya no quieres? —pregunto.

—Mi padre murió haciendo su trabajo, eso lo he entendido estos meses. Él fue quien eligió ese tipo de vida. Pero no supe entenderlo en aquel entonces. La rabia me consumió y...

tomé malas decisiones. ¿Sabes que estuve en un correccional de menores? No te lo he dicho porque… porque me avergüenza. Porque no quería que pensaras que soy un delincuente. Pero allí fue donde descubrí que Braxton me había estado vigilando todo ese tiempo. Él fue quien ayudó a rebajar mi sentencia, aunque nunca dijo nada. Me cuidó en aquel momento, mientras yo solo pensaba en vengarme. Ni siquiera me juzga por haber estado ingresado, como hacen otros.

—¿Qué pasó?

—Me metí en peleas callejeras. Mi padre me había enseñado a luchar y eso servía para dejar salir la rabia y así ganar algo de dinero. Dejé las clases del todo y alguna vez me atraparon robando para comprar comida. Al final una falta se sumó a otra, y un día en una pelea… Digamos que mi adversario acabó mal.

—¿Murió? —exclamo, llevándome las manos a la boca.

Oliver niega con la cabeza.

—No, pero pasó varios meses en el hospital. La policía había hecho una redada y ya no tenía escapatoria. Al final me libré de ser juzgado como adulto por muy poco y, en vez de a la cárcel, me mandaron a un correccional. A cambio tuve que seguir un curso para controlar la ira y asistir a un psicólogo. Ahora sé que fue todo cosa de Braxton. Me perdió la pista cuando salí del correccional durante un tiempo, hasta hace unos meses, justo cuando supo que tendrías que ir a vivir con él.

Doy un paso hacia él. Quiero tocarlo, pero no estoy segura de si lo aceptará.

—¿Mi padre sabe todo esto?

—Creo que sí, porque, cuando hablamos antes de que me fuera, me confesó que durante mucho tiempo también se echó la culpa de lo sucedido. Desde entonces no se toma las amenazas a la ligera.

Como la mía. Por eso se tomó las molestias de contratar un guardaespaldas.

—Me siento como un imbécil. Después de todo, ni siquiera me ha echado de su casa, pero no podía seguir ahí. No ahora que lo sé todo.

—Estoy segura de que no le importa, o ya te habría dicho algo.

Por fin me animo a tocarle. Llevo la mano a su mejilla y la acaricio. Oliver cierra los ojos ante el contacto y mi corazón comienza a latir con fuerza, pero, cuando los abre de nuevo, solo dice:

—No voy a volver, Novalee.

Mi mano se queda congelada en su mejilla, y él insiste:

—Después del partido me iré. Si ganamos y hago un buen juego, no necesito quedarme hasta final de curso.

—No tienes que hacerlo. Puedes quedarte.

Me acerco más a él, poniéndome de puntillas hasta que nuestros rostros quedan cerca. Un poco más y podría besarlo. Me pican los labios con anticipación.

Sin embargo, en el último segundo, Oliver aparta el rostro y me aleja. Comienza a caminar hacia la puerta y siento que mi corazón se rompe.

—Hiciste bien tu trabajo —le digo, consiguiendo que pare—. Me protegiste durante todo el tiempo que fuiste mi guardaespaldas.

No se da la vuelta. No contesta.

—Pero sí me has hecho daño ahora —corrijo—. Hiciste que me enamorara de ti para luego dejarme.

Esas palabras hacen que Oliver reaccione. Se da la vuelta y regresa a mi lado, solo que no dice nada. En vez de eso, me atrae hacia él colocando una mano detrás de mi cuello y me besa.

Me ha tomado por sorpresa, pero mis ojos no tardan en cerrarse y me fundo con ese beso. La boca de Oliver se mueve con brusquedad contra la mía, en un beso intenso que me acelera el pulso y me deja sin respiración. Su mano abandona mi cuello, dejando que sea yo quien le envuelva el suyo con mis brazos, atrayéndolo más cerca.

—Novalee… —susurra mi nombre.

Me toma de las caderas y con un solo movimiento me sienta sobre el escritorio. Enredo las piernas alrededor de su cuerpo, atrayéndole todavía más. Sus labios no me dejan. No quiero que lo hagan.

Entierro los dedos en su pelo y jadeo cuando sus besos se detienen un momento, pero solo es para bajar por mi mandíbula y llegar a mi cuello. Inclino la cabeza hacia atrás y bajo las manos a sus hombros para agarrarme mejor. Clavo las uñas a través de la tela de su chaqueta y noto cómo suspira sobre mi piel.

Vuelve a subir los labios a los míos, pero esta vez el beso es mucho más suave, a pesar de que todo mi interior está en llamas. Cuando se rompe, une su frente a la mía. Nuestras respiraciones se entrelazan como una sola.

—No vuelvas a decirlo —pide.

—¿Decir el qué?

—Que te has enamorado de mí.

—Pero lo he hecho, Oliver. Estoy enamorada de ti. Por eso no quiero que te alejes.

Cierra los ojos y toma aire profundamente. Cuando los abre, se aleja del todo de mí.

Siento el frío rodearme mientras pone espacio entre ambos, y entonces pide:

—Necesito tiempo, Novalee.

No añade más.

Finalmente vuelve a irse de la clase y, antes de que cierre la puerta, alcanzo a decirle:

—Iré al partido del viernes. Y decidas lo que decidas, irte o quedarte, estaré animándote para que ganes.

Esta vez no se gira y se va del aula, dejándome sola y confundida.

Cuarenta y seis

El viernes por la tarde el campo de fútbol está lleno de gente. Puedes respirar los nervios en el ambiente. Todos saben que el equipo se juega la victoria y las gradas están completamente llenas de aficionados vistiendo de azul y alzando pancartas.

Para cuando Mateo, Fleur, Asher y yo tomamos asiento, las animadoras ya han comenzado sus cánticos.

—Tío, ¿estás bien?

Mateo mira a Asher, que se encuentra a mi lado, erguido mientras mira a nuestro alrededor.

—Nunca me gustó el instituto.

Este hombre nunca cambiará, pero sabía que sin él no podría venir. Por lo menos tengo a mi lado a Mateo, que canceló una salida para ir conmigo al evento, y Fleur también se unió a nosotros en el último momento. Al final, los tres queremos apoyar a Oliver.

—Mira, ¿ese será el ojeador?

Veo como mi amiga señala a un hombre trajeado que está hablando con el entrenador en una esquina del campo. Se me revuelve el estómago con los nervios.

—Eso parece, ¿no?

Me masajeo las muñecas y busco por todo el campo a los jugadores, esperando que salgan en cualquier momento. El entrenador le da un golpe en el brazo al supuesto ojeador y se aleja hacia los vestuarios. Esto está por comenzar.

Los nervios crecen, y tardo bastante en notar que las personas a nuestro alrededor comienzan a girarse para mirarnos. Corrección: para mirarme.

—¿Qué cojo...? —pregunta Mateo, que también se ha dado cuenta.

Entonces caigo en la cuenta de que cada persona que nos lanza miradas tiene el teléfono móvil encendido en la mano.

Mierda. Ojalá mi corazonada falle, pero…

—Seguro que han vuelto a subir una foto al perfil, o alguna noticia falsa —suspiro con resignación.

Delante de nosotros unos chicos sueltan una risa mientras vuelven a mirarme. Me remuevo incómoda en el sitio.

—Oh, mierda —se queja Mateo mientras rebusca entre los bolsillos—. Me he dejado el teléfono en casa. ¿Me dejas el tuyo?

—No tengo redes sociales —le recuerdo.

Entonces se vuelve hacia Fleur.

—Yo tampoco las uso. Las desactivé hace un par de semanas para centrarme en el trabajo.

Mi hermano suelta una palabrota y entonces su atención recae en los chicos de delante, que vuelven a reírse.

—Eh, tú —llama al que tiene el móvil en la mano—. Enséñame el teléfono.

—Yo no…

Pero Asher le arrebata el teléfono antes de que el chico pueda seguir protestando.

—Ahora te lo devolvemos —me disculpo.

Pero Mateo y Fleur ya están mirando la pantalla, y su expresión se ensombrece.

—Bueno, podría ser peor —dice por fin Mateo mientras giran la pantalla.

No me equivocaba. Se trata de una nueva publicación en el perfil. Solo que esta vez el rumor que parece esparcir no es tan desacertado. Porque somos Oliver yo, encerrados en la clase de arte, besándonos mientras me sostiene sobre la mesa del maestro.

—Mierda —me lamento—. Espero que no me expulsen por esto.

—¿En serio os habéis liado en clase? —pregunta Mateo con desaprobación—. Enana, eso no está bien. Te dije que tuvieras cuidado.

—Solo íbamos a hablar —me defiendo.

—Ya. Hablar. Así es como se llama ahora, ¿no? A ver si voy a tener que enfadarme con Oliver por meter en problemas a mi hermanita.

—Mientras no llegue a oídos del director, no pasará nada —interviene Fleur, que ha permanecido en silencio hasta ahora—. No te preocupes, Novalee. Voy a avisar a tu padre y que resuelvan todo este lío de una vez por todas.

No estoy segura de querer que mi padre vea una foto así de mí con Oliver, pero tampoco creo que tenga otra opción.

—Mira el lado positivo —interviene Mateo—. Ahora ya nadie pensará que es tu perfil de verdad. Se ve claro que han subido esa foto para molestar.

Espero que tenga razón. Y mientras Fleur se aleja unos momentos para hacer una llamada rápida, trato de olvidar todo el asunto. Esta vez espero que resuelvan el tema del perfil de una vez por todas.

El partido comienza y los jugadores salen al campo. Enseguida localizo a Oliver y noto como el corazón comienza a latir desbocado de nuevo.

—¡Vamos! —grita Fleur.

No tardo en notar que el nivel entre ambos equipos es parecido, pero empezamos perdiendo. Oliver, que siempre está concentrado en el juego, no deja de lanzar miradas hacia la grada y eso hace que falle un par de jugadas importantes.

—¿Qué está haciendo? —me quejo hacia nadie en particular—. Suele jugar mucho mejor.

—Te está buscando —responde mi hermano—. Probablemente también haya visto la foto.

Oh. Mierda.

Oliver vuelve a fallar una jugada. Está totalmente desconcentrado, y no es algo que pueda permitirse hoy. No con el ojeador aquí y la confirmación de su beca deportiva pendiendo de un hilo.

Por fin me ve y la teoría de Mateo se confirma, porque desde ese momento no deja de lanzar miradas en mi dirección.

Cuando llega el descanso, camina cabizbajo hacia los vestuarios y el entrenador va hacia ellos echo una furia. Lo puedo ver en sus pasos.

—Tengo que ir a hablar con él —sentencio.

Asher se pone de inmediato de pie para seguirme, pero niego con la cabeza.

—No pasará nada, voy a estar justo ahí. —Señalo los vestuarios que están cerca—. Será un momento.

No responde, pero tampoco parece convencido. Derrotada, admito que no me queda otra que dejar que me siga.

Llegamos a los vestuarios y puedo escuchar los gritos del entrenador riñendo a los jugadores. Da miedo. Cuando termina los chicos comienzan a salir, entre cabizbajos y enfadados. Theo me lanza una mirada malhumorada. Pero Oliver no sale.

Estoy a punto de entrar cuando aparece el entrenador.

—¿Qué haces aquí? —pregunta al verme.

—¿Puedo hablar con Oliver?

—En cualquier otra ocasión no te dejaría, pero ese chico necesita que alguien le haga entrar en razón. Cuando salga, espero verle jugar como siempre, maldición.

Le hago un gesto a Asher para que espere fuera, que esta vez acepta. Mientras entro, escucho que le llaman por teléfono y se aleja para contestar.

Encuentro a Oliver sentado solo en el banquillo de los vestuarios. Tiene la espalda arqueada y esconde la cabeza entre las piernas. Se me retuerce el corazón al verlo tan abatido.

—Hola —saludo con suavidad.

Alza los ojos en cuanto me escucha y puedo ver un brillo de arrepentimiento en ellos. Se pone automáticamente de pie y termina de romper la distancia hasta llegar a mi lado.

—Lo siento mucho, Novalee. Es todo culpa mía.

—Has visto la foto, ¿verdad?

—No debí besarte. Nos he metido en problemas. Todos en el equipo lo han visto, incluido el entrenador. A estas alturas, seguro que el director también.

—Ahora mismo no tienes que preocuparte por esa fotografía, sino por darlo todo en el partido. Te estás jugando la beca, Oliver.

—Después de la foto, ¿acaso crees que la conseguiré? Eso si el director no nos expulsa.

Vuelve a llevarse las manos a la cabeza. Puedo ver como su pecho sube y baja con rapidez a cada respiración acelerada que toma.

—No debí besarte, joder —se lamenta.

—Mira, lo que pase con la foto ya no podemos controlarlo, ¿de acuerdo? Pero cómo juegues ahora, sí. Céntrate en eso. No todo está perdido, ¿vale?

Tomo su rostro entre mis manos, me pongo de puntillas y lo beso. Muy suave, solo un roce de labios, y cuando me separo Oliver tiene los ojos cerrados. Respira profundamente y parece un poco más relajado.

Fuera, los gritos comienzan de nuevo; el partido está a punto de reanudarse.

—Tengo que salir.

—Sí —asiento—. Y no te preocupes por la foto, Fleur ha llamado para pedir que la borren. Ahora por lo menos tienen pruebas de que no es mi perfil.

Le sonrío con suavidad para darle ánimos, pero él no me devuelve la sonrisa.

—No es eso, Novalee. El perfil continúa abierto porque lo están investigando.

—¿Investigando?

Mis manos caen de su rostro y fuera escuchamos la voz del entrenador llamándolo a gritos.

—¡King! ¡Sal al campo que estamos a punto de empezar!

Oliver mira la salida unos segundos y luego sus ojos se vuelven ávidos hacia mí.

—Las amenazas que recibió tu padre han vuelto. Por eso contrató a Asher y por eso se enfadó tanto cuando salí contigo a por pizza.

—¿Cómo que han vuelto?

—Han enviado más cartas. Creen que puede ser la misma persona que esté bajo el perfil falso.

—Dios mío…

—¿Se puede saber por qué narices no sales, idiota? —exclama el entrenador, que aparece en el vestuario—. King, al partido. Scott, a las gradas. ¡Ya!

Ajeno al estado de conmoción en el que me encuentro, el entrenador lo agarra del brazo para salir.

—Sí, señor —responde Oliver.

Me lanza una mirada preocupada, pero solo me limito a asentir.

Una vez se han ido, me quedo allí unos segundos más, analizando lo que acaba de contarme. Por lo visto han vuelto a amenazarme, y ahora entiendo que, desde lo sucedido con el padre de Oliver, Braxton se toma en serio cualquier tipo de advertencia.

Pero hay algo que ellos no saben, y es que sospecho quién puede estar detrás del perfil falso. Y, si no me equivoco, es imposible que sea peligroso. No me lo creo, porque tiene que ser la misma persona que está detrás de las notas en mi taquilla. Notas que siempre han aparecido justo después de que… subieran una foto al perfil.

Cuando salgo de los vestuarios, el partido ya ha comenzado, pero nadie me presta atención. Busco a Asher, pero no está allí. Me tomo unos segundos para localizar a Oliver y consigo verlo haciendo una jugada fantástica. En las gradas todos aplauden y siento un poco de alivio al ver que se ha centrado en el partido.

Pero eso dura poco. El corazón me late con fuerza mientras sigo mis instintos. Salgo del campo y atravieso el aparcamiento hacia el edificio principal. Mientras tanto, mando un mensaje rápido a mi hermano, pero enseguida recuerdo que se ha olvidado el teléfono y en su lugar escribo a Fleur.

Yo

Creo que sé quién puede estar detrás del perfil falso. Avisa a Asher y a mi hermano de que voy a mi taquilla.

Cuando llego al edificio la puerta principal está cerrada, pero al bordearlo encuentro otra trasera, y esta sí que está abierta. Camino por los pasillos en penumbra hasta llegar a las taquillas.

Pum-pum.

Pum-pum.

Abro la mía con dedos temblorosos por la anticipación. Nada más hacerlo, un sobre cae a mis pies.

Me agacho para recogerlo y rasgo el borde. Dentro hay una foto. La misma foto del perfil falso. Esta vez nadie ha tachado nuestras caras. Sin embargo, al darle la vuelta, hay una frase escrita:

Siempre consigues lo que quieres, pero esta vez no dejaré que te salgas con la tuya.

Un escalofrío me recorre la columna al darme cuenta de que puedo reconocer la caligrafía. El corazón me late a toda velocidad y noto gotas de sudor por la espalda.

Guardo la nota en el sobre y estoy a punto de cerrar la taquilla para irme de allí cuando escucho un ruido. Pero es demasiado tarde. Estaba tan concentrada en la nota que no me he percatado de la presencia de alguien más hasta que ese alguien me agarra por detrás e inmoviliza contra las taquillas.

El golpe hace que se me salga el aire de los pulmones, pero es peor el dolor agudo que siento en la frente.

Unas manos ágiles me inmovilizan las muñecas y noto un trozo de cuerda pasar sobre ellas. Presa del pánico trato de recordar todos los movimientos que Oliver me enseñó en su momento de defensa personal, pero es inútil. Mi mente trabaja demasiado despacio, y cuando intento moverme, la persona detrás de mí me aprieta con fuerza contra las taquillas.

Algo húmedo cae hasta un lado de mi rostro, resbalando por mi mejilla y llegando a la ropa. Cuando abro los labios para intentar pedir ayuda noto el sabor metálico de la sangre.

La persona detrás de mí termina de atarme las muñecas a la espalda y entonces… se ríe.

—Grita lo que quieras, estamos solas en el edificio.

También reconozco esa voz. Y me equivocaba. La amenaza puede que sí sea real.

Mierda.

Oliver

—Lo has hecho, joder —me felicita el entrenador, dándome unos golpes enérgicos en la espalda mientras el resto de miembros del equipo lo celebran—. Remontaste el partido.

En las gradas la gente grita y vitorea con alegría. Hemos ganado. El equipo ha conseguido la victoria.

Novalee tenía razón, en mis manos solo estaba centrarme en el partido y ganar. Y eso he hecho.

Sin embargo, cuando la busco entre las gradas, no la encuentro. Tampoco a Mateo ni a Fleur. Ya ha anochecido y todas las luces están encendidas.

—¡Fiesta en mi casa para celebrarlo! —grita Liam.

Y luego me da un golpe en el brazo, más fuerte que el del entrenador, mientras sonríe. Es su forma de acabar con la rivalidad que hemos tenido desde que llegué al equipo. Sonrío de vuelta, pero no tardo en volver a buscar a Novalee. Tampoco está en el campo, donde algunas personas ya han saltado.

Vuelvo el primero a los vestuarios, pasando al equipo rival que regresa cabizbajo. Saco el teléfono de mi mochila para llamarla, pero entonces encuentro un mensaje de su guardaespaldas.

Asher
Lleva a la señorita Scott a casa. Han descubierto quién envía las amenazas.

La foto. Seguramente haya servido para encontrar por fin a esa persona.

Sin pensarlo dos veces salgo del vestuario y comienzo a llamar a Novalee, pero no contesta. Quiero pensar que, como siempre, lo tiene en silencio y no se da cuenta.

Entonces veo a Fleur y Mateo, acercándose hacia mí en medio del campo, y el miedo de que algo malo haya sucedido comienza a invadirme.

—¿Habéis visto a Novalee? —pregunto nada más llegar con ellos.

Mateo me mira confundido.

—Fue con Asher hace rato a hablar contigo. Pensé que se habría quedado abajo.

—Asher se ha ido —explico, enseñando el teléfono—. No está con él.

Los ojos de Mateo se llenan de pánico al leer el mensaje.

—Voy a llamarla —dice Fleur mientras saca su teléfono.

—Ya lo he intentado, pero no lo coge.

No contesta. Se queda mirando la pantalla de su móvil con los ojos llenos de miedo. Antes de que pueda decir nada se lo arrebato.

> **Novalee**
> Creo que sé quién puede estar detrás del perfil falso. Avisa a Asher y a mi hermano de que voy a mi taquilla.

No, no, no, no.

Lanzo el teléfono hacia Fleur. Ni siquiera me molesto en confirmar que lo ha cogido. Salgo corriendo de allí sin ver si me siguen. Atravieso el campo, ignorando a la gente que me llama para felicitarme. Paso el aparcamiento y llego a la puerta principal del instituto. Está cerrada y no pierdo el tiempo en busca de la trasera. La encuentro abierta de par en par.

Joder. No.

Esperando lo peor, corro tan rápido que me choco contra una pared, hasta que por fin llego al pasillo de las taquillas.

Está vacío.

Solo hay una taquilla abierta. La de Novalee. Cuando llego a ella veo un sobre en el suelo, y al abrirlo la foto impresa que subieron a internet, con una amenaza velada por detrás.

—Mierda.

Arrugo la carta en un puño y me dispongo a salir de allí, cuando veo algo peor.

Sangre. Primero unas gotas en el suelo, pero al mirar mejor, hay más en las taquillas de al lado.

Mi peor pesadilla está a punto de hacerse realidad.

Cuarenta y siete

—¿Por qué haces esto?

Lucy me mira con prepotencia sin dejar de apuntarme con la pistola. Después de casi noquearme en el instituto, me arrastró hasta un coche que tenía escondido a las afueras. Tal como me advirtió, no encontramos a nadie a quien pedir ayuda. Me sacó por la parte trasera del edificio y me tiró a los asientos de atrás.

Boca abajo, apenas podía ver por dónde me llevaba. Dejó el coche dentro de un garaje, pero al salir a una sala llena de cajas lo identifiqué como su casa, donde nos habíamos disfrazado hace meses para la fiesta.

—La señorita perfecta, que llegó al instituto siendo admirada y querida por todos. Por tu culpa mi familia lo ha perdido todo, ¿y todavía me preguntas por qué hago esto?

Mi espalda se aprieta contra la silla en la que me ha sentado. Todavía tengo las manos atadas a la espalda. Las muñecas están doloridas por la fuerza que ha empleado con la cuerda, y la frente me palpita a causa de la herida.

—Yo tendría que haber sido tú, Novalee. Estaba en el equipo de animadoras. Podía ir a la universidad que quisiera, a todas las fiestas a las que me invitasen. Era la más popular del instituto.

—¿Y qué narices tiene que ver todo eso conmigo? Cuando llegué…

—Tú y Braxton —me interrumpe—. Por su culpa la última película de mi padre fue un desastre. Ellos eran socios. Iba a ayudarle a remontar, pero entonces ocurrió todo el desastre de tu llegada. Los medios se hicieron eco y, como tu padre estaba metido en el proyecto, lo cancelaron. Era nuestra oportunidad para recuperar la fortuna familiar.

Recuerdo que me dijo que su padre es director de cine y que trabajó con Braxton, pero nunca mencionó que fuesen socios.

Empiezo a comprender que este desenlace, el estar aquí con ella apuntándome con una pistola, no ha sido culpa de algún mal paso por mi parte. Lo tenía planeado desde el principio. Desde que decidió ser mi amiga. Pero, en realidad, nunca quiso que fuéramos amigas.

—Mis padres invirtieron todo lo que nos quedaba en ese proyecto, Novalee —continúa, dejando notar su enfado—. ¡Y acabamos en bancarrota! Ni siquiera una beca me salvará ahora de tener que dejar los estudios y ponerme a trabajar. Yo, que era la mejor de la clase. Tenía unas notas espectaculares.

No puedo apartar los ojos de la pistola. Lucy da un paso hacia mí y trago saliva.

—Y luego llegaste tú. Con todo el mundo a tus pies. Puedes ir a la universidad que quieras, y no te preocupa los más mínimo. Te invitan a todo tipo de fiestas, tu papá es famoso... Y lo único que haces es quejarte de lo mala que es tu vida como una niña tonta. Esa vida debería ser mía.

—¿Fuiste tú la de los anónimos?

Una sonrisa vencedora hace aparición en su rostro.

—Oh, eso fue fácil. Mi padre tenía el teléfono del tuyo y también la dirección. Ni siquiera necesité ayuda para lograrlo.

Mi cerebro no para de pensar y trata de guardar cada detalle. Acaba de confesar que está sola en esto, nadie la ayuda. Tiene que haber una forma en que saque provecho de ello.

—Pero ¿quién más me ayudaría? —admite, confirmando mis sospechas—. Me robaste incluso a mi mejor amiga.

—¿Dónde están tus padres? —me atrevo a preguntar, mirando las cajas a nuestro alrededor—. ¿Y tus hermanas?

—En nuestra tercera casa de este año. O más bien debería decir, en el cuchitril al que hemos tenido que mudarnos.

Me mira, como esperando que añada algo, pero, tras unos segundos y ver que no hablo, continúa.

—Cuando las cosas empezaron a ir mal mis padres tuvieron que vender la preciosa casa donde me criaron. Estaba cerca de la de Braxton, ¿sabes? No tan espectacular, por supuesto. Pero era increíble, y era mi casa.

Miro nerviosa la pistola. Sé que sabe manejarla. Ella misma me dijo una vez que practicaba tiro con su padre desde hace tiempo.

—Nos mudamos a esta en la que estás ahora, pero por culpa de tu padre, tampoco pudimos permitírnosla. ¿Puedes creerlo? —Da una patada al suelo—. Así que ahora está deshabitada, esperando a ser vendida para pagar nuestras deudas. Y mientras tanto, tengo que dormir en la misma habitación que mis hermanas, en un apartamento pequeñísimo donde al regresar de noche mi madre me ha explicado cómo debo colocar las llaves para defenderme ante un ataque. Nada justo, ¿no te parece?

Está totalmente fuera de control. Parece incluso feliz teniéndome atada y sangrando, apuntándome con el arma.

—No tiene por qué ser así —trato de convencerla, aunque dudo que me crea—. Todavía puedes ir a la universidad y...

—¡Cállate!

Lucy da un paso hacia mí y coloca la pistola contra mi frente. Me callo y cierro los ojos por puro instinto. Tengo la boca seca y me duele la cabeza cada vez más a causa de la herida que me hizo antes. Estoy tan conmocionada que ni siquiera puedo llorar, pero me tiemblan las piernas.

—Tengo que pensar qué voy a hacer contigo —dice tras unos segundos.

—¿No vas a matarme?

Mi pregunta le hace sonreír. Genial. Cada vez tengo más claro que es una psicópata.

—Al final del día, seguro.

Luego aparta la pistola. Me quedo completamente quieta mientras se inclina. No me movería ni aunque pudiera. Incluso dejo de respirar.

Lucy mete la mano en el bolsillo de mi pantalón y saca el teléfono móvil. Usa mi cara para desbloquearlo y luego sonríe triunfante.

—Vaya, cinco llamadas perdidas de tu amorcito —se burla con una fingida voz dulce—. Oliver te echará mucho de menos cuando descubra que ya no podrás jugar más con él.

—Nunca he jugado con Oliver.

—Ya, seguro. Aparte de mí, solo Allison supo ver cómo eres realmente a la primera. Una consentida. Pero no te preocupes, cuando todo esto acabe, yo volveré a ocupar el lugar que me corresponde. El tuyo.

—¿Y qué vas a hacer? ¿Comprarte una peluca y mudarte con Braxton?

Me muerdo la lengua nada más soltar esa frase.

«¡No seas tonta, Novalee! No te burles de quien te tiene amenazada».

Pero lejos de enfadarse, Lucy amplía la sonrisa con maldad.

—He conseguido hacerme pasar por tu amiga y traerte hasta aquí. Ni siquiera el guardaespaldas que te han puesto tras mis últimas amenazas ha podido atraparme. Después de que acabe contigo, todos sentirán pena de tu pobre mejor amiga, que se ha quedado sola. Y me harán caso.

Vuelve a inclinarse sobre mí y susurra:

—No te sorprendas si al final también me quedo hasta con tu ridículo novio.

Trago saliva, pero doy un respingo cuando Lucy se aparta de golpe, lanza mi teléfono al suelo y lo pisa una y otra vez hasta destruirlo completamente.

—Hay que deshacerse de toda evidencia —sentencia.

Después se va de la sala, dejándome sola y medio a oscuras en el lugar. Apenas hay una lámpara encendida y fuera es de noche, aunque no he tardado en acostumbrarme a la falta de luz.

Mientras escucho como camina por la casa, trato de quitarme las cuerdas de las muñecas, pero solo consigo que tiren más y me hago especial daño en la que me torcí hace tiempo. Ahora mismo estoy segura de que fue ella quien me tiró por las escaleras.

La herida de mi frente sigue abierta. Voy a necesitar puntos para cerrarla, y la pérdida de sangre me está mareando, pero ese es el menor de mis problemas.

Lucy se toma su tiempo antes de regresar. A juzgar por los ruidos de pasos, va a la cocina a beber algo y también al baño. Cuando regresa a la habitación, todavía tiene la pistola en la mano.

—Ah, genial. Aún no estás muerta. Podemos divertirnos un poco.

Intento tragar saliva, pero tengo la boca seca. Y estoy aterrada.

—¿Dónde debería dispararte primero? La cabeza no, ese tiene que ser el final. Mejor una pierna, ¿no crees?

Apunta a mi rodilla y cuando creo que va a disparar, se limita a hacer un sonido seco con la boca. He cerrado los ojos por el miedo, y vuelvo a abrirlos al escuchar cómo se ríe.

—Deberías verte ahora mismo. Ojalá los demás también pudieran hacerlo. No eres más que una perdedora.

Tengo tanto miedo que no me importa que se ría de mí. Solo quiero salir de este sitio.

—¿Y qué harás después conmigo? Aunque me mates, encontrarán mi cuerpo.

La mera idea de pensarlo hace que me estremezca.

«No, Novalee. Tienes que ser fuerte. Tienes que intentar salir de aquí».

—Probablemente te eche a los cerdos —responde como si no fuera nada importante—. ¿Sabes que pueden llegar a comerse incluso los huesos?

Ni siquiera voy a preguntarle cómo sabe eso. Así que trato de apelar a sus sentimientos, si es que tiene.

—Eres mi amiga.

—Oh, qué tierno…, pero tú la mía no —se burla, y vuelve apuntarme a la pierna—. Veamos, ¿la derecha o la izquierda?

Pasa de una a otra mientras canta una canción infantil, cuando un ruido la distrae. Ambas nos volvemos hacia la ventana. Alguien ha tirado una piedra y la ha roto.

Segundos después, Oliver entra.

—¿Qué haces aquí? —pregunta Lucy, esta vez amenazándole a él.

Oliver se pone de pie sin hacer caso a los cristales rotos que se le están clavando. Me mira, alza las manos en señal de rendición, y camina lentamente para llegar a mi lado.

—No tienes que hacer esto, Lucy.

—¿Qué haces aquí? —repite la chica.

Pero su respuesta queda ahogada cuando empezamos a escuchar sirenas de policía. Ya no se ríe, y por primera vez desde que me ha secuestrado, parece preocupada.

—La policía viene hacia aquí —explica Oliver—. El instituto tiene cámaras en los pasillos y te vieron sacar la foto que luego subiste a internet. Todos saben que eres tú.

—No.

—Y mi teléfono tiene un rastreador —recuerdo.

Lanzo una rápida mirada al suelo, donde está destruido. Pero no lo hizo a tiempo.

Lucy agarra la pistola con fuerza. Fuera los coches de policía se han parado y sus luces se filtran por las ventanas. Está perdiendo los nervios al verse acorralada, y eso no es bueno. Todo lo contrario, apuesto a que ahora es más peligrosa.

—Lucy Brown —alguien habla desde un altavoz—. Sabemos que estás ahí. Deja salir a la chica.

Lucy toma aire y me mira con los ojos entrecerrados del enfado.

—Esto no significa que todo acabe para ti —sentencia.

Pero lo que Lucy no sabe es que Oliver no es un compañero cualquiera. Él siempre ha sido mi guardaespaldas. Está preparado para el ataque y reacciona mucho antes que cualquiera de nosotros.

Por eso, cuando Lucy aprieta el gatillo y dispara, Oliver se pone en medio y lo frena con su propio cuerpo.

—¡No!

El grito desgarrador sale de mi garganta mientras Oliver cae a mis pies con un ruido sordo.

Desde fuera escucho más ruido y Lucy se queja con frustración. Durante unos segundos apenas puedo notar nada, hasta que Oliver rueda en el suelo y emite un gemido. Lucy le ha dado en un costado y la sangre empapa su uniforme de fútbol.

—¡Idiota! ¡No tenías que ponerte en medio! Tu novio es igual de estúpido que tú.

Está vivo, pero puedo ver por su expresión que le ha herido de gravedad. Siempre he escuchado que la sangre es muy escandalosa, pero esto supera mis expectativas.

Necesita ayuda con urgencia.

—Es mi guardaespaldas —sollozo.

Lucy alza las cejas, comprendiendo todo por fin. No tarda en recuperarse de la noticia y enseguida vuelve a apuntarme con el arma, solo que más de cerca.

—Tendrá que ser en la cabeza —sentencia.

Pero alguien vuelve a hablar por el altavoz.

—Lucy, soy papá. No lo hagas.

De inmediato la chica se queda congelada, con la pistola todavía apuntándome, pero sin moverse.

—Sal fuera y resolvamos esto. Con violencia no vamos a ningún lado.

Puedo ver en sus ojos que duda. Quizá nunca fuimos amigas de verdad, pero si algo he aprendido en nuestras conversaciones es que le importa su familia. Y que admira mucho a su padre.

—Lucy, cariño. Sal y vámonos a casa.

Ella se gira hacia la puerta. Tan solo unos segundos, pero el tiempo suficiente para que Oliver se levante del suelo y se lance contra ella. Oigo un disparo y grito, pero ha ido hacia el techo.

Aunque las piernas me tiemblan y me mareo, consigo levantarme de la silla. Las lágrimas ruedan por mi rostro, mezclándose con la sangre, mientras me acerco lo más rápido que puedo a donde el cuerpo de Oliver la mantiene contra el suelo.

No se mueve. Lucy trata de luchar, pero Oliver es mucho más grande que ella. Consigo llegar a su mano y darle una patada a la pistola para apartarla cuando derriban la puerta.

Un grupo de policías protegidos con chalecos y armados entran en la casa. Apenas soy consciente mientras llegan y me apartan de ellos. Me arrastran sin ningún problema, aunque en realidad creo que me están sujetando porque no siento las piernas.

Y mientras me sacan, solo puedo ver a Oliver, todavía tendido sobre Lucy y sin moverse.

Fuera es de noche, pero está todo iluminado por los coches. Creo que también hay flashes.

Alguien me desata las manos. Otra persona me pone una especie de manta metalizada y me hacen sentar. Otra más me abraza. Es papá. Y está llorando.

—Lo siento, cariño. No sabía… No pensaba que… Si me hubiese esforzado más en conocer a tus amigas, esto no hubiese pasado. Hubiese reconocido a Lucy.

Mis ojos siguen puestos en la casa. Estoy esperando que salgan los demás.

—No podías saberlo, papá —dice otra voz.

Es Mateo, que toma mi mano. Me estoy mareando.

Dos policías sacan a Lucy, que no se resiste. Parece conmocionada.

Una pareja mayor se acerca corriendo a ella, pero los retienen.

—Tenía un álbum de fotos lleno de recortes tuyos —dice Mateo mientras mi padre me acaricia el pelo—. A algunas les había puesto su cara en tu cuerpo. Estaba obsesionada.

¿Y Oliver? ¿Dónde está? Todo da vueltas.

—Tenemos que coser esa herida —comenta una voz femenina cerca—. ¿Estás bien, corazón?

No respondo.

Otra figura más sale de la casa, pero es un policía.

—¡Necesitamos una camilla! —grita.

Creo que voy a desma…

Cuarenta y ocho

Abro los ojos en una habitación demasiado blanca e iluminada. Mientras parpadeo, un ruido parecido a una queja sale de mi garganta, y noto una figura moverse cerca de la cama.

—Llamo yo a la enfermera.

Reconozco la voz de Fleur y enseguida escucho pasos y una puerta cerrarse. Parpadeo un poco más y todo empieza a cobrar forma a mi alrededor, mientras los recuerdos de lo sucedido regresan.

—¿Oliver? —consigo preguntar, pero tengo que toser—. ¿Dónde está?

Soy apenas consciente de que me encuentro en una habitación de hospital. Cuando trato de incorporarme, unos brazos me rodean y gentilmente me hacen volver a tumbarme.

—Tranquila, Novalee —dice mi padre—. Tienes que descansar.

Lo miro y me doy cuenta de que tiene profundas ojeras y la barba algo crecida. Su camisa está llena de arrugas y diría que jamás lo he visto tan despeinado. Parece haber envejecido diez años.

—Estoy bien —miento, y trato de levantarme de nuevo. Pero un dolor punzante en la cabeza me lo impide. De manera inconsciente llevo la mano a esa zona y palpo un material áspero.

—Han tenido que darte cinco puntos, hermanita —explica Mateo, apareciendo también en mi campo de visión—. De los que se cosen, lo mismo te queda cicatriz.

Intenta sonar divertido, pero noto la tensión subyacente en su voz.

—¿Qué hora es? —pregunto al notar que hay muchísima luz, pero que las lámparas no están encendidas.

—Casi las once —contesta mi padre—. Has dormido casi toda la noche.

—¿Casi toda la noche?

Él y Mateo intercambian una mirada preocupada.

—Estabas despierta cuando te cosieron, enana.

—¿En serio? No me acuerdo de nada.

¿Eso debería preocuparme? A juzgar por la expresión de mi padre, él se ha quedado intranquilo.

—¿Dónde está esa enfermera? ¿Sabéis qué? Yo mismo iré a buscar al médico. Mateo, cuida de tu hermana.

Se pone de pie, tropezando en un primer momento, pero enseguida se recupera y sale de la habitación, dejándonos solos. Echo un vistazo a la habitación, que es bastante más amplia y lujosa de la que tenía mamá cuando estaba ingresada. Hay flores, cuadros decorativos, un baño privado e incluso un gran ventanal.

—En realidad ibas y venías mientras te cosían —explica Mateo—. No dejabas de llorar y preguntar por Oliver.

Busco su mano y digo:

—¿Cómo está? Le dispararon…

Mateo toma aire profundamente y casi me espero lo peor, pero responde:

—Le operaron de urgencia por la noche. Todavía sigue dormido, pero creen que estará bien. La bala no tocó ningún órgano vital. Aunque va a tardar lo suyo en recuperarse.

Su padre murió protegiendo al mío de un disparo, y ahora él se ha interpuesto entre una bala y yo.

—Si algo le sucede… —comienzo a decir, pero no acabo la frase.

No me lo perdonaría. Mateo asiente, comprendiendo.

—Oliver fue muy valiente. Cuando supimos que se trataba de Lucy, le pidieron que se quedara con nosotros y que esperara a la policía, pero no quiso. Él conocía la dirección de la casa y fue solo.

—Me salvó la vida —explico al recordar el momento—. Lucy quería dispararme en la cabeza.

Mateo se estremece, aunque trata de ocultarlo.

—Ni siquiera sé cuál era su plan. —Suspiro, mirando hacia el techo—. Me culpaba de robarle su vida, ¿y pensaba que matándome la recuperaría?

—Solo es una cría estúpida. Por muy trabajado que estuviese su plan, tenía muchas lagunas. Jamás hubiese conseguido salirse con la suya.

Ya, pero sí que consiguió secuestrarme y casi mata a Oliver.

—Van a hacerle un análisis psicológico. Papá quiere que la encierren de por vida, aunque su familia le ha pedido perdón. Yo tampoco lo sabía, pero por lo visto habían sido socios en el pasado.

—Lucy me dijo que perdieron todo por su culpa.

—No sé qué te habrá contado ella, o qué le habrán dicho, pero como director su padre nunca fue muy bueno. Lo único que tenía fue una buena herencia que despilfarró. Lo gastó todo en películas que no funcionaron, casi hunde la carrera de papá. ¿Sabes esa película horrible sobre un hombre al que el apocalipsis le pillaba en un barco?

—Oh, sí. —Sonrío, y por alguna razón eso hace que me tiren los puntos de la frente. ¿Cómo es posible?—. La recuerdo. La crítica dijo que sería el fin de su carrera.

—Pues fue cosa de ese director de cine. Pero papá, que es idiota, quiso ayudarle una vez más. Cancelaron el proyecto por fondos insuficientes justo cuando nos enteramos de que vendrías a vivir con nosotros, y finalmente se negó a ayudarle con más dinero. Supongo que entonces tuvo otras preocupaciones.

Parece ser que según a quién le preguntes, la historia cambia. Y quizá ninguna de las dos sea la real, pero está claro que Lucy jamás debió de actuar como lo hizo. Hacerse pasar por mi amiga, herirme…

—Por cierto, esas flores te las ha mandado Helen —dice Mateo, interrumpiendo mis pensamientos y cambiando de tema, como si supiera lo triste que me había puesto de repente—.

Estaba muy preocupada. Dijo algo sobre que no le sorprende del comportamiento de Lucy, aunque jamás imaginó que llegase tan lejos. Por lo visto fue mala amiga con ella también.

—Creo que «mala amiga» se queda corto para un intento de asesinato —replico.

Mateo me observa sin saber cómo reaccionar, pero cuando sonrío él también se relaja. Después de lo vivido, seguro que necesita más terapia, pero me niego a que lo ocurrido defina el resto de mi vida.

La puerta de la habitación se abre y papá regresa con dos personas vestidas de blanco. El hombre se acerca enseguida a examinar mi herida y comprueba el gotero al que estoy enganchada. Mierda, ni siquiera me había fijado en que tenía puesto suero.

—Buenos días, Novalee —dice la mujer, que se ha quedado de pie—. ¿Cómo te encuentras?

—Me duele un poco la cabeza.

—Te daremos algo para ello, no te preocupes.

El enfermero a mi lado quita los vendajes y aplica una solución sobre la herida que molesta un poco.

—¿Cómo sigue Oliver? —pregunto mientras hace su trabajo—. ¿Puedo ir a verlo?

—Está bien, está descansando —dice la doctora—. Como también deberías hacer tú.

—Cuando puedas ir a verlo, te avisaremos —añade el enfermero, finalizando la cura.

Eso me tranquiliza un poco más. Aunque no mentiré, tengo demasiadas ganas de escaparme corriendo e ir a verlo. Solo que probablemente me atrapen mucho antes de que sepa en qué habitación está.

—Doctora —la llama mi padre—, dice que no recuerda que estuvo despierta mientras le cosían.

Ella asiente con la cabeza, pero no parece tan preocupada como mi padre.

—Puede ser por el shock. Deja que te mire.

Se acerca a mí y con una luz me mira los ojos. Es molesto, pero lo aguanto.

—Te mantendremos vigilada, pero todo parece en orden. Esta tarde podrás irte a casa.

—¿Seguro? —insiste mi padre—. ¿Y si le pasa algo?

—Señor Scott, lo único que necesita su hija ahora es tranquilidad, y le aseguro que donde más la tendrá es en casa.

—¿Y si contrato una enfermera para cuidarla? ¿El hospital tiene recomendaciones? Pagaremos bien.

—Papá —le llamo—. Estoy bien, ella sabe lo que dice.

La doctora me guiña un ojo y ella y el enfermero salen de la habitación mientras vuelvo a recostarme en la cama. A los pies de ella, mi padre continúa quieto. Tras unos segundos carraspea y dice:

—Necesito un poco de agua. Ahora vuelvo.

Son imaginaciones mías, ¿o está llorando?

—¿Qué le pasa? —le pregunto a Mateo cuando volvemos a estar solas—. ¿Tan feo es el golpe de la frente?

Procuro no tocarlo ahora que han dejado la herida respirando.

Él niega mientras sonríe.

—Has debido de darte más fuerte de lo que parece, porque le acabas de llamar «papá».

Oh. Dios mío.

Es la primera vez que lo hago, y ni siquiera me he dado cuenta.

—Me ha salido solo —confieso en un susurro.

—Lo sé. Lo sabe. Por eso se ha emocionado.

Muchas veces me pregunté si este momento llegaría y cómo sería. Siempre pensé que pasarían muchos años, que tendría que ser solo si el lazo se estrechaba, y que lo planearía.

Pero al final no ha sido así. Ha salido solo y… me ha gustado.

Oliver despierta poco después de que me den el alta. Aun así, todavía no me permiten ir a verlo porque está en cuidados intensivos y tengo que protestar mucho para que me dejen esperar en el hospital. Al final amenazo con encadenarme a una viga y, tras ganarme varias miradas exasperadas de trabajadores, mi padre cede.

Nos quedamos en la cafetería hasta casi las ocho de la noche. Por fin una enfermera nos deja pasar y voy la primera.

No sé qué esperarme, lo que me imagino es bastante peor que lo que ocurre en realidad. Oliver está descansando en una cama, con una vía en el brazo y lleva puesto un pijama de hospital. A pesar de haber pasado el día durmiendo, se le nota muy cansado.

Sus ojos me ven en cuanto abro la puerta y me siento en una silla a su lado.

—¿Cómo estás? —preguntamos al mismo tiempo, y ambos sonreímos.

—¿Te duele? —pregunta. Tiene la voz rasposa porque tuvieron que intubarle de urgencia para la operación.

Levanta el brazo lo justo para señalar la herida de mi frente.

—¿Que si me duele? —repito con burla—. Oliver, tú has recibido una bala por mí.

—Y lo volvería a hacer las veces que hicieran falta.

Niego con la cabeza, aunque sigo sonriendo con suavidad.

—Has tenido mucha suerte —le recuerdo a modo de regaño—. Podrías haber muerto.

—La otra opción era peor. Hubieses muerto tú.

Sacudo la cabeza y me inclino sobre a cama. Paso los dedos por su cabello desordenado y cierra los ojos durante un segundo, disfrutando de la caricia.

—No estés tan seguro…

—Se dice «gracias», princesa —me regaña ahora él.

Esta vez la sonrisa llega a mis ojos. Está cansado y débil, y tardará en recuperarse, pero lo hará. Y yo me quedaré a su lado mientras lo hace.

Ahora, cualquier pelea que hayamos tenido parece una tontería. Y cualquier conversación que nos quede por mantener puede esperar. Algo ha cambiado, y para bien.

Me acerco más, hasta que nuestras narices se rozan.

—Gracias por salvarme la vida, guardaespaldas —susurro.
—Te quiero —responde él.
Y luego lo beso.
Después de hoy, nos quedan muchos besos más.
Nos queda un para siempre.

Epílogo

—¡Sí! ¡Esa es mi hija!

Mantengo la sonrisa tirante mientras mis mejillas se enrojecen y termino de saludar con el resto del reparto de la obra. Entre tanto, mi padre continúa aplaudiendo y gritando como un loco, a pesar de que apenas he tenido un par de frases y esto es una función escolar.

La gente le lanza miradas, que finalmente han pasado de la admiración y curiosidad al enfado. Joder, qué vergüenza.

Cuando miro a Mateo a su lado, me doy cuenta de que él está igual de humillado que yo. A ver, me encanta que mi familia haya venido a ver la obra, pero…, Dios santo, papá, ¡no grites tanto!

Al final es Oliver quien le toma del brazo y le dice algo al oído, y mi padre por fin se relaja. Menos mal.

—¡Ha sido fantástico! —exclama Helen mientras nos abrazamos al bajar del escenario—. Aunque te echaré de menos el año que viene. El grupo de teatro no será lo mismo sin ti.

—Yo también lo echaré de menos —confieso.

Por el rabillo del ojo me doy cuenta de que las familias comienzan a levantarse y se acercan.

—¿Nos vemos luego en la fiesta? —le pregunto.

—¡Por supuesto! Aún no me creo que tu padre haya invitado a mis madres con tal de que pueda asistir.

—También lo ha hecho por él —admito—. No quiere ser el único adulto en una fiesta de instituto, y seguro que no pensaba dejarnos solos.

En cualquier otra situación, no tengo muy claro que un grupo de adolescentes hubiese accedido a asistir a una fiesta supervisada por adultos. Pero esta es en la casa del famoso

Braxton Scott, y temo que vaya a venir más gente de la esperada.

Me despido de ella mientras se acerca a dos mujeres, y mi padre, Mateo y Oliver llegan a mi lado.

—Has estado fantástica, hija —dice el primero mientras me entrega un ramo de flores desmesuradamente grande.

—Te das cuenta de que solo tenía un par de frases, ¿no?

—Las mejores frases de la función —sentencia.

Sacudo la cabeza mientras Mateo rueda los ojos al mismo tiempo que yo. Nuestro padre se percata y se vuelve hacia él con reproche.

—Como te vuelva a ver un gesto así, cancelaré tu regalo de graduación.

Eso hace que le cambie la cara.

—¿Es un coche nuevo? ¿O quizá un piso? Sabes que estoy deseando independizarme.

—Eres un mimado —me burlo.

—Lo dice la señorita dos frases en una sola función.

Le saco la lengua y él me devuelve el gesto. Es el turno de mi padre de poner los ojos en blanco y le toca a Oliver intervenir.

—Tengo el coche en el aparcamiento, ¿y si vamos a casa antes de que lleguen los demás?

Le seguimos, y dejamos que papá se siente de copiloto. En el camino de vuelta, Mateo me repite por millonésima vez que debo estar temprano la semana que viene para su graduación o nos quedaremos sin sitio. Mientras, papá y Oliver hablan sobre la pretemporada en su universidad.

Está teniendo una recuperación lenta, pero el médico le ha asegurado que estará perfecto para comenzar en julio. Dentro de nada empezará también con un fisio, y lo mejor es que no ha perdido la beca.

En cuanto salimos de los terrenos del instituto comienzan los flashes. Ha sido horrible desde el incidente. Volvieron a perseguirme como al principio de llegar a la ciudad, aunque ahora sospecho que también se debe por el soplo de que

Braxton Scott iba a asistir a la función escolar donde su hija decía la friolera de dos frases.

—Mierda. Nunca me acostumbraré a las cámaras —me quejo.

—Pues vas a estudiar artes escénicas —me recuerda papá—. Tal vez deberías empezar a acostumbrarte.

Tuve serias dudas, pero al final acepté su ayuda, y me va a costear los estudios universitarios. Además, entre que mis notas no han sido las mejores y que económicamente el Estado tiene en cuenta que soy su hija, no podría acceder a una beca. Y también está el hecho de que papá insistió muchísimo, y la oferta era tentadora.

Los preparativos para la fiesta están listos cuando llegamos. Es en el jardín, y ya han montado los instrumentos de la banda y las mesas con comida.

Apenas cuento con unos minutos para subir a la habitación y arreglarme antes de que todos lleguen.

—Madre mía, tu padre sí que sabe preparar fiestas —exclama Helen mientras la música suena en vivo y reparten bandejas con comida y bebida sin alcohol.

—Lo dices como si fuera la primera vez que vienes —me burlo.

Aunque es cierto. La fama le precede, solo que esta es la primera que da para personas de instituto.

Todavía me cuesta creer que el año escolar casi ha pasado. Me da la sensación de que he vivido una vida entera. Pero es así. El baile y la graduación están a la vuelta de la esquina.

La mayoría de la gente en la fiesta son compañeros de clase y de teatro, gente que conozco y me saluda, aunque se han colado otras personas, tal como imaginé. Entre ellos encuentro una cara más conocida que las demás.

—¿Vienes conmigo a saludar? —le pregunto a Helen.

Ella asiente y juntas llegamos donde está Allison con el resto de las animadoras.

—¡Hola, Nova! —saluda Blakely—. Oye, el *catering* es increíble, ¿de dónde ha salido?

Me encojo de hombros, porque estoy bastante segura de que ha sido cosa de Daniel. Después me vuelvo hacia Allison.

—Muchas gracias por venir.

—¿Estás de broma? —replica mientras me abraza—. No me lo hubiese perdido por nada del mundo.

—Entonces, ¿al final te levantaron el castigo?

—Solo de viernes a domingo —se queja—. Mis padres son lo peor.

Si mi madre me hubiese castigado, ya podría ser la fiesta del siglo que no me lo hubiese levantado ni un solo día. Pero Allison está acostumbrada desde siempre a otro tipo de vida, y solo puedo reírme por la ocurrencia.

Después del incidente ambas estamos más unidas, aunque no tengo muy claro si podríamos considerarnos amigas. Se acercó a mí el primer día que regresé a clases. Me pidió disculpas por cómo se había comportado y luego me invitó a sentarme con sus amigas en el almuerzo. Oliver todavía no podía regresar a clases y Helen tenía otro horario, así que accedí y creo que fue una buena decisión.

—¿Es verdad que fuiste tú la que pintó de rojo la taquilla de Theo? —pregunta Helen con timidez.

—El muy imbécil intentó tocarme el culo —se defiende mientras admite la razón de su castigo—. Menos mal que le prohibieron ir al baile de fin de curso, así no tengo que ver su estúpida cara.

Mientras ellas hablan, Asher se acerca discretamente a nosotras. Mierda, ni siquiera aquí me libro de él.

Me alejo un poco y le saludo. A pesar de no estar en horario de trabajo, no bebe ni come nada. Es como si no pudiese dejar su puesto ni un solo segundo, pero me niego a pensar que debajo de su fachada no hay un humano normal.

—Al final te voy a echar de menos —le digo.

Con la solemnidad que le caracteriza, responde:

—Todavía nos queda un verano juntos, señorita Scott.

Suspiro, sabiendo que tiene razón. A pesar de que Lucy ha sido enviada a un centro donde la tienen vigilada, mi padre todavía tiene el miedo en el cuerpo por lo sucedido. No puedo culparle, así que he accedido a que Asher se quede conmigo. Por lo menos hasta que empiece la universidad. Solo espero que, llegado ese momento, esté más confiado y deje que se vaya.

—Vamos, después me echarás de menos —añade Asher, y me lanza una pequeña sonrisa.

Oh. Dios mío.

—¿Acabas de sonreír? —pregunto—. ¿En plan sonreír gracioso?

Resopla y eso confirma todavía más que, bajo esa coraza, hay un humano real. Todavía recuerdo cuando me pidió disculpas por no quedarse a mi lado el día del incidente, pero no fue culpa suya. Recibió instrucciones de hacerlo.

Nadie pensaba que algo malo me sucedería en el instituto. Se suponía que era el lugar más seguro, después de la casa.

—Por cierto, ¿has visto a Oliver?

Niega con la cabeza.

—En la fiesta no está.

Y conociendo a Asher, puedo fiarme de que ha escaneado a cada persona que se encuentra en el jardín.

—Iré a buscarlo —le aviso.

Asiente y me alejo hacia la casa. Por el camino tropiezo con Mateo y Fleur, que están haciendo manitas en un banco, alejados de la multitud. Sigo esperando el día en que me digan que están juntos por fin.

Entro en la casa por la parte de atrás y subo directamente por las escaleras del primer piso hacia el pasillo donde están nuestras habitaciones. Tal como esperaba, Oliver está en la suya, sentado frente al ordenador.

—¿Repasando jugadas de otros años para la pretemporada? —pregunto.

Se vuelve sorprendido hacia mí, pero no lo niega. Desde que sabe que ha sido admitido en una buena universidad por la beca deportiva, se ha propuesto ser el mejor.

—Descansar una noche no te hará mal —continúo mientras me acerco a él—. Lo sabes, ¿no?

—Lo sé, y lo siento —admite mientras se pone de pie y baja la pantalla del ordenador—. Debería estar en la fiesta contigo.

También entiendo que a él no le gustan las fiestas y las multitudes.

Después del incidente, papá hizo de adulto y habló con él. No sé todos los detalles, pero ahora se llevan mucho mejor. Incluso diría que lo tiene bajo su ala. Regresó a vivir a casa, lo que le vino bien para recuperarse, y de vez en cuando hasta bromean. Papá está muy interesado en su carrera deportiva y en qué va a ser de su vida.

—Deberías estar siempre conmigo —replico con una sonrisa traviesa.

—Eso no me supone ningún problema.

Me atrae hacia él en un rápido movimiento, atrapándome contra el escritorio, y no tarda en besarme.

Sus dedos suben por mi espalda, llegan a mi cuello y juguetean con la cadena que me regaló. Sus caricias aceleran mi respiración.

—Nunca te la quitas —se burla contra mis labios.

—Es nuestro para siempre.

Los ojos de Oliver brillan y vuelve a besarme. Podría vivir para siempre fundida en él y en sus caricias.

Me abrazo a su cuello y lo atraigo más cerca. Como siempre, parece que toda cercanía es poca. Que necesito más de él.

—¿Y si nos quedamos aquí y no bajamos a la fiesta? —propone.

—Es tentador, pero… quiero ir a la fiesta.

Haciéndome caso, se separa de mí. Y aunque soy yo quien lo ha pedido, ya extraño su ausencia.

—A sus órdenes, princesa.

Extiende la mano hacia mí y la tomo.

—Gracias, guardaespaldas.